LE VIEUX PAYS

Jean-Pierre Rumeau

LE VIEUX PAYS

ROMAN

Albin Michel

À Carina Barone, mon épouse chérie,
ma compagne indéfectible.

« C'est le moment du boomerang, le troisième temps de la violence : elle revient sur nous, elle nous frappe et, pas plus que les autres fois, nous ne comprenons que c'est la nôtre. »

Jean-Paul Sartre, préface des *Damnés de la terre* (1961) de Frantz Fanon

1

Une journée ordinaire

Pasdeloup Meunier cesse brusquement de courir et expulse en grimaçant un souffle mêlé de bave entre ses dents serrées.

Le sentier boueux qu'il a suivi jusqu'ici, sous une pluie fine et glacée, n'a pas de nom. Pas plus que la campagne alentour qui dégouline de partout en ce mois de février. Pour se repérer, il faut aller cent mètres plus loin jusqu'au dénommé « Trou du Diable ». Un point d'eau formant une mare, source supposée du Croult, le ruisseau aux trois quarts busé, mi-rivière, mi-égout qui coule quelque part derrière les arbres.

Pasdeloup appelle cet endroit le « Croult du cul du diable », tant il est improbable. À seulement deux cents mètres du 83 de la rue Mozart qui se trouve dans le quartier des Noues de Goussainville, trente-deux mille habitants, Val-d'Oise, France. Et à un kilomètre à vol d'oiseau de la piste numéro 1 de l'aéroport de Paris Roissy-Charles-de-Gaulle.

C'est ici, en rase campagne survolée par les aéronefs, à 8 h 45, qu'une douleur aiguë au genou gauche a stoppé la course de Pasdeloup Meunier. Pour la deuxième fois ce matin. Pas de quoi s'inquiéter cependant. L'articulation n'est pas gonflée. Dans le passé, quelques infiltrations de cortisone ont eu raison de l'inflammation, mais là, il est encore trop tôt pour se décider à consulter. Il va faire comme d'habitude. Continuer de courir jusqu'à ce que la douleur passe. Ou pas.

Pasdeloup Meunier se masse pendant quelques minutes, plié en deux, en tétant la pipette de sa poche à eau. Un Airbus A320 en phase d'atterrissage passe à trois cents mètres au-dessus de lui. Il l'ignore comme il ignore la pluie qui ruisselle sur sa tête nue et s'infiltre par l'encolure de son coupe-vent. Ses jambes trempées sont maigres et musclées. Sa main gauche, amputée de l'index et du majeur, forme une sorte de pince très désagréable à regarder. Il se redresse avec un sourire mauvais et sautille sur place dans une flaque d'eau.

Pasdeloup Meunier est de taille moyenne. Mince et sec. Un visage émacié, dur, une bouche méprisante et des cheveux très courts. Difficile de lui donner un âge. Et surtout pas ses soixante-sept ans tant il y a de vitalité animale qui émane de lui. Une sorte d'obstination infatigable. Ses yeux sont surprenants. Vairons. Le gauche marron foncé, presque noir, le droit gris pâle, donnant l'impression d'un œil blanc d'aveugle. « Mes œils », dit quelquefois Pasdeloup pour rire, mais sans rire, car il ne rit pas souvent.

Il décide de rebrousser chemin et se remet à courir en mobilisant sa cheville pour amortir les chocs. Impossible dans cette boue glissante. Il tranche dans le vif en accélérant la cadence et, pour avoir moins mal, pense à sa course la plus difficile.

*

Pasdeloup s'était entraîné pendant deux ans avant de, finalement, se qualifier pour le triathlon d'Hawaï, à cinquante-neuf ans, dans sa catégorie d'âge.

Les trois kilomètres huit cents de natation dans la Kailua Bay se passèrent plutôt bien dans une eau à 26°. Mais pendant l'épreuve de vélo, longue de cent quatre-vingts kilomètres, des rafales de vent d'une violence inouïe, fréquentes sur la côte ouest de l'île, le couchèrent sur le bitume du Queen Ka'ahumanu Highway avec une bonne centaine d'autres cyclistes.

Une grande bringue australienne, de trente ans sa cadette, ne put contrôler ses sphincters en tombant. La fatigue, la peur, le choc, une diarrhée jaunasse dégoulinait jusque dans ses chaussures. Sans barguigner, elle remonta sur son vélo et se remit à pédaler. Pasdeloup l'imita avec une luxation acromio-claviculaire et une bonne balafre à l'avant-bras qui se solderait par douze points de suture. Il lui colla au train jusqu'au trentième kilomètre du marathon, les yeux rivés sur ce petit cul maculé, les narines grandes ouvertes pour saisir le moindre effluve de la faiblesse réconfortante qui lui servait de lièvre. À dix kilomètres de l'arrivée, la jeune femme allongea sa foulée et Pasdeloup perdit le popotin de vue. Il se sentit brusquement si seul qu'il s'arrêta en se tenant l'épaule, submergé de douleur et de lassitude. Un coureur qui avait perdu toute lucidité le percuta en lui faisant très mal et en le traitant de con. Pasdeloup retrouva son équilibre en s'appuyant sur la barrière de sécurité, au ras du public. Quelqu'un lui tendit un verre d'eau. Une femme au sourire tranquille installée sur le bord de la route avec son mari et ses enfants.

– J'aime beaucoup cette course. Elle me fait penser à un chemin de croix. Je ne sais pas qui vous êtes, monsieur, mais je vais prier pour vous.

Pasdeloup se versa l'eau sur la tête, fit un clin d'œil gris pâle à Marie-Madeleine, et l'orgueil chevillé au corps recommença à souffrir. La banderole du finish était enfin à deux cents mètres. Puis à cent mètres. Devant lui, il aperçut la merdeuse australienne presque à l'arrêt, qui tanguait et titubait. Pasdeloup la rattrapa à vingt-cinq mètres de la ligne, au moment même où elle s'effondrait au sol. Il s'arrêta mais ne trouva pas la force de s'accroupir pour lui venir en aide. Il lui donna un petit coup de pied dans les côtes.

– Hé, toi, comment tu t'appelles ?

Les yeux dans le vague, elle répondit :

– Abigail.

– Allez, avance, Abigail, continue ! Bouge ton humanité !

Alors Abigail avança. À quatre pattes. Pasdeloup l'accompagna jusqu'à l'arrivée, comme un promeneur encourageant son chien malade. Il la laissa même passer la ligne avant lui sous les ovations du public. C'était le moins qu'il puisse faire. Il aurait bien aimé l'inviter à dîner mais il n'était pas sûr qu'elle eût un quelconque intérêt, reposée et propre comme un sous neuf.

*

Un boucan d'enfer sort Pasdeloup de son rêve éveillé et lui rappelle brutalement son genou. Il a rejoint le viaduc du Croult, un ouvrage d'art de cinq cents mètres de long qu'empruntent les TGV de la ligne Nord pour enjamber le bassin de l'ancienne rivière devenue rigole.

Le sol tremble. À cinquante mètres au-dessus, un train passe dans un chuintement assourdissant, et encore plus haut, dans le ciel, un Boeing à portée de crachat ajoute au fracas. Pasdeloup trottine jusqu'à une aubépine qui jouxte la rivière.

Près de l'arbre, un jeune homme au torse nu sous la pluie glacée exécute au ralenti un kata d'art martial, avec le tronc comme partenaire. Sans lui accorder un regard, Pasdeloup agrippe une branche horizontale et entame une série de tractions. Les mouvements de pieds et de poings qui passent à quelques centimètres de lui ne semblent pas le déranger. Cela fait longtemps qu'il se suspend à cette branche-là. Il avait fallu beaucoup chercher dans les environs pour en trouver une au diamètre adéquat et bien parallèle au sol, qui pût servir de barre fixe. Le diamètre était essentiel. Du côté gauche, il ne pouvait s'accrocher qu'avec l'auriculaire et l'annulaire. Il l'avait débarrassée de ses épines et au fil du temps, l'écorce s'était polie à l'endroit de ses mains.

La première fois que Pasdeloup avait vu ce garçon utiliser son arbre, il y a presque un an maintenant, il s'était planté tout près de lui sans rien dire et l'avait regardé fixement. L'autre avait continué son exercice, comme si de rien n'était, très concentré. Une vingtaine d'années, d'origine maghrébine, pas très grand, plutôt râblé, avec une musculature de lutteur. Pasdeloup avait immédiatement remarqué sa maîtrise. Sur un sol aussi instable, dévisagé par un inconnu menaçant et si proche, il était parvenu à garder son équilibre en développant des coups de pied à la verticale, droit dans le ciel. C'était un bon point pour lui. Il avait expiré profondément et avait enfin regardé Pasdeloup. Son visage était neutre et il n'y avait dans ses yeux ni chaleur ni agressivité. Il avait parlé d'un ton poli, d'une voix un peu blanche.

– Bonjour. Je m'appelle Nuri Hamza.

Il avait ajouté qu'il venait d'ouvrir une section de MMA au dojo des Grandes-Bornes. Sur quoi Pasdeloup avait grogné que MMA, ça ne voulait rien dire et l'avait questionné sur ses spécialités.

– Boxe thaïe, jiu-jitsu brésilien, boxe française.

– Pourquoi la savate ?

Nuri avait répondu avec un sourire qui ne souriait pas.

– C'est le seul sport de combat pieds poings qui se pratique avec des chaussures. Et dans la rue, on ne se déchausse pas pour se battre.

Pasdeloup l'avait trouvé à son goût, c'est-à-dire assez déplaisant, pour finalement ne voir aucun inconvénient à partager son arbre avec lui.

Depuis ce jour-là, tous les matins, de 8 heures à 9 heures, Nuri faisait face à l'arbre de Pasdeloup. En un an, ils s'étaient croisés presque tous les jours et n'avaient plus échangé un mot. Juste un simple mouvement de tête pour bonjour et au revoir.

*

Pasdeloup lâche sa branche et rejoint en boitant le chemin sans nom. Derrière lui, la voix de Nuri :

– Vous devriez essayer de vous mettre à genoux dans la rivière. Peut-être que l'eau glacée vous ferait du bien.

Pasdeloup s'immobilise et se retourne, agacé par cette soudaine volubilité.

– Ça ne servirait à rien, j'ai un caillou dans mon soulier.

– Alors ça va être difficile pour vous de marcher vers les étoiles.

Aucune ironie visible chez le jeune homme, il semble sincère. Et ce qu'il dit n'est pas idiot. Sur son visage et dans ses yeux, une ouverture, un appel. Comme on fait entre gens bienveillants, quand on baisse la garde. Pasdeloup s'en moque.

– D'un autre côté, ça fait quand même moins mal qu'un grain de sable dans un préservatif.

Nuri se referme, humilié. Pasdeloup tourne les talons et se remet à courir en ricanant, face au vent d'est et à la pluie, poursuivi par le barrissement d'un jumbo-jet.

Après avoir longé le bois du Seigneur, en vérité une zone aride où les arbres se comptent sur les doigts d'une main, Pasdeloup parvient à la fin du chemin sans nom qui devient alors le chemin du Thillay. Il sautille sur place en réfléchissant. Deux solutions. Ou continuer tout droit jusqu'à la D47 en traversant un lotissement peuplé de Roms et rentrer au Vieux Pays par la rue du Bassin, ou le plus court, bifurquer sur la droite dans un no man's land qui sert de décharge, et remonter la rue Brûlée jusqu'à chez lui. Ou alors la troisième solution. La mine soudainement réjouie, Pasdeloup poursuit sa course droit devant. Bientôt apparaissent des maisons bon marché faites à base de conteneurs métalliques, des voitures garées partout, une décharge, des poules, des chèvres et, au milieu de la route défoncée, un porc noir occupé à fouiller du groin une flaque d'eau boueuse. Pasdeloup déambule un moment le long des propriétés, comme s'il cherchait quelque chose, s'arrête enfin avec un sifflement d'admiration devant un petit terrain clôturé. Au fond, un préfabriqué très laid, à gauche un potager, et garée le long d'une rangée de poireaux d'hiver, une superbe BMW M6 Gran Coupé flambant neuve.

Un obèse basané sort précipitamment du bungalow et fonce vers lui, graisse bringuebalante. La main levée pour se protéger de la pluie, il se retient pour ne pas paraître très agressif.

– Qu'est-ce que vous voulez ?

– Elle est à toi ? Tu permets que je l'essaye ? J'en rêve depuis qu'elle est sortie.

– Dégage si tu ne veux pas avoir d'ennuis !

Derrière Pasdeloup, s'élève une voix rocailleuse, autoritaire.

– Pas de problème ! Je m'occupe de monsieur.

Pasdeloup ne se retourne même pas.

– Respect, Nono ! J'avais entendu parler de cette merveille, mais je ne voulais pas le croire… Dis donc, j'ignorais que Bill Gates faisait partie de la famille !

Le gros lard rentre chez lui en grognant tandis que Nonoko, un vieux Tzigane en pantoufles, abrité sous un parapluie, vient s'accouder sur le grillage à côté de Pasdeloup. Il est calme, impassible. Un côté Geronimo. On sent le patriarche, le chef de clan.

– Qu'est-ce qui t'amène, Pasdeloup ?

Pasdeloup désigne la voiture d'un mouvement de tête.

– V8 de 4 litres, 560 chevaux, 305 km/heure…

– 250. Ils la vendent bridée.

– Un scandale ! Surtout pour… cent cinquante mille euros ?

– Cent trente-huit. Elle est à un cousin de passage. Il est dans le business.

– Et le go fast Bruxelles-Paris, il le fait en combien de temps, ton cousin ?

– Tu connais le proverbe : « Ce n'est pas la destination mais la route qui compte. »

– Tu veux parler de celle qu'on fait entre deux arrachages de distributeurs automatiques ?

Le visage de Nono se fait menaçant.

– Je sais que tu es fou, Pasdeloup. Et méchant. Mais n'exagère pas.

Les yeux de Pasdeloup s'incrustent dans ceux de Nono, le noir flamboyant, le gris huîtreux.

– D'accord. Mais alors je vais te montrer la route que ta famille devra éviter dorénavant.

Pasdeloup s'accroupit au pied de Nono et d'un doigt se met à tracer des lignes dans la boue.

– Regarde, Nono, ça, c'est l'église. Et là, l'entrée de la crypte, les souterrains si tu préfères. Ça, c'est le cimetière, et là, c'est ma maison. Autour, le parc du château, avec ici les ruines. Eh bien, tout ça, c'est chez moi. Jusqu'à la rue du Pont-Prolongé à l'est et la ligne du TGV au nord. Et même si je n'ai pas les papiers pour le prouver, c'est quand même chez moi. Capito ? Alors, écoute bien, Nono, je ne veux plus voir ni ton cousin, ni sa marchandise, ni ses larbins sur mon territoire.

– Rien d'autre ?

– Si, t'es trop près. Ton parapluie dégoutte sur moi.

Nono recule d'un pas. Pasdeloup se redresse. Ses vêtements trempés collent à sa peau et lui donnent l'aspect d'un loup famélique.

– Les connards que j'ai virés de la crypte l'autre nuit étaient en train de creuser. C'était quoi le projet, Nono ? À part faire s'écrouler une église du XVIe siècle ? Agrandir pour faire une salle de shoot ? Ne m'emmerde pas chez moi, je t'emmerde pas chez toi.

Le vieux Tzigane retrousse les babines pour mordre, se ravise, et hoche la tête en signe d'apaisement.

– Tu leur as fait très peur. Après ça, ils étaient très en colère. Ils ont parlé de représailles. Tu connais le proverbe : « Jeunesse est folie. » Mais je les en ai dissuadés.

– Tu as bien fait. Ça fait trois nuits que je ne dors que d'un œil.

– La nuit prochaine, repose en paix, Pasdeloup.

Nono glousse, réjoui de son effet. Pasdeloup baisse les yeux sur ses pantoufles qui sont en train de prendre l'eau.

– T'étais tellement content de me voir que tu ne t'es même pas chaussé, Nono. C'est pas raisonnable. Tu sais qu'à ton âge, la mort peut s'attraper par les pieds.

Pasdeloup rebrousse chemin en trottinant, guilleret. Il traverse le no man's land jusqu'à la station-service et attaque la montée dans le Vieux Pays par une minuscule ruelle pavée qui donne sur la rue Brûlée.

*

Le Vieux Pays de Goussainville est mort à petit feu à partir du moment où a été prise la décision de construire l'aéroport de Roissy-Charles-de-Gaulle.

À la fin des années 60, des responsables d'Aéroports de Paris sont venus proposer aux habitants de racheter leurs propriétés. Des intelligents avaient en effet décidé que ces braves villageois ne supporteraient pas le bruit. Pour les convaincre de partir et de vendre, ils n'y sont pas allés avec le dos de la cuillère. Le grand barnum. Réunion dans la salle des fêtes, baffles à fond, ils ont expliqué que c'était le bruit que les avions allaient faire en passant jour et nuit en rase-mottes. Et le pompon, ils largueraient à l'atterrissage leur excédent de kérosène en plein sur les maisons !

La troisième guerre mondiale programmée, panique à bord, nombre de propriétaires ont vendu. Le boucher aussi, qui s'est suicidé un an après. Le village a commencé à dépérir. Le boulanger, les deux cafetiers suivis du libraire ont plié bagage, faute de clients.

Enfin, en juin 1973, le petit coup de pouce du destin : le crash du Tupolev 144 sur le nouveau centre-ville de Goussainville, à un kilomètre du Vieux Pays. Histoire de convaincre les derniers récalcitrants de l'imminence de la fin du monde. Quand l'aérogare est inaugurée en 1974, cent trente-quatre maisons appartenant à Aéroports de Paris sont déjà murées, vouées à la démolition. C'était compter sans un ancien trotskiste, raide comme la justice et architecte des Bâtiments de France : « L'église Saint-Pierre-Saint-Paul est classée, on ne touche pas au périmètre d'un monument classé ! Interdiction de démolir à cinq cents mètres à la ronde ! »

Résultat, le Vieux Pays est resté en l'état, figé dans le dernier tiers du xxe siècle.

Une centaine d'habitants est demeurée, à regarder les toitures s'effondrer, et partir en ruine les paysages d'antan. Ils se sont habitués au bruit des avions. Seul le Concorde les obligeait à monter le son de la télé, mais il ne passait que deux fois par jour. Ensuite, les squatters sont arrivés et ont explosé les parpaings à coups de masse. Les bons se sont intégrés sans faire de vagues, par peur de l'expulsion, les mauvais ont saccagé le Vieux Pays et menacé les quelques habitants « résistants ». Vols, tapages nocturnes, dégradations, intimidation. La cohabitation était devenue impossible, la confrontation inévitable, qui n'allait pas forcément tourner à l'avantage de ceux qui souhaitaient simplement vivre tranquilles. C'est à cette époque que Pasdeloup Meunier s'était installé. Fin 1994, il avait acheté aux héritiers du vieux Donatien Piffard la grande maison jouxtant le cimetière et l'église. Pour une bouchée de pain, parce que la propriété était en mauvais état. Et surtout parce que la maison mitoyenne était squattée par une bande de jeunes déjantés, drogués, alcooliques et très agressifs. La seule fille de la bande se faisait régulièrement sodomiser en pleine rue par ses copains, tout à la fois en riant et en appelant à l'aide.

Quand Pasdeloup était venu pour visiter, l'agent immobilier avait prétexté un contretemps en se confondant en excuses. Il avait confié la mission à une jeune employée qui avait fait la gueule tout le chemin. Le groupe de jeunes était en train de picoler sur le pas de la porte voisine. Pasdeloup était passé au milieu d'eux sans leur prêter la moindre attention. Il n'avait pas réagi quand le plus costaud de la bande lui avait lancé :

– Hé, papi, si t'as besoin d'aide pour la niquer, appelle, on viendra te donner un coup de bite !

Ils s'étaient tous esclaffés. La jeune fille de l'agence avait rougi. Ils étaient restés dans la maison le temps de huit avions. Pasdeloup avait déambulé de fenêtre en fenêtre, sans un mot, en regardant le ciel. Son guide s'était tu assez vite tant il lui tardait de quitter les lieux et tant Pasdeloup semblait ailleurs. Dans la voiture du retour, il était resté silencieux, perdu dans ses pensées, les yeux fermés. Au bout d'un moment, elle avait osé quelques mots, un peu gênée, sur le ton de la confidence.

– Je comprends parfaitement. À votre place…

Pasdeloup Meunier l'avait coupée d'une voix mal assurée, émue.

– C'est la maison de mes rêves, petite. J'achète.

Trois mois après, le 9 août 1995, vers 20 heures, Pasdeloup faisait son entrée au Vieux Pays sur sa KTM Enduro.

Les habitants avaient suivi la transaction, renseignés par le notaire, et les commentaires avaient filé bon train. À n'en pas douter, un inconscient, un fou, un pervers peut-être. Ou un zoophile qui allait se mélanger avec ses voisins.

Ce jour-là, Jeanine Maro, une veuve plantureuse de soixante-dix ans, surnommée « Cuisse légère » en raison de son appétit sexuel, avait invité à dîner sa meilleure copine, une vieille fille de son âge qu'elle avait tenté d'initier au plaisir de la chair mais qui, malgré quelques fellations exécutées à contrecœur, ne s'était jamais résolue à se laisser chevaucher par un homme. Quand les deux femmes entendirent la moto, elles se précipitèrent à la fenêtre, dissimulées derrière le rideau. Il faisait encore jour, et de son logement situé à l'angle de la place Hyacinthe-Drujon et de la rue du Pont, « Cuisse légère » était la seule du village à avoir un point de vue direct sur la maison de Pasdeloup. Ce qui suivit, elles l'ont raconté à tout le monde sauf aux gendarmes qui sont venus le lendemain.

Les deux femmes ont vu Pasdeloup garer sa moto devant sa porte. Il a pris son gros sac kaki sur le porte-bagages et est entré chez lui.

Deux minutes après, un des jeunes est sorti pour aller pisser sur la moto. Pasdeloup est sorti à son tour et s'est approché tranquillement de lui, alors qu'il s'esclaffait les mains encore dans sa braguette. Un petit coup de pied dans les parties génitales, un coup de tête en plein visage suivi immédiatement d'un coup de poing, et le jeune homme est tombé comme une masse. Pasdeloup l'a frappé encore une fois à terre, d'un coup de pied dans la tête. Les autres jeunes sont apparus, fous de rage. Pasdeloup a sorti un pistolet de sa poche et l'a pointé sur eux. Seule la fille, camée à mort, s'est jetée sur lui. Il l'a saisie par les cheveux, l'a fait tomber à plat ventre et lui a cogné la tête contre un pot de fleurs. Elle est restée allongée à côté du premier garçon. Pasdeloup a ensuite fait rentrer les autres dans la maison. Tout le monde a disparu. On a entendu deux ou trois détonations. Et exactement vingt minutes plus tard, la bande ressortait en désordre avec ses bagages. Ils ont récupéré leurs deux congénères sanguinolents, sont passés en zigzaguant sous les fenêtres de Jeanine Maro et ont dévalé la rue du Bassin pour ne plus jamais réapparaître.

Pasdeloup a appelé lui-même les gendarmes. Il leur a dit qu'il avait été agressé, qu'il s'était défendu. Il signalait le fait mais ne portait pas plainte. Et, bien entendu, ne faisait pas mention du pistolet.

Avec la complicité générale, affaire classée. À peine arrivé, sa réputation était faite. Hormis Jeanine Maro qui n'eut de cesse de se faire culbuter sauvagement par ce mauvais garçon, les autres habitants allaient garder leurs distances. Et la boucler. Ne s'approcher de lui qu'en cas de nécessité, avec la crainte et le respect dus aux chefs. C'est comme ça que Pasdeloup était devenu « Monsieur Meunier », le maître du village fantôme.

Depuis cette époque-là, le Vieux Pays n'a pas beaucoup changé. Mis à part quelques nouveaux venus et cette curieuse librairie installée entre deux maisons murées dans le haut de la rue Brûlée.

Ruisselant de sueur et de pluie, Pasdeloup arrête sa course devant l'enseigne indiquant « Bouquinville ». Des étagères bourrées de livres sont fixées dehors, à même la façade lézardée, et constituent une bibliothèque à ciel ouvert dont un écriteau précise la fonction : « Gratuit. Servez-vous. » Tout en respirant à fond pour récupérer, Pasdeloup entrouvre la porte d'entrée et passe la tête à l'intérieur.

– Mouillé, c'est pâteux ; sec, ça colle !

Un homme petit, au ventre rebondi, se précipite dehors en déployant une bâche en plastique et avec l'aide de Pasdeloup la dispose précipitamment pour protéger les livres.

– Merde de merde, ils sont trempés !

Il revient à toute vitesse se mettre à l'abri dans l'encadrement de la porte et fait un signe à Pasdeloup.

– Entre.

Pasdeloup ne bouge pas. La pluie qui l'inonde le rend borgne. Les sourcils ne servant plus à rien, seul son œil noir demeure. L'autre, le gris, a disparu, noyé dans le ruissellement du ciel.

– Non, ça va.

Le libraire baisse la tête et se trémousse, un peu gêné. Pasdeloup le met souvent mal à l'aise avec son œil invisible.

François Gourmont, soixante ans, est venu habiter au Vieux Pays, il y a cinq ans, accompagné de sa femme, Catherine. Ils avaient attendu leur retraite d'instituteurs parisiens pour réaliser le rêve de leur vie : devenir bouquinistes dans un petit village du Luberon. C'était compter sans une panne de GPS. Après avoir perdu le sud, ils s'étaient retrouvés au Vieux Pays. Immédiatement séduits, bouleversés, le but enfin atteint après une quête commencée en mai 1968 sur les barricades de la Sorbonne, François et Catherine s'étaient installés peu après avec le grand projet de créer un village du livre. Ils s'étaient battus durant des années pour trouver des sponsors, convaincre la mairie, d'autres libraires. Un beau matin, il y a dix mois maintenant, la maladie de Catherine avait stoppé leur élan.

François sent que Pasdeloup le scrute. La question ne tarde pas.

– Vous avez les résultats de la chimio ?

François fait face en se forçant à sourire. Ses cheveux blonds un peu clairsemés, ses yeux bleus, sa grosse moustache en guidon de vélo et sa bedaine lui donnent l'air d'un vieux jeune homme sorti tout droit d'une salle d'armes des Brigades du Tigre.

– Aucune amélioration. Ils nous ont proposé un protocole expérimental. Catherine est d'accord pour le tenter.

– C'est bien. Dis-lui que je passerai la voir un de ces jours.

Un petit signe de main et Pasdeloup marche vers chez lui. À deux maisons murées de Bouquinville. Il sait que François le regarde, guettant dans son allure une réponse, une certitude, une rassurance. Il ne se presse pas. Sous la pluie torrentielle qui dévale la rue Brûlée, il marche d'un pas tranquille tel un promeneur par une belle après-midi d'été dans la campagne assoupie. Cette indifférence au temps qu'il fait, c'est tout ce qu'il peut donner à François pour calmer son angoisse. Et ne plus penser que Catherine va mourir.

Pasdeloup le sait depuis qu'il l'a vue après l'une de ses séances hospitalières, il y a quelques semaines. La mort était bien là, à l'œuvre, en train de s'emparer peu à peu de son visage, de ses traits, de ses rides, de ses yeux, de ses pensées, de tout son être. Seule la perruque faisait tache, n'étant pas concernée. Il lui avait ouvert les bras en disant :

– Viens ici que je vérifie l'état du matériel !

Et il avait serré son petit corps amaigri contre lui, en lui pelotant les fesses, dos à François qui avait fait semblant de ne rien voir. François aimait Catherine plus que lui-même, comme un fou. Comme l'enfant qu'ils n'avaient pas eu. Il pouvait tout comprendre, tout accepter, mais pas la perdre. Elle pouvait tout se permettre, sauf le quitter. Sans le savoir, ces deux êtres étaient désespérés, et c'est pour ça que Pasdeloup les aimait bien.

Un coup d'œil vers Bouquinville et François derrière la porte entrebâillée qui continue de le regarder. Pasdeloup reste un moment devant chez lui, au beau milieu de la chaussée, à contempler la grande bâtisse au 1, rue Brûlée. Un nom qui, à l'époque, avait fait immédiatement écho en lui. Et ce chiffre 1 qui conférait à la brûlure de cette adresse quelque chose d'unique, une sorte de première place dans la noirceur de la calcination.

*

Il y a plus de vingt ans déjà. Sans expérience aucune, Pasdeloup s'était jeté à corps perdu dans la rénovation de ce bâtiment. Le vieux maçon espagnol en retraite qui habitait un peu plus loin, ruelle des Bourdes, venait s'asseoir tous les jours sur le banc de la place Hyacinthe-Drujon pour suivre l'évolution des travaux. Après une petite semaine passée à ronger son frein, n'y tenant plus, il avait carrément poussé un coup de gueule.

– Un travail aussi dégueulasse, c'est pas Dieu possible !

Du haut de l'échafaudage où il venait de commencer l'enduit de la façade, Pasdeloup s'était penché vers le petit homme dressé sur ses ergots.

– Qu'est-ce qui ne va pas, pépère ?

– Ton gobetis, il est trop épais !

– Gobetis ? Késako ?

– La première couche ! L'enduit doit être liquide !

– Même quand on ne fait qu'une seule couche ?

L'Espagnol s'était étranglé d'indignation.

– Un enduit, c'est trois couches, *puta madre* ! Sinon, c'est une merde qui va foutre le camp au bout de six mois ! En plus, t'as pas assez piqué ton mur ! Tu vas mettre de la merde sur la merde !

Pasdeloup était descendu le rejoindre avec un air respectueux.

– Tope là ! Je te nomme architecte en chef. Tu me dis comment faire et j'obéis !

Le vieux maçon avait froncé les sourcils, méfiant. Il avait attendu la fin d'un avion pour demander :

– C'est payant ?

– Le SMIC horaire, ça ira ?

Un peu estomaqué par cette proposition du tac au tac, il avait désigné la main gauche de Pasdeloup d'un coup de menton méprisant.

– Avec une patte et demie, t'es sûr que tu y arriveras ?

Les yeux vairons s'étaient brusquement fixés sur lui et lui avaient fait peur. Mais le ton blagueur de la voix l'avait immédiatement rassuré.

– On parie ? Si je vais jusqu'au bout, tu travailles gratis !

L'Espagnol ne s'y était pas risqué. Leur collaboration avait duré presque un an. Un beau matin, il n'était pas venu. Pasdeloup avait commencé sans lui, puis très vite, s'était arrêté. Il était descendu jusqu'à la ruelle des Bourdes, avait frappé en vain à sa porte, était entré. L'Espagnol semblait dormir, affalé sur la table de la cuisine. Sauf que.

*

Pasdeloup contemple les deux lézardes sous la grande lucarne de façade. Dernièrement, elles se sont beaucoup agrandies. Il va falloir monter et réparer ça. Cette fois-ci, sans le soutien de l'Espagnol pour tenir l'échelle au cas où. Pasdeloup le revoit, la tête posée sur son bol de café au lait, la bouche et le nez plongés dans le liquide. À ses pieds, une biscotte qui n'était pas tombée sur son beurre et sa confiture. Une chance pareille, c'était un mauvais présage. Le bon côté, c'est qu'il était mort avant de se noyer. Sans souffrir. Le contraire de Catherine.

Pasdeloup frissonne. Le froid l'a transpercé. Et la pluie. Et tout ça. Il s'ébroue et pousse la porte du 1, rue Brûlée. À peine entré, une voix de femme à l'accent portugais le cloue sur place.

– Stop ! Je viens de nettoyer, alors n'allez pas tout saloper ! Ne bougez pas !

Pasdeloup se fige sans broncher. On ne discute pas quand Maria donne un ordre. À ses pieds, une flaque grandit à vue d'œil. Il grimace en pensant que, dans quelques années, il aura l'âge de faire sous lui, comme ça.

Maria revient avec quelques vêtements et une serviette qu'elle dépose sur une chaise à côté de lui. Une quarantaine d'années, vive, petite et musclée, plutôt jolie.

*

Voilà longtemps que Maria travaille chez Pasdeloup. Femme à tout faire sauf l'amour. Une sorte de gouvernante qui n'habite pas sur place. C'est un copain du vieil Espagnol qui, à l'époque, lui avait recommandé la jeune femme. À ses dires, bosseuse, honnête, elle cherchait du travail, fraîchement débarquée de Porto. Elle n'avait jamais eu de chance, Maria, ni avec les hommes, ni avec les femmes. Son beau-père l'avait violée à douze ans, et sa mère, folle de jalousie, l'avait abrutie de coups jusqu'à ce qu'elle décide de s'enfuir. L'Espagnol n'avait pas cherché à apitoyer Pasdeloup avec les malheurs de la pauvre fille car il connaissait son aversion pour les faibles et les victimes. Il lui avait juste dit qu'elle méritait qu'on lui tende la main pour lui donner sa chance. Quand Maria s'était présentée, Pasdeloup l'avait regardée longtemps sans rien dire. Il cherchait quelque chose de malsain ou de soumis chez elle. Elle avait supporté l'examen un moment puis s'était levée, gênée.

– Ça ne me plaît pas. Je m'excuse.

– Qu'est-ce qui ne vous plaît pas ?

– Vos drôles d'yeux comme si j'étais… un animal à la foire.

– Regardez autour de vous. Comment vous trouvez ?

Maria avait eu un petit rire pour annoncer comme une évidence :

– C'est sale !

– Ah bon ! Tant que ça ?

– Ben oui, regardez !

Elle avait arpenté la grande pièce en balayant d'un doigt les surfaces et les recoins les plus inhabituels. À la fin, elle avait exhibé son index noirci.

– C'est même crasseux ! Et moi, j'aime le propre !

Pasdeloup s'était approché d'elle avec un petit air amusé et lui avait demandé à brûle-pourpoint :

– C'est parce qu'on vous a déjà salie, vous, personnellement ?

Maria avait ouvert de grands yeux étonnés. Elle avait réfléchi, prenant le temps de traduire les mots dans sa langue, de s'approprier le sens. Alors, elle avait vacillé une fraction de seconde de manière presque imperceptible. Et enfin elle avait fait face avec une expression de défi.

– Faut être très motivé pour bien nettoyer la merde des autres !

L'argument était imparable et il l'avait engagée immédiatement.

Au fil des années, Maria a peaufiné son rôle dans la vie de Pasdeloup. Elle a appris à ne pas se formaliser de la cruauté de ses propos, de ses extravagances et de ses bizarreries. Cela fait maintenant vingt ans et deux mois qu'elle gère son quotidien de manière à le libérer entièrement des contingences ménagères. Elle consacre à Pasdeloup environ deux heures par jour dans sa loge de concierge à Goussainville, quartier de la gare : repassage, courses et préparation du repas du soir. Plus deux autres heures passées au Vieux Pays pour faire le ménage, remplir le réfrigérateur et faire tourner la machine à laver. Maria a renoncé à comprendre ce drôle d'employeur. Il ne vit pas comme un riche et pourtant dépense sans compter. Il la paie royalement. Tous les jours, un taxi vient la chercher et la raccompagne chez elle. Idem pour les courses dans les grandes surfaces. En vérité, Maria peut user du taxi autant de fois qu'elle le souhaite, il lui suffit d'appeler France, la chauffeuse. Pasdeloup ne contrôle jamais. Il paie voilà tout. En contrepartie, il exige l'impossible. Une nourriture très simple à base des meilleurs produits frais et une absence totale de chaleur humaine. Depuis vingt ans et deux mois, elle est seulement un nom et un corps appelés Maria. D'une très grande importance. Essentiels même. Mais juste le temps de leur présence. Tout au début, convaincue d'être méprisée, Maria avait lâché :

– Vous, ce n'est pas les doigts qu'on vous a coupés, c'est le cœur !

Il avait levé un sourcil intrigué et s'était mis à rire, chose rare chez lui.

– C'est vous qui êtes sans cœur, Maria ! En vouloir à un pauvre handicapé, amputé d'un organe aussi vital, vous devriez avoir honte !

Maria avait compris ce jour-là que si les mots du cœur n'avaient pas cours chez Pasdeloup, ceux qui venaient du cerveau jouissaient en revanche d'une liberté sans entraves et bénéficiaient d'une impunité totale. Les propos les plus fous, les plus méchants, les plus culottés, inattendus, bêtes ou intelligents éveillaient toujours son intérêt et seuls parvenaient à faire briller une petite lumière dans son regard. Maria en profitait pour lui dire ses quatre vérités.

*

– Allez, on change de peau et on me la donne !

Facile. Chaussures, chaussettes, short, slip, T-shirt, coupe-vent, Pasdeloup est nu comme un ver. Tandis qu'il se sèche, Maria jette une serpillière à ses pieds tout en le scrutant sans gêne.

– Vous avez encore maigri ! À votre âge, c'est pas beau ! Y a des tas d'endroits où c'est fripé !

L'air agacé, Pasdeloup se met face à elle et s'empoigne le sexe.

– On pourrait commencer le lifting par là ! Si vous aviez la bonté de me sucer, bien sûr !

Maria hausse les épaules et tourne les talons.

– Vous êtes grossier, c'est dégoûtant !

Même rhabillé, Pasdeloup grelotte. Il marche jusqu'à la grande cheminée où brûle un feu d'enfer. Maria lui apporte une bouteille d'eau minérale qu'il engloutit à grandes gorgées. Elle enchaîne d'un ton badin :

– Vous boitez ? Ça fait la deuxième fois en six mois… Bientôt je vous pousserai dans une chaise roulante.

Pasdeloup réplique du bout des lèvres, indifférent :

– Je me tuerai avant.

Maria rigole de toute sa bouille malicieuse et délurée.

– Et moi, je perdrai mon boulot !

On entend dehors le bruit d'un avion et, plus près, celui d'une voiture qui se gare devant la porte et klaxonne. Il est 11 heures. Maria enfile son imperméable.

– C'est France ! Lasagnes et salade pour déjeuner, brandade de morue ce soir. Il y a aussi le reste de tarte aux pommes. À demain !

Pasdeloup lui fait un signe de tête, elle est déjà partie.

Il s'assied devant le feu et contemple les flammes jusqu'à ce que son corps retrouve une température convenable. Se remet debout avec une grimace de douleur et traverse l'immense pièce en boitant. Des murs blancs vides, un grand escalier vers les étages, au sol un carrelage noir et blanc, au beau milieu une table de billard français au feutre noir, une vaste cuisine ouverte, tout inox, avec un écran de télévision intégré, un bar, devant la cheminée un canapé de cuir, le tout formant un ensemble dépouillé, ascétique. Pasdeloup pousse une porte et se retrouve dans une autre pièce aussi grande mais beaucoup plus encombrée. Meubles de rangement et étagères, machine à laver, séchoir, table de repassage, établi de bricolage, outils, et dans le coin le plus éloigné la chaudière. Il ouvre un placard où sont rangés soigneusement des ustensiles médicaux et des médicaments. Il avale quelques comprimés antalgiques et anti-inflammatoires, en met quelques-uns dans sa poche, retourne dans la pièce principale. Emprunte l'escalier et monte directement jusqu'au deuxième étage où se trouvent d'immenses combles aménagés, très lumineux grâce à de nombreuses fenêtres de toit. Une seule pièce très longue où se succèdent plusieurs univers. D'abord un bureau avec un matériel informatique sophistiqué, ensuite des machines de musculation disposées autour d'un tatami et enfin l'espace à dormir et la salle de bains. Pasdeloup s'arrête un long moment devant une fenêtre qui donne sur le cimetière, l'église ceinturée d'échafaudages et le parc. Il contemple attentivement le paysage noyé de pluie, un avion qui passe, s'installe sur le tatami et fait des exercices d'étirement en regardant la presse du jour sur sa tablette. L'attentat de Drancy fait encore la une.

Il y a cinq jours, Saad Bendaoui, un jeune étudiant algérien inconnu des services de police, s'est envolé de l'aérodrome de Chelles-Le-Pin, situé en Seine-et-Marne, dans l'agglomération parisienne. Il effectue son cinquième vol solo, dans le cadre de son apprentissage au brevet de pilote privé. Son instructeur qui le suit des yeux depuis le sol s'aperçoit immédiatement qu'il prend un cap nord-ouest non prévu dans le plan de vol. Il tente d'entrer en contact radio avec le jeune pilote mais un complice cagoulé l'oblige à se taire sous la menace de son arme. Le petit Evektor SportStar fonce à 200 km/heure vers le département voisin de Seine-Saint-Denis. Ce jour-là, à quelque dix kilomètres, se déroule au mémorial du camp de Drancy un événement sans précédent : une cérémonie œcuménique d'hommage aux Juifs déportés qui réunit pour la première fois les grands rabbins de France, le président du CRIF, le cardinal et archevêque de Paris, et le très médiatique et controversé Mouloud Bathily, imam des Lilas accompagné d'une centaine d'imams venus de tout le pays. Ce dernier est l'instigateur de cette manifestation. Cela fait des années qu'il tente tout particulièrement un rapprochement avec la communauté juive. Menacé de mort par les intégristes musulmans, Bathily est sous protection policière vingt-quatre heures sur vingt-quatre. Cette cérémonie devant le mémorial de la Shoah à Drancy est pour lui l'aboutissement d'un long travail de réconciliation. Sous l'œil des caméras de télévision, les personnalités se pressent sur l'esplanade cernée par un service d'ordre impressionnant. Entre la grande sculpture de Selinger et le wagon-témoin s'avancent un prêtre, un rabbin et un imam, main dans la main, qui s'apprêtent à déposer une gerbe. À cet instant, on entend le bruit d'un moteur d'avion qui se rapproche, devient strident. Tout le monde lève la tête. Il aura fallu cinq minutes à Saad Bendaoui pour repérer sa cible et descendre en piqué, moteur à fond, en hurlant : « Allahu akbar » dans sa radio. À deux cents mètres du sol, le petit Evektor ne supporte pas la contrainte imposée à sa structure et son aileron se détache, le rendant incontrôlable. Deux secondes après, à 11 h 48, il s'écrase au milieu de la foule, à cinquante mètres du wagon des déportés. On dénombre cinquante-trois morts dont cinq rabbins et trois imams, et cent vingt-six blessés. L'aileron perdu finit sa course folle dans la façade d'un immeuble de la cité de la Muette, décapitant un spectateur à sa fenêtre.

Sur les sites djihadistes, on invoque un juste châtiment en promettant le même sort à Bathily et à tous les traîtres qui le soutiennent.

Depuis cinq jours les mêmes images de terreur passent en boucle sur toutes les chaînes de télévision du monde entier, les cris de la foule paniquée qui fuit dans tous les sens, le grand rabbin de Paris et l'imam des Lilas à plat ventre sous le wagon-témoin, des policiers aux yeux rivés vers le ciel, braquant leurs pistolets dérisoires pour empêcher un autre bombardement. Cinq jours sans qu'une heure passe avec une nouvelle vidéo issue du téléphone portable d'un piéton ou d'un chauffeur d'autobus, qui vienne enchérir sur la précédente. À la nouvelle de l'attentat, les communautés musulmanes, juives et catholiques, ainsi que l'ensemble de la classe politique, de la société civile et des médias ont exprimé, avec une certaine lassitude, leur indignation, leur incompréhension, leur révolte.

Le temps est passé de la foule immense, descendue spontanément dans les rues des grandes villes après les tueries de *Charlie Hebdo* et de l'hypermarché casher de la porte de Vincennes. Celle du Bataclan et les autres sont passées par là. On s'habitue à la barbarie. Elle fait moins recette. Et les intelligents de droite et de gauche, à quelques exceptions près, continuent de cacher leur lâcheté, leur incapacité et leur désarroi en se barbouillant de confiture compassionnelle : « ne pas stigmatiser », « ne pas faire d'amalgame », « un déséquilibré sans repère qui n'a rien à voir avec l'islam », « ne pas attiser la haine et faire le jeu de l'extrême droite », « n'oublions pas que nous avons colonisé son pays ».

Tous excluent de leur vocabulaire le mot « chien » de peur d'être mordus.

Pasdeloup referme l'étui de sa tablette en faisant claquer sèchement le couvercle.

Chaque attentat remue au tréfonds de lui des pensées et des souvenirs qu'il ne peut partager avec âme qui vive. Sous la douche, il se savonne énergiquement en se rappelant la pièce de théâtre prêtée par son voisin libraire, dans laquelle Lady Macbeth, devenue folle, se lave et relave les mains sans parvenir à leur ôter « l'odeur du sang ».

Vers 14 heures, il redescend au rez-de-chaussée et enchaîne sans entrain sur les lasagnes de Maria qu'il avale avec des antalgiques et des anti-inflammatoires en buvant de la bière. Le déjeuner expédié, il enfile un ciré et se rend à l'église, à quarante mètres de chez lui.

*

Saint-Pierre-Saint-Paul, construite au XIIe siècle, reconstruite au XVIe, Pasdeloup l'a toujours connue fermée. Et interdite au public. Ces vieilles pierres abandonnées, instables, dangereuses mais classées monument historique par arrêté du 21 février 1914, avaient empêché le Vieux Pays d'être rayé de la carte. C'est donc tout naturellement qu'une fois les travaux du 1, rue Brûlée achevés, Pasdeloup s'était occupé de l'église. Tant qu'elle serait debout, pensait-il, elle repousserait l'invasion des bulldozers. Et du même coup préserverait son gîte. Il avait inspecté à l'aide de jumelles la couverture du clocher, ainsi que les tuiles plates du grand toit à trois pentes recouvrant la nef. Il avait constaté leur mauvais état général et même un certain nombre de trous béants. Il s'était rendu à la mairie pour savoir si des travaux étaient envisagés ou planifiés. « Oui… Non… Peut-être… Un jour… »

Alors, un matin très tôt, Pasdeloup avait crocheté la serrure du portail méridional et pénétré dans Saint-Pierre-Saint-Paul. Muni d'une lampe frontale, d'un appareil photo, d'un plan et d'une documentation récupérés aux archives municipales, il avait parcouru le bâtiment dans ses moindres recoins. Partout, l'humidité régnait. La chaire à prêcher en chêne du XVIIIe était couverte de moisissure, les bancs des fidèles aussi, et des traces de fuites étaient bien visibles sur les voûtes et les piliers. Sous les yeux tranquilles du Christ en croix accroché sur le mur ouest, grande sculpture en bois du XVIe siècle, moisie elle aussi, Pasdeloup s'était glissé dans une ouverture de la travée sud pour gravir les cent trente-deux marches en colimaçon conduisant à la cloche portant le nom de Nicole-Élisabeth et aux quatre clochetons du beffroi. À vingt-sept mètres de haut sur la balustrade, il avait inspecté de plus près les toitures, mesuré les ardoises et photographié les tuiles. Quand il était ressorti de l'église, trois heures après, il avait levé les yeux vers un avion qui passait et fait un clin d'œil en pensant à l'Espagnol. Le vieux maçon lui avait tout appris en bâtiment mais là, il fallait en plus être funambule. Et ça tombait bien. Pasdeloup n'avait ni peur de mourir ni le vertige.

Avant de commencer, il prit ses précautions. Peu de gens circulaient dans le coin, mais on allait très vite se rendre compte qu'un type se baladait sur le toit de l'église. Et que, même avec les meilleures intentions du monde, c'était rigoureusement interdit. Il placarda donc près de l'entrée du monument un faux panneau de travaux intitulé « Réparation des couvertures » où il s'attribuait le titre de maître d'œuvre. Il en parla ensuite sans avoir l'air d'y toucher aux employés du service de nettoyage et aux éboueurs, les seuls à passer régulièrement devant le monument. Enfin, il rendit visite à sa voisine d'en face. Avec une pipelette comme Jeanine Maro, dotée d'un sens hypertrophié de l'observation, c'était inutile de finasser. Pasdeloup lui avoua la vérité et lui fit jurer de n'en rien révéler. De mentir même. Sans hésiter, elle se dit prête à tout pour sauver la maison du Seigneur. Mais c'était couru d'avance, pour avoir de son côté une alliée aussi précieuse que Cuisse légère, il fallait payer le prix. C'est ainsi que tout au long des neuf mois que durèrent les travaux, et à raison d'une fois par semaine, Pasdeloup alla déjeuner chez elle. À soixante-douze ans, Cuisse légère avait le feu au cul et une imagination monstre. Chaque fois, elle en déployait des trésors pour l'exciter. Pasdeloup lui plaisait. Il était sans cœur, sauvage. Il ne lui faisait pas l'amour, il la baisait. Dans toutes les positions. Par tous les trous. Elle jouissait comme une bête, sans vergogne. C'était sa manière à elle d'oublier la vieillesse et la mort.

Fort de son impunité, Pasdeloup se lança à l'assaut de Saint-Pierre-Saint-Paul. Il testa d'abord les étapes du parcours. Monter tout le chargement dans le clocher par le petit escalier en colimaçon jusqu'aux grandes baies abat-son. Faire descendre au bout d'une corde à poulie un seau rempli de tuiles jusqu'au ras du toit. Descendre à son tour par une autre corde à la manière d'un alpiniste, équipé d'un sac à dos, d'un harnais et d'un système de remontée avec poignée bloquante et pédale pour un pied. Et enfin se décrocher et circuler sur les pentes du toit chargé de tuiles. Après quelques heures d'essais, d'ajustements, d'installation de longes de sécurité, Pasdeloup remonta dans le clocher, à bout de forces. Le travail serait long, fastidieux, dangereux mais c'était possible. Avec beaucoup de prudence et de patience.

En amante reconnaissante, Cuisse légère lui trouva un petit assistant. Robert Garrigues, dit Bob, un jeune de quinze ans dont elle connaissait les parents, élève dans un lycée professionnel où il préparait un BEP de charpentier. Petit, râblé, Bob avait un physique ingrat mais Cuisse légère n'avait pas résisté à l'attirance de la chair fraîche. Elle l'avait déniaisé un an auparavant et il revenait la voir de temps à autre pour soulager ses glandes endocrines adolescentes. Contre salaire, Bob se mit donc au service de Pasdeloup après ses cours, ainsi que pendant les jours de congé et les vacances scolaires. Monter les matériaux par l'escalier du clocher et les faire descendre sur le toit évitait à Pasdeloup des allers-retours épuisants. Son apprentissage de charpentier était en outre très utile pour le remplacement des voliges. Neuf mois durant, le jeune homme servit le projet fou avec discrétion, constance et efficacité. Bob venait d'une famille pauvre mais l'argent n'était pas sa seule motivation. Il aimait ça. Il était fasciné par la charpente de la nef qu'il parcourait souvent pour le plaisir en admirant fermes, pannes et chevrons, se régalant de prononcer devant Pasdeloup les termes d'arbalétrier, d'entrait, de poinçon et autres jambes de force et potelets. Quand le travail fut achevé, un lien simple et profond existait entre eux, un respect, une confiance. Par la suite, Pasdeloup encouragea Bob à tenter l'expérience des Compagnons des Devoirs du Tour de France. Après un périple de cinq ans, le jeune homme revint à Goussainville avec son diplôme de compagnon charpentier. Son chef-d'œuvre de réception, une maquette de deux mètres de haut, était le clocher de l'église Saint-Pierre-Saint-Paul.

*

Aujourd'hui, dix-neuf ans après, Pasdeloup s'arrête un instant devant le panneau de travaux affiché sur la façade de Saint-Pierre-Saint-Paul. Tout ce qu'il y a de vrai, celui-là, portant le nom de l'entreprise créée par Bob, spécialisée dans la réparation et la reconstruction des vieilles charpentes. La porte de l'église est ouverte. Dans la nef des ouvriers s'affairent. Un des hommes s'avance vers lui avec un grand sourire. Ils se serrent la main façon bras de fer avec beaucoup de chaleur.

– Bonjour, monsieur Meunier !

– Salut, petit ! Content de te voir !

À trente-quatre ans, Bob est toujours aussi moche, avec la même bonté, la même franchise dans les yeux et le sourire. Pasdeloup le revoit, exalté et poings serrés quand il avait appris l'appel d'offres lancé par l'architecte des Bâtiments de France.

– Ici, c'est chez nous ! Ce boulot, je l'aurai même si je dois le faire gratos !

Il s'était battu comme un lion pour emporter le contrat. Et voilà le résultat.

– C'est fini. Je vous montre ?

Il laisse Pasdeloup passer le premier dans l'escalier en colimaçon.

– Vous boitez ?

– Ta gueule, Bob !

Ils pénètrent dans les immenses combles. Au-dessus d'eux, la charpente, impressionnante, comme une carcasse de bateau à l'envers. On remarque à leur couleur les bois qui ont été remplacés. Bob désigne fièrement une partie de la structure.

– Le truc dingue, ça a été de remplacer toute cette ferme, là. Un casse-tête chinois pour étayer !

Pasdeloup secoue la tête, admiratif. Bob éclate brusquement de rire.

– Vous vous souvenez quand on a commencé à bricoler ici, le type de la mairie qui s'est pointé un jour pour nous dire d'arrêter ?

Pasdeloup fait une moue étonnée.

– Vous ne vous rappelez pas ? Vous l'avez collé au mur en le traitant de trou-du-cul ! Vous lui avez montré une lettre d'autorisation de travaux avec l'en-tête de la mairie et sa propre signature en bas ! On ne l'a plus jamais revu !

Pasdeloup a un petit sourire amusé en se remémorant les faits. Il grimpe l'escalier en colimaçon jusqu'à la balustrade, en haut du clocher. Bob le rejoint, grimaçant sous la pluie qui tombe à verse.

– À propos de mairie, Malard, le directeur des services techniques est passé ce matin. Il a voulu descendre dans la crypte mais… Il n'y a plus de serrure et la porte est soudée au chambranle. Il s'est foutu en rogne. Il se demande qui…

Pasdeloup l'interrompt tranquillement.

– J'ai mes raisons pour avoir bloqué le passage et Malard est un trou-du-cul que j'emmerde.

Le rire de Bob se perd derrière un avion qui passe.

– Je peux vous demander quelque chose, monsieur Meunier ? À l'époque, le papier officiel et la signature, vous les avez eus comment ?

Pasdeloup se souvient de Micheline qui travaillait à la bibliothèque municipale. Elle avait ses entrées partout et elle raffolait de ses yeux « comme David Bowie ! ».

Pasdeloup fait un clin d'œil noir à Bob et se détourne pour regarder le taxi qui remonte la rue Brûlée et qui vient se garer devant le numéro 1. Il est 15 heures. Un coup de klaxon et la silhouette de France qui descend. Pasdeloup met ses doigts dans la bouche et pousse un coup de sifflet strident. Elle lève la tête et le voit en haut du clocher, qui agite le bras. Elle lui répond. Bob a un petit sourire entendu.

– Il ne faut pas faire attendre les dames, monsieur Meunier.

Pasdeloup s'engage dans l'escalier en colimaçon, s'arrête soudain sans se retourner, l'index en l'air, comme s'il venait de penser à quelque chose de très important.

– Figure-toi que la semaine dernière, quelqu'un a déposé des fleurs sur la tombe de Jeanine Maro ! L'anniversaire de sa mort, fallait y penser !

Il recommence à descendre avec un petit gloussement satisfait, indifférent à Bob devenu rouge comme une pivoine.

– De toutes les queues qu'elle a fait jouir, il y en a au moins une qui a la reconnaissance des bourses !

Bob le rattrape au bas de l'escalier avec l'air de quelqu'un qui n'a plus rien à perdre.

– Cette église, cette crypte, pourquoi vous y tenez tellement, monsieur Meunier ? Vous êtes juif, non ? Enfin, à ce qu'on dit…

– Ça m'arrive quelquefois, Bob.

Un ange passe avec le visage de Jeanine Maro, grande experte en prépuce devant l'éternel.

France attend près de sa voiture sous un grand parapluie. Son regard insiste sur la boiterie de Pasdeloup mais elle ne dit rien. Il lui ouvre la porte et la laisse passer. Devant la cheminée où subsistent des braises, ils se déshabillent ensemble, sans un mot ni un regard. France est une femme grande et charpentée. Une cinquantaine d'années, bien en chair, des hanches larges, des jambes fortes, de gros seins qui tombent un peu, le visage un peu long, presque masculin, de grands yeux noirs et des lèvres pulpeuses. À côté d'elle, la maigreur musculeuse de Pasdeloup est inattendue, disproportionnée, choquante.

– Ton fils est reparti ?

Allongée nue sur le canapé, France ouvre de grands yeux émus, un peu tristes.

– Oui.

*

Sa vie, France l'a donnée corps et âme à son petit Pascal, atteint dès sa naissance d'infirmité motrice cérébrale. Elle s'est oubliée pour se consacrer entièrement à lui. Un sacrifice d'autant plus incroyable qu'il n'avait pas produit chez elle les effets habituels des bonnes actions faites par devoir, rabougrissement du cœur, amertume, envie, regrets. Sans rien savoir d'elle, Pasdeloup avait loué ses services de taxi quand il avait engagé Maria. Entre elles, le courant était passé immédiatement. Et après quelques semaines de courses quotidiennes, France s'était laissée aller à quelques confidences. Que Maria avait rapportées à Pasdeloup. À trente ans, France débutait dans le métier. Pascal avait un an. Le mari venait de les quitter. Il fallait des sous pour vivre et pour donner les meilleurs spécialistes à l'enfant. Taxi, c'était bien, elle pouvait travailler jour et nuit, tout en restant libre pour son fils. Maria en avait les larmes aux yeux. Selon elle, la douceur et la détermination qui émanaient de France étaient surnaturelles. Cette femme était un ange.

Pasdeloup avait tranché avec mépris.

– Le coup classique. Une pauvre fille bourrée de culpabilité qui entre dans les ordres pour s'occuper de son lépreux de chiard ! Ceinture de chasteté incrochetable ! Normal que le mari ait taillé la route !

– Et qu'il l'ait laissée sans un sou aussi ?

Les yeux de Maria flamboyaient de colère. Face à eux, ceux de Pasdeloup se remplirent de haine.

– Oui, normal ! Les hommes sont des salauds ! Tu devrais le savoir, toi qui as passé ton enfance à te faire enculer par ton père !

– Mon beau-père !

Maria avait hurlé. Pasdeloup avait éclaté d'un rire aigre. Lui qui ne riait pas souvent. Maria n'était pas revenue. Au bout d'une semaine, France avait débarqué. Elle n'y était pas allée par quatre chemins.

– Moi, ça me fait un gros manque à gagner, quant à Maria, c'est même pas la peine d'en parler…

– Et alors ?

– Il faudrait faire quelque chose d'humain. Vous excuser par exemple.

– Pourquoi ?

France avait regardé Pasdeloup un long moment avec une expression presque apitoyée.

– Vous avez des yeux troublants. L'un dit oui, l'autre non… Ça vous ferait changer d'avis si je vous taillais une pipe, là, tout de suite ?

Pasdeloup l'avait regardée avec beaucoup d'intérêt et d'amusement. Puis, il avait dégrafé sa ceinture, baissé son pantalon et son caleçon.

– Ça vaut le coup d'essayer !

Sans hésiter, France s'était agenouillée et lui avait saisi le sexe. Pasdeloup lui avait pris la tête à deux mains et doucement l'avait forcée à se relever.

– C'est d'accord, je passerai la voir demain.

France tremblait un peu. De gêne. De honte. Elle avait essayé de donner le change en plaisantant.

– Vous avez eu peur que je vous morde ?

Pasdeloup l'avait considérée avec une bienveillance inhabituelle chez lui. L'œil gris et l'œil noir s'étaient mis d'accord.

– Non. Là, vous étiez prête à me sucer et à m'éponger. Mais pour m'empêcher de faire du mal à votre enfant par exemple, vous n'hésiteriez pas à me couper la bite avec les dents. Vous faites partie de ces gens capables de tout pour avoir ce que vous voulez. J'aime bien les types dans votre genre, de vrais durs.

Il avait ajouté en remontant caleçon et pantalon :

– Mais pour m'avoir, c'est autre chose. Il faudra que vous y mettiez du vôtre. Je ne suis pas un homme facile.

France avait souri, soulagée.

– Et pas du tout macho prétentieux.

Ils n'avaient pas fait l'amour ce jour-là. Seulement six mois après. Presque par jeu. Ou par curiosité. En souvenir de la fellation avortée. Entre-temps, Pasdeloup était allé voir Maria avec un énorme bouquet de fleurs. Histoire de ne pas lui demander pardon.

*

Pasdeloup réfléchit en regardant France qui sirote un café, tête basse. Elle vient de lui avouer son désarroi depuis qu'elle a trouvé un film porno sur l'ordinateur de Pascal. Son bébé en chaise roulante vient d'avoir vingt ans. Il est devenu un homme sans qu'elle s'en rende compte.

– Ça t'emmerderait qu'il ait une autre femme que toi dans sa vie ?

France se mord les lèvres, troublée. Pasdeloup ne s'est jamais gêné pour appuyer où ça fait mal. Mais c'est justement pour ça qu'elle lui en a parlé.

– Disons que… Il faudrait que je me fasse à l'idée.

– Il tache ses draps ?

– Oui, de temps en temps…

– En rêve ou il se branle ?

– Je ne sais pas.

– Est-ce qu'il bande dur ? C'est important pour savoir si Viagra ou pas ?

– Ça ne me fait pas rire !

Pasdeloup articule lentement, d'une voix neutre, indifférente.

– Qu'est-ce que tu crois ? Tous les jeunes cons devenus hémiplégiques après un accident de la route se bourrent de Viagra pour convaincre leur copine qu'ils sont encore des hommes. Il faut savoir ce que ton fils peut avec sa bite et ce qu'il veut en faire dans le futur. Le mieux, c'est que tu lui demandes. Je peux aussi le faire, si tu veux…

France inspire profondément, désemparée.

– Non, je ne préfère pas !

Le cri du cœur. Pasdeloup ne peut retenir un sourire.

– Écoute, je connais une professionnelle qui conviendrait. Je peux la briefer. Elle le dépucelle comme une gentille maman et après, elle nous fait un rapport !

France ouvre des yeux effarés.

– Pascal avec une… Mais t'es un malade, Pasdeloup !

– Le malade, c'est lui. Et le traitement qu'il lui faut, c'est la petite pute dont je te parle. Sexy, bête comme ses pieds, douce, consciencieuse, bien élevée, l'idéal ! Tu veux son numéro ?

France ramasse nerveusement son sac et se dirige vers la porte, fâchée.

– Bon, ça suffit ! Ciao !

Pasdeloup la suit du regard sans aucune bienveillance.

– Tu repasses quand pour t'envoyer en l'air ? Puisque toi, tu y as droit !

– Cet été sur la glace, connard !

La porte claque. En boitant, Pasdeloup va chercher des anti-inflammatoires dans la pièce voisine. Il avale deux comprimés sans eau et glisse la boîte dans sa poche. Il monte au deuxième étage, scrute par la fenêtre le jour qui tombe avec la pluie sur le cimetière, l'église et le parc. Il prend un livre intitulé *Nuit* sur son bureau, se laisse aller dans un fauteuil et continue sa lecture.

À 20 heures, il atteint la dernière page et referme le livre. Il reste de longues minutes immobiles, sonné. François Gourmont, le libraire, l'avait prévenu avec des accents lyriques.

– Ce bouquin, Edgar Hilsenrath l'a écrit pour toi, Pasdeloup ! Tout ce que tu aimes. Une cruauté qui coupe le souffle ! Quel culot grandiose, quel sublime connaisseur du versant humain dégueulasse et grotesque ! Cet ancien déporté a osé dépeindre les Juifs de ce ghetto non pas comme de pauvres victimes mais comme des animaux prêts à tout pour sauver leur peau !

« Chapeau bas, mon cher Edgar », pense Pasdeloup en frissonnant. Il regarde par la fenêtre les feux du Boeing de 20 h 45 en provenance de New York. Il redescend à la cuisine. Se verse une bonne rasade de gin qu'il sirote au bar, perdu dans ses pensées. Il mange ensuite la brandade de morue et la tarte aux pommes de Maria. Remonte au deuxième étage. Un dernier coup d'œil par la fenêtre. Au loin, la lueur d'une lampe torche lui fait l'effet de l'éclair qui précède l'orage.

Il escalade le mur du cimetière et se laisse glisser doucement dans le parc. Il pleut à flots mais il ne porte aucun imperméable pour être parfaitement silencieux. Sans utiliser sa lampe frontale, il boite sans bruit dans la nuit vers ce qu'on appelle au Vieux Pays « le château », une grande maison en ruine qui se trouve au milieu du parc. Arrivé à la bâtisse, il se dissimule derrière les colonnes du portail d'entrée, ouvert sur un monticule de poutres et de gravats. Le toit et les étages se sont depuis longtemps effondrés à l'intérieur des quatre murs encore debout. Il sort de son étui un pistolet à impulsion électrique et le met en position de marche. Quelqu'un fouille dans les décombres, un bruit de pas, et enfin une silhouette apparaît. Pasdeloup allume sa lampe frontale et pointe son arme vers l'homme.

– Stop !

L'individu se retourne en sursautant. Il serre contre lui un petit sac imperméable.

– Merde, qu'est-ce que vous voulez ?

Le jeune beur grand et maigre qui tente avec la main de protéger ses yeux de la lumière halogène, Pasdeloup l'a croisé il y a quelques jours dans la crypte de l'église, avec trois autres, des Roms venus avec le cousin de Nono.

– Alors, Abdel, je vois que les souterrains, ça t'a pas suffi ?

Abdel blêmit en reconnaissant la voix.

– Attends, Pasdeloup, déconne pas.

Il n'est pas près d'oublier la terreur qui l'a saisi à quinze mètres sous terre quand il a entendu un cri de guerre et que les détonations ont commencé à éclater. Un bruit d'enfer et des balles qui sifflaient dans tous les sens en ricochant sur les pierres. Ensuite un grand silence suivi de la grenade lacrymogène. Ils s'étaient tous retrouvés dehors en pleine nuit, à quatre pattes dans l'herbe, hoquetant et vomissant à cause du gaz et de la peur. Pasdeloup les attendait avec un pistolet qui pendait au bout de son bras ballant. Il avait ôté ses bouchons d'oreilles et les avait fait s'allonger à plat ventre. Il les avait fouillés, leur avait demandé leurs noms d'une voix sourde, cassée. Après, il leur avait juste dit :

– Ne revenez plus.

Abdel vacille et s'appuie contre le mur. Depuis cette nuit-là, il a des problèmes d'équilibre. Son oreille gauche bourdonne encore du traumatisme sonore subi dans la crypte.

– Je te jure, Pasdeloup, je ne savais pas que le château aussi était interdit. Mais si tu le dis, c'est bon pour moi.

– Qu'est-ce que t'as là-dedans ?

– C'est des trucs.

– Montre.

Abdel a un mouvement de recul avant de détaler brusquement, ventre à terre, plié en deux pour offrir le moins de surface possible. Immédiatement, Pasdeloup appuie sur la détente. Propulsées par la cartouche d'air comprimé, les deux électrodes reliées à deux fils isolés viennent se planter dans les reins du fuyard. Paralysé par la décharge électrique, il s'effondre en lâchant le sac plastique. Pasdeloup le ramasse et l'examine. Abdel se remet vite. Craintif et haineux.

– Cannabis et coke. Il y en a pour un paquet de thunes. Si tu me le prends, je suis mort.

– Ne me tente pas !

– Putain, c'est vrai ! Sur la tête de ma mère !

– Je vais pleurer. Si je le prends, tu iras braquer un autre dealer, c'est tout.

Pasdeloup lui jette le sac en pleine figure.

– Ne reviens pas.

Abdel le récupère avidement, se redresse d'un bond et se met à courir pour disparaître dans la nuit et le vacarme d'un TGV qui passe.

Pasdeloup éteint sa lampe frontale et reste un long moment immobile, scrutant l'obscurité qui a englouti le jeune homme. Il rebrousse chemin, passe inspecter la porte de la crypte. Les soudures sont intactes. Il repense à la folie qui s'est emparée de lui l'autre nuit, à sa violence disproportionnée face à ces jeunes cons.

Dangereux, certes. Mais il a failli perdre le contrôle. L'âge sans doute. La faiblesse, la fatigue qui gagne peu à peu. Son bouleversement après l'attentat de Drancy. Dorénavant, il lui faudra être prudent et se méfier d'abord de lui-même. La chance ne durera pas. Et risquer de faire la une d'un fait divers et de finir sa vie en prison n'est pas raisonnable.

Les temps ont changé. Le Vieux Pays se repeuple peu à peu. Il y a de nouvelles têtes. Du va-et-vient. Il faut l'admettre. L'époque s'achève où il faisait la loi, en maître incontesté de cette terre abandonnée. Son royaume s'est réduit à peau de chagrin. Il lui reste l'église, le parc et le château en ruine. Jusqu'à quand ? Il lui faut s'attendre à être bientôt dépouillé de ces derniers oripeaux. Il préfère ne pas penser à ce qu'il fera à ce moment-là. Il traverse de nouveau le cimetière et rentre chez lui. Maria n'est pas là pour l'obliger à quitter ses chaussures et ses vêtements trempés. Il saisit la bouteille de gin et monte difficilement au deuxième étage. Avale des anti-inflammatoires et des antalgiques avec une gorgée d'alcool.

Un avion survole le Vieux Pays. Pasdeloup allume un petit récepteur nav/com, posé près de son lit et s'allonge. En bruit de fond grésillant, les communications de la tour de contrôle de Roissy-Charles-de-Gaulle.

– Air France 120 Écho Bravo, en approche, 4 nautique finale ILS 33 gauche… Air France 120 Écho Bravo, autorise atterrissage piste 26 gauche…

Les yeux vairons de Pasdeloup Meunier sont grands ouverts face à la fenêtre de toit qui crépite sous la pluie. Il se sent si seul qu'il appelle Jeanne en silence. Il l'appelle sans même s'en rendre compte. Elle s'insinue dans ses pensées. Elle lui revient tout entière. Il sombre dans le sommeil vers 23 h 10 en disant son nom. La nuit ne sera pas calme.

2

L'amour, la mort et l'enfer

Le matin du dimanche 3 juin 1973, Pasdeloup Meunier descendit du train en gare de Goussainville, un bouquet de fleurs à la main. Le printemps était au rendez-vous et Jeanne sur le quai. Le cœur battant, ivre d'aérobie, il pressa le pas jusqu'à elle. Ils se jetèrent dans les bras l'un de l'autre et s'embrassèrent follement sans se soucier du bouchon qu'ils créaient sur le passage des voyageurs. Un baiser à pleines lèvres, à pleine langue, de ceux qui peuvent durer éternellement quand on est jeune, amoureux, et qu'on maîtrise parfaitement la respiration par le nez.

Un couple de vieux, scandalisé, se détourna avec horreur, une petite fille sourit sous cape, une mère de famille lança l'anathème contre ces « dégénérés de Mai 68 », un groupe d'adolescents se mit à pousser des cris d'encouragement, jusqu'à ce qu'un employé de gare, plutôt compréhensif, se décidât à désamorcer la manifestation qui enflait et vînt leur demander avec indulgence de stopper cet attentat à la pudeur. Les lèvres luisantes de salive, Jeanne et Pasdeloup s'éloignèrent, toujours enlacés, pour recommencer de plus belle dans la 4L garée devant la gare.

Quand dix mois auparavant, Albert Meunier avait chargé son fils de faire visiter la chambre de bonne qu'il proposait à la location, Pasdeloup avait soufflé d'agacement et de déplaisir. Passer pour le propriétaire pingre d'un lieu aussi moche, aussi mal entretenu, et en plus demander de l'argent pour ça, c'était vraiment une mission assommante, pour ne pas dire déshonorante. Sans compter que la grasse matinée du samedi était foutue. Mais impossible d'y échapper, Maître Albert Meunier, notaire au 7, avenue Mac-Mahon, Paris 17ᵉ, était retenu pour affaires en province. Et cinq étudiants avaient pris rendez-vous entre 8 heures et 11 heures.

À 11 h 20, Pasdeloup en avait rencontré quatre, de jeunes provinciaux prêts à se satisfaire de n'importe quoi dans un quartier de la capitale aussi prestigieux, et qui lui avaient laissé les documents exigés en espérant que leur candidature serait retenue. La cinquième, une dénommée Jeanne Arroyo, était en retard. Mais Pasdeloup avait pris le parti d'attendre un peu et de lui laisser sa chance. Il était gêné aux entournures face à ces jeunes gens du même âge que lui mais moins favorisés. L'appartement familial qu'il occupait à la même adresse, juste au-dessus de l'étude, était immense, luxueux, desservi par un ascenseur. Son père qui connaissait le sentiment qui dominait chez les cultivés et les intelligents en ces années-là avait coutume de lui dire :

– Tu es né riche, Pasdeloup, mais ce n'est pas de ta faute. J'en suis seul responsable. Il ne faut donc pas que tu aies honte de ton argent. S'il ne t'intéresse pas, c'est tant mieux. Utilise-le pour acheter ta liberté.

À 11 h 30, Pasdeloup entendit une course effrénée dans les escaliers. Une minute après, une jeune fille apparut au sixième, à bout de souffle. Elle s'accouda sur la rampe, la tête posée sur les bras, tentant de calmer sa respiration. Pasdeloup descendit la rejoindre.

– Mademoiselle Arroyo ?

Jeanne fit une moue rigolote, luisante de sueur.

– Je suis désolée pour le retard. J'ai eu une panne de réveil.

Elle était franche. Son sourire était lumineux. Elle avait de grands yeux verts pétillants d'intelligence, des cheveux noirs lisses et fins, coupés court. Elle lui tendit la main.

– Vous êtes M. Meunier, je suppose ?

– Son fils.

Ils montèrent un étage de plus. Elle le précéda dans l'escalier. Il remarqua sa taille marquée, sa cambrure, ses fesses et ses jambes de danseuse. La visite fut faite en une seconde. Elle eut une drôle d'expression, un mélange de mauvaise surprise et de fatalisme.

– Et la douche ?

Pasdeloup la conduisit un peu plus loin sur le palier. Il en profita pour lui montrer les toilettes, la porte à côté. Elle considéra les lieux sans rien dire, puis inspira un grand coup, comme pour se donner du courage. Pasdeloup eut toutes les peines du monde à ne pas regarder ses seins. Il s'écarta pour qu'elle n'entendît pas les battements de son cœur, de peur aussi de ne pouvoir se retenir de la toucher. Il ne bandait pas, mais il avait la tête qui tournait. Il était tellement troublé par cette fille qu'il s'entendit dire d'une voix essoufflée :

– Ça paraît sale, mais c'est propre, j'ai vérifié. C'est juste vieux et laid. Vous permettez que je vous appelle Jeanne ?

Il ne lui laissa pas le temps de répondre.

– Écoutez, Jeanne, si vous me disiez d'aller me faire foutre avec cette piaule minable, je comprendrais.

Elle se mit à rire de bon cœur.

– Non, c'est pas si mal. En plus, il y a un cinéma génial juste en face sur l'avenue.

Pasdeloup balaya l'objection, l'air de celui qui n'a pas de temps à perdre.

– OK ! Voilà ce que je vous propose. Je vous donne un coup de main pour refaire la peinture et je fais installer le téléphone. Qu'est-ce que vous en dites ?

Elle le regarda avec curiosité, intriguée.

– Pourquoi vous feriez ça ?

Pasdeloup la dévisagea sans plus de crainte, soulagé par sa propre audace.

– Vous faites des études de quoi ?

– Cinéma. J'ai été reçue à l'Institut des hautes études cinématographiques, section mise en scène.

Pasdeloup annonça comme une évidence :

– J'adore le cinéma. C'est pour ça !

– Mais vous ne le saviez pas !

Il asséna avec une mauvaise foi définitive :

– Je m'en doutais !

Le visage de Jeanne devint grave. Elle scruta Pasdeloup en réfléchissant. Il fit face sans broncher. Elle lâcha enfin avec un sourire méfiant :

– OK. Mais n'allez pas croire que c'est pour vos beaux yeux !

Pasdeloup continua sur sa lancée, culotté.

– Et à propos, vous les trouvez comment ?

– … Différents !

Ils pouffèrent ensemble. À partir de ce jour-là, Pasdeloup se sentit d'une légèreté inconnue de lui, et fort comme jamais. Il annonça à son père qu'il avait trouvé un locataire « parfait » et qu'il avait donné sa parole pour de « nouvelles conditions ».

Albert Meunier ne s'inquiéta pas de celles-ci car il se fichait de l'argent que lui rapportait cette chambre. Son fils avait ses raisons et il les connaîtrait bientôt. Pasdeloup ne lui cachait jamais longtemps la vérité. La parole était libre entre eux.

À la mort d'Élisabeth, son épouse, Albert avait dû s'occuper tout seul de Pasdeloup, leur fils âgé de dix ans. Ce petit être dévasté avait été jusque-là le domaine d'Élisabeth. Il ne s'en était jamais soucié que pour contrôler l'évolution de sa scolarité. Par quel bout commencer ?

Lucide sur son incompétence en matière de caresses et de tendresse, Albert avait usé de la seule échappatoire qui lui semblait convenable : faire preuve d'intelligence et toujours dire la vérité. Cette attitude, à la fois froide et bienveillante, avait encouragé l'enfant à l'autonomie, pour ne pas dire à l'autarcie. Elle l'avait aussi durci. Sans le sein d'une mère, la force des mots est exacerbée. C'est pourquoi, très vite, Pasdeloup n'avait jamais plus prononcé le mot de « maman », associé qu'il était au « maman est morte » de papa, « maman est décédée » de l'école, « maman est partie » pour certains, « maman nous a quittés » pour d'autres. Il avait en effet compris que les morts décèdent pour quitter les vivants et que maman avait bel et bien choisi de partir, en d'autres termes, de le laisser tomber. Par dépit amoureux, il avait donc décidé un beau jour de l'appeler « Élisabeth ». Et il s'était tenu à cette distance. La première fois que « maman » disparut dans la bouche de son fils, Albert avait pâli et ses épaules s'étaient voûtées sous le poids de la tristesse. Il n'avait rien objecté. Il avait juste laissé échapper dans un souffle :

– Élisabeth ? Ah oui…

Au fil des années, à force de constance et d'honnêteté, il était parvenu à créer une relation vraie avec Pasdeloup. À instaurer un climat de confiance et de respect. L'amour, c'était une autre histoire. Élisabeth était la seule personne que le père et le fils avaient jamais aimée. Elle demeurait irremplaçable. Albert ne s'était pas remarié, trompant sa solitude de temps à autre, en toute discrétion, dans les bras d'une créature. Quant à Pasdeloup, abandonné par sa première femme, il se méfiait de toutes les autres. Chat échaudé…

Albert feuilleta la déclaration d'imposition des parents Arroyo, qui se portaient caution pour leur fille, ainsi que leurs fiches de paye.

– Isaac Arroyo, instituteur, et Sarah, son épouse, professeur de solfège…

Pasdeloup n'avait même pas daigné regarder ces documents. Il laissa éclater sa surprise et sa joie.

– Des Juifs en plus ! Génial !

Albert tempéra son enthousiasme.

– Des Juifs pauvres qui vont se saigner aux quatre veines pour que leur progéniture fasse du cinéma ! Mais quelle mouche a piqué ces gens-là pour qu'en Occident, de nos jours, le cinéma les attire plus que la traditionnelle dentisterie ? Le syndrome Chaplin, je suppose, devenir riche en jouant un pauvre !

– Pour ton information, papa, le septième art, c'est du solide ! Tu oublies que jusqu'en 1959, il relevait du ministère de l'Industrie !

Albert leva un sourcil étonné et posa sur son fils un regard acéré, un peu railleur.

– Si je comprends bien, cette rencontre avec... comment s'appelle-t-elle, déjà ? Jeanne Arroyo, voilà !... a été une sorte de révélation. Je suppose que tu comptes arrêter tes études de chimie pour te lancer dans la production cinématographique ! Écrire des scénarios peut-être ? Devenir acteur ? Tu devrais en parler à ton parrain, il va être ravi, ça va lui donner des idées pour l'avenir de sa propre fille ! Au fin fond de son kibboutz, Wolfgang adore ça, la fantaisie !

Pasdeloup prit un air buté, les yeux étincelants de colère.

– Mon parrain s'appelle Zéèv ! ZÉÈV !

C'était toute une histoire. Commencée dans le ciel de Munich en décembre 1944. Cette nuit-là, le gros bombardier Halifax de la Royal Air Force, sur lequel Albert Meunier occupait le poste de mitrailleur arrière, était abattu par la DCA. Albert avait sauté en parachute et atterri en pleine campagne bavaroise enneigée. Il avait été recueilli et sauvé par un Allemand qui l'avait caché chez lui jusqu'à l'entrée des alliés dans Munich, fin avril 1945. Wolfgang Müller n'était pas un garçon comme tout le monde. Passionné de culture française et de jazz, fils d'un anarchiste qui malgré son âge s'était engagé dans les Brigades internationales pendant la guerre d'Espagne, il n'avait pu échapper à son incorporation dans la Wehrmacht. Blessé sur le front de l'est, il était rentré à Munich où il avait été conquis par les idées d'Hans et Sophie Scholl, des étudiants qui avaient fondé « La Rose blanche », un groupe de résistants au nazisme. Hans et Sophie ainsi que d'autres membres furent arrêtés et guillotinés en février 1943. À son tour, Wolfgang Müller fut arrêté et jugé. Il bénéficia de circonstances atténuantes, sa conduite héroïque en Russie et sa blessure jouèrent en sa faveur. Seulement dix ans de prison. Bénéficiant du réseau anarchiste de son père, il parvint à s'évader lors de son transfert à la prison de Stadelheim et se cacha ensuite dans une ferme isolée, sur la commune de Pestenacker, un petit village des environs de Munich. Et c'était précisément dans un de ces « champs de la peste » que le destin avait fait atterrir Albert Meunier. Wolfgang savait très bien le français, Albert avait étudié l'allemand, les deux hommes eurent ainsi tout le loisir de se parler et de se connaître durant les quatre mois qu'ils vécurent ensemble dans la clandestinité. Même leur nom de famille les rapprochait. Müller se traduit en français par « meunier ». Quand arriva le jour de la victoire, ils se séparèrent en pleurant. Albert, qui lui devait la vie, lui jura fidélité jusqu'à son dernier souffle. Ils ne perdirent jamais le contact. Wolfgang vint visiter son ami plusieurs fois en France, assista à son mariage avec Élisabeth et enfin fut requis comme parrain de leur premier enfant. Albert avait des idées bien arrêtées sur le choix du prénom. Ce serait Wolfgang en hommage à l'ami d'outre-Rhin. Élisabeth fit la grimace. Appeler un petit Français « Wolfgang » en 1948, ça n'était vraiment pas raisonnable. Elle dressa un tableau apocalyptique de ce qu'allait subir la chair de sa chair avec un tel handicap. Moqueries, suspicion, lynchage peut-être. Wolfgang lui-même, qu'elle appela au secours, fut de son avis. Albert accepta donc de transiger. Il céda sur la forme mais non sur le fond. Puisque seule la sonorité germanique posait problème, il suffisait de traduire « Wolfgang » en français. Cela faisait « pas de loup ». Et donc « Pasdeloup » serait le prénom de son fils. Élisabeth tenta encore de lui faire changer d'avis. Elle invoqua Mozart qui n'aurait pas aimé s'appeler « Pasdeloup Amédée », rien n'y fit. Il vint donc au monde un petit Pasdeloup Meunier.

Son parrain Wolfgang ne s'était jamais remis des révélations terribles qui avaient suivi la défaite nazie. Le procès de Nuremberg avait jugé et condamné de hauts dignitaires du Troisième Reich ainsi que des institutions comme la Gestapo. Mais il savait au fond de son cœur que la responsabilité collective de tout un peuple était engagée. Et que celui-ci ne serait jamais châtié. Allemand il était, bavarois même, il en éprouvait une sourde culpabilité. Le débat autour de son prénom au sein de la famille Meunier fut le déclencheur de son exil. Où aller pour tenter de réparer le mal commis sinon dans le nouvel État d'Israël ? Il s'embarqua avec l'intention de se fondre dans les survivants de la Shoah et d'y oublier ses origines. Il s'établit dans le kibboutz de Nir'am en face de Gaza, s'y convertit au judaïsme, y épousa une Juive, eut une fille. Déjà traduit en français par Albert, Wolfgang Müller devint « Loup » en hébreu et donc Zéèv Miller. Il continua de correspondre avec son vieil ami. Chaque année, il envoya également une longue lettre à son filleul pour son anniversaire. Il n'y manqua jamais, bien qu'il perdît de plus en plus son français au fil du temps.

En 1968, la tornade sociale et estudiantine toucha Pasdeloup de plein fouet, emportant sur son passage ses études de droit et du même coup les rêves de son notaire de père faisant de lui son successeur. Il se mit à fréquenter assidûment un club de boxe et exhibait en tous lieux ses ecchymoses avec une forfanterie puérile.

Albert avait déjà remarqué la violence qui pouvait animer son fils. Des bagarres sérieuses avaient marqué son adolescence, provoquant le renvoi de plusieurs établissements scolaires. Dans ces moments d'agressivité, ses drôles d'yeux devenaient fixes, lui donnant le regard glacé, inquiétant, de ces chiens huskies ou malamutes. La deuxième fois que Pasdeloup fut appréhendé pendant une manifestation, Albert dut faire jouer toutes ses relations pour lui éviter la prison. Il avait cassé le nez d'un CRS et en avait amoché quatre autres. Il avait lui-même trois côtes fracturées, une cheville luxée et douze points de suture sur le crâne, autant de blessures que l'avocat fourni par Albert parvint à faire passer pour un acharnement des forces de l'ordre sur un jeune homme sans défense. Excédé, Albert se mit pour la première fois dans une colère terrible qu'il ne tempéra d'aucune manière, comme pour soulager une pression trop longtemps contenue.

– Tu n'es qu'un petit merdeux ! Je t'ai toujours tout passé parce que tu n'as plus de mère ! Comme si j'y étais pour quelque chose ! Mais je te jure que c'est fini ! Tu es encore mineur, Pasdeloup, et jusqu'à vingt et un ans, c'est moi qui commande et toi qui vas obéir ! Si ça ne te plaît pas, tu fous le camp de la maison et de ma vie ! Que je ne te revoie plus jamais ! Voilà ce que j'ai décidé : demain, j'envoie un télégramme à ton parrain, et je t'expédie chez lui au kibboutz ! Toi qui aimes faire le coup de poing avec les camarades travailleurs, tu vas savoir ce que c'est que de se lever à 4 heures du matin pour aller bosser à l'usine ou dans les champs ! Et avec un peu de chance, tu auras droit à une guerre qui durera, je l'espère pour toi, plus que six jours ! Comme ça, tu auras le temps d'en profiter ! Tu pourras aller te battre pour de vrai et pour quelque chose ! Si toutefois les soldats de là-bas acceptent dans leurs rangs un petit con de bourgeois mal élevé, gâté pourri par son vieux con de père !

Albert s'effondra sur une chaise à bout de souffle. Sidéré, Pasdeloup le considéra avec un petit sourire admiratif.

– Tu as tout à fait raison, papa, ce voyage sera le bienvenu !

Albert n'eut pas de nouvelles de lui pendant onze mois.

Wolfgang-Zéèv lui en donna brièvement de temps à autre pour le rassurer. Le petit allait bien et surtout aucune guerre n'était en vue.

Quand Pasdeloup rentra, il avait mûri, semblait apaisé. Il était hâlé et avait des mains calleuses. Il ne manifesta pas tout de suite l'envie de parler de son séjour en Israël. Albert n'insista pas. Pasdeloup mentionna juste le livre que lui avait donné Zéèv au kibboutz. Écrit par un certain Primo Levi et intitulé *If This Is A Man*, une traduction anglaise de l'italien.

En 1969, *Si c'est un homme* n'existait pas encore en français. L'auteur, déporté à Auschwitz, y racontait toute l'horreur de sa vie au camp, avec la précision, la froideur et la distance d'un entomologiste examinant au microscope le comportement d'une colonie d'insectes. Pasdeloup avait eu un choc à cette lecture. Ce récit lui avait glacé le sang à la manière d'un cri insoutenable. Primo Levi dut la vie sauve à sa formation de chimiste et à sa connaissance de l'allemand qui lui valurent d'occuper une place plus protégée.

De retour en France, Pasdeloup décida de reprendre ses études. Ce serait la chimie. Albert n'y trouva rien à redire. Selon lui, n'importe quelle étude profitait à n'importe qui et à n'importe quelle vie, l'essentiel étant la discipline qu'elle imposait. Pour Albert, il fallait dresser la bête et tous les moyens étaient bons pour y parvenir.

Quand Jeanne Arroyo sortit du bureau de Maître Albert Meunier, son contrat de location en poche, elle tomba sur Pasdeloup qui attendait dans l'antichambre. Son père n'avait pas tenu à ce qu'il assistât à son entretien avec la demoiselle. Ça l'avait intrigué et un peu agacé. Il était curieux de savoir comment la rencontre s'était passée.

– Votre père est super sympa ! Et très rigolo !

– Ah bon ?

Jeanne le dévisagea, un peu moqueuse.

– Il n'était pas au courant que vous alliez m'aider pour la peinture ! En tout cas, ça l'a bien fait rire ! Il m'a dit aussi que si je vous donnais quelques cours de cinéma ou de photo, il était sûr que vous accepteriez de baisser le loyer !

– Il a dit ça ?

Jeanne éclata de rire. Pasdeloup respira son souffle.

– Mais non, c'est une blague !

Elle ramassa deux gros sacs qu'elle chargea sur ses épaules.

– J'amène petit à petit. J'emménage dans quelques jours.

– Attendez, je vous aide.

Il prit ses affaires et la suivit jusqu'au septième. Il faisait beau. Elle portait une petite robe courte et légère. Ses jambes étaient musclées, son derrière ferme et rebondi. Il avait envie d'y poser ses lèvres, d'y mordre comme dans une pêche de vigne. Il resta sur le pas de la porte, le cœur battant la chamade, mais ce n'était pas à cause des escaliers.

– Si ça vous dit, on commence la peinture demain après-midi. Comme ça, j'achète tout le matériel demain matin, et hop-là.

Elle sembla hésiter.

– Vous êtes sûr ? Vous n'êtes pas obligé.

– Si, j'y tiens. Je trouve que ces murs ne sont pas... assez jolis... enfin, je veux dire...

Le manque d'oxygène dans le cerveau sans doute, Pasdeloup s'embrouillait. Il rougit. Gentiment, elle le tira de ce mauvais pas.

– C'est adorable. D'accord pour demain.

Chambre, couloir, douche, toilette, grattage, enduit et deux couches de blanc satiné, ils y passèrent quatre après-midi. Les quatre demi-journées les plus pleines, les plus magnifiques de la vie de Pasdeloup. Il était fou amoureux et chaque seconde le rendait un peu plus fou et amoureux. La proximité de cette fille était un délice, une excitation de tous les instants. Ils grattaient, ponçaient et peignaient ensemble. Pasdeloup faisait en Sorbonne une maîtrise de parachimie, c'est dire que les peintures, colles, vernis et autres encres n'avaient aucun secret pour lui. Il était intarissable sur les taches d'acrylique qui parsemaient le visage, les bras et les jambes de Jeanne. Une façon pour lui de s'extasier sur leur support sans avoir l'air d'y toucher. Aux côtés de Jeanne la belle, de Jeanne la Juive, la peinture de ces murs devenait une nouvelle forme d'art, intime, généalogique, liée à Wolfgang et Zéèv, à Meunier et à Miller, à Primo Levi. Pasdeloup raconta à Jeanne l'histoire de son prénom, la mort de sa mère, son séjour en Israël, son parrain converti. Elle lui parla de son père Isaac, Toulousain parti enseigner au Maroc après la guerre, de sa mère Sarah, musicienne, issue d'une riche famille de Fez, de sa naissance à Casablanca, de leur triste retour en France après l'indépendance, de l'installation dans les HLM de la gare à Goussainville en 1959.

Après quatre jours passés à cœur ouvert, Pasdeloup en était sûr. Il aimait Jeanne comme il n'avait jamais aimé personne. Il n'en revenait pas, ne s'en lassait pas. Le coup de foudre de la première seconde se répétait en boucle avec la même intensité. Il demeurait insatiable de sa présence, curieux de chacun de ses mots, avide de chacun de ses gestes, infatigable de tout ce qui émanait d'elle. À la fin de leur travail, la séparation lui fut un déchirement. Elle l'embrassa sur la joue, en jeune fille reconnaissante envers un bon camarade. Elle s'était bien entendu rendu compte qu'elle lui plaisait et elle-même trouvait ce garçon joli et intéressant. Mais il n'était pas le premier à vouloir coucher avec elle. Et ses études de cinéma la passionnaient qui allaient l'occuper à plein temps. Elle jugea ce baiser sur la joue totalement approprié, inconsciente de l'énormité des sentiments qui agitaient Pasdeloup.

Il le prit très mal. Immédiatement se ferma et disparut. Elle ne le revit que trois semaines après, par hasard, en rentrant dans la cour de l'immeuble. Elle marchait bras dessus, bras dessous, avec un de ses copains quand elle tomba nez à nez avec lui. Elle lui sourit, il passa son chemin, elle le rattrapa et l'agrippa par la manche. Il se dégagea si violemment qu'elle faillit tomber. Son copain, un grand garçon costaud, vint à la rescousse.

– Mais ça va pas !

Pasdeloup fit volte-face, les yeux fixés sur le jeune homme. Des yeux terribles, des yeux de loup affamé, de tueur. Il se jeta sur lui, le saisit d'une main à la gorge et de l'autre l'empoigna au niveau de l'entrejambe avec une incroyable férocité. Le garçon s'écroula en hurlant. Pasdeloup le lâcha pour se tourner vers Jeanne, encore tremblant de colère.

– Il faut qu'on parle.

Il tourna les talons. Elle le regarda s'éloigner, stupéfaite, tétanisée, incapable de venir en aide au pauvre garçon qui geignait à ses pieds, assis par terre, en se massant doucement les parties.

Deux heures après, elle descendit de son septième pour prendre l'ascenseur et aller sonner chez les Meunier. Elle demanda Pasdeloup à la gouvernante qui ouvrit. Quand il fut devant elle, elle le gifla de toute sa force. Pasdeloup encaissa sans bouger et ne leva pas les mains pour se protéger quand elle arma son bras pour le frapper de nouveau. Il plissa juste les yeux en attendant le coup. Jeanne n'alla pas jusqu'au bout. Sa première gifle avait largement dérapé et Pasdeloup saignait abondamment du nez. Elle laissa retomber son bras et se mit à pleurer. Pasdeloup sortit sur le palier et tenta de la réconforter tout en faisant tampon sur ses narines avec son T-shirt.

– Je suis désolé. Je ne voulais pas te faire du mal.

Elle se mit à rire au milieu de ses larmes.

– C'est moi qui t'ai pété la gueule, sale con !

Ce soir-là, ils se séparèrent sur ces paroles de réconciliation. Albert, qui avait assisté de loin à toute la scène, ne put s'empêcher de ricaner quand son fils ensanglanté passa devant lui pour regagner sa chambre.

– De Gaulle l'avait dit ! Sûrs d'eux et dominateurs !

Jeanne reprit contact avec Pasdeloup le samedi suivant. Elle l'invitait à une première nuit de cinéma que proposait le Studio des Acacias à quelques centaines de mètres de l'avenue Mac-Mahon. Il y aurait de quoi manger, de quoi boire, et d'après elle, un programme « antibourgeois, éclectique et décoiffant ». En version originale sous-titrée, bien entendu. Ce qui était à l'époque le comble du chic et de l'avant-garde, le doublage en français étant réservé aux « ploucs » réactionnaires, à ne pas confondre avec la classe ouvrière avide, elle, de culture et d'instruction. Le premier film qu'ils virent ensemble fut *Johnny Got His Gun*, réalisé par Dalton Trumbo, d'après son roman. Un réquisitoire d'une cruauté et d'une force inouïes contre l'absurdité de toutes les guerres. Le film terminé, Pasdeloup était resté immobile dans son fauteuil, assommé. Jeanne hoquetait de sanglots. Après l'entracte et quelques verres de vin rouge, Jeanne avait attrapé Pasdeloup par le col de sa chemise et l'avait embrassé à pleine bouche. Elle s'en était excusée avec des larmes plein les yeux.

– C'était pour me remettre ! J'en avais besoin !

Cette nuit-là, ils virent encore *Five Easy Pieces* de Bob Rafelson, alors maître incontesté de l'insatisfaction existentielle qui conduit à tout abandonner pour partir sur la route, *Drive, He Said*, première réalisation de Jack Nicholson, avec Karen Black, cette magnifique actrice qui louchait légèrement. Elle fumait dans le film des gauloises sans filtre, référence obligée au cinéma français pour tout film américain qui réfléchit. Dans la dernière partie de la nuit, ce furent deux satires italiennes au vitriol, *Mimi métallo blessé dans son honneur* de Lina Wertmüller, et *Les Monstres* de Dino Risi. Au petit matin, tout le monde se retrouva sur le trottoir de la rue des Acacias, saoul d'images et de vin, à faire à la cantonade des exercices d'admiration ou de détestation. Pasdeloup découvrait ce milieu bohème et artiste. Il avait la tête à l'envers, dépaysé, comblé. Au milieu de la nuit sa cuisse s'était collée contre celle de Jeanne qui avait répondu à sa pression. Ils rentrèrent lentement jusque chez eux. Pasdeloup raccompagna Jeanne jusqu'à l'escalier de service. Ils s'embrassèrent longtemps, goulûment. Il lui caressa les seins. Elle le repoussa gentiment pour monter seule. Rentré chez lui, Pasdeloup alla à la salle de bains et se masturba. Il avait bandé toute la nuit, les couilles lui faisaient mal. Il éjacula dans le lavabo puis alla se coucher. Il éprouva un sentiment de surprise en retrouvant son lit, comme au retour d'un long voyage.

Durant l'hiver 1972-1973, Jeanne entraîna Pasdeloup dans toutes les salles obscures du quartier, le Studio de l'Étoile, la Boîte à Films, le Demours Palace, le Mac-Mahon. Parfois, ils allaient jusqu'au Studio de la Huchette à Saint-Michel, ou pire, au Cocorico ou aux Folies-Belleville dans le 20e. Jeanne avait la passion du cinéma et elle adorait voir et revoir, discuter, s'extasier ou cracher, découvrir et partager.

Subjugué, Pasdeloup la suivait aveuglément et ingurgitait voracement ce qu'elle lui servait. Cuisse contre cuisse, il reçut en pleine figure le cinéma du monde entier où régnait, à cette époque, une vitalité, un vent de liberté, une intelligence, un engagement et une ouverture qui ressemblaient à Jeanne et qui le ravissaient. Malgré l'hiver, les retours dans la nuit étaient brûlants de désir et d'espérance. Les baisers et les caresses n'en finissaient pas dans la cage d'escalier. Jeanne se laissait caresser les seins mais elle se refusait à tout attouchement de son sexe. Pasdeloup pensait en son for intérieur qu'elle était vierge bien qu'elle revendiquât haut et fort sa liberté sexuelle. Il ne voulait pas la brusquer et se contentait de se masturber en regagnant ses pénates. Un soir où ils avaient un peu trop bu, Jeanne laissa Pasdeloup entrer dans sa chambre. Ils s'embrassèrent, se caressèrent. Brusquement elle le repoussa et s'assit sur le lit, la tête entre les mains.

– J'ai quelque chose à te dire, Pasdeloup. Je ne suis pas religieuse et je me fous que tu sois goy, mais il y a quand même quelque chose qui me gêne... Le fait que tu ne sois pas circoncis. Enfin, je crois... Tu n'es pas circoncis, n'est-ce pas ?

Pasdeloup essaya de sourire, incrédule.

– Non. Et ça change beaucoup de choses pour toi ?

Elle se cacha encore plus entre ses bras.

– Je crois que je n'y arriverais pas. Ça va me dégoûter !

Douché à froid, Pasdeloup regarda les murs en cherchant quelque chose à dire.

– Ça fait bizarre, c'est la première fois que je me sens vraiment étranger.

Elle se jeta dans ses bras.

– J'ai trop bu ! Pardon !

Il la repoussa doucement avec les yeux des mauvais moments.

– D'autant plus que ça n'a pas eu l'air de gêner celles que j'ai eues au kibboutz. D'un autre côté, c'est pas la mer à boire. Imagine un Noir, pour lui, c'est foutu, il ne sera jamais assez clair pour la petite Blanche qui fait son étroite ! Moi, je n'ai pas à me plaindre, il me suffit de couper un morceau de peau pour niquer la petite Juive !

– Arrête !

Pasdeloup se leva et alla vers la porte.

– Et en plus, on y gagne en hygiène, à ce qu'on dit ! Bon, il faut lubrifier un peu plus pour se branler, mais on ne peut pas tout avoir !

Jeanne se leva, l'air désespérée, mais ferme dans l'attitude et dans la voix.

– Chaque fois qu'il y a un problème, tu veux tout casser. T'es chiant, Pasdeloup !

Il prit le temps de respirer pour lui dire très sérieusement :

– Je te jure que j'y réfléchis. Je te tiens au courant.

Il lui téléphona deux semaines après. C'était le 1er avril 1973.

– Ça y est, c'est fait !

– Quoi ?

– Je n'ai plus de prépuce !

Jeanne le prit à la légère.

– Poisson d'avril ?

– Non, je suis à la clinique, la bite encore endormie sous un énorme pansement ! Elle et moi ne serons pas visibles pendant un mois et demi. Tu tiendras jusque-là ?

Jeanne renifla, la gorge nouée, les yeux embués.

– Oui.

Ils se revirent fin mai, au pied de l'escalier de service. Jeanne caressa la joue de Pasdeloup et lui griffa la poitrine en appuyant son ventre contre le sien.

– Qu'est-ce que tu fais dimanche prochain ?

– Comme toi.

– Alors rendez-vous en gare de Goussainville à 11 heures. Je t'invite à déjeuner chez mes parents.

Pasdeloup eut un petit sourire cynique.

– Tu voudrais que je leur demande ta main ?

Elle éclata d'un rire moqueur.

– T'es pas fou ! Je veux te présenter mon chien. Et l'air de la campagne, c'est bon pour les convalescents !

Dans la 4L garée devant la gare de Goussainville, le 3 juin 1973, un joyeux bâtard de labrador, debout sur le siège arrière, tentait à coups de langue énergiques de s'immiscer dans le baiser de Jeanne et Pasdeloup. Il parvint à les séparer en prenant appui sur leur tête avec ses pattes de devant. Jeanne le repoussa d'une bourrade affectueuse.

– Foulcamp, je te présente Pasdeloup ! Pasdeloup, Foulcamp !

Cinq minutes après, ils arrivaient dans un quartier tranquille et s'arrêtaient devant un petit pavillon au 83, rue Mozart. Sarah, la mère de Jeanne, était dans le jardinet en train de couper du persil et de la coriandre. Elle embrassa sa fille, serra chaleureusement la main de Pasdeloup et plongea son nez dans le bouquet qu'il venait de lui offrir. C'était une grande femme, mince, très sympathique, avec des gestes élégants, une manière d'être aristocratique, un peu précieuse. Ils entrèrent. Jeanne sauta dans les bras de son père et lui présenta Pasdeloup. Isaac était plus petit que son épouse, râblé, les yeux vifs et intelligents, avec une aura de bonté qui rayonnait.

Pasdeloup essaya un moment de faire bonne impression, mais très vite, se laissa aller à la simplicité et à la chaleur ambiantes.

Le déjeuner de Sarah était excellent. Entre pastilla de pigeons aux amandes, tagine d'agneau aux oignons et raisins secs, et biscuits au miel de Tanger, Pasdeloup ne cessa de relancer la conversation sur Jeanne, voulant tout savoir d'elle depuis sa venue au monde. Sarah et Isaac ne se firent pas prier pour se livrer à un exercice hagiographique et Jeanne elle-même joua le jeu, pas mécontente au fond que la conversation demeurât sur de joyeuses banalités. Jeanne pesait une plume à sa naissance, Jeanne avait l'oreille absolue, Jeanne avait appris à conduire à huit ans sur les genoux de son père, Jeanne avait… Jeanne était… Un peu saoule de vin rosé et les yeux brillants posés sur Pasdeloup.

– On va se promener ! Je vais te montrer le Vieux Pays !

Les deux jeunes gens partirent à vélo jusqu'au vieux village de Goussainville, distant de deux kilomètres. Tout en pédalant, Jeanne donna à Pasdeloup quelques explications sur le lieu.

– L'an prochain, un nouvel aéroport va ouvrir à Roissy, pas loin d'ici. Et le vieux village va être démoli parce qu'il se trouve en bout de piste. C'est peut-être la dernière fois que tu vas le voir !

Ils remontèrent la rue Brûlée où déjà beaucoup de maisons avaient été murées et pénétrèrent dans le parc du château derrière l'église. Elle était exceptionnellement ouverte pour une messe d'anniversaire. Ils posèrent leurs vélos contre le mur du cimetière et commencèrent à se promener en s'embrassant. Jeanne entraîna Pasdeloup dans un recoin de la façade sud de l'église, dissimulé aux regards. Ses mains glissèrent vers le ventre du garçon.

– Montre !

Pasdeloup se demanda s'il avait bien entendu.

– Qu'est-ce que tu dis ?

Jeanne avait un air avide.

– Montre-moi !

Elle s'attaqua à la ceinture de Pasdeloup tout en avançant sur lui.

– Tu es folle ! Je ne vais pas me mettre à poil devant tout le monde !

– Tu n'es qu'un dégonflé, il n'y a que moi !

Jeanne le bloqua contre une vieille porte en bois et dans un sursaut d'énergie parvint à dégrafer sa ceinture. Sous la poussée, la serrure céda et le battant s'ouvrit brusquement dans le dos de Pasdeloup. Il perdit l'équilibre, dévala quelques marches et se retrouva assis par terre sur un petit palier en contrebas. Jeanne le rejoignit dans l'obscurité, tremblante d'excitation.

– Ce sont les souterrains qui mènent à la crypte ! Je n'y suis allée qu'une fois quand j'étais petite. Reste là, je reviens !

Quelques minutes plus tard elle était de retour, avec deux cierges allumés qu'elle avait pris dans l'église. Ils descendirent une volée de marches, puis une autre pour se retrouver dans une longue salle voûtée. Sur le mur de droite, une petite ouverture, un escalier encore, descendant très bas, et qui aboutissait à une salle en forme de croix.

Jeanne chuchota :

– C'est la crypte. On est juste en dessous de l'autel. Pendant la guerre, les gens venaient se cacher ici quand il y avait des bombardements.

Elle laissa goutter de la cire pour coller son cierge sur le sol et s'approcha timidement de Pasdeloup.

– Montre-moi.

Pasdeloup déglutit. Le cierge qu'il tenait dans une main tremblait un peu. De l'autre main, il ouvrit son pantalon et le fit glisser sur ses genoux. Il n'osa pas aller plus loin. Jeanne fit descendre son caleçon. Il bandait fort. Elle le saisit doucement et regarda le gland dénudé avec une grande émotion. Elle le caressa du bout des doigts. Pasdeloup éjacula. Serré trop fort, le cierge se brisa. Jeanne garda son sexe dans la main jusqu'à ce qu'il eût fini. Ils regagnèrent la surface, ramenèrent les bougies à leur place. Pasdeloup avait la tête qui tournait. Appuyés contre le mur du cimetière, ils restèrent longtemps enlacés, sans bouger. Ils reprirent enfin leurs bicyclettes et redescendirent jusqu'au 83 de la rue Mozart.

Isaac et Sarah étaient dans le jardinet. Quand Pasdeloup ouvrit le portail, Foulcamp se rua dehors et se mit à courir en grognant vers un congénère qui faisait sa promenade avec son maître. Jeanne poussa un cri.

– Rattrape-le, il va se battre !

Pasdeloup se mit à courir et saisit Foulcamp par son collier au moment où il s'apprêtait à attaquer un fox-terrier méchant comme la gale que son propriétaire avait du mal à calmer. Pasdeloup se retourna vers Jeanne. Elle appela le chien qui courut la rejoindre. Le pavillon était à quarante mètres environ. Sur le trottoir, il y avait Jeanne, Sarah et Isaac. Jeanne s'était accroupie pour serrer son chien dans ses bras. À 15 h 29, elle fit un geste du bras comme pour dire à Pasdeloup : « Reviens, on est là. »

Ensuite, Jeanne, Foulcamp, Isaac et Sarah disparurent dans une boule de feu et une explosion démentielle. La rue Mozart et le pavillon du numéro 83 volèrent en éclats. Quelque chose toucha Pasdeloup à la tête et le fit tomber. Il se releva, il n'y voyait plus rien. Il entendit des bruits de voix, des sirènes. Quelqu'un lui essuya le visage et il se remit à voir. Il saignait beaucoup du crâne. Il tituba vers la dernière image de Jeanne. Le pavillon éventré brûlait, noyé dans une fumée épaisse. On distinguait un amas de ferraille au milieu des gravats. Les premiers pompiers arrivaient. Pasdeloup s'approcha encore plus près malgré les flammes.

Au milieu des débris, il vit une chaussure. Il reconnut celle de Jeanne. Avec le pied de Jeanne encore dedans. Il se mit à crier. Des pompiers l'évacuèrent de force. Il ne cessa de hurler que lorsqu'il s'évanouit. Quand il se réveilla à l'hôpital de Gonesse, Albert était à son chevet, appelé par la police. Il lui caressait la main avec des larmes plein les yeux.

– Mon petit ! Je suis si heureux que tu sois là !

– Papa, qu'est-ce qui est arrivé ?

Albert lui expliqua qu'un avion du salon du Bourget s'était crashé sur Goussainville pendant son exhibition. Qu'un morceau était tombé près de lui. Qu'il avait eu de la chance. Albert ne parla ni de Jeanne ni des morts. Pasdeloup ferma les yeux sans plus rien dire. Le lendemain matin, il s'enfuit de l'hôpital et prit un taxi pour la rue Mozart. Elle était entourée d'un cordon de sécurité. Pasdeloup alla directement voir celui qui semblait être le chef. La tête recouverte d'un gros bandage, les vêtements noircis et couverts de sang séché, il lui expliqua qu'il avait rendez-vous au 83, rue Mozart avec Jeanne Arroyo. Elle l'attendait pour déjeuner, ainsi que sa famille. Le capitaine de gendarmerie eut un drôle de regard sur lui. Il s'éloigna pour se renseigner. Revint et donna l'ordre à ses hommes de laisser passer Pasdeloup. Il lui parla d'une voix douce, un peu émue.

– Je regrette, monsieur, la famille dont vous parlez est décédée dans l'accident. On ne peut pas approcher. Ils sont en train actuellement de... désincarcérer les corps des membres d'équipage... C'est le cockpit qui est tombé sur la maison...

Pasdeloup secoua la tête, compréhensif.

– Je suis vraiment désolé pour ces pauvres pilotes, mais il faut que j'aille retrouver mes amis.

Le gendarme l'attrapa doucement par le bras pour l'empêcher d'avancer.

– Ils sont morts, monsieur. Il faut aller vous faire soigner. Vous êtes choqué.

Pasdeloup se dégagea violemment avec des yeux hallucinés.

– Il n'y a que moi qui puisse les reconnaître. Je ne veux pas qu'on mélange Jeanne avec les restes de quelqu'un d'autre !

Il se mit à courir en criant en direction du groupe qui s'affairait devant les ruines.

– Ne prenez rien ! Moi, je les connais ! Je vais vous aider à faire le tri. Ne touchez à rien !

Un agent de sécurité soviétique se jeta sur lui et l'immobilisa au sol. Le gendarme s'interposa, les nerfs à vif.

– Ça va ! Foutez-lui la paix ! Lui aussi, c'est une victime !

Exaspéré par la présence des officiels russes qui, depuis le lever du jour, surveillaient de près pour s'assurer qu'aucun élément du Tupolev 144, concurrent du Concorde, ne fût récupéré par des mains « ennemies », le gendarme ne put s'empêcher d'ajouter hargneusement :

– Pas la peine de s'énerver ! On ne va pas le copier votre avion ! Vu comment il vole !

Il confia Pasdeloup aux pompiers. Trois quarts d'heure après, Albert venait récupérer son fils. Il le trouva assis sur une civière devant un camion militaire. Quand Pasdeloup releva la tête, Albert se retint pour ne pas avoir un mouvement de recul. Ses yeux s'étaient vidés de toute vie, de toute expression. Les yeux ouverts d'un mort, d'une poupée de porcelaine. Les jambes tremblantes, Albert caressa doucement la joue de son enfant.

– Mon pauvre petit…

Jour après jour, durant des semaines, des mois, Albert guetta l'apparition d'une petite lumière, d'un éclair de vie. Pasdeloup s'était remis physiquement assez vite, mais toute vitalité semblait cassée en lui. Tout intérêt. Les psychiatres avaient parlé de dépression réactionnelle. Ils l'avaient traité, sans résultat apparent. Il ne souffrait pas, ne pleurait pas, ne voulait pas se suicider. Il n'était tout simplement plus là, absent de lui-même. Il donnait l'impression d'un mannequin animé. Albert Meunier eut un jour la chair de poule en relisant un passage de l'Apocalypse : « Je connais tes œuvres. Je sais que tu passes pour être vivant, et tu es mort. » Pasdeloup avait perdu son âme.

Neuf mois après, le 3 mars 1974, le vol 981 de la Turkish Airlines s'écrasait dans la forêt d'Ermenonville, à vingt-trois kilomètres de Goussainville, tuant les trois cent quarante-six passagers et membres d'équipage. Pasdeloup alla aussitôt se porter volontaire auprès de la Croix-Rouge. Il fut très vite envoyé sur les lieux car l'odeur et le spectacle étaient tellement effroyables que les équipes de pompiers, de soldats et de volontaires ne supportaient le choc qu'en faisant des rotations rapides. Beaucoup ne purent tenir que quelques minutes avant de vomir et d'être évacués. Le crash avait fait une saignée de cinq cents mètres de long sur cent de large. Les arbres étaient hachés et carbonisés.

En raison de la vitesse d'impact, le degré de fragmentation de l'appareil et des passagers était inouï. Des morceaux de métal, des fils électriques, des vêtements, des boucles de ceintures, des gilets de sauvetage, des papiers, des effets personnels se mêlaient à des fragments de corps à peine reconnaissables. Troncs, jambes, têtes, bras, viscères, suspendus dans les arbres ou à moitié enterrés. La terrible collecte de plus de vingt-deux mille débris humains dura dix-sept jours.

Pasdeloup fut le seul à être présent sur toute la période à raison de six heures par jour. Ses chefs, ainsi que les volontaires qui travaillèrent avec lui, trouvèrent son comportement pour le moins étrange. Il ne montrait jamais aucune expression de dégoût ou de rejet face à l'horreur environnante. Au contraire. Il y avait chez lui une sorte de respect attentionné envers tous ces morceaux de chair. Il les manipulait avec égards et délicatesse. Un jour, il poussa une exclamation de surprise heureuse. À ses pieds, il y avait deux mains entrelacées, celles d'un homme et d'une femme, qui étaient restées accrochées en dépit de la déflagration. Pasdeloup ôta ses gants, ramassa les mains et les montra à un collègue qui travaillait non loin de lui. Avec, dans la voix, beaucoup d'émotion et de tendresse.

– Regarde ces deux-là.

L'autre s'éloigna précipitamment avec un haut-le-cœur. Il rapporta l'incident en insistant bien sur le fait que seul un malade mental…

Un responsable à bout de forces questionna Pasdeloup :

– Pourquoi avez-vous enlevé vos gants ?

– C'est une question d'humanité.

L'homme leva les yeux au ciel puis froissa la feuille de papier qu'il avait devant lui et la jeta au panier.

Il n'en pouvait plus d'écœurement. Il ne dormait plus la nuit à cause de cauchemars terrifiants. Alors, si ça ne dérangeait pas ce Pasdeloup Meunier de tripoter la barbaque humaine à mains nues, tant mieux pour lui. Il faisait bien son travail. Le premier arrivé, le dernier parti. Très consciencieux avec ses sacs soigneusement étiquetés. Pas de nerfs. Pas d'états d'âme. Apparemment pas d'odorat non plus. Infatigable. Gentil et bien élevé en plus. Ils avaient trop besoin de gens comme lui dans ce charnier. Hors de question de s'en séparer sous prétexte qu'il avait du sang sur les mains et un regard trouble.

Quand Pasdeloup eut terminé sa mission, en milieu d'après-midi, le 20 mars 1974, il ne rentra pas directement à Paris et fit un détour par Goussainville. Au 83, rue Mozart, les débris du pavillon avaient disparu pour laisser la place à un terrain vague clôturé par des palissades métalliques. Après avoir escaladé, Pasdeloup se mit à arpenter les lieux, les yeux fixés au sol. Au bout d'un moment, il s'arrêta, sortit un couteau de sa poche et commença à creuser pour dégager un objet. Une pièce de métal qu'il examina avec attention avant de la jeter et de se remettre à creuser. À 19 h 15, la nuit était tombée, Pasdeloup cessa de fouiller et s'assit par terre. Il resta un long moment dans le noir, les bras serrés autour des genoux. Il se leva pour pisser. Il toucha son gland tout nu et commença à pleurer. C'était la première fois depuis la mort de Jeanne. Un flot de larmes et d'urine mêlées. Le signe que, cahin-caha, la vie recommençait.

3

Un temps de chien

Maria grimpe les escaliers à toute vitesse, folle d'angoisse. Ce matin, elle est arrivée un peu plus tôt à la rue Brûlée. Elle s'est affairée dans la cuisine quand elle a entendu un cri venant des étages. Elle se croyait seule, Pasdeloup sorti de bon matin comme à son habitude. Mais là, elle en est sûre, elle a reconnu sa voix. À l'évidence, un malheur s'est produit. Maria déboule au deuxième niveau, le cœur au bord des lèvres. Pasdeloup est assis dans son lit, pâle, luisant de sueur, les yeux hagards fixés sur sa main estropiée. En retenant son souffle, Maria s'approche sur la pointe des pieds.

– Qu'est-ce qui se passe ? Ça va ?

Il ne répond pas, plongé dans une autre vie dont il ne lui a jamais parlé. Elle sait qu'il y a un uniforme rangé dans une housse au fond de la penderie. Jamais sorti, jamais touché depuis qu'elle travaille ici. Mais, il y a longtemps, Maria a eu une courte liaison avec un gendarme de la brigade de Roissy-en-France. Il avait connu Pasdeloup en Irak, en 1991, pendant l'opération « Tempête du désert ». D'après lui, il avait tous ses doigts à cette époque-là, mais ce n'était pas un soldat comme les autres.

– Un « Nedex » !

Le gendarme avait prononcé le mot comme on crache une injure.

– Un démineur. Que les autres appelaient « Husky ». Ces types sont tous arrogants. Ils se prennent pour des dieux à tripoter leur saloperie d'explosifs !

Il ne semblait pas porter Pasdeloup dans son cœur.

– À force de jouer avec le feu, ce connard prétentieux a dû se faire sauter la gueule. Dommage qu'en plus, ça ne lui ait pas enfoncé sa bite dans le cul !

La jalousie et la haine qui émanaient de lui ne pouvaient avoir qu'une seule raison. Maria avait tout de suite annoncé la couleur d'un ton agressif et méprisant.

– Je suppose qu'il a couché avec ta femme ? Mais mon pauvre ami, y a pas de quoi en faire un plat ! T'es tellement nul au lit qu'il ne doit pas être le seul !

Et le gendarme de Roissy-en-France était sorti pour toujours de sa vie.

Maria s'assied doucement sur le lit, face à Pasdeloup. Elle ose une timide caresse sur la main à trois doigts. Il se laisse faire. Il ne réalise pas. Il n'est pas encore revenu de sa nuit.

*

En septembre 1974, Pasdeloup avait obtenu sa maîtrise de chimie avec mention « Très Bien ». Sans tarder, il avait annoncé à son père :

– J'arrête mes études.

Albert avait hoché la tête, compréhensif. Il ne se sentait pas le courage de contrarier son fils après les traumatismes qu'il venait de subir.

– Jusqu'à présent, tu bénéficiais d'un sursis pour ton service militaire. Mais je vais faire intervenir des relations pour que tu sois réformé.

– Non, papa. Je crois que Zéèv m'en voudrait beaucoup de passer au travers.

Albert avait levé au ciel des yeux exaspérés.

– Ah, Zéèv !

Durant les trois jours d'évaluation dans le centre de sélection et d'orientation, Pasdeloup se fit remarquer par des tests brillants. Quand on lui demanda s'il voulait intégrer une école d'officier de réserve, il refusa.

– J'aime mieux la gadoue de base ! Simple parachutiste !

L'officier l'avait mal pris.

– Ça tombe bien, chez eux aussi, il y a des chimistes ! Et de drôles de numéros, vous verrez !

Après deux mois de classes particulièrement dures passées à crapahuter et à obtenir ses brevets de saut, Pasdeloup avait intégré le 17e régiment du génie aéroporté basé à Montauban. L'instructeur chargé de leur donner une initiation au maniement des explosifs l'avait repéré dès le premier cours théorique. Quand il avait demandé à la ronde :

– Qui sait ce qu'est une explosion ?

Tout le monde avait pouffé. Certains avaient fait « boum » pour amuser la galerie. Pasdeloup avait levé la main et répondu :

– C'est le dégagement en un temps extrêmement court d'un grand volume de gaz, mon adjudant.

– Et un explosif ?

– Tout corps capable de se transformer rapidement en gaz à haute température, mon adjudant.

– Et quand il s'agit d'une substance chimique dont le régime normal de décomposition est la détonation, y a-t-il un autre effet que ce dégagement de gaz ?

– Une onde de choc, mon adjudant.

L'instructeur avait levé un sourcil intrigué mais avait continué son cours sans commentaire. Le lendemain, au champ de tir, il donna négligemment une grenade d'entraînement à Pasdeloup puis se plaça à trois mètres de lui.

– Tu dégoupilles et tu me l'envoies.

Pasdeloup hésita quelques secondes avant de s'exécuter. Il retira la goupille de sécurité, relâcha la cuillère et instantanément, la grenade à plâtre explosa dans sa main provoquant une belle brûlure sur la paume. Il demeura immobile, tétanisé. L'instructeur attendit quelques secondes avant de s'adresser à lui.

– Ça t'a explosé à la figure parce que j'ai tout simplement enlevé le retard pyrotechnique ! À ton avis, l'Intelligent, la leçon, c'est quoi ?

Il fut surpris par la froideur et la fixité des yeux qui le clouèrent. Irrité aussi par le ton de la voix où perçait de l'insolence.

– Premièrement, je n'aurais pas dû lâcher la cuillère avant de lancer. Deuxièmement, tout se piège, même une bombe. Troisièmement, faut vraiment être vicieux, mon adjudant !

Le sous-officier se fendit d'un sourire.

– Pour fabriquer et poser une bombe, il faut être vicieux. Pour la neutraliser, il faut aimer le vice et être maso.

À la fin de la journée, il mit en place la première séance d'entraînement avec des explosifs réels. Ils allaient tous passer au pas de tir par groupe de cinq, munis d'un pétard de cent vingt-cinq grammes de tolite, d'un détonateur, d'une mèche, d'une boîte d'allumettes et d'une pince coupante qui servait aussi de poinçon. Espacés chacun de quelques mètres, il s'agissait, à plat ventre et bras tendus, de faire un trou dans le pétard, d'y glisser le détonateur et d'allumer la mèche, chacun son tour, avant de dégager le pas de tir tous ensemble pour aller se réfugier derrière un muret situé à une quinzaine de mètres en arrière.

– Je répète, bras tendus. Si ça pète, vous avez une chance de ne perdre que les mains. Des questions ?

Pasdeloup leva le bras.

– Si j'ai bien compris, mon adjudant, celui qui allume sa mèche le premier doit la regarder se consumer jusqu'à ce que le cinquième ait fait pareil.

L'instructeur vint se placer devant Pasdeloup, l'œil vorace.

– C'est exactement ça, Meunier. À un détail près, le cinquième aussi a droit à son petit frisson. Alors, on attend mon ordre avant de bouger ses miches ! Pigé ?

– Affirmatif, mon adjudant !

– Autre chose ?

– Oui, mon adjudant. La mèche, elle dure combien ?

Le sous-officier eut un grand sourire moqueur, avec un air de se régaler d'avance.

– Soixante secondes pile. Ça veut dire qu'on a largement le temps ! Tu verras, Meunier, soixante secondes, c'est une éternité !

Il se retourna vers le groupe et désigna la première série. Avec Pasdeloup au poste numéro 1. Qui s'y attendait. Dès qu'il eut allumé sa mèche, il déclencha le chronomètre de sa montre-bracelet et demeura les yeux fixés dessus tandis que les ordres s'égrainaient.

– Numéro 2, prêt ?

– Prêt !

– Allumez mèche !

– Mèche allumée !

– Numéro 3, prêt ?

Trente-deux secondes après, toutes les mèches étaient en train de se consumer. Debout au même niveau que ses hommes, l'instructeur jeta un coup d'œil à son chronomètre et, à quarante secondes, donna l'ordre de dégager. Il tourna les talons sans se presser tandis que les jeunes recrues se précipitaient pour plonger derrière le muret de protection. L'adjudant interrompit sa marche. Seuls quatre soldats l'avaient dépassé. Il se retourna. Pasdeloup n'avait pas bougé. L'adjudant s'adressa à lui d'une voix tendue.

– Demi-tour, Meunier, à l'abri !

– Oui, mon adjudant.

Pasdeloup se redressa et s'accroupit au-dessus de l'explosif avec sa pince à la main. Il annonça d'une voix calme :

– J'attends jusqu'au dernier moment pour couper la mèche…, mon adjudant.

L'instructeur regarda son chronomètre. C'était trop tard pour intervenir physiquement. Il hurla :

– Dégage, Meunier, c'est un ordre !

Il se plaça derrière le muret mais resta debout. À cinquante-sept secondes, Pasdeloup coupa la mèche juste avant que la flamme n'atteigne le détonateur puis courut comme un fou vers l'abri. L'adjudant le saisit au moment où il franchissait le mur et le plaqua au sol. Une fraction de seconde avant l'explosion du numéro 2. Quand le fracas du quatrième pétard de tolite retomba, Pasdeloup se remit debout. Son visage était de marbre mais il était essoufflé, il transpirait et il y avait de la fièvre dans son regard.

– Excusez-moi, mon adjudant, je voulais savoir quelque chose.

L'instructeur le saisit violemment par le col de sa veste de combat et leva le poing. Il se retint in extremis pour ne pas le frapper. Il l'attrapa par la nuque et colla son front au sien, fou de rage.

– Ta sale gueule de merde avec tes yeux de husky à la con, je te promets que je vais les rouler bien serrés et les accrocher dans mes chiottes, Meunier ! Tu vas en baver comme t'as même pas idée. Le dressage des bêtes, c'est ma spécialité !

Pasdeloup avait fait le dos rond. Ces menaces ne l'impressionnaient pas. Ne le touchaient pas. Il ressentait un incroyable sentiment de liberté et de légèreté. Pendant cinquante-cinq secondes, il avait vécu intensément, pleinement. Mais la cinquante-sixième et la cinquante-septième lui avaient procuré une excitation et une jouissance qui n'étaient comparables avec rien qu'il connût. Mieux que tous les alcools, toutes les drogues et toutes les femmes du monde. Il avait tout oublié, Jeanne, le bonheur, le malheur et le reste, pour simplement se délecter de sa sueur, de son cœur emballé et des poils de son corps hérissés. L'adjudant avait raison. Une bête. Sur le pas de tir, Pasdeloup avait bien coupé une mèche reliée à un pétard de cent vingt-cinq grammes de trinitrotoluène.

Mais le fil qui reliait les neurones de son cerveau avait, lui, brûlé jusqu'au bout et provoqué dans son crâne une gigantesque mise à feu, une explosion démentielle, brisant définitivement chez lui la peur de la mort, les barrières usuelles de la morale et, il faut bien le dire, une certaine forme d'humanité. Une bête sauvage.

La mascotte du régiment était un aigle royal nommé Bac-Kan. Le fauconnier qui s'en occupait disait que c'était l'aigle qui choisissait le fauconnier et pas l'inverse. Quand il partait en permission, personne ne pouvait approcher le rapace. Même pour le nourrir. Le dernier qui s'y était aventuré avait eu le réflexe de protéger son visage avec ses bras quand l'aigle avait attaqué. Il avait été grièvement blessé par les puissantes serres acérées comme des rasoirs. Pasdeloup se sentait comme Bac-Kan. Libre de choisir pour qui et pour quoi survivre. Il lui revint en mémoire l'histoire d'un philosophe grec nommé Diogène qui, fait prisonnier, allait être vendu comme esclave. Comme il passait devant les acheteurs en les dévisageant, on lui demanda : « Mais que fais-tu, Diogène ? », et Diogène répondit : « Je cherche un maître ! » Pasdeloup avait enfin trouvé le sien et quel serait son destin. Il serait artificier démineur. Le plus grand, le meilleur. N'en déplaise à l'instructeur qui avait juré de lui faire la peau. En lui donnant du même coup le surnom qui allait lui rester : « Husky », une race de chiens de traîneaux sibériens à l'aboiement enroué et aux yeux souvent vairons.

*

Pasdeloup regarde Maria, incrédule, désemparé.

– Qu'est-ce que vous faites là ?

– Vous avez crié, alors je suis montée ! Vous m'avez fait peur !

– Quelle heure est-il ?

– 9 heures et demie, à peu près.

Il se redresse d'un violent coup de reins et saute du lit en la bousculant.

– Putain de bordel !

Il se met la tête sous la douche en crachant, râlant et se mouchant tout à la fois.

Toujours assise sur le lit, Maria croise les jambes en adoptant un ton ostensiblement léger.

– Ça arrive à tout le monde, vous savez. À partir d'un certain âge, et contrairement à ce qu'on dit, il faut beaucoup d'heures de sommeil pour récupérer des efforts de la journée. C'est ce qu'on appelle retomber en enfance.

Pasdeloup la fusille du regard.

– C'est pas le jour de faire chier, Maria !

Elle se lève, brusquement sérieuse, l'air buté, et désigne d'un doigt accusateur la bouteille de gin renversée sur le parquet.

– Et ça, c'est quoi ? Un nouveau médicament pour les articulations ? Vous croyez que j'ai pas vu votre manège depuis quelque temps ? Moi, c'est les poubelles que je vide, figurez-vous !

Pasdeloup vient se placer devant elle, à la toucher.

Maria baisse la tête en remontant les épaules, comme quelqu'un qui s'attend à être frappé. Le regard posé sur elle est insoutenable.

– Si vous continuez, je vous vire !

Elle répond fermement mais sans oser le regarder :

– Vous ferez ce que vous voudrez ! Et moi aussi ! Vous avez sans doute vos raisons, mais je m'en fiche. Je ne vous laisserai pas faire, parce que je tiens à vous !

Elle tourne les talons et disparaît dans les escaliers. Pasdeloup reste un long moment immobile, s'approche d'un miroir, fait la grimace. Son genou est douloureux. Il a des cernes. Ses yeux sont injectés de sang. Ça fait plusieurs mois qu'il use de l'alcool pour s'endormir. Mais la nuit dernière, rien n'y a fait. L'insomnie l'a tenu éveillé jusqu'au petit matin pour finalement laisser la place à l'abrutissement et aux cauchemars. Il ne rêve plus aussi souvent de Jeanne, mais quand ça arrive, c'est chaque fois pareil. Ça se termine au Rwanda, dans le sang de Bisesero.

Maria fait la gueule. Elle n'en finit pas de laver une salade dans l'évier, à l'opposé du bar où Pasdeloup sirote un café. Elle lui tourne le dos ostensiblement. Il regarde ses fesses. Il se demande pourquoi il n'a jamais cherché à coucher avec elle. Elle lui a dit tout à l'heure : « Je tiens à vous. » Et lui, tient-il à elle ? Maria est là, fidèle au poste, depuis vingt ans. Elle le nourrit, le lave, le range, connaît ses goûts mieux que personne. Elle a un beau cul qu'il n'a jamais touché. Pourrait-il vivre sans elle ? Oui, assurément. Les malheureux ne manquent pas, prêts à faire profession d'amour ou de pitié contre un peu d'argent. Tient-il à quelqu'un d'autre ? France ? Le sexe avec elle est agréable. Elle est sensible, forte et courageuse. Il la regretterait s'il la perdait. Mais au bout de quelques jours, son souvenir disparaîtrait dans d'autres salives, d'autres bras. À qui tient-il ? À qui a-t-il jamais tenu ? Élisabeth et Albert, Zéèv, Jeanne… Ça fait quatre.

Il s'abîme dans la contemplation du popotin de Maria. Elle se retourne comme si son regard la brûlait. Elle a un visage grave, avec une ride de mécontentement qui lui barre le front. Elle vient essorer la salade sous le nez de Pasdeloup. Les yeux baissés sur la centrifugeuse qu'elle fait tourner rageusement. Pasdeloup l'observe. Ses cheveux noirs prennent racine un peu bas sur le front, Maria est le contraire d'une intellectuelle. Elle a des bras et un dos musclés, un ventre plat, des seins petits, son nez est rond comme sa bouille, et ses grands yeux disparaissent derrière ses cils quand elle rit ou quand elle boude comme maintenant. Maria a tout d'un animal. Quand elle est là, on ne peut s'empêcher de la regarder. Elle lève les yeux sur lui. Il n'y a aucune arrière-pensée. Elle lui en veut franchement. Tout à l'heure, elle fera semblant d'oublier et lui préparera son repas du soir. Il n'y aura pas trace de son humeur massacrante dans sa nourriture. Ce sera aussi bon et aussi sain. Maria est quelqu'un en qui on peut avoir confiance. Elle lui rappelle Douze. Le cinquième humain auquel Pasdeloup a tenu. Le cinquième doigt d'une vraie main.

*

Douze était un grand type nonchalant au visage cabossé et à la musculature impressionnante. Ancien boxeur professionnel, il devait son surnom au numéro de sa pièce Nedex, une médaille de reconnaissance pour tous les artificiers démineurs du monde entier. Celle de Pasdeloup portait le numéro 11 et le complice de promotion était devenu « Douze », désigné pour l'éternité comme un fidèle second. Une fraternité inaltérable les unissait. Les deux démineurs furent envoyés à Beyrouth le 24 octobre 1983. La veille, deux attentats-suicides quasi simultanés avaient frappé les contingents français et US de la Force multinationale de sécurité. Le premier avait causé la mort de deux cent quarante et un Marines à l'aéroport international de Beyrouth et, quelques minutes plus tard, le deuxième avait entièrement détruit un immeuble de huit étages, le poste Drakkar, provoquant la mort de cinquante-huit parachutistes français. Pasdeloup et Douze avaient pour mission de prévenir un autre attentat et de s'imprégner des techniques des mouvements islamistes, des miliciens chiites libanais et des Gardiens de la Révolution islamique.

Deux mois après ce carnage, le 24 décembre 1983, ils furent appelés vers 11 heures du matin pour un déminage urgent dans le quartier Achrafieh, rue Monnot, considérée comme la ligne de démarcation entre l'Est chrétien et l'Ouest musulman de Beyrouth. L'attaché culturel de l'ambassade de France avait été retrouvé chez une prostituée, elle égorgée, lui ficelé à une demi-douzaine d'engins explosifs. La description était sommaire, car seule la sœur de la malheureuse, venue lui rendre visite, avait vu la scène et entendu l'appel au secours du diplomate avant de s'enfuir et d'alerter la police. Quand Pasdeloup et Douze avaient débarqué, engoncés dans leur tenue de protection lourde qui les faisait ressembler à des astronautes, l'immeuble était en cours d'évacuation. Ils attendirent qu'un cordon de sécurité fût mis en place pour monter au deuxième étage et pénétrer dans le studio. Une mine bondissante était installée au beau milieu de la grande pièce et reliée par trois mètres de fil aux jambes d'un homme nu, allongé à plat dos sur un grand lit à baldaquin orné de soieries chatoyantes. À la gauche du lit, une jeune femme, nue elle aussi, reposait dans une mare de sang, en position assise contre une porte fermée donnant sur la salle de bains. La gorge tranchée, béante. Le diplomate s'aperçut immédiatement de leur présence. Il tressaillit mais ne bougea pas. Seule sa respiration s'accéléra. Il articula d'une voix blanche, tremblante :

– Qui êtes-vous ? À l'aide ! Sauvez-moi, je vous en supplie !

Le piège était complexe. L'homme était relié à plusieurs munitions par des fils qui passaient autour de son cou, de sa taille, de ses mains et de ses chevilles. Derrière sa visière de protection, Pasdeloup le dévisagea attentivement. Un blondin assez joli garçon, une mollesse des traits confinant à la veulerie, de grosses lèvres sensuelles, une peau blanche, peu de muscles, un petit ventre flasque, la quarantaine un peu abîmée par les soirées mondaines, un gros sexe et l'odeur de son urine qui imprégnait le couvre-lit. Dans un souffle, il répondit aux questions de Pasdeloup.

– Ils sont arrivés vers 23 heures, hier soir, et ils nous ont fait allonger dans l'entrée. Ils ont amené beaucoup de valises et de sacs. L'un est resté à nous surveiller, les autres se sont enfermés dans la chambre. Ensuite, vers 5 heures du matin, ils sont revenus nous chercher.

Pasdeloup et Douze échangèrent un regard aigu. Ces types étaient restés toute la nuit dans l'appartement à bricoler Dieu sait quoi.

– Et après ?

L'homme se mit à trembler avec une expression d'horreur et de grosses larmes coulèrent sur ses joues. Il hoqueta :

– Ils l'ont frappée et l'ont violée, l'un après l'autre. Elle s'est évanouie. Je crois qu'elle ne s'est pas rendu compte quand ils l'ont…

Une sorte de gargouillis sortit de sa bouche et il fut submergé par un flot de sanglots. Il parvint difficilement à maîtriser sa toux, étouffé qu'il était par la morve qui lui coulait dans les bronches.

– Je vous en supplie, sauvez-moi !

Pasdeloup regarda le diplomate sans aucune compassion. Après avoir vécu une nuit blanche terrifiante, il avait résisté à la solitude, à la fatigue, à la peur, aux crampes, à la misère morale durant six heures, jusqu'à maintenant. Il faut être très entraîné pour parvenir à un tel contrôle de soi. Ou alors, l'empathie n'était pas le fort de cet homme. Le viol et la mort atroces de la fille n'avaient pas entamé ses forces. Le blondin se foutait de tout sauf de sa bite et de la chair qui s'y rattachait. Pasdeloup lui envoya un petit sourire à la fois admiratif et méprisant.

– Tu mérites de t'en sortir, tu tiens à ta peau comme un porc !

Il sectionna le fil qui reliait ses jambes à la mine bondissante et sécurisa l'engin. Encombré par ses trente kilos de Kevlar, il s'allongea difficilement sur le carrelage pour inspecter le dessous du lit. Il vérifia chacun des pieds, minutieusement, avec une lampe torche. Et enfin se releva avec un rictus mauvais.

– Je ne vois rien. Tout a l'air normal. Mais il vaut mieux ne faire aucune pression sur le lit.

Douze fit la grimace quand il vit Pasdeloup se débarrasser de sa tenue de protection.

– C'est pas raisonnable, « Husky ».

– Tu vas faire contrepoids, ce sera plus léger.

Douze saisit la ceinture de Pasdeloup et s'arc-bouta pour le retenir en position inclinée au-dessus du diplomate. Pasdeloup commença à désamorcer les pièges en parlant d'une voix mécanique, tel un chirurgien opérant devant des étudiants.

– Une américaine à fragmentation MK II-A1 avec un adaptateur et un allumeur à traction M1 vissé dessus... Le fil est lâche... Il ne va pas plus loin que le cou... je coupe... Je sécurise la goupille... Deux Mills bombs à fragmentation fixées aux cuisses et reliées aux mains...

Quinze minutes après, Pasdeloup se releva, en nage, l'air d'un fou inspiré.

– *Game over.*

L'homme l'implora du regard. Sa voix se fit hystérique.

– Je peux bouger ? Je peux me lever ?

Pasdeloup lui posa sa main sur la poitrine.

– Pas tout de suite, on va d'abord faire quelques vérifications.

Le diplomate agrippa le bras qui le repoussait avec une telle violence que Pasdeloup fut déséquilibré. Douze tenta de le retenir mais la seconde suivante, Pasdeloup bascula en avant et s'effondra sur le lit en poussant un cri de guerre. Il y avait une chance sur deux pour que tout explose. Douze ferma les yeux en criant lui aussi. Mais rien ne se passa. En pleine crise d'hystérie, le diplomate tomba au pied du lit, ses jambes ankylosées ne le supportant pas. Il fonça à quatre pattes vers la porte en geignant et en couinant. Pasdeloup resta assis sur le lit à le regarder partir, le cœur battant à rompre.

– Un porc avec des couilles de bouc.

Douze souffla de soulagement avec un large sourire. Pasdeloup fit mine de se lever, se figea d'un coup, pâle comme un mort. Il réfléchit un moment, dents serrées. Ça n'avait pas explosé avec un poids supplémentaire sur le lit mais il restait l'hypothèse d'un déclenchement par relâchement de pression. Plus de poids du tout et boum. Pasdeloup secoua la tête d'un air méfiant et fit signe à Douze de venir sur le lit et d'y rester. Puis il alla s'agenouiller près du cadavre de la prostituée et commença à l'inspecter. En prenant garde de ne pas modifier sa position, il glissa les mains sous ses jambes, sous ses fesses, derrière son dos, son cou. Il s'immobilisa soudain comme un chien d'arrêt et se recula lentement pour s'asseoir en tailleur face à la fille. Il pataugeait dans son sang et ses bras étaient rouges jusqu'au coude.

– Je ne sais pas si c'est un fil ou ses cheveux. C'est coagulé.

Il se mit torse nu et essuya soigneusement ses mains avec son T-shirt. Il alluma sa lampe torche et commença à fouiller du doigt dans la gorge ouverte de la femme. Après quelques secondes, il fit claquer sa langue de contentement. Il entra deux doigts dans la blessure en fermant les yeux, concentré sur son toucher. Il enfonça la pince et sectionna le fil. Il prit ensuite la fille dans ses bras, l'appuya sur lui, la tête quasi sectionnée reposant sur son épaule, et extirpa doucement le fil des longs cheveux ensanglantés. Enfin il laissa glisser le corps jusqu'au sol. Il resta à genoux, ensanglanté des pieds à la tête, la main tenant délicatement le fil de pêche qui disparaissait sous la porte. Face à ce spectacle d'épouvante, Douze se mit à rire nerveusement.

– Ça mord ?

Pasdeloup le regarda avec des yeux fous, brûlants d'excitation.

– Il vaut mieux pas. Tu te rends compte s'il me prenait l'envie de ferrer ?

– Quelquefois, tu me fous les jetons, Husky.

En riant, Pasdeloup lâcha le fil dans la flaque de sang, posa la main sur la poignée de la porte et, très lentement, l'ouvrit de quelques centimètres. Il découvrit le fil d'un autre piège, le sectionna, puis pénétra dans la salle de bains à la lueur de sa lampe torche. Il y avait là au moins cent kilos de pentrite dans plusieurs sacs empilés n'importe comment. Ils étaient ficelés les uns aux autres par du cordeau détonant qui sortait d'un petit trou creusé au ras du sol dans la cloison jouxtant la chambre. En passant de l'autre côté, Pasdeloup n'eut aucun mal à mettre au jour le cordeau, noyé dans le mortier encore frais d'un joint de carrelage.

Il aboutissait à l'un des pieds du sommier. Allongé à plat ventre sur le lit, Douze suivait l'opération avec attention.

– Fin de partie ?

Pasdeloup eut un petit sourire victorieux.

– Échec et mat !

Il sectionna le cordeau et regarda Douze avec un air de défi.

– Qu'est-ce que tu attends ? Descends !

Douze éclata de rire.

– Je vais faire mieux que ça !

Il se mit debout sur le lit et sauta en l'air pour ôter toute pression et déclencher le piège. À peine ses pieds eurent-ils décollé qu'une forte détonation retentit, celle caractéristique de l'azoture de plomb, l'explosif primaire contenu dans un détonateur. Douze retomba lourdement sur le lit en poussant un cri de victoire. Sous l'impact, le pied de lit qui contenait le système d'amorçage cassa net. Pasdeloup se mit à genoux, récupéra la pièce de métal et examina le dispositif à ressort qu'elle contenait.

– Du sur-mesure. Les trous des goupilles ont été soigneusement bouchés et repeints. Parfaitement invisibles.

Tandis que Douze ôtait sa tenue de protection, Pasdeloup fit tourner le percuteur entre ses doigts et fronça les sourcils. Il gratta avec l'ongle et détacha une petite protubérance noire.

Douze l'examina, la sentit, la mastiqua entre ses dents. Il ouvrit grand les yeux avec une expression de panique.

– C'est du nylon calciné !

Pasdeloup se précipita pour inspecter le carrelage à l'endroit où se trouvait le pied. Il vit un trou minuscule dans le sol. Expira plusieurs fois très fort pour calmer les battements de son cœur.

– Il faut entrer dans l'appartement du dessous. Deux solutions, on va dehors demander la clé et ça nous prend un temps fou. Ou alors on défonce la porte au pied de biche, ça va plus vite mais on risque de faire sauter le pâté de maisons si elle est piégée. Qu'est-ce que tu en dis ?

Douze se mit à rire, brusquement détendu.

– T'as une drôle de façon de présenter les choses ! On s'en fout des maisons, Husky, il n'y a plus personne dedans ! À part nous !

Pasdeloup lâcha un petit rire hystérique.

– Alors qu'est-ce qu'on attend, bordel ?

En hurlant comme des fous, les deux hommes se précipitèrent hors de l'appartement, saisirent chacun un pied de biche et dévalèrent les escaliers. Ils s'arrêtèrent devant l'entrée d'un appartement à l'étage inférieur, se regardèrent au fond des yeux et attaquèrent la porte. Quand elle commença à céder, ils prirent ensemble leur élan et donnèrent un grand coup de pied dans le battant en hurlant, comme au combat quand on est pris dans une embuscade. Les serrures lâchèrent dans un fracas et la porte s'ouvrit. Pasdeloup se rua dans la grande pièce à vivre identique à celle du dessus. Le décor était plus sobre et les locataires apparemment moins préoccupés de confort et d'esthétique. Un seul canapé-lit poussé dans un coin, ouvert sur des draps froissés. Tout le reste de la pièce était occupé par des sacs remplis d'explosifs. En apercevant le spectacle, Douze poussa un sifflement.

– Putain, il y en a beaucoup plus qu'au-dessus !

Pasdeloup s'avança à l'aplomb du petit trou au plafond. À ses pieds le fil de nylon menait à la grande aiguille d'un antique réveil Bayard, modèle Mickey Mouse. Tendu, il empêchait l'heure de tourner. Cassé, les deux bras de Mickey pouvaient continuer leur course jusqu'au contact des fils électriques reliés à un accumulateur. Sans perdre une seconde, Pasdeloup débrancha le tout. Il expira très fort puis se tourna vers Douze avec un sourire un peu crispé.

– On regarde combien de temps il nous restait ?

– Le fumier avait parié qu'on réussirait à déminer le haut ! Chapeau, l'enculé !

Pasdeloup se pencha sur le réveil. Ensuite, il regarda sa montre, et enfin leva les yeux vers le petit trou du plafond. Son visage prit l'expression d'une forme d'extase.

– On serait sortis de l'appartement du haut en croyant que c'était réglé. On aurait été acclamés comme des héros. Les habitants auraient réintégré les lieux, soulagés. Aux actualités ce soir, on aurait parlé d'un terrible attentat déjoué par les valeureux démineurs français. Cocorico. Les curés s'en seraient réjouis pendant leur homélie de la messe de minuit. Tout le monde serait rentré chez soi pour célébrer en famille. Certains auraient traîné en boîte de nuit jusqu'à l'aube. Et à 8 heures du matin… Joyeux Noël !

Pasdeloup et Douze s'assirent, chacun sur un sac d'explosif, et demeurèrent silencieux, tête basse, les coudes reposant sur les genoux. La tension nerveuse venait de se relâcher et une extrême fatigue les accaparait. Après un long moment, ils se redressèrent et remontèrent à l'étage. Douze se mit brièvement en liaison radio. Un jeune lieutenant de parachutistes débarqua peu après avec ses hommes. Il ne put retenir un tressaillement en se retrouvant face à un démineur torse nu, couvert de sang séché. Pasdeloup posa sur lui ses yeux vairons emplis à la fois d'une sauvagerie et d'une lassitude infinies.

– Ça vient du cadavre de la fille à poil, là-haut. J'ai eu beau me frotter, je ne suis pas arrivé à bander.

Les nerfs sans doute, Pasdeloup et Douze partirent dans un fou rire à en crever, jusqu'aux larmes, inextinguible.

*

Le bruit d'un avion, les fesses de Maria, encore un avion, le coup de klaxon de France. Maria sort du four un gratin de légumes pour le repas du soir et file vers la porte sans un regard pour Pasdeloup.

– À demain.

Il ironise du tac au tac.

– Si Dieu le veut.

Elle s'arrête, troublée.

– Il le voudra. Il le voudra !

Elle sort en haussant les épaules. Pasdeloup reste un long moment prostré. Il est 11 heures du matin. Il n'a pas la force d'aller courir. Son genou lui fait très mal. Maria a raison. Le gin et l'arthrose ne font pas bon ménage. Il lui faut pourtant bouger. Ne pas laisser la nuit prendre le dessus. Pasdeloup se redresse avec un rictus de mépris.

– Va falloir tirer, Husky ! Et je te préviens, ça va être lourd, le traîneau est chargé, aujourd'hui !

Dix minutes plus tard, équipé d'un sac à dos, d'une combinaison et d'un casque de cycliste, il tourne la clé d'une petite porte en métal qui donne accès à la maison voisine au travers du gros mur de pierre mitoyen. Il traverse des pièces délabrées dégageant une odeur de moisi et parvient à une ancienne grange transformée en hangar, violemment éclairé par des tubes au néon. Il y a là, garés, un 4 × 4, une moto Enduro de grosse cylindrée et plusieurs vélos. Pasdeloup choisit un VTT et actionne le rideau métallique qui donne sur l'arrière de la maison. Invisible de la rue où la façade est demeurée en l'état, avec sa porte et ses fenêtres murées. Pasdeloup enfourche son vélo et emprunte un petit chemin de terre qui rejoint la rue Brûlée. Devant la librairie, François profite d'un rayon de soleil pour griller une cigarette interdite à l'intérieur. Avec un pauvre sourire, il fait signe à Pasdeloup de s'arrêter.

– Tu viens dîner, ce soir ? Ça fera plaisir à Catherine.

Pasdeloup cherche ses yeux mais ne les trouve pas. François ne veut pas montrer le fond de lui-même. Catherine s'éteint trop lentement à son goût. Il est à bout et il a honte.

– D'accord. J'apporte un gratin de légumes.

Pasdeloup appuie sur les pédales en direction des bords de l'Oise par la forêt d'Halatte. Dans un premier temps, soixante-dix kilomètres de petites routes et de sentiers de randonnée en pleine nature. Ensuite, il choisira entre un retour direct en longeant la rivière ou un petit supplément de douleur si persistent malgré tout des restes de la nuit. En début d'après-midi, il fait une halte au pont de Port-Salut pour se restaurer. Il s'assied dans l'herbe au bord de l'eau et mange quelques fruits secs et une barre vitaminée. Le soleil a disparu. De gros nuages noirs s'amoncellent. Une pluie diluvienne s'annonce et cette idée le réjouit. Son genou le fait moins souffrir que prévu, alors l'orage et la gadoue de l'hiver seront les bienvenus pour finir d'expier sa grasse matinée. Il remarque un vieux Combi Volkswagen qui se gare sur l'autre berge. Sorti tout droit des années 70 avec sa carrosserie cabossée, peinte de grands tournesols défraîchis. Deux jeunes hommes s'activent rapidement en surveillant constamment les alentours. Le plus petit, un maigrichon nerveux au visage de fouine, gonfle à la pompe à pied un petit bateau de plage tandis que l'autre, un grand métis costaud, enfile une combinaison de plongée. Ils laissent passer une péniche et mettent l'embarcation à l'eau. La Fouine embarque maladroitement, en manquant de chavirer, et commence à pagayer vers le milieu de la rivière avec un sac plastique attaché autour du cou. Le Costaud rejoint le pont suspendu. Il laisse passer quelques voitures puis commence à grimper à quatre pattes le long de l'arche d'acier pour rejoindre le sommet. Sur l'eau, la Fouine a sorti un Caméscope du sac plastique et lutte d'une main contre le courant pour se stabiliser à l'aplomb. Avec un sourire amusé, Pasdeloup se rapproche pour assister au spectacle. Des voitures commencent à s'arrêter, quelques badauds dégainent leur téléphone portable pour la photo. Le Costaud se met enfin debout, à vingt mètres de haut, en cherchant son équilibre. Il hésite. Regarde en bas. Il fait un signe à la Fouine et se jette dans le vide, un peu mollement. Pasdeloup fait la grimace et ne peut s'empêcher de dire tout haut :

– Relève la tête !

Trois secondes après, le jeune homme percute l'eau en déséquilibre sur l'avant et disparaît dans un geyser impressionnant. Son dos revient à la surface et demeure face au ciel. La Fouine s'affole sur son youyou, tente de retourner le corps et bascule lui-même à la baille. Il s'accroche à son embarcation en poussant des cris aigus, complètement paniqué. Pasdeloup enlève ses chaussures, l'air très contrarié. Il pénètre lentement dans l'eau glacée pour éviter le choc thermique et nage à toute vitesse vers le Costaud qu'il rattrape au moment où il commence à couler. Il le ramène au bord en lui maintenant la tête à l'air libre. Des passants l'empoignent et l'étendent sur la berge. Pasdeloup pratique aussitôt un massage cardiaque. Réchappé des flots lui aussi, la Fouine les rejoint en pleurant et en tremblant. Le Costaud revient enfin. Il tousse, crache, découvre Pasdeloup au-dessus de lui. Il articule faiblement :

– Qu'est-ce qu'il y a ?

– T'as pris un plat sur la poitrine, pauvre minable ! Le plongeon de haut vol, ça ne s'apprend pas dans un jeu vidéo !

Pasdeloup se relève furibard et trempé. Le camion des pompiers débarque enfin, suivi aussitôt d'une voiture de gendarmerie. Deux secouristes s'occupent du blessé tandis qu'un autre enveloppe la Fouine et Pasdeloup dans une couverture de survie.

– Vous avez de quoi vous changer ?

La Fouine fait oui de la tête en claquant des dents. Pasdeloup récupère son vélo et ses affaires puis saisit le jeune homme par le col de son blouson.

– Fonce, je te suis !

Dans le brouhaha général, il entend la question habituelle posée au blessé.

– Pas d'antécédent ?

Un temps et sa réponse faiblarde.

– Si… Un AVC, il y a un an et demi.

Pasdeloup presse le pas avec un petit rire grinçant.

– Ah, c'était un suicide ? Excuse-moi de t'avoir sorti !

Il suit la Fouine jusqu'au Combi de l'autre côté du pont.

– Dépêche-toi d'ouvrir cette poubelle !

La Fouine passe la main à l'intérieur du pare-chocs pour récupérer la clé. À l'intérieur du camping-car règnent un désordre inimaginable et une odeur de fauve. De la vaisselle sale dans le petit évier, des canettes de bière vides, des draps sales sur la banquette-lit… Pasdeloup cherche des vêtements à peu près propres dans un grand tas à même le sol. Il se déshabille et se sèche avec une serviette crasseuse, imité aussitôt par la Fouine, frigorifié. Son air catastrophé finit par dérider Pasdeloup.

– T'as cru que t'allais mourir, c'est ça ?

– Pas seulement. J'ai paumé la caméra dans la flotte. On nous l'a prêtée pour tourner.

Pasdeloup ironise.

– Et le titre du film, c'est quoi ? « Le retour de la vengeance des branquignols » ?

– Non, Antoine voulait cette action sur sa bande « démo ». Un saut comme ça, c'est trop top ! On est cascadeurs tous les deux.

Pasdeloup en reste bouche bée, trop interloqué par le culot de ce petit bonhomme malingre pour éclater de rire.

– Cascadeurs ? Tu veux dire… toi et le nègre handicapé là-bas ?

On frappe à la vitre du Combi. Les gendarmes sont là. Pasdeloup descend suivi par la Fouine qui se fait tout petit, la mine craintive. L'officier ne peut s'empêcher de glousser en considérant l'accoutrement du plus vieux. Un pantalon de jogging énorme en accordéon sur ses chevilles et un sweat-shirt XXL lui descendant jusqu'aux genoux, orné d'un portrait de Martin Luther King. Le gendarme écoute sa version des faits sans manifester aucune bienveillance.

– Pasdeloup Meunier, l'ancien démineur, c'est ça ? J'ai entendu parler de vous.

– En bien, j'espère !

– Je connais quelqu'un qui était à Beyrouth en même temps que vous. Il paraît que vous étiez un as.

Pasdeloup prend un air faussement modeste.

– On dit aussi que, depuis que vous êtes rentré, vous avez eu pas mal de soucis avec nous et avec nos collègues policiers.

Le visage de Pasdeloup se durcit, sa voix se fait provocante.

– Une plainte classée sans suite, un non-lieu et une relaxe. En vingt ans ! Pas de quoi casser trois pattes à un canard !

Le gendarme tente de cacher son amertume en donnant un petit coup de menton vers la main à trois doigts avec une expression apitoyée.

– Votre blessure, c'était au Rwanda, si je me souviens bien ?

– Exact.

– Le bon côté des choses, c'est que la justice a toujours eu un faible pour les invalides de guerre.

Pasdeloup le dévisage avec un grand sourire dédaigneux, hautain.

– Vous avez raison, soldat. Et elle est carrément laxiste avec ceux, comme moi, qui jurent de dire la vérité avec une Légion d'honneur à la boutonnière !

L'officier pince les lèvres, dépité. Il se tourne vers la Fouine avec une amabilité exagérée, un peu inquiétante.

– Vous allez nous suivre à la brigade, jeune homme. Sans doute ignorez-vous qu'il est interdit de faire trempette dans l'Oise sans bonnet de bain ?

Pasdeloup tend la main vers le jeune homme désespéré avec un clin d'œil de connivence.

– Donne les clés, Rambo, je me charge de la tondeuse à gazon. Dis à ton pote de venir la récupérer chez Pasdeloup Meunier ! Au Vieux Pays de Goussainville ! Tout le monde connaît !

Il balance n'importe comment son vélo à l'arrière et démarre au moment même où s'abat un orage terrifiant.

*

Le 30 juin 1994, Pasdeloup et Douze se trouvaient dans les collines de Bisesero, dans l'ouest du Rwanda. Ils avaient été rattachés au commandement des Opérations spéciales au sein de l'opération « Turquoise ». L'objectif affirmé était de protéger, dans une « zone humanitaire sûre », les « populations menacées » aussi bien par ce qu'on appellerait quelques mois plus tard le « génocide » que par le conflit militaire entre les Tutsis du Front patriotique rwandais et les Hutus des Forces armées rwandaises. D'un côté pogroms, guerre de l'autre, les deux parties de la mission étaient présentées sans aucune hiérarchie. Cela posait un problème moral et produisait un malaise chez plus d'un soldat présent. Au nom du cul entre deux chaises, les ordres étaient de rester neutres. Dans la matinée, le commando avait franchi le plus haut sommet de Bisesero situé à deux mille mètres d'altitude. Ils avaient stoppé les véhicules un moment pour regarder en direction de l'est le vaste panorama du lac Kivu et de ses îles. Un paysage magnifique qui servait d'écrin à un massacre. Pour l'instant, ils n'avaient eu aucun accrochage avec des groupes armés mais ils avaient rencontré des rescapés tutsis terrorisés qui leur avaient fait des récits d'horreur. À Gisenyi, où ils avaient stationné en arrivant du Zaïre, Pasdeloup avait écouté la Radio Mille Collines et il s'était fait traduire en français sa propagande haineuse et ses incitations au meurtre : « Tuez tous les cafards », c'était le terme couramment utilisé sur les ondes pour désigner les Tutsis. C'est en milieu d'après-midi, sur la route qui menait à Gisovu, qu'ils rencontrèrent un groupe de miliciens « Interahamwe », « ceux qui combattent ensemble » en langue kinyarwanda, reconnaissables à leurs casquettes aux couleurs rouge-noir-vert du MRND, le parti présidentiel. Certains étaient chaussés de rangers, les autres marchaient pieds nus. Ils portaient des machettes, des couteaux, de gros bâtons. Ce qui les rendait terrifiants, c'était leurs yeux vides de toute expression et le sang qui recouvrait leurs armes, leurs mains et leurs vêtements. Le capitaine qui dirigeait le commando français fit arrêter le convoi, croyant qu'ils étaient blessés. Sa réaction fit sourire Pasdeloup. Le premier réflexe d'un homme civilisé qui voit du sang sur quelqu'un est de croire qu'il est la victime et non pas le bourreau. Mais les miliciens firent pour toute réponse un signe amical de la main et s'éloignèrent tranquillement le long d'une bananeraie. Cinq minutes après, le commando arriva dans un petit village aux maisons en brique de terre ocre, chacune entourée d'un petit jardin clôturé. Il y avait des cadavres partout, des hommes, des femmes, des enfants, qui gisaient dans toutes les positions, avec d'horribles blessures béantes. Certaines têtes, certains membres étaient détachés du corps. Le village n'était qu'une mare de sang. Le voisin de Pasdeloup, un gendarme du GIGN, sortit précipitamment du véhicule de reconnaissance pour aller vomir. Avec une grimace de dégoût et de colère mêlés, le commandant du détachement fit signe à trois légionnaires et aux deux Nedex d'aller reconnaître le terrain. Formant une ligne avec les autres parachutistes, Pasdeloup et Douze, espacés de dix mètres, se mirent à progresser au milieu des cadavres. Soudain, un corps se mit à râler et à bouger légèrement non loin de Douze. Il s'approcha de la femme qui portait de terribles blessures à la tête. L'œil droit, sorti de son orbite, pendait sur sa joue. Quand il fut tout près d'elle, elle lui agrippa la jambe. Dans un sursaut de révolte contre la mort, elle tenta de se redresser. Douze se pencha pour lui saisir la main et se dégager. Au même instant, il vit un objet rouler de derrière la nuque de la malheureuse. Il eut le temps de hurler :

– Grenade !

Pasdeloup se jeta au sol en saisissant un cadavre pour s'en servir de bouclier. Une fraction de seconde après, ce fut l'explosion et il ressentit un choc à la main gauche. Il se redressa immédiatement comme un fou en cherchant Douze. Il le vit allongé sur le dos, courut vers lui en pataugeant dans la boue humaine. Douze n'avait plus de visage, le haut du corps déchiqueté par les éclats d'acier. Pasdeloup se figea, incrédule. Lui et Douze étaient immortels. Ou alors mortels ensemble. Ce qui revenait au même. Mais ce qu'il voyait était impossible. Il tomba à genoux et tendit la main gauche vers son frère d'armes. Il s'aperçut qu'il l'arrosait de sang et comprit alors qu'il lui manquait l'index, et que le majeur pendait en balançant, encore accroché par un petit morceau de chair. Des mains le prirent sous les aisselles et l'aidèrent à se relever. Pasdeloup se dégagea violemment et revint à la voiture. Il saisit son poignard, posa sa main gauche sur le capot et acheva l'amputation. Il se banda sommairement et alla aider au transport de Douze. Il chercha dans l'herbe sanglante tout autour de lui car il voulait s'assurer que pas une parcelle de son corps ne resterait sur le terrain. Revenu près des véhicules, il récupéra son doigt tombé par terre et le glissa dans la poche de Douze. Histoire de ne pas le laisser complètement seul et aussi de partir un peu avec lui. Il était trop choqué pour souffrir. Il ne ressentait rien que de la surprise. La défaite et la mort étaient étonnantes. La fin de la guerre et celle de Douze étaient proprement inimaginables, impensables. Une illusion. Un délire qui cesserait bientôt. Il allait se réveiller. Et la réalité s'imposerait de nouveau, de plus belle.

*

Pasdeloup entre dans la chambre de Catherine sur la pointe des pieds. François l'a prévenue qu'il passerait ce soir. Elle a demandé sa perruque, s'est maquillée un peu, puis la fatigue a pris le dessus et elle s'est endormie. Pasdeloup lui caresse le front. Elle est maigre, livide. Son souffle est léger comme une plume. Elle ouvre un œil, lui sourit.

– Aide-moi à me redresser.

Il la remonte en douceur et la cale en position assise contre un gros oreiller.

Elle le regarde avec attention, une sorte d'application, comme si elle voulait apprendre son visage par cœur.

– J'aurais préféré mourir en été.

– Attends un peu. Il ne reste que quatre mois.

– Cent dix-neuf jours exactement.

Pasdeloup plisse les yeux pour se cacher derrière les cils, insiste faiblement.

– C'est faisable.

– Non.

Catherine caresse le livre posé à côté d'elle.

– Je relis en boucle les *Pensées* de Marc Aurèle. Ça me rassure. Ça m'apaise. C'est écrit pour les vivants qui savent qu'ils sont des morts pas encore entrés en fonction. Tu devrais y jeter un coup d'œil.

Pasdeloup approche son visage de celui de Catherine, à la toucher, comme pour un baiser.

– Dis-moi la vérité. Ce qui t'arrive, ce que tu ressens, c'est intéressant ?

Catherine a un petit rire inattendu, espiègle.

– Qu'est-ce que tu me donnes en échange ?

Pasdeloup la regarde avec une expression avide.

– Tout ce que tu voudras !

François est ravi de sa touche personnelle, des œufs à cheval sur le gratin de Maria.

– Délicieux, ce mélange !

Il se régale à bouche que veux-tu, profitant de la compagnie pour savourer chaque seconde sans Catherine avec une délectation qui macule sa grosse moustache. Le jaune d'œuf qui dégouline de ses poils, sa lippe badigeonnée de Roquefort, ses soupirs d'aise écœurent Pasdeloup et lui coupent l'appétit. Il se rattrape sur le vin rouge et ça le rend agressif.

– Finalement, vous êtes un couple formidable ! Elle est malade et picore comme un oiseau, t'es en pleine forme et tu bâfres pour deux ! Vous vous complétez à merveille !

François laisse tomber sa fourchette et pique du nez en rougissant.

– Il faudrait que je cesse de vivre ? Que je me punisse ?

Il se redresse sur sa chaise et fait face, des larmes plein les yeux.

– Je suis responsable de ce qui arrive ?

Pasdeloup tente de noyer le poisson en lui versant un verre de vin.

– J'ai dit une connerie. Je suis un peu à cran, aujourd'hui. Catherine a raison, je devrais me mettre à Marc Aurèle. Elle m'en a lu un passage tout à l'heure. « Arriver à la fin de sa vie, pur, tranquille, libre, détaché de tout, en se conformant à sa destinée, sans violence et de tout son cœur. »

François le coupe, remonté.

– Les livres m'emmerdent de plus en plus ! Je préfère m'en tenir aux choses essentielles et me concentrer sur moi ! Un peu comme toi. Pas d'enfants, pas d'amis, pas de femme, enfin pour moi, c'est pour bientôt. Il me manque juste ta recette pour être un pur salaud, tranquille, libre et détaché !

Pasdeloup répond sur le ton de la plaisanterie.

– Le secret, c'est, d'un côté, un subtil mélange de mépris et de haine, et de l'autre… rien !

François leur ressert un verre à ras bord avec un air de défi un peu enfantin.

– Le demi-homme, ça te dit quelque chose ? Ce dangereux personnage qui n'a qu'un bras, une jambe et la moitié du visage. Invisible lorsqu'on le regarde du côté qui manque. Mais si, par malheur, on se trouve de l'autre côté et qu'on le voit, il dit : « Puisque nous nous sommes rencontrés, eh bien battons-nous ! »

Pasdeloup éclate de rire.

– Génial ! D'où tu sors cette histoire ?

– Un mythe africain à la con !

François se lève en titubant, prend une bouteille sur une étagère et revient s'asseoir, vaincu, effondré.

– De la prune artisanale. Une goutte ?

Il sert Pasdeloup et avale une bonne rasade d'un trait.

– Tu as vu que Daesh a revendiqué l'attentat de Drancy. Fumiers ! Il paraît que Saad Bendaoui se payait ses cours de pilotage en faisant guetteur pour un gang de dealers. D'après sa mère et ses sœurs, la mort de son père l'a foutu en l'air. Il s'est mis à boire comme un trou jusqu'à ce qu'il rencontre un recruteur islamiste qui lui a lessivé le cerveau. Une pauvre victime lui aussi.

Pasdeloup grince des dents.

– Mon cul ! Il y a eu cent soixante-dix-neuf victimes, à Drancy, plus un tueur mort et basta ! Mais comme beaucoup de trouillards lobotomisés par le politiquement correct, tu penses que ce fils de pute, devenu une star, est aussi victime que les pauvres types anonymes qu'il a massacrés ! Tu me débectes, François, à répandre ta compassion gluante sur les assassins et à oublier les cadavres qu'ils laissent derrière eux ! Sans compter les blessures qui ne se refermeront jamais !

François baisse la tête, sonné.

– On s'est engueulés avec Catherine à cause de ça. Elle disait un peu comme toi. Je l'ai traitée de facho, elle m'a rétorqué que le malade, c'était moi.

– Tu me rassures sur son état de santé !

Il regarde Pasdeloup par en dessous, suspicieux.

– Tu as couché avec elle ? Je suis sûr que oui. Tu peux me le dire maintenant.

Pasdeloup sait qu'il est saoul, désespéré, et qu'il a envie de jouer au jeu de la vérité comme on joue à la roulette russe. Il sait aussi que François ne fait pas le poids.

– Pour ne rien te cacher, ça m'aurait fait plaisir de te faire cocu mais elle a toujours dit non.

– Je ne te crois pas !

Pasdeloup dévisage François avec une surprise parfaitement feinte. On lui donnerait le Bon Dieu sans confession.

– Parole d'homme !

– Sur ton honneur de soldat ?

Pasdeloup jure sans hésiter, en se retenant pour ne pas pouffer. L'autre se recroqueville, accablé d'amour pour sa femme.

– Ça m'aurait aidé de la détester un peu.

Au sortir de chez François, Pasdeloup déguste lentement la petite pluie fine qui tombe en silence sur la rue Brûlée. Après une nuit fiévreuse et un bain glacé en plein milieu d'une après-midi de chien, voilà un temps parfait pour clore une soirée assommante. Pasdeloup s'arrête devant chez lui. Les bras tendus appuyés contre le battant, il attend qu'il ne reste en lui plus rien de Maria et de Douze, du jeune con dans l'eau, du salaud de Drancy, de la mourante et de son cornard.

Il aura le droit alors de sombrer dans un sommeil de brute, désert, inhabité. Il pousse la porte, monte les escaliers comme un funambule, se laisse aller sur le lit à plat ventre et s'enfonce, disparaît dans le noir.

4

Le nèg' marron

Pasdeloup dégringole le talus qui surplombe la Francilienne, la voie rapide qui contourne Paris et qui se faufile ici entre Louvres et Goussainville. Il enjambe la barrière de sécurité et poursuit sa course sur la bande d'arrêt d'urgence. Il accélère l'allure en faisant avec les bras des mouvements de boxe, indifférent aux camions qui le frôlent en rugissant. Il se retourne et court en arrière en narguant les calandres d'acier qui foncent sur lui. À chaque passage, il hurle et distribue une volée de coups de poing en direction des routiers éberlués. Se mêlant au fracas terrien, un avion qui passe à portée de bras est boxé à son tour. Après deux ou trois rounds gagnés par K-O sur le bitume, Pasdeloup ressort du ring improvisé et rejoint le chemin sans nom. Il continue, en reprenant son souffle, le long du Rhin, un petit ruisseau qui va se jeter dans le Croult à Goussainville. Il fait froid et soleil en cette fin février. Pasdeloup se sent bien. Son genou fait encore des manières mais il est aux ordres. Et cette petite victoire sur le déclin annoncé le remplit de joie. Il s'étonne même que ce répit bien temporaire puisse autant le réjouir.

Pour faire durer le plaisir, il décide de faire l'école buissonnière et d'aller jusqu'au Trou du Diable, la source du Croult qui forme une grosse mare en plein champs. Tout autour, un tracteur hors d'usage, des tuyaux de pompage, des enclos renfermant des chèvres, des moutons et des poules, et un peu plus loin, une grande caravane. C'est le territoire du Russe, un Ukrainien installé ici depuis plusieurs années. Buck, son chien, file ventre à terre vers le nouvel arrivant en aboyant joyeusement. Pasdeloup s'arc-boute pour résister au câlin brutal du rottweiler qui insiste lourdement pour lécher les mains qui tentent de le repousser. Un coup de sifflet, et le molosse se rue aussitôt en sens inverse pour rejoindre son maître près des enclos. Le Russe a de la visite. Il discute avec Nuri, le jeune professeur d'arts martiaux avec qui Pasdeloup partage son arbre. Nuri charge dans la benne de son pick-up un mouton aux pattes attachées. Il sort quelques billets de sa poche qu'il tend au Russe avant de s'installer au volant et de démarrer. Pasdeloup se met au milieu du chemin, les bras en croix, pour l'empêcher de passer. Nuri ouvre sa vitre avec un air agréablement surpris.

– Vous avez l'air de bonne humeur aujourd'hui ! Ça se fête !

Pasdeloup attaque avec entrain.

– Alors, tu m'invites au méchoui ?

Nuri bredouille, décontenancé. La femme assise sur le siège du passager murmure quelques mots en arabe et se détourne quand les yeux de Pasdeloup se posent sur elle. Elle est vêtue d'un hijab noir ne découvrant que son visage. Elle porte des gants noirs.

– Ton épouse ?

Nuri a une expression horrifiée.

– Non, ma mère !

Pasdeloup la salue d'un mouvement de tête avec un geste apaisant.

– Blague à part, je voulais te dire que j'ai suivi ton conseil. Mais au lieu de me tremper uniquement le genou, figure-toi que je me suis jeté tout entier dans l'Oise ! J'ai failli mourir d'hydrocution mais plus de douleur ! Je cours comme une chèvre ! Pire ! Comme un mouton qui apprend que le lendemain, c'est la fête du Mawlid !

Il fait un clin d'œil à Nuri.

– Pas comme le « Ducon » que t'as à l'arrière, quoi ! Ciao et merci !

Pasdeloup poursuit son chemin avec un petit gloussement de satisfaction. Le Russe, tout sourire, le regarde s'approcher en se dandinant d'un pied sur l'autre comme un ours en cage. C'est un grand gaillard qui ne tient jamais en place. La trentaine, une tignasse blonde en pétard, un beau gosse pas encore trop abîmé par la vodka. Quand il est arrivé ici, il y a six ans, il a installé une petite tente sous les arbres à proximité du Trou du Diable et a commencé à proposer ses services dans les exploitations agricoles des environs. Peu de temps après, Buck agonisait après avoir avalé des limaces contaminées aux pesticides. Il lui fallait d'urgence un vétérinaire. Alors, le Russe a supplié le premier venu, quelqu'un en train de courir sur le chemin sans nom. Pasdeloup l'a écouté sans rien dire et a avancé l'argent. Le Russe a mis deux ans à le rembourser mais pour lui, la dette demeure, éternelle. Quand Pasdeloup n'est plus qu'à quelques mètres, il lui lance un œuf frais en guise de bienvenue. Pasdeloup l'attrape au vol, avant Buck, et le gobe aussitôt, ignorant l'animal qui le bouscule en remuant son trognon de queue.

– Ce que j'admire chez toi, c'est ton sens de l'adaptation. Après la dinde de Noël et le mouton pour la naissance du prophète, qu'est-ce que tu as prévu pour le nouvel an chinois ?

Le Russe se trémousse en rigolant.

– J'ai pensé à un élevage de carpes dans le Croult ! Mais finalement, je crois que je vais opter pour l'esturgeon… Ma clientèle russe raffolerait d'un caviar maison !

Pasdeloup écrase la coquille vide sur la tête de Buck.

– Quoi de neuf dans le coin ?

Le Russe hausse d'abord les épaules en signe d'ignorance puis contemple ses chaussures qui font la danse de Saint-Guy.

– J'ai entendu parler de la crypte. Les jeunes étaient véners. Ça aurait pu mal tourner.

Pasdeloup opine du chef.

– Il y en avait un qui s'appelle Abdel. Tu le connais ?

– Il s'est fait sa place à Garges-lès-Gonesse en fracassant deux autres dealers. Il se bat bien. C'est un junkie. Dangereux.

– Et le type qui vient de partir, Nuri Hamza, comment tu le trouves ?

– Réglo. C'est un pur. Un champion. Médaille de bronze l'an dernier aux premiers championnats du monde de MMA à Las Vegas. Il vit avec sa mère. Il boit pas, fume pas, sort pas, drague pas.

– Puceau ?

Le Russe prend une mine étonnée.

– Je n'y avais pas pensé. Peut-être que oui…

Le visage de Pasdeloup devient sinistre.

– C'est inquiétant.

Le temps de laisser passer un avion, Pasdeloup ajoute doctement :

– Peut-être qu'il couche avec sa mère ? Ce serait quand même plus rassurant, non ?

Le Russe se dandine de plus belle, complètement dépassé.

Le rire de Maria surprend Pasdeloup quand il pousse la porte de la rue Brûlée. Aigu et rauque, sensuel, canaille, comme il ne l'a jamais entendu. Elle est en train de discuter gaiement avec le grand métis qu'il a sorti de l'eau. Frétillante, enjouée, elle repasse les vêtements que Pasdeloup avait empruntés. Elle s'aperçoit enfin de sa présence et le désigne d'un geste théâtral.

– Quand on parle du loup ! Dites donc, vous ne m'aviez pas dit que vous étiez un héros !

Le jeune homme s'avance vers Pasdeloup, intimidé. Il le domine de deux têtes, large d'épaules, des abdominaux saillants, des cuisses musclées, un beau visage ovale, de grands yeux de biche, les cheveux ras.

– Bonjour, je m'appelle Antoine Marron. L'autre jour, vous m'avez…

Pasdeloup le coupe sans aménité.

– Oui, je m'en souviens.

– Je voulais vous remercier, alors je…

– T'as pris ton temps.

– Ils ont préféré me garder quelques jours à l'hôpital, en observation. Je suis désolé de vous avoir encombré.

– Le moteur de ton Combi tourne comme une casserole. Les bougies sont mortes. Et c'est pas de l'huile qu'il y a dedans, c'est de la confiture de goudron !

Antoine pique du nez.

– J'y connais rien en mécanique.

– En plongeon non plus ! Un nègre marron, s'il ne sait pas où il va et comment y aller, c'est un nègre mort !

Il tourne les talons et sort de la pièce. Maria fait une moue désolée en direction du jeune homme, l'air de dire : « je vous avais prévenu ». Elle lance à Pasdeloup sur un ton de reproche :

– Finalement, je vous préfère boiteux ! Au moins, ça vous donne une raison d'être désagréable !

Pasdeloup revient sur ses pas et passe la tête par la porte avec un sourire figé.

– Maria ! Ne me dites pas que vous avez envie de vous faire culbuter par ce garçon qui n'est même pas complètement noir ! La grosse bite, c'est une légende, reprenez vos esprits ! Et vous pourriez être sa mère !

Quand Pasdeloup redescend après sa douche, Antoine est en train de boire un café au bar, tandis que Maria s'affaire en cuisine. Le jeune homme se lève, gêné.

– Je vous ai attendu pour récupérer les clés de la voiture. Et je ne vous dérange pas plus.

Pasdeloup fait comme s'il n'avait pas entendu.

– Vous êtes encore là, Maria ?

Elle tourne vers lui un visage angélique.

– France m'a téléphoné. Elle a un peu de retard.

Pasdeloup jette les clés à Antoine et lui fait signe de s'asseoir avec lui près du feu.

– Vingt mètres, c'est haut. Tu as eu peur ?

– Oui.

– C'est pour ça que tu n'as pas sauté ?

Antoine fronce les sourcils sans comprendre.

– J'ai sauté ! La preuve vidéo est au fond de l'eau, d'accord, mais…

Pasdeloup le coupe, glacial.

– Tu n'as pas sauté ! Tu t'es laissé tomber ! Comme une merde, tellement tu chiais dans ton froc ! Sauter, c'est actif, c'est voulu, c'est choisi, c'est niquer le vide, s'imposer à lui ! Tomber, c'est être passif, se laisser aller, subir ! Tu piges la différence ?

Antoine pâlit, blessé, déstabilisé.

– Et, en plus, t'as regardé en bas comme un débutant, histoire d'arriver dans la flotte à plat ventre ! C'était la première fois, c'est ça ? T'avais fumé un joint de trop ?

Antoine se trémousse sur sa chaise, se retenant pour ne pas exploser, les dents serrées.

– Non, c'est pas ce que vous croyez.

– Ton pote la Crevette m'a dit que vous étiez cascadeurs ! C'est une blague ? Il voulait dire clowns ?

Antoine se lève d'un bond, menaçant.

– J'ai déjà sauté des tas de fois d'aussi haut !

– Alors pourquoi t'as foiré, ce coup-ci ?

Antoine lui fait un doigt d'honneur avec un grognement provocant. Maria laisse échapper une assiette qui se brise sur le carrelage. Pasdeloup se lève et s'approche du jeune homme à le toucher. Antoine serre les poings et finit par avouer, du bout des lèvres, un problème de vue résultant d'un accident vasculaire cérébral. Il ajoute avec un pauvre sourire.

– Un maillon génétiquement faible.

Dans la cuisine, Maria se mord les lèvres, compatissante.

Pasdeloup s'accroupit pour attiser le feu. Debout derrière lui, Antoine se livre. Il était cascadeur dans l'équipe du parc d'attractions voisin. C'était dur, mais il ne s'est jamais senti aussi bien dans sa peau qu'à cette époque-là. Il y a deux ans, en plein spectacle, il a subitement perdu la vue du côté gauche. Le médecin présent a diagnostiqué immédiatement une rupture d'anévrisme. Un transport rapide à l'hôpital lui a permis de s'en remettre sans trop de séquelles. Un long traitement au laser a écarté tout danger d'hémorragie cérébrale mais il ne récupérerait jamais le bas de son champ de vision. Un trou noir l'obligerait désormais à baisser la tête pour regarder à ses pieds. Sa convalescence l'a obligé à une interruption forcée de dix-huit mois mais il compte bien réintégrer l'équipe du parc, cette année. Le coach a accepté de l'auditionner de nouveau en le prévenant qu'il serait impitoyable. Plus question maintenant de l'impressionner avec la vidéo du pont. Il lui reste deux mois pour retrouver son niveau d'avant l'accident.

Pasdeloup se tourne vers lui, incrédule.

– Qu'est-ce qui te plaît tant là-bas pour vouloir y retourner ?

Antoine baisse la tête comme s'il avait honte.

– Au début, j'ai entendu les mots de « discipline », « travail », « ponctualité », des trucs comme ça, qui me faisaient rire. Un jour, le coach m'a dit : « Ta merde, je vais te la faire rentrer dans le cul ! »

Pasdeloup lève un sourcil intéressé.

– C'est ce qu'il a dit ? Marrant !

– Il avait cinquante-huit ans. Trop vieux pour que je le frappe. Il nous a conduits à la tour prévue pour les chutes de hauteur. Il est monté à vingt mètres de haut et il a plongé la tête la première dans un matelas d'air. Personne n'a eu les couilles de le faire. Moi non plus. Le lendemain, il me donnait des ordres et j'obéissais. Trois mois après, il avait gagné. Quand j'y pensais, je n'en revenais pas d'avoir changé autant et aussi vite. Je gagnais le SMIC et je m'éclatais à mort. J'étais respecté pour ce que je faisais. Voilà. J'ai envie d'y retourner parce que, là-bas, je suis... fier de moi !

Maria a un sourire ému. Le klaxon de France retentit à l'extérieur. Elle file vers la porte à regret. Fait un petit signe de sympathie à Antoine.

– J'ai été contente de vous connaître. Peut-être à une autre fois.

– Avec plaisir, madame.

Pasdeloup, fielleux :

– Si vous souhaitez rester un peu plus, Maria, dites à France de repasser, ce ne sera jamais que la deuxième fois ce matin !

Maria lui tire la langue puis, réalisant l'énormité de son geste, sort précipitamment, rouge de confusion.

Antoine rigole bêtement.

– Elle est sympa.

Pasdeloup lui lance un regard accusateur.

– Je suis sûr que cette imbécile a cuisiné pour deux ! J'espère que tu as faim !

Antoine fait une grimace d'excuse.

– C'est comme vous voulez. Vous avez des yeux trop zarbi, ça donne pas envie de vous contrarier !

L'habitude des fast-foods et des pizzas surgelées, il fait d'abord la fine gueule mais la blanquette de veau de Maria l'emporte bientôt. Et quelques verres de vin rouge lui suffisent pour laisser échapper l'histoire de sa jeune vie.

*

Lucien Marron, son père, était nantais et exerçait le métier de soudeur aux chantiers navals Dubigeon. Il épousa, au grand dam de sa famille, Dédette Ducœurjoly, une superbe Antillaise, infirmière de profession, qui lui donna sur le tard leur seul enfant, Antoine, lui-même. À la fermeture des chantiers en 1987, Lucien se convertit au métier de charpentier de marine dans une petite entreprise de la région. Parvenu à la retraite, il s'acoquina avec Dieudonné, son vieux copain martiniquais et ancien amoureux de Dédette, pour mettre sur pied un projet grandiose : reconstruire *L'Aurore*, un navire négrier du XVIIIe siècle, qui serait baptisé *La Fraternité* et qui deviendrait un bateau pédagogique parcourant les routes de la traite entre la France, les États-Unis et les Antilles. Et pour cette réplique de négrier, quel meilleur sponsor et quel meilleur port d'attache que leur bonne ville de Nantes qui avait occupé, en termes de commerce triangulaire, la première place du royaume de France et la deuxième au niveau mondial.

Lucien était mort avant d'avoir obtenu la réponse de la mairie. Fauché à vélo, entre chien et loup, par une voiture qui ne s'était pas arrêtée et dont on ne retrouva jamais le chauffard. Certaines mauvaises langues laissèrent courir le bruit que ce n'était peut-être pas un accident. Et d'autres, dans le secret des familles, dirent tout haut que ce renégat de sa race n'avait eu que ce qu'il méritait.

Antoine avait seize ans. La douleur enflamma son esprit, bientôt remplacée par des sentiments de colère et de vengeance. Son père était mort et toute autorité blanche avec lui. Il ne vit plus bientôt dans ses leçons de morale, dans son éthique et dans son engagement, qu'un cache-misère recouvrant sa culpabilité de bon Blanc. Et le pavillon de la fraternité qu'il avait agité toute sa vie comme un sémaphore n'avait servi, en vérité, qu'à étouffer en lui-même la conviction qu'ont les hommes à peau blanche de leur supériorité sur les Noirs, au mieux combattue, inavouée, niée, au pire structurée, déchaînée, haineuse. La peau d'Antoine avait suffisamment hérité de sa mère pour faire de lui un Noir. Aucune imagination, aucune bien-pensance bêlante de bons sentiments ne pouvait rendre compte de son quotidien depuis sa naissance.

Un Juif n'est presque jamais noir. Un Arabe n'est pas noir. Un Chinois ou un Indien ne sont pas noirs. À coups de mensonges, de bonnes manières ou de chirurgie esthétique, ceux-là peuvent, s'ils le désirent, dissimuler leur origine. Faire allégeance pour éviter le mépris ou la condescendance issus directement du cerveau reptilien de l'homme blanc supérieur. Mission impossible pour le nègre, condamné dès le premier regard au noir irrécusable de l'infériorité et de la sauvagerie. Antoine décida donc de revendiquer haut et fort sa « noirceur » en devenant un mauvais garçon. Mais il n'avait aucune aptitude à la méchanceté. Et la morale inculquée dès l'enfance fut un frein à sa violence et l'empêcha de tomber dans la bêtise brute. Après quelques égarements, il retourna dans le giron de son Antillaise de mère.

Un copain de la rue l'entraîna dans la pratique du parkour, cet art du déplacement libre où les éléments du milieu urbain ou rural sont considérés comme autant d'obstacles qu'il faut franchir en courant, en sautant, en escaladant et en usant de toutes les techniques acrobatiques. Cette activité sportive à haut risque l'aida à canaliser son agressivité. Mais elle lui révéla surtout sa propre voie pour devenir un homme, un vrai. Un homme sans couleur. Le prix du respect devait se payer en risquant sa vie hors des sentiers battus, en cultivant sa force physique, sa souplesse, son explosivité, en maîtrisant la peur, le vertige, la douleur. L'exaltation que lui procurait le danger le rendit acharné à l'entraînement et il progressa rapidement dans son art. C'est ainsi qu'ayant acquis une renommée locale, il postula à un emploi de cascadeur dans le parc et fut brillamment sélectionné pour le stage de formation.

En dépit des pleurs de Dédette, Antoine quitta Nantes la Négrière, le cœur léger. Il partait pour la capitale rejoindre un monde du spectacle où la diversité des origines, disait-on, était une richesse, mieux encore, une nécessité. Un monde qui ressemblait à celui de son père et dont il se reprenait à rêver. À la rigueur quasi militaire de la formation succéda la période des répétitions : la confrontation avec les anciens, l'apprentissage des chorégraphies de l'action et enfin l'excitation des premières publiques. Manier la rapière sur les toits déguisé en mousquetaire, plonger la tête la première dans le vide ou dans un escalier, tomber sans cesse, en avant, en arrière, en glissant, en trébuchant, poussé, jeté, tamponné, éjecté d'un train, d'une moto ou d'une voiture en plein virage, rouler et rebondir encore et encore sur le bitume, ne plus compter les ecchymoses, les griffures, les coupures, les plaies, tout cela constitua une saison de pur bonheur pour Antoine. Il était doué, ne truquait pas, ne s'économisait pas et gagna ainsi le respect de tous. Il parvint à la fin de la saison en ayant respecté la règle numéro 1 édictée par le coach : repousser ses limites sans se blesser au point de s'arrêter. Et ne jamais exhiber ses cicatrices comme autant de trophées, elles sont la preuve qu'on a raté son numéro.

Sa deuxième saison au parc commença littéralement sur les chapeaux de roues avec une formation en cascade moto qui était réservée aux meilleurs éléments de l'équipe. Il était exceptionnel d'y accéder dès la deuxième année mais le coach avait jugé qu'il était prêt. Ce fut pour lui un parcours sans faute. Jusqu'à cette après-midi caniculaire du mois d'août où, en plein spectacle, le cœur surmené, la fatigue aggravée par une nuit blanche passée à faire l'amour, il s'aperçut soudain qu'il n'y voyait plus de l'œil gauche.

Pasdeloup l'interrompt d'un ton cassant.

– Arrête de radoter ! D'Artagnan et Zorro, c'est du passé ! Maintenant, tu fais quoi ?

Antoine essaye de rire. Ses yeux flamboient, fixés sur son assiette vide.

– Ça tourne un peu. Je ne suis pas habitué à boire.

Pasdeloup approche son visage du sien, la lèvre retroussée, agressive.

– Je vais te faire un dessin puisque tu es dur d'oreille. T'as frôlé la chaise roulante, et tes belles certitudes d'avant-guerre ont explosé en vol. Tu ne sais plus tomber parce que chaque fois que tu tombes, tu te dis que ton cerveau va se remettre à saigner et que tu vas te retrouver mort ! Ou pire, légume ! Ou encore pire, frais comme un gardon mais pour toujours aveugle, avec pour seule présence la voix de Maman Dédette qui te racontera les images de la télé ! Une blessure grave, c'est un tremblement de terre qui fissure tout, le corps et l'esprit. Il n'y a que les gros cons qui s'en sortent indemnes ! Il faut un QI de toile cirée pour oublier qu'on a failli mourir et pour continuer avec une épée de Damoclès ! Les types dans ton genre, les intelligents, les imaginatifs, sont foutus d'avance. La plupart passent leur vie à se cacher en tremblant. Quant aux autres, la conscience de leur lâcheté leur devient tellement insupportable qu'ils s'arrangent pour mourir d'un cancer, ou d'un accident de la route, ou bien ils finissent par se jeter, comme toi, du pont. Et t'as vu le résultat.

Antoine vacille sur sa chaise, livide, les poings serrés. Il respire à petits coups rapides par le nez pour calmer les battements de son cœur.

– Et vous, vous appartenez à quelle catégorie ?

Pasdeloup se lève, hautain.

– À celle qui a une bonne raison !

Sans un regard pour Antoine, il marche vers la pièce voisine.

– Je te ramène à ta voiture.

Ils traversent les couloirs sinistres de la maison murée jusqu'au hangar où est garé le Combi. Pasdeloup actionne une télécommande qui ouvre le rideau de fer à l'arrière puis se retourne vers le jeune homme.

– Bon vent !

Antoine demeure sans bouger à côté de la portière. Il semble réfléchir, tête basse. Enfin, il lève sur Pasdeloup un visage empreint d'une lucidité et d'une fermeté inattendues.

– C'est vrai, j'ai perdu confiance, je doute, je fais des cauchemars, je me réveille souvent la nuit complètement paniqué. J'imagine que vous ne savez même pas de quoi je parle. Mais je suis plus dur à cuire que vous ne croyez, monsieur Meunier. J'ai peut-être un œil esquinté mais avec les deux, je vois clair et net mon seul avenir possible. Alors, autant vous y faire, rien ni personne ne m'empêchera d'aller jusqu'au bout de mes choix ! Ni un pont trop haut, ni vos airs supérieurs, ni moi et ma trouille ! Je suis têtu comme un âne ! Je baiserai tous les obstacles et je redeviendrai qui j'étais ! Cascadeur !

Pasdeloup enfonce le clou, sarcastique.

– N'est pas une brute qui veut ! Il faut un muscle à la place du cerveau !

Antoine éclate d'un rire exalté et se boxe violemment le front en rafale avec la paume de ses deux mains.

– Ça tombe bien, monsieur Meunier ! C'est mon cœur que j'ai là-dedans ! Gros comme ça ! Et gonflé comme un melon à bretelles !

Il saute gaiement dans le Combi et démarre le moteur. Une épaisse fumée noire jaillit en saccades du pot d'échappement et envahit le hangar. Pasdeloup lui fait signe de baisser la vitre. Le jeune homme s'exécute avec un air de défi.

– Vous voulez parier ?

Pasdeloup balaye l'invite d'une pichenette, grand seigneur, et lance à brûle-pourpoint :

– Je m'entraîne tous les matins. Ça te dit ?

Antoine fronce les sourcils, stupéfait. Il hésite de longues secondes. Les yeux fixés sur lui ne sont pas rassurants. Il finit par lâcher dans un souffle :

– OK.

– À 8 heures. Et je n'attends pas.

Antoine se racle la gorge, mi-figue, mi-raisin.

– Ça me rappelle quelqu'un. À demain.

Le Combi s'éloigne en pétaradant, recouvert par les réacteurs d'un Airbus en approche. Dans le rétroviseur, Pasdeloup disparaît peu à peu dans un nuage noir, puant, infernal.

La sonnerie de l'entrée tire Pasdeloup de sa lecture. Il repose sans se presser *Physique de l'amour*, un livre de Remy de Gourmont que François lui a proposé cette semaine. Le rite s'est instauré peu après l'ouverture de Bouquinville, il y a cinq ans. Les nouveaux libraires du Vieux Pays n'avaient pas la fibre du commerce. Ils se considéraient plutôt comme des missionnaires, s'employant corps et âme à convertir à la lecture tous les adorateurs de télévision qui s'aventuraient à proximité de leur enseigne. Prêter les livres au lieu de les vendre devint bientôt leur principale activité. C'est par ce biais que François entreprit cet étrange voisin qui intriguait tant son épouse. En dépit d'une culture littéraire médiocre, Pasdeloup montra un goût et un jugement qui stupéfièrent François. En ayant simplement parcouru la première et la dernière page d'un livre, il savait immédiatement si sa lecture allait, selon ses termes, « lui faire gagner ou perdre son temps ». Parfois, un bref résumé du contenu, une simple citation allumaient une petite flamme dans ses yeux et suffisaient à le convaincre. Mais la plupart du temps, le retour à l'envoyeur était immédiat, cinglant.

– C'est une merde !

Bandeaux racoleurs et prix littéraires étaient les plus fréquemment agonis. Piqué au vif, le libraire se passionna pour son cas, se lançant des défis à lui-même tout en prenant son épouse à témoin : « Je te parie que celui-là, c'est un livre pour Pasdeloup, n'est-ce pas, chérie ? » Après quelques tâtonnements, Catherine, fine mouche, trouva la solution.

– Ce qu'il lui faut, ce sont des auteurs qui choisissent leurs lecteurs ! Et pas le contraire !

Une illumination pour François qui entreprit immédiatement de vérifier cette brillante théorie. C'était un vendredi à 20 heures.

Il se rendit chez Pasdeloup et, sur le seuil, comme un vulgaire démarcheur, il lui présenta trois livres :

– *Le Pédant joué* de Cyrano de Bergerac, une géniale comédie du XVIIe siècle, écrite pour une bonne part en patois picard et pour le reste dans une langue absconse ridiculisant les pédants, illisible pour le commun des mortels, à laquelle Molière emprunta la fameuse scène de la galère pour ses *Fourberies de Scapin.*

– *Le Dictionnaire rossignol-français* d'un fou littéraire nommé Dupont de Nemours.

– *Le Plan de l'Aiguille*, un roman poétique de Blaise Cendrars, à la liberté de style incandescente, à la beauté désespérée, inclassable.

Pasdeloup examina les livres de sa drôle de façon, première et dernière page, puis feuilleta chacun d'entre eux, s'arrêtant çà et là, au hasard. Après quelques minutes d'une concentration extrême, il s'écarta avec un soupir mi-amusé, mi-agacé, et fit signe à François d'entrer.

– Pour le premier, il me faudrait un dictionnaire. Je ne maîtrise pas le vieux picard !

Avec l'index dressé de celui qui apprécie le connaisseur, François sortit humblement de sa serviette un gros fascicule photocopié qu'il tendit à Pasdeloup.

– Une thèse de doctorat sur la pièce. Vous y trouverez tout ce qu'il vous faut. Il faut signaler qu'en dépit de son auteur célébrissime, cette comédie écrite en 1645 n'a été créée qu'en 1979 à Monclar d'Agenais, un petit village du Lot-et-Garonne. Le metteur en scène, dont j'ai oublié le nom, avait comme particularité d'exercer le métier de cascadeur ! C'est le moins qu'il fallait pour se lancer dans cette galère !

Pasdeloup fit asseoir François et lui proposa à boire. La voix était aimable mais les yeux donnaient des ordres.

– Parlez-moi des deux autres.

Une heure après, François sortit du 1, rue Brûlée, la trogne illuminée par le whisky mais pas seulement. Catherine, qui guettait impatiemment son retour, sortit dans la nuit pour aller à sa rencontre. Il ne s'arrêta pas en la croisant, lui indiquant de le suivre d'un petit mouvement de tête. Il sentait le regard de Pasdeloup appuyé sur ses omoplates mais il ne put s'empêcher d'envoyer à son épouse une œillade triomphante.

Les années qui suivirent, François demeura fidèle au rendez-vous du vendredi soir. L'apéritif devint dîner de travail où les deux hommes échangeaient jusqu'à pas d'heure sur les livres de la semaine. Pasdeloup profitait de l'érudition de François et François des points de vue singuliers de Pasdeloup dont l'audace ne laissait pas de le surprendre et parfois même de le troubler. Dans le feu de la discussion, le libraire n'hésitait jamais à livrer des confidences sur sa vie intime pour mieux argumenter, convaincre, ou réfuter. Il sentait d'instinct qu'il pouvait avoir confiance. Il avoua un jour à Pasdeloup que depuis la maladie de Catherine, il fréquentait, en bordure de forêt, la fourgonnette d'un laideron de petite vertu qui le faisait jouir sans capote entre ses gros nichons flasques. À ses dires, la première fois s'était passée comme une tentative de suicide, mais il y était revenu comme un chien retourne à son vomissement. Une fois par semaine malgré la honte qui le dévorait. Alors qu'il tentait de décrire la fascination qu'exerçaient sur lui la puanteur et la crasse de cette pornographie bon marché, il cessa brusquement de parler en prenant conscience qu'il se livrait pieds et poings liés à un étranger si peu prolixe sur sa propre vie. Pasdeloup le rassura immédiatement.

– Ne t'inquiète pas. Je suis une tombe.

Ce à quoi François ne put s'empêcher de répliquer :

– Au sens propre ou au sens figuré ?

Il avait rougi car les mots étaient sortis sans réfléchir et Pasdeloup avait franchement ri, ce qui ne lui arrivait pas souvent.

C'est après la lecture du *Neveu de Rameau* de Diderot que Pasdeloup découvrit ce qui poussait irrésistiblement le libraire à ne manquer aucun de leurs vendredis soir. Il le lui dit avec le regard du pêcheur qui a ferré son poisson et le regarde se débattre.

– J'ai compris ! Tu es « Moi » et je suis « Lui » ! À toi, la confiture humaniste, l'humaine faiblesse, la bonté partageuse, la repentance brandie pour toutes les saloperies commises, à moi l'incroyance, le caillou à la place du cœur, la pensée sans foi ni loi, un œil qui dit blanc, l'autre noir ! La vérité, c'est que tu viens ici comme dans la camionnette de ta tireuse de vinaigre ! Tu es tombé amoureux des trous noirs qui puent ! Tu ne peux plus t'en passer ! Te voilà enfin occupé à l'essentiel, mon cher ! Spéléologue des égouts ! Et je te sers de guide ! Ne fais pas cette tête ! Mieux vaut tard que jamais !

François acquiesça mollement, ne sachant où se mettre. Il fut surpris de constater qu'à partir de ce jour-là, ses échanges avec Pasdeloup gagnèrent en profondeur, en intensité et qu'il se laissa aller de temps à autre à parler de lui et de son passé. Rien cependant qui ressemblât à lever le voile sur la chose essentielle : pourquoi Pasdeloup s'était-il installé au Vieux Pays ?

Le libraire interrogeait parfois la bibliothèque qui avait trouvé grâce aux yeux de Pasdeloup, espérant y saisir un indice. Il lui avait consacré un rayonnage spécial dans sa boutique. Cinq ans de lecture représentant deux cent cinquante-deux ouvrages parmi lesquels les œuvres complètes de Remy de Gourmont, de Cioran, de Blaise Cendrars, des stoïciens grecs, de Céline, de Cami, de Cyrano de Bergerac, de Rimbaud, un certain nombre de livres de Georges Ribemont-Dessaignes, Albert Camus, Diderot, Jerzy Kosinski, Paul Watzlawick. S'y trouvaient également des auteurs représentés par un seul ouvrage : *Olt* de Kenneth Gangemi, *Maintenant* d'Arthur Cravan, *Si c'est un homme* de Primo Levi, les poèmes de saint Jean de la Croix, *Les Chants de Maldoror* de Lautréamont, *Cahier d'un retour au pays natal* d'Aimé Césaire, *L'Adieu au roi* de Pierre Schoendoerffer. S'il arrivait qu'un rare client achetât l'un d'entre eux, François le remplaçait immédiatement de peur qu'il manquât un morceau au portrait littéraire de Pasdeloup Meunier, et peut-être celui justement qui lui donnerait un jour la clé de sa personnalité si étrange. Par exemple, *Le monde est comme deux chevaux* de Christiane Rochefort, dont Pasdeloup aimait à citer une phrase : « Derrière, rien, devant, rien... On s'en fout, on garde le cap. »

Une nouvelle fois la sonnerie de l'entrée. Pasdeloup se lève, fataliste, en marmonnant une phrase de *Physique de l'amour* : « Le but de la vie, c'est le maintien de la vie » !

Il descend tranquillement les deux étages en pensant au but de sa vie : tous ces engins explosifs improvisés qu'il a neutralisés aux quatre coins du monde en dix-neuf ans de déminage. Des bombes de cent grammes à plusieurs tonnes, bourrées de clous ou de produits chimiques ou biologiques dévastateurs, prenant la forme d'un paquet-cadeau, d'une poubelle, d'une voiture en stationnement ou de quelqu'un qui passe par là, bricolées par le premier venu ou confectionnées par un professionnel de génie, remplies d'explosifs traditionnels ou de mélanges improbables, déclenchées par la victime potentielle elle-même, ou bien à distance à l'aide d'un fil, d'une télécommande, d'un téléphone portable ou encore plus directement par l'action suicidaire du porteur. Tous ces objets de terreur avaient été conçus dans le seul but de dire merde à la vie. Et lui, Pasdeloup, les avait dépecés avec la même ambition, la même délectation sacrilège que les médecins de la Renaissance disséquaient leurs cadavres : être plus fort que la Mort.

Il ouvre la porte. Devant lui, Xavier Malard, directeur des services techniques de la mairie de Goussainville et Ève Rafaron, adjointe à la culture. Malard a une quarantaine d'années, trapu et costaud, le teint rougeaud d'un alcoolique. Une suffisance vulgaire émane de toute sa personne. C'est le genre de petit chef qui abuse systématiquement de son pouvoir sous prétexte de zèle.

Après sa nomination, il y a quatre ans, les conflits avec Pasdeloup se sont multipliés. Les prérogatives et les privilèges que l'ex-Nedex s'était attribués en dépit de toutes les règles communes n'avaient jamais fait bon ménage avec l'administration républicaine. D'autant plus quand celle-ci se trouve représentée par un cloporte vaniteux, haineux, et tatillon comme Malard. Le regard de Pasdeloup glisse sur lui, dédaigneux, pour s'arrêter avec une lueur de gourmandise sur le visage d'Ève Rafaron. Une blondinette d'une cinquantaine d'années ayant conservé, malgré les années, une ressemblance frappante avec Brigitte Bardot dans *Le Repos du guerrier*.

De grandes mirettes innocentes, des lèvres pulpeuses, un corps de jeune fille, Ève Rafaron ne compte pas les heures de hip-hop et de piscine qui lui valent d'être considérée comme la femme politique la plus bandante du département de l'Oise. Sans y prétendre cependant. Et à son grand dam. Elle est sportive simplement, saine, gentille, sincère, pas allumeuse ni cougar pour deux sous. Mariée à Olivier Rafaron, commissaire divisionnaire à Gonesse, Ronron pour les intimes, un flic de choc, ancien du GIPN, qui a découvert son homosexualité sur le tard.

*

Pasdeloup l'a rencontré il y a une dizaine d'années lors d'un Ultra-Trail du Mont-Blanc, une course de cent soixante-six kilomètres dans les Alpes avec ses dix cols de plus de deux mille mètres à franchir d'une seule traite. Pasdeloup et Ronron ont passé ensemble la ligne d'arrivée à Chamonix en trente-sept heures, quarante-trois minutes et vingt-deux secondes. Le plus jeune a été bluffé en apprenant que quinze ans le séparaient du vétéran. À l'époque, Ronron ne s'était pas encore avoué qu'il préférait les hommes mais il est tombé sous le charme des yeux vairons. Pasdeloup n'y a vu que son intérêt. Une déclaration d'amour venant d'un flic ne se refuse pas quand on a des penchants de mauvais garçon. Quelques années après, Ronron était muté à Gonesse, promu au rang de divisionnaire et chapeautant l'hôtel de police de Goussainville. Le hasard faisait bien les choses. À peine arrivé, il s'était occupé d'une plainte déposée contre Pasdeloup pour menace avec arme à feu. Ronron avait mené en personne la perquisition. Après une brève inspection du contenu du frigo, choisi exprès pour montrer ce qu'il pensait de sa démarche, il s'était tourné vers Pasdeloup.

– Donne-moi ta parole qu'il n'y a pas d'armes chez toi et je me torche avec cette commission rogatoire !

Pasdeloup ne s'était pas fait prier. Il ne voulait pas gâcher leurs retrouvailles. Le type était resté le même, plus amical que jamais. Il avait juste changé de partenaires sexuels et son épouse était bien seule.

*

Pasdeloup se fait tout miel.

– Ma chère Ève, quel bonheur ! Vous vous faites bien trop rare !

Ève Rafaron rosit, en battant des cils pour dissimuler son trouble. Malard attaque sans préliminaire.

– Je vous ai envoyé plusieurs courriers, alors je suppose que vous connaissez le but de notre visite ?

Pasdeloup se détache lentement du visage d'Ève pour feindre de s'apercevoir enfin de la présence de Malard.

– Non, Malard. Mais figurez-vous que je viens d'apprendre quel est le but de la vie ! Connaissez-vous le but de la vie, Malard ?

Malard bafouille, pris au dépourvu. Pasdeloup revient à Ève.

– Et vous, ma chère ? Le but de la vie ? À ce qu'en disent les intelligents, bien sûr.

Ève réfléchit une seconde puis lance sérieusement :

– Se reproduire ?

Pasdeloup reste bouche bée. Il applaudit, vraiment impressionné, admiratif. Il sait qu'Ève n'a pas d'enfant et apprécie le courage de la réponse. Il se tourne vers Malard.

– Je traduis pour vous, Malard, le but de la vie, c'est de niquer ! Avec votre tête, je comprends que c'est dur mais branlez-vous, bordel, au lieu de venir m'emmerder à tout bout de champ ! Le but de votre visite, vous vous doutez bien que je m'en tamponne le coquillard !

Malard fulmine, prêt à exploser.

– Vous êtes témoin de la manière dont cet individu me traite, madame Rafaron ! Il est plus âgé que moi, alors je me retiens, mais un jour...

Pasdeloup fait un pas vers Malard avec une expression cruelle, sauvage.

– Mais que vous leviez la main sur moi, Malard, j'en rêve ! Plus ils sont gros, plus ils sont cons, plus j'adore le bruit qu'ils font en tombant !

Ève s'interpose comme un arbitre de boxe professionnel, avec un calme sidérant. Sa voix est douce et ferme.

– Stop, messieurs !

Elle regarde Pasdeloup droit dans les yeux et articule tranquillement sur un ton administratif :

– Récapitulons, voulez-vous ? Il y a quatre mois, pour la énième fois en une petite quinzaine d'années, la serrure de la crypte a été changée sans autorisation, ce qui a eu pour conséquence, faute de la clé idoine, l'annulation de l'ouverture au public prévue pour la Journée du Patrimoine. On vous a envoyé un courrier, resté sans effet, un deuxième courrier, toujours rien. Sauf que maintenant, le battant est carrément soudé à son chambranle ! Le moins qu'on puisse dire, c'est que vous n'y allez pas de main morte ! Le problème est simple, monsieur Meunier, soit vous remettez cette porte dans son état initial, soit la commune porte plainte. Suis-je claire ?

Malard en salive par avance.

– Dégradation de bien public, ça peut aller jusqu'à trois mois fermes !

Les yeux vairons glissent sur le visage d'Ève, jusqu'à ses lèvres.

– Vous parlez bien d'une plainte contre X, chère amie ? Personne ne m'a surpris en flagrant délit que je sache. Malard prétend que je lui ai moi-même avoué ces forfaits odieux. Mais si je le traite de menteur, ce sera sa parole contre la mienne et, soyons sérieux, quel juge croira un pochetron pareil ?

Malard s'étrangle d'indignation. Ève Rafaron le calme d'un geste sec et sourit franchement à Pasdeloup. Le ton de sa voix est suave.

– Alors, disons que vous rendriez un grand service à la mairie en redonnant à cette porte la possibilité d'être ouverte ou fermée. C'est une tâche délicate qui ne peut être confiée qu'à un connaisseur, un spécialiste des lieux. Et nul ne l'ignore, vous avez déjà tant fait pour cette église.

Elle prend le temps d'un regard profond puis tourne les talons d'un coup de reins de gymnaste.

– Partons, monsieur Malard. Nous ferons le point plus tard à mon bureau. Je dois passer voir les libraires.

Pasdeloup la regarde s'éloigner et entrer dans Bouquinville. Il referme la porte en souriant. Cet intermède imprévu lui plaît. Il sait exactement ce qui va se passer. Ève saluera François et prendra des nouvelles de Catherine. Elle les connaît et les apprécie. Elle s'est passionnée pour leur projet de village du livre et l'a défendu bec et ongles durant des années. Ensuite, elle dira à François, en prenant un air dégagé pour dissimuler sa gêne :

– Vous permettez que je passe par votre jardin ?

François répondra avec une courtoisie exquise :

– Mais je vous en prie !

Il la conduira jusqu'à la porte de derrière qui donne sur un petit potager, lui donnera un trousseau de deux clés et la regardera emprunter le sentier menant à la maison murée de Pasdeloup.

Avec une première clé, elle actionnera le rideau de fer électrique. Sans attendre l'ouverture complète, elle entrera rapidement, en se baissant, et refermera aussitôt.

*

Le « gentlemen's agreement » passé entre Pasdeloup et François remonte à l'un de leurs tout premiers rendez-vous du vendredi soir. L'alcool, la curiosité un peu malsaine, le côté potache mais surtout le sentiment d'accéder au statut de complice et donc d'intime, le libraire avait accepté, sans trop se faire prier, de fournir une « couverture » culturelle et un passage discret vers le 1, rue Brûlée. Pasdeloup pouvait compter sur lui, ainsi que toutes celles qui souhaiteraient conserver leur anonymat. Motus et bouche cousue. Mise devant le fait accompli, Catherine avait très mal pris la première femme adultère surprise dans son potager. Elle avait tenté de raisonner son époux, de le faire revenir sur sa promesse, évoqué la honte d'être découvert, le qu'en-dira-t-on, le risque de perdre leur peu de clientèle. Sa véhémence pour défendre les bonnes mœurs lui ressemblait si peu que l'idée traversa François qu'elle était jalouse. Elle s'était immédiatement rendu compte du soupçon et avait changé son fusil d'épaule.

– Je trouve simplement très humiliant ce rôle de concierge de bordel que Pasdeloup nous fait tenir !

L'argument n'eut pas d'autre effet que de faire glousser François avec un œil égrillard. Il avait donné sa parole. Cochon qui s'en dédit.

*

La deuxième clé tourne dans la serrure de la petite porte métallique qui donne sur la maison murée. Ève entre avec un petit sourire espiègle, légèrement essoufflée, fait un petit salut en remuant les doigts de la main. Pasdeloup la regarde venir à lui. Sans un mot, elle met ses bras autour de son cou, se serre contre lui un long moment, l'embrasse à pleine bouche. Il l'entraîne à l'étage dans son lit. Elle jouit à peine il est entré en elle. Un peu plus tard, ils jouissent ensemble en criant.

Tandis qu'ils se rhabillent, Pasdeloup lui parle de *Physique de l'amour*, de ces vers luisants qui s'éteignent comme des lampes dès que l'accouplement est terminé, de la forme des pénis, grêle chez les ruminants, gras et rond chez l'éléphant, conique chez les dauphins, cylindrique chez les rongeurs et les primates. Elle l'écoute, commente, partage, fait tout ce qu'il faut pour montrer son intérêt. Ils se retrouvent au rez-de-chaussée, devant la petite porte dans le mur de pierre. Une trace de frustration passe sur le visage d'Ève. Elle voudrait retenir le temps, mais dans les yeux vairons se lit la lassitude des vers luisants. Elle prend sur elle, plaisante, se remet un rouge léger sur les lèvres.

Quatre ans qu'elle le retrouve une fois par mois. Jamais plus. Il se lasserait. Pire, il ne pourrait plus faire semblant de ne pas voir qu'elle est un peu amoureuse. Et ce serait fini. Une fois de plus, elle se redit intérieurement qu'il lui faudra mettre un terme à cette relation absurde, improvisée, un peu primitive. Son mari n'est plus qu'une pure convention sociale et les hommes ne manquent pas, prêts à tout pour l'avoir et certains même à l'épouser. Mais ce sexagénaire de Pasdeloup joue à merveille de son étrange regard. Au début, elle s'est imaginé risquer sa vie en couchant avec lui. Elle a attendu qu'il se dévoile, qu'il se révèle fou et dangereux en amour. Peine perdue. Peu à peu, elle a repoussé l'espoir de passer un jour de l'autre côté de l'œil noir et de l'œil gris.

Ève prend le temps de se recomposer une attitude, une silhouette, une présence. Le vouvoiement reprend son cours.

– Vous avez suivi l'actualité ? Le complice de Saad Bendaoui a été arrêté. Mais à sa sortie du bureau du juge, un jeune Juif s'est jeté sur lui et a tenté de le poignarder. Les gendarmes sont parvenus à le maîtriser et il a été arrêté. Des groupes de soutien très violents se heurtent en ce moment même à la police. Ces jeunes fanatiques crachent sur l'abolition de la peine de mort !

Pasdeloup la regarde étrangement.

– Vous ai-je déjà parlé de ma dernière réflexion sur le sujet ?

Ève fait non de la tête, intéressée.

– En deux mots, il devrait être possible de requérir la peine capitale pour certains crimes à définir. Dans ces cas, la justice en appellerait à un certain nombre d'ayants droit pour les victimes, à définir également : parents, enfants, etc. À la majorité d'entre eux, ils auraient la faculté de choisir d'intégrer ou non la peine de mort dans le processus judiciaire. Dans le premier cas, si les tribunaux condamnaient l'accusé à la mort, un délai de deux ans au moins devrait être respecté pour faire retomber les passions. À son terme, et si le jugement était confirmé après les allers-retours des recours légaux, c'est le premier ayant droit, lui-même, qui serait appelé pour être confronté au condamné et, les yeux dans les yeux, pour exécuter en personne la sentence.

Ève blêmit.

– C'est horrible ! Personne n'aurait le courage de faire ça !

Pasdeloup l'observe avec un sourire narquois.

– Vous voyez ! Et si vous ajoutez que le criminel peut se rouler aux pieds de son bourreau potentiel en implorant son pardon, ou le menacer de représailles, l'abolition n'est pas si loin !

Un masque de cruauté tombe sur son visage.

– À part que… On ne sait jamais. Il y a des dingues et des rancuniers, même chez les honnêtes gens. Jusqu'au dernier moment, la mort guette, rampe, prend ! Ou pas ! Marrant, non ?

Ève demeure stupéfaite, balançant entre le prendre au sérieux et une blague de mauvais goût. Elle s'ébroue et redevient Mme Rafaron, adjointe à la culture, épouse du commissaire de police.

– J'attends de vous un effort pour la porte de la crypte.

Pasdeloup se détourne. Indifférent. Presque grossier. Elle se raidit, tente d'en rire.

– Mais qu'est-ce que vous avez avec ces souterrains ? Vous y cachez un cadavre ou quoi ?

Pasdeloup ne bronche pas, regarde devant lui sans ciller. Ses yeux paraissent encore plus différents. L'un d'un noir sale, sans reflet, l'autre d'un gris délavé et triste. Un bruit de serrure. Il est seul au monde. « Derrière, rien, devant, rien… On s'en fout, on garde le cap. »

Pasdeloup enfile ses lunettes de protection. Il appuie ses coudes contre la porte de la crypte pour empêcher la meuleuse de déraper. Un bruit strident, une gerbe d'étincelles, il attaque les points de soudure, les tronçonne peu à peu, précautionneusement, pour ne pas percer le battant de métal. Après le départ d'Ève, il a hésité puis s'est résolu. Faire la forte tête risquerait de soulever des soupçons et mieux vaut que la crypte de l'église Saint-Pierre-Saint-Paul n'ait pas d'autre actualité que celle d'un monument historique. Le fantôme de Jeanne n'est pas le seul à hanter ces souterrains.

Dessoudée, la porte bascule enfin sur ses gonds. Pasdeloup lime les bordures de sa coupe pour ne laisser aucune aspérité tranchante. Avant que la nuit tombe, il remonte la serrure, vérifie le jeu de la clé et rentre enfin par le chemin habituel, en escaladant le mur du cimetière. Il s'arrête devant le caveau de Donatien Piffard pour vérifier soigneusement le scellement de la stèle. Il est le seul à savoir que, cachés derrière le marbre, se trouvent les restes d'un passager clandestin mêlés aux ossements des occupants légitimes, enchevêtrés en un mikado injouable. Pasdeloup fait la grimace. Il lui faudra sans doute se résoudre à mettre de l'eau dans son vin et le diluer jusqu'à ce que disparaisse la couleur du sang. Il rugit à cette pensée. Entre chien et loup, il retrousse les babines et tourne en rond dans le cimetière, enragé.

5

Le moment du boomerang

Longtemps auparavant, le 20 mars 1997, premier jour du printemps, le vent changea de direction pendant la nuit et se mit à souffler de l'ouest pour la première fois de l'année. Pasdeloup se réveilla à 4 heures du matin quand le MD-11 de FedEx passa à deux cents mètres au-dessus du clocher de Saint-Pierre-Saint-Paul dans un hurlement de turbines poussées à leur maximum. L'aéroport de Roissy-Charles-de-Gaulle venait de reconfigurer l'orientation de ses décollages et de ses atterrissages pour les trois mois à venir, sans compter quelques caprices de la météo. Dans l'axe de la piste numéro 1, le Vieux Pays, inexorablement, s'envolait ainsi à grand bruit au printemps et en automne, tandis qu'il se posait un peu moins fort en été et en hiver. Seul le Concorde avait ignoré cette alternance sonore des saisons. Parole d'ancien, qu'il arrivât ou qu'il partît ne changeait rien. C'était chaque fois le même fracas épouvantable.

Au retour de son exercice matinal, Pasdeloup aperçut deux prêtres en grande conversation avec Jeanine Maro devant le portail de l'église. Elle lui fit signe de les rejoindre. Il hésita un instant avant de se résigner. Il évitait lâchement « Cuisse légère » depuis la fin des travaux de Saint-Pierre-Saint-Paul. Deux mois maintenant. Elle lui en voulait, c'était sûr. Elle le dévora des yeux avec une moue boudeuse.

– J'ai pensé que vous aviez quitté le Vieux Pays sans me dire au revoir !

Pasdeloup prit le taureau par les cornes. Il attira Jeanine contre sa sueur en lui plaquant une main sur les fesses et l'embrassa à bouche que veux-tu.

– Comment vous oublier, ma chère, je vous dois tant !

Relâchée, Jeanine tituba en égrenant quelques « Mon Dieu ! » étranglés avant de s'esquiver, écarlate de confusion. Le plus jeune des prêtres fit de son mieux pour ne pas éclater de rire. Le plus âgé pinça un peu plus ses lèvres cadavériques. Son indignation muette lui faisait cligner des yeux à toute vitesse.

*

Le père Michel, curé de Goussainville qui officiait en la nouvelle église Saint-Michel, était un petit homme laid comme un pou et qui portait ses soixante-dix-huit ans tel Jésus sa croix. Un an auparavant, il avait été informé par la rumeur que l'église du Vieux Pays était en travaux. Personne cependant ne semblait au courant de rien. Il s'était donc rendu en personne sur les lieux. Le jeune Bob n'avait pas osé s'interposer pour l'empêcher de monter au clocher. Parvenu au premier étage à bout de souffle, le vieux curé était tombé nez à nez avec Pasdeloup et l'avait interpellé d'une voix de crécelle.

– Qui êtes-vous et que faites-vous ?

Pasdeloup l'avait examiné froidement, et jaugé aussitôt. Un emmerdeur de première avec la foi du charbonnier, buté comme un âne. Il fallait ruser.

– Le toit fuit, je bouche les trous.

– Vous n'en avez pas le droit !

– Vous êtes qui pour en juger ?

– Je suis le père Michel, curé de Goussainville !

Emphatique, et c'était son dernier mot. Pasdeloup lui avait simplement fait signe de le suivre.

– Je vais vous montrer pourquoi je suis ici.

Redescendu jusque dans la nef, il s'était arrêté à l'entrée du chœur et avait désigné avec gravité une dalle funéraire scellée dans le sol. Deux effigies gravées représentaient un couple en costume d'époque. D'une voix profonde, émue, Pasdeloup avait lu à haute voix l'inscription qui se trouvait au pied des personnages.

– « Cy gisent les corps d'honorables personnes Jean Guérin fermier de la grange des Noues et Louise Pluyette sa femme. Priez Dieu pour leurs âmes. 1677. » Ce sont mes ancêtres. J'ai retrouvé dernièrement une lettre d'un de mes aïeux, petit-fils de Jean, mentionnant le serment fait à son grand-père de prendre soin à jamais de leur dernière demeure. Je m'appelle Pasdeloup Meunier-Guérin et j'honore ce serment. Bénévolement. Voilà ce que je fais ici, monsieur le curé. Cela vaut toutes les autorisations, je crois.

Bob avait regardé Pasdeloup, bouche bée. Le père Michel s'était tortillé, mal à l'aise.

– Bien, bien… Mais vous êtes compétent au moins ?

Pasdeloup avait pris un air modeste.

– Je suis architecte, monsieur le curé.

– Ah bon, ah bon… Mais soyez prudent. Pas d'histoire, hein ?

– Vous avez ma parole.

Le père Michel avait hésité quelques secondes avant de repartir à regret, flairant le canular. Bob avait sifflé d'admiration.

– Vous êtes gonflé quand même !

Pasdeloup l'avait dévisagé avec une froideur inquiétante.

– Tout est vrai, petit. C'est à toi que j'ai raconté des salades.

Bob était tombé des nues.

– Merde alors !

Pasdeloup avait désigné l'effigie de Louise Pluyette sur la dalle.

– Avoue qu'il y a quand même un air de famille, non ? Et ces yeux coquins qu'elle cache derrière sa voilette ! Son corsage qui laisse deviner deux avant-cœurs du tonnerre de Dieu ! Et ses jambes, Bob ! Regarde-moi ces cuisses fermes et charnues, faites pour enserrer la taille du mâle pendant le coït !

Bob avait scruté la dalle, tétanisé, n'observant que le tracé d'une robe longue et ample. Jusqu'à ce qu'il s'aperçoive du sourire moqueur posé sur lui.

– Vous vous foutez de ma gueule ! Comme de celle du curé !

L'air satisfait, Pasdeloup avait tourné les talons pour remonter dans le clocher.

– Au boulot ! La mère Michel est moche mais pas conne ! Elle va me pourrir la vie quand elle saura que je ne suis qu'un putain de sale menteur !

L'enquête du père Michel, pointilleuse, avait été trop prudente, trop respectueuse de la présomption d'innocence pour avancer vite. Quand la vérité avait éclaté, elle avait révélé du même coup son incroyable crédulité et provoqué la raillerie dans nombre de popotes. Le surnom de la « mère Michel » fredonné avec des variantes, « qui a perdu ses trous », « qui a perdu ses eaux », s'était répandu comme une traînée de poudre allumée et entretenue par Pasdeloup. Le curé était demeuré stoïque sous les ricanements et les lazzis. Il avait remué ciel et terre pour faire interdire d'église le mécréant à trois doigts. Mais trop tard, le mal était déjà fait. La toiture ne fuyait plus.

*

Le père Michel demeura un long moment muet, le regard dans le vide, profitant à fond du décollage d'un Airbus pour vider son cœur de toute rancœur, de toute animosité. C'était la première fois qu'il revoyait Pasdeloup depuis leur rencontre mémorable. Ça lui coûtait beaucoup d'affronter son regard. Pourtant, il parvint à desserrer les lèvres et à articuler clairement :

– Je vous présente le père Vincent qui va me remplacer. Je prends ma retraite. Il a souhaité visiter Saint-Pierre-Saint-Paul avant mon départ, mais vous vous en doutez bien, ma clé ne marche pas, pas plus que celle de la mairie, d'ailleurs. Auriez-vous l'obligeance de lui ouvrir ?

Pasdeloup dévisagea le père Vincent. Une quarantaine d'années, rouquin et dégingandé, avec une bouille sympathique de dernier de la classe. Sa voix était éraillée, gouailleuse.

– C'est un plaisir de vous rencontrer, monsieur Meunier. Il semble que vous soyez la plus grande curiosité de ce coin qui pourtant n'en manque pas !

Pasdeloup le fusilla du regard.

– À ces mots, le connard ne se sent plus de joie, il ouvre un large bec, laisse tomber sa clé !

Le père Vincent piqua du nez, le père Michel esquissa un sourire. Pasdeloup se tourna vers ce dernier avec une grimace de contrariété. Il le dévisagea un moment avant de lâcher :

– Ça gagne combien, un curé à la retraite ?

– Huit cent soixante-quinze euros par mois. C'est le MIG, Minimum interdiocésain garanti.

Pasdeloup étouffa un grognement railleur.

– Logé, nourri ?

– Logé. Je suis seul, je mange peu, je m'en sors bien mieux que beaucoup.

Pasdeloup scruta le curé comme pour le traverser.

– Et ça en valait la peine ?

Le père Michel fit un petit geste gracieux de la main, inattendu chez lui, l'air de dire à la fois : « C'est une autre histoire », et : « Ça n'a aucune espèce d'importance. »

Pasdeloup secoua la tête, l'air intrigué.

– Vous n'étiez pas obligé de venir.

Le vieil homme se redressa dignement.

– C'est exact.

Pasdeloup fit un bruit d'agacement avec la bouche.
– Je vais chercher la clé.

La visite dura une petite heure. Le père Vincent, connaisseur, remarqua les clés de voûte de la chapelle de la Vierge, l'encadrement finement décoré de la porte de l'escalier du clocher, admira le retable du maître-autel et ses cinq bas-reliefs représentant la Passion du Christ, s'extasia sur la chaire à prêcher de la fin XVIIIe, sur la sculpture du Christ en croix et celles polychromes de sainte Geneviève et de sainte Anne. Il évita soigneusement de remarquer les dalles funéraires parmi lesquelles celles des « ancêtres » de Pasdeloup et s'arrêta enfin devant une porte située dans la première travée du bas-côté nord. Le linteau représentait des ossements et des crânes, ainsi que le Soleil et la Lune.
– Où mène donc cette porte ?
Le père Michel, demeuré muet jusqu'alors, laissa échapper un gloussement.
– C'est la porte des Morts. Elle donne directement sur le cimetière. Vous tenez vraiment à la passer ?
Le père Vincent rougit et bafouilla :
– Ah oui, bien sûr, le cimetière est au nord…
Pasdeloup ironisa.
– Et vous l'aviez perdu, et vous vouliez le retrouver. Normal qu'un futur mort s'inquiète du chemin à suivre pour reposer en paix. D'autant plus que, directe, pratique, ergonomique, cette sortie de rêve pour un macchabée est aujourd'hui murée à l'extérieur. C'est une manie dans ce patelin.
Le père Michel se tourna vers Pasdeloup avec un air sinistre.
– Je suis de votre avis, monsieur Meunier. Les morts rôdent derrière les murs aveugles du Vieux Pays, pris au piège. D'ailleurs, certaines tombes du cimetière se sont entrouvertes comme pour les appeler, faciliter leur accès au repos éternel. Vous les avez remarquées ?

Pasdeloup afficha un air un peu condescendant.

– Un glissement de terrain a produit en effet quelques fissures. J'ai pu admirer un beau tibia… Ne me dites pas que vous croyez aux zombies, monsieur le curé !

En réponse, une moue sournoise, revancharde.

– Le Vieux Pays est un village fantôme, à ce qu'on dit. C'est normal qu'il attire les morts-vivants, n'est-ce pas, monsieur Meunier ?

Les deux hommes s'affrontèrent du regard quelques instants. Malgré toute sa volonté, le père Michel se détourna, pris de vertige face au vide de l'œil noir et de l'œil gris. Il continua, tête baissée, en pointant au jugé le linteau de la porte.

– Savez-vous ce que symbolisent le Soleil et la Lune au milieu de cette représentation macabre ?

Il ne laissa pas à Pasdeloup le temps de répondre.

– L'éternité et l'espérance au-delà de la mort, monsieur Meunier. Mais ce sont peut-être des notions qui ne vous sont pas familières.

Pasdeloup lâcha un petit rire puis lança avec gaieté :

– Allez, finissons par les souterrains ! Ou la crypte, c'est selon. Les deux donnent un avant-goût de tombeau dont vous allez raffoler !

Il ajouta, railleur en direction du plus jeune :

– Surtout vous, père Vincent !

Ils descendirent dans la rue du Pont et pénétrèrent dans le parc par l'ancienne entrée du château. Ils se retrouvèrent bientôt derrière l'imposant mur d'enceinte qui rejoignait la façade sud de l'église. Pasdeloup s'arrêta devant une porte métallique et introduisit une clé dans la serrure. Comme à son habitude, il se colla discrètement au battant pour vérifier la présence du minuscule fil d'étain qui lui servait de scellé. Il se figea une seconde en constatant qu'il était rompu. La preuve que quelqu'un s'était introduit là depuis hier matin, dernière fois qu'il avait vérifié la présence de son mouchard.

Cela faisait maintenant presque un an que Pasdeloup s'était approprié de fait le parc avec sa grande bâtisse en ruine, son église et ses souterrains. Les quelques promeneurs, amoureux ou pas, qui s'aventuraient dans ce coin sinistre étaient priés de quitter les lieux sous prétexte de « propriété privée ». Les squatters et les voyous, eux, avaient été, dès le début, décrétés interdits de séjour, sans autre forme de procès. Après plusieurs confrontations qui avaient failli tourner au drame, ils ne s'y risquaient que rarement. Le gardien des lieux était violent et complètement branque. Sauf qu'aujourd'hui, premier jour de printemps 1997...

Pasdeloup était maintenant pressé d'en avoir le cœur net. Il réprima le bouillonnement qui le saisissait, mima un problème avec la clé, fit mine de forcer. Pour finir, il se retourna vers les deux prêtres avec une moue d'excuse et un petit rire démenti par ses yeux devenus brûlants.

– Désolé, la serrure a été forcée. Ce n'est pas la première fois. Les souterrains attirent les jeunes gens en mal de transgression ou de sensations fortes. On dit que vos prédécesseurs y stockaient leur vin de messe et que le sport favori des enfants de chœur était de crocheter le verrou pour aller se saouler la gueule !

Le père Vincent, plutôt soulagé, promit de revenir une autre fois. Le père Michel serra longuement la main de Pasdeloup avec un petit air inquisiteur.

– J'ai appris que vous étiez un spécialiste en explosifs, monsieur Meunier, démineur plus précisément.

Pasdeloup opina poliment.

– Avez-vous entendu parler d'un certain Paul Conte-Devolx ?

Pasdeloup encaissa, stupéfait.

– Son livre sur le « débombage », comme on disait à l'époque, m'a accompagné durant toutes mes années d'exercice ! Décidément, curé, vous allez finir par m'épater !

Le père Michel se ratatina un peu plus, toute modestie dehors.

– Il fut un de mes amis. Paix à son âme. Je l'ai vu à l'œuvre dans un champ de mines pendant la campagne d'Allemagne, en 1945. Chaque fois qu'il découvrait un engin, il marquait l'arrêt comme un pointer devant une bécasse. Immobile, fasciné. Ensuite, il s'en rapprochait peu à peu, aimanté, attiré inexorablement, jusqu'au contact. Vous venez de me faire penser à lui devant cette porte close, monsieur Meunier. Un drogué devant sa drogue.

Le vieux curé tourna les talons et s'éloigna à petits pas pour rejoindre la place Hyacinthe-Drujon où l'attendait le père Vincent au volant d'une petite voiture sans permis. Pasdeloup demeura comme une statue devant le monument aux morts jusqu'à ce que le véhicule ait disparu dans le bas de la rue Brûlée. Puis il rentra chez lui d'un pas rapide. Il s'équipa d'une grosse bombe de gel lacrymogène, d'une lampe frontale et retourna devant la porte des souterrains. Il prit le temps de scruter les alentours pour être certain de ne pas être vu, entra sans bruit et referma la porte à double tour derrière lui. Il demeura un long moment sans bouger, dans le noir, en tendant l'oreille. Quand ses yeux se furent habitués à l'obscurité jusqu'à distinguer le rai de lumière sous la porte, il descendit à l'aveugle la première volée de marches en suivant du bout des doigts le mur de droite. Il connaissait les lieux par cœur. Il continua jusqu'à la première marche de la troisième volée. Là, il s'appuya un long moment contre la paroi, calma sa respiration et écouta de toutes ses oreilles. Un peu plus bas, un petit palier conduisait à deux longues salles voûtées. Aucun bruit, aucune lumière à ce niveau. Pasdeloup reprit sa progression en ne lâchant pas le mur de droite. Il évitait ainsi la cave située au sud qui formait un cul-de-sac pour se retrouver dans la cave nord. Il avança lentement en évitant le moindre bruit jusqu'à sentir l'ouverture sur sa droite. Celle du grand escalier qui conduisait à la crypte. Là non plus, aucun signe d'une présence humaine. Pasdeloup se décida à allumer sa lampe frontale, attendit quelques secondes pour saisir une éventuelle réaction, et actionna un interrupteur. Il attaqua la descente sous la lumière blafarde d'une série d'ampoules disposées le long d'un fil accroché comme une guirlande à la paroi. À quelque quinze mètres de profondeur, l'escalier débouchait sous une magnifique voûte en croisée d'ogives qui donnait sur trois petites salles dessinant un plan cruciforme. Pasdeloup remarqua immédiatement la housse à skis et le sac à dos déposés au fond de celle de droite. Il s'approcha et s'accroupit pour les examiner en rallumant sa lampe frontale. Il ouvrit prudemment le rabat du sac, desserra les cordons. Il découvrit une bonbonne isotherme de cinq litres. Sur l'étiquette de sécurité se trouvait un pictogramme représentant un losange vert ainsi que le symbole N_2. Le chimiste sut immédiatement qu'il s'agissait d'azote liquide. Il fit appel à sa mémoire. En désordre, les informations se bousculèrent dans sa tête. Température à presque – 200 °C, utilisé en médecine pour le traitement des verrues ou de tumeurs, pour conserver du sperme ou de la moelle osseuse, dans le domaine alimentaire pour fabriquer des crèmes glacées, comme insecticide ou gaz cryogénique, pour refroidir des processeurs ou certains détecteurs…

Le sang de Pasdeloup se glaça. Il tomba à genoux près de la housse à skis, hésita une seconde. D'un seul geste, il manœuvra la fermeture Éclair et ouvrit l'étui. Il demeura pétrifié durant quelques secondes. La première fois qu'il avait touché de ses mains un Strela-3 russe, désignation OTAN SA-14 « Gremlin », c'était en Irak pendant l'opération « Tempête du désert ». Deux chasseurs venaient d'être abattus par ce lance-missiles sol-air portatif, guidé par infrarouges et nanti d'une tête chercheuse particulièrement efficace. La grande avancée de ce modèle, c'était justement le petit réservoir sphérique disposé à côté de la batterie thermique et rempli d'azote liquide. Le gaz servait à refroidir le détecteur au sulfure de plomb pour améliorer la portée et les performances du missile. Pasdeloup se souvint de l'Airbus A300 cargo, touché par un Strela-3 juste après son décollage de l'aéroport de Bagdad, en 2003. En perdition, le pilote avait réussi la prouesse de faire demi-tour et de poser l'appareil. Un miracle sur lequel il ne fallait pas trop compter. Il leva la tête en imaginant tous ces avions de ligne qui, depuis la nuit dernière, décollaient les uns derrière les autres en passant lentement à quelques centaines de mètres au-dessus du Vieux Pays. Leurs réacteurs poussés au maximum dégageaient la chaleur idéale pour « accrocher » un missile. Le minable petit kilo et demi d'explosif qu'il contenait était largement suffisant, à ce moment critique, pour faire tomber un jumbo-jet et ses quatre cents passagers en plein milieu de Goussainville et le réduire à un brasier terrifiant alimenté par deux cent mille litres de kérosène. Pasdeloup se remit debout en s'appuyant à la paroi. Il réalisa qu'une sueur glacée ruisselait sur tout son corps. Il hoqueta pour vomir, fit un effort considérable pour ne pas tomber tant il était saisi d'un vertige démentiel. Il essaya de raisonner, se dit que c'était un effet des souterrains qui lui faisait imaginer la nuit en plein jour.

Il était sûr d'être éveillé et pourtant bascula dans le cauchemar qui hantait son sommeil depuis son arrivée au Vieux Pays. Derrière lui, la voix de Jeanne l'appela. Il fit le gros dos en vomissant de la bile. L'onde sonore de Jeanne encore, tranquille, légère. Pasdeloup lutta de toutes ses forces pour ne pas se retourner. Le baiser de Jeanne sur sa nuque, et il céda comme on casse. Face à lui, tout près, elle appuyait son ventre contre le sien. Il sentit son souffle lui caresser les lèvres. Il se retint autant que possible pour ne pas la prendre dans ses bras. Elle taquina son sexe à petits coups de ventre, bouche entrouverte, les yeux ruisselants de désir. Il se mit à bander et enfin l'attira contre lui. À l'instant où leurs salives se mêlèrent, un goût abject envahit sa bouche et l'odeur de pourriture suivit, monstrueuse. Il cracha la langue de Jeanne en hoquetant de dégoût et constata qu'il était couvert de son sang et de ses viscères. Hurlant de terreur, il se roula au sol pour se débarrasser des lambeaux de chair, se releva et se mit à courir comme un fou, poursuivi par une nuée de mouches à viande sorties de son amour éventré.

Pasdeloup se retrouva dans le parc, le dos collé à la porte des souterrains. Il se laissa glisser contre le métal et s'assit dans l'herbe, haletant. Il savourait le calme retrouvé. La haine avait envahi tout son être, tout remplacé en lui, sans plus laisser le moindre recoin au doute, à la terreur et à la panique. Un rayon de soleil vint se poser sur sa main à trois doigts. La température était douce en ce premier jour de printemps. Un avion passa au-dessus de lui. Avec un sourire figé, il le suivit des yeux sans ciller, jusqu'à ce qu'il disparaisse dans le ciel. Son visage demeura de longues minutes tourné dans cette direction avec le même rictus et des yeux à la fixité effrayante. Soudain, il regarda sa montre comme s'il venait de penser à quelque chose. Il rentra chez lui, passa directement dans la maison murée jusqu'au hangar, positionna une grande échelle contre l'un des murs et monta jusqu'au plafond. Il poussa une petite trappe invisible du sol et se glissa dans les combles. À la lumière de sa lampe frontale, il se dirigea à quatre pattes vers deux coffres métalliques. À l'intérieur de l'un d'eux, il y avait deux fusils d'assaut, des armes de poing dans leur étui et une grande quantité de munitions. Pasdeloup choisit un Ruger MK II Amphibian « S », un long pistolet avec un gros canon qui faisait fonction de silencieux. Une arme d'une discrétion absolue, calibrée en 22 LR. Il la disposa dans un gilet tactique avec trois chargeurs et deux boîtes de cartouches subsoniques. Redescendu chez lui, il s'équipa d'un couteau multifonctions, de batteries de rechange pour sa lampe frontale, de bouchons d'oreilles, de rations de survie et de sa poche à eau qu'il remplit complètement. Il s'habilla chaudement puis retourna jusqu'à la porte des souterrains en enjambant le mur du cimetière.

À 14 h 46, il la referma à double tour derrière lui et alluma la lumière. Il suivit la guirlande d'ampoules jusqu'à la crypte, referma soigneusement le sac à dos et la housse à skis, vérifia qu'il ne laissait aucune trace et remonta jusqu'au premier sous-sol. Il emprunta le petit couloir qui conduisait au cul-de-sac de la cave sud et déposa ses affaires tout près de l'entrée. Il enfila son gilet tactique, alluma sa lampe frontale et éteignit la guirlande principale. Il s'assit par terre en tailleur, réalisa qu'il n'avait rien mangé et que l'attente risquait d'être longue. Il croqua un morceau d'une de ses rations et le laissa fondre dans la bouche. Quiconque entrerait dans les souterrains passerait tout près de lui avant de s'enfoncer plus profond jusqu'à la crypte. Pasdeloup se retrouverait alors entre lui et la sortie. Il était inutile d'imaginer ce qui allait se passer. Tout était possible. Absolument tout. Comme face à un engin explosif improvisé. L'excitation qu'il ressentait à cette heure était de celles qu'il avait connues en démantelant des pièges sophistiqués. Mais durant sa carrière, de nombreux engins avaient échappé à son investigation car impossibles ou trop dangereux à neutraliser. Pasdeloup s'était résolu à les détruire en les faisant sauter sur place, la rage au ventre. Car ce n'était pas les bombes qu'il adorait rendre inoffensives, c'était leurs créateurs en les annihilant par une technique, un courage et une intelligence supérieurs.

À peine avait-il pris sa retraite d'artificier qu'en 1995, une série d'attentats commis par des Algériens du GIA avait touché la France. Celui du RER B à Saint-Michel avait, à lui seul, fait huit morts et près de cent dix-sept blessés. C'était un 25 juillet et Pasdeloup avait maudit sa main à trois doigts qui l'avait rendu définitivement inapte au service.

L'an dernier, en décembre 1996, un autre attentat touchait le RER B, cette fois-ci, à la station Port-Royal : quatre morts et cent soixante-dix blessés.

Alors aujourd'hui était un grand jour de printemps. Le terroriste invisible que Pasdeloup avait longtemps combattu, il allait enfin l'affronter en chair et en os. Mais pour la première fois, avec l'intention de le désamorcer *personnellement*. Celui qui était venu au Vieux Pays pour tuer Jeanne une deuxième fois, et accessoirement pour commettre un carnage, l'avait fait basculer dans une rage et une cruauté sans limite. Il allait lui faire mal de façon impensable et cette perspective lui mettait l'eau à la bouche. Il engagea un chargeur dans son pistolet, fit monter une cartouche dans le canon et éteignit sa lampe frontale. Avec un frisson de plaisir, il commença à attendre dans le noir.

Exactement six cent soixante minutes après, à 2 h 03 du matin, Pasdeloup entendit un bruit semblable à celui d'une petite visseuse électrique. Le sifflement dura une trentaine de secondes, s'interrompit, reprit, et cessa presque aussitôt pour laisser la place à un léger grincement de gonds. La porte s'ouvrait, se refermait. Un raclement contre le métal, sans doute une cale pour la bloquer. Pasdeloup se mit debout sans bruit. Il pensa que le type était doué. La serrure était de bonne qualité mais n'avait pas résisté longtemps à un pick gun électrique. Lui-même avait utilisé ce système quand il avait crocheté la serrure précédente. Il avait même fabriqué son propre outil avec une brosse à dents électrique et une lame métallique de balayeuse de rue. Pendant la vibration qui créait un vide entre goupilles et contre-goupilles, il suffisait avec un simple entraîneur d'exercer une tension de rotation et de saisir l'instant qui permettait de faire tourner le cylindre.

Un long silence, la lumière s'alluma. Pasdeloup ferma immédiatement un œil pour ne pas être totalement ébloui. Des bruits de pas, un raclement de gorge, une ombre passa à deux mètres de lui sans s'arrêter. Pasdeloup profita du claquement des chaussures dans l'escalier de pierre pour sortir de sa cave et se glisser jusqu'à l'ouverture surplombant la crypte. Il jeta un bref coup d'œil. L'homme était allé directement au fond de la salle de droite. Un bruit de fermeture Éclair et de manipulation. Pasdeloup descendit sans bruit. À l'angle de la croisée d'ogives, il glissa un œil. L'homme lui tournait le dos, à genoux par terre devant le lance-missiles. Il avait démonté le petit réservoir sphérique du lanceur et s'apprêtait à le connecter à la bouteille d'azote. Pasdeloup s'avança sur la pointe des pieds jusqu'au centre de la crypte. Il pointa son pistolet vers le dos de l'homme et lança d'une voix rauque.

– *Game over.*

L'homme sursauta et s'immobilisa quelques secondes. D'un geste naturel, il ramena une de ses mains vers un côté de sa poitrine, pivota légèrement sans se retourner et ouvrit le feu à travers son étui et sa veste. Il tira quatre fois au hasard sans bouger pour ne pas se blesser lui-même. Pasdeloup plongea en avant pour se mettre à l'abri dans la salle du fond. La dernière balle traversa la semelle de sa chaussure. Il se releva, le cœur battant à tout rompre, avec un sentiment de puissance et d'impunité absolues. Il venait de jouer sa vie et de gagner. Il aurait pu abattre l'homme dans le dos, facilement, mais celui-ci n'aurait pas souffert suffisamment. Pasdeloup voulait d'abord qu'il vive l'enfer dans un avion qui tombe. Il posa le bout du canon de son pistolet sur le fil électrique qui courait le long de la paroi. Cela fit un claquement de carabine de fête foraine et la crypte fut plongée dans le noir. Pasdeloup se recroquevilla dans un coin en pointant son arme vers la salle située maintenant à sa gauche. Il sentit quelque chose de mouillé dans son dos et crut une seconde qu'il s'agissait de sang. Il toucha ses reins et lécha ses doigts. L'une des balles avait crevé sa poche à eau. Il la laissa glisser doucement de ses épaules et la cala contre la paroi pour qu'elle ne se vide pas complètement. Il attendit que son cœur cesse de cogner dans sa poitrine pour constater qu'il ne souffrait d'aucun bourdonnement auditif. C'était une bonne nouvelle. Les détonations avaient dû être amorties par le vêtement de l'homme. Et l'ouïe risquait bien d'être la clé de ce combat d'aveugles. Par précaution, il mit un tampon antibruit dans une de ses oreilles. Quelques secondes après, il entendit un léger frottement sur le sol de terre. L'homme s'approchait de l'angle qui séparait les deux pièces. Pasdeloup remonta vers lui, plaqué au mur opposé. C'était risqué, mais il pariait qu'il allait d'abord tirer vers le fond de la salle. Il serra son pistolet à deux mains, un bras appuyé sur son genou replié, et attendit que l'autre se découvre. Au premier éclair de la première balle, Pasdeloup tira en visant la lumière. Son silencieux occultait toute flamme à la bouche de son canon. En deux secondes, il appuya neuf fois sur la détente, sans discontinuer, jusqu'à ce qu'il entende un cri et que les détonations cessent. Un grand silence dans le noir, suivi d'un petit rire aigre et d'une voix un peu trop aiguë qui se forçait à la plaisanterie avec l'accent ch'ti.

– Tu m'as pété le petit doigt, putain de ta race !

Pasdeloup engagea un autre chargeur sans répondre. Après quelques secondes, l'autre reprit, menaçant.

– Je veux entendre ta voix ! Tu m'entends, je t'entends, c'est franc jeu, personne cherche à baiser l'autre.

L'homme renifla très fort à quelques reprises. Sa voix devint tremblante, à la limite de l'hystérie.

– Parle, putain ! Sinon, je viens te faire la peau !

Le type venait sans doute de priser de la cocaïne. Il commençait à perdre les pédales.

– J'en ai rien à foutre de crever ! Allahu akbar !

Pasdeloup réfléchit à toute vitesse. Ce type se prenait pour un soldat de Dieu. Dans deux minutes, la cocaïne allait faire son effet, il pouvait décider de tenter sa chance en se jetant sur lui. Il était temps de rompre le silence. Il recula de quelques mètres car sa voix allait le situer.

– Pour ton petit doigt cassé, je te conseille de te le mettre dans le cul. Avec la trouille, il doit être bien serré, ça devrait te faire une bonne attelle !

Le type émit un grognement vulgaire.

– Il faut plus que toi et ton flingue de tafiole pour me foutre les jetons ! Continue de parler !

Pasdeloup remarqua une note de soulagement dans sa voix. Il répondit sur un ton enjoué.

– D'accord. Mais des phrases courtes et un tour chacun.

L'autre se racla la gorge, renifla et jeta d'une voix menaçante :

– Qu'est-ce que tu fous ici ?

– Ici, c'est chez moi.

– Qu'est-ce que tu veux ?

– T'accrocher les couilles à ton missile. Et te regarder dans les yeux au moment où je tirerai.

Après un long silence, Pasdeloup entendit un bruit de déplacement. De nouveau, il remonta le long du mur opposé en pointant son arme. Le premier éclair fut dans sa direction suivi de trois autres. L'autre avait compris son manège. Pasdeloup riposta aussitôt en visant les flammes tandis que les balles ricochaient autour de lui. Il ne cessa pas de tirer jusqu'à un dernier éclair dirigé brusquement vers le plafond. Le silence se fit. Pasdeloup était sûr d'avoir touché l'arme ou la main. Il fit marche arrière jusqu'au mur du fond en engageant son troisième chargeur. Il se mit de profil contre la paroi pour opposer la plus petite surface possible et, à tâtons, se mit à recharger les deux autres. Les petites balles subsoniques à pointe creuse étaient idéales dans ce contexte. Leur chemise de plomb s'écrasait sans ricocher et leur faible vitesse les rendait quasiment inaudibles et invisibles avec le silencieux. Quelque chose comme la menace d'un serpent venimeux dans le noir. L'homme recommença à parler. Sa voix avait changé. Beaucoup plus calme, déterminée.

– On discute ?

Pasdeloup répondit, ironique :

– C'est peut-être pas la peine si ton pistolet ne marche plus !

L'homme tira deux fois au hasard. Le bruit était différent. Un calibre plus petit. C'était un garçon prévoyant, bien équipé. Pour la première fois depuis le début du combat, Pasdeloup fut traversé par l'idée que son adversaire pouvait être aussi fort que lui. Il en retira un sentiment de plénitude. Il sourit au noir qui les entourait et les habillait du même manteau, protecteur, rassurant. L'un des deux allait mourir bientôt. C'était un privilège inouï de savoir le lieu et l'heure. Il fallait profiter de chaque seconde de cette agonie, ne pas en perdre une miette.

– D'accord, on discute.

Ils parlèrent pendant une heure environ. Pasdeloup se présenta, sans mentir, comme un vieux démineur en retraite. Il n'entra pas dans les détails de sa propre vie, préférant poser des questions. L'autre avait vingt-six ans. Il refusa de dire le nom qu'il avait dans une autre vie. Aujourd'hui, c'était Abou Al Majnoun. Il avait été chauffeur poids lourd pour Médecins sans frontières en 1991, en Somalie. Il y avait découvert l'enfer de la famine et de la guerre civile. Blessé lors d'une attaque de son camion qui s'était soldée par le vol de sa cargaison de vivres, il était rentré en France à la fin de la même année. C'était la période de Noël. Les magasins regorgeaient de nourriture. Les rues étaient pleines de gros porcs qui n'avaient d'autre but que de bouffer et de chier. Ce monde le dégoûtait, son pays l'écœurait. Il allait se vouer désormais à une juste cause : rendre justice aux enfants squelettiques de Mogadiscio dont les yeux de vieillards lui avaient transpercé le cœur. Il se convertit à l'islam et en 1994 rejoignit le bataillon des moudjahidine arabes en Bosnie. Enfin, de retour en France, amer, déçu, il s'était senti trahi.

– On était venus combattre aux côtés des musulmans de Bosnie mais quand la guerre a été finie, les politiciens nous ont foutus dehors ! En bons lèche-cul des Américains !

– Alors tu t'es vengé.

– J'ai braqué deux stations-service et un supermarché pour pouvoir me payer de quoi châtier durement les mécréants. T'as vu le bijou.

– Tu as choisi l'avion ?

– Oui.

– C'est lequel ?

L'autre eut un petit rire.

– T'es curieux. Un gros, plein de barbaque !

Pasdeloup prit un ton sarcastique.

– C'est Allah qui t'a demandé personnellement d'être le bourreau de gens que tu ne connais pas ?

– Il y a des cas où il faut choisir entre bourreau et victime.

– Quels cas ?

La voix de l'homme devint vibrante, enflammée, proclamant sans hésitation un texte appris par cœur.

– Quand t'es exclu de la société de ceux qui se sont eux-mêmes appelés les bons, ceux qui n'usent du bien, de l'amour du prochain, de l'hospitalité, du partage, de la liberté et de l'argent, que pour conserver leur suprématie sur tous les autres qu'ils appellent les mauvais, les ignorants, les pauvres…

Il se tut brusquement, se rendant compte qu'il avait parlé trop longtemps. Pasdeloup le rassura sur sa position.

– Je t'écoute.

– Quand tu revendiques l'égalité et que les Bons qui la prônent te la refusent, quand t'es opprimé…

– Je suis là, je t'écoute.

– Quand tu n'as pas d'armée, pas de pays, quand t'es dans une détresse extrême et quand tu refuses de te taire…

– Oui…

L'homme articula lentement pour être bien compris.

– Alors tu as le droit de devenir un barbare et de semer la terreur.

Il y eut un grand silence. Une comptine enfantine revint à Pasdeloup, surgie du commencement de sa mémoire. C'était en cours préparatoire, quand ses petits camarades, réfugiés dans les jupes de la maîtresse, le narguaient en chantant : « Quand on parle du loup, on en voit la queue, quand c'est Pasdeloup, on en voit les yeux, qui s'approchent, qui s'approchent, à pas de loup, à pas de loup… »

Pasdeloup émit un gloussement à ce souvenir et reprit sur le ton de la plaisanterie :

– Vois-tu, si tu avais choisi Orly ou Beauvais, ou Londres ou la capitale de la Papagossie, je t'aurais peut-être donné un coup de main, tellement l'humanité me débecte, mais ici...

Pasdeloup tâtonna pour trouver sa poche à eau, lapa quelques gouttes puis se versa le reste du liquide sur la tête.

– Ici, quoi ?

Pasdeloup se leva sans bruit et vint se coller contre la paroi de gauche.

– Ici, c'est le Vieux Pays de Goussainville, trou-du-cul !

– Et alors ? Qu'est-ce qu'il a de différent ton vieux bled ?

Pasdeloup prit son élan.

– Un fantôme qui a déjà pris un avion sur la tête !

Il jeta la poche à eau droit devant lui en direction de l'escalier. Quand elle toucha le sol en rebondissant, il se rua jusqu'à l'angle de la pièce juste à temps pour apercevoir la flamme d'un seul coup de feu. L'autre ne voulait plus se découvrir. Pasdeloup visa plus bas et vida en trois secondes son chargeur de neuf cartouches. Il entendit plusieurs cris de douleur avant de reculer à toute vitesse jusqu'au mur du fond. Il rechargea son arme en écoutant de toutes ses oreilles pour saisir le moindre déplacement de représailles. Après un long temps, il lança, moqueur :

– Comment tu te sens ?

L'homme répondit d'une voix brisée par la souffrance :

– Bien joué, soldat, c'est une bonne idée, ton silencieux. Impossible de te repérer, fumier.

Pasdeloup poussa un grognement de satisfaction.

– Fais-moi jouir, dis-moi où tu as mal.

L'autre souffla avec un bruit de sifflement :

– J'en ai une dans un genou et trois ou quatre dans le ventre, je ne sais pas. Et une aussi dans le bas de la poitrine.

Pasdeloup eut un petit rire vicieux.

– Ces petites balles expansives, c'est le rêve. À peine entrées, elles s'écrasent comme des merdes et restent là à attendre l'hémorragie interne. Tu dois commencer à le sentir, non, ton bide qui se remplit de ton propre sang ? Il paraît que ça fait un mal de chien. Le trou dans la poitrine, c'est ce qu'on appelle une blessure aspirante, c'est désagréable aussi. Mais pour celle-là, je m'excuse, c'est une erreur, je visais les couilles.

Il entendit l'autre bouger lourdement en haletant avec un bruit de gargouillis. Soudain l'obscurité fut trouée par le faisceau d'une lampe torche dirigé vers le bas de l'escalier. Complètement ébloui, Pasdeloup ferma un œil en tirant plusieurs balles au hasard devant lui, le temps de récupérer sa vision. Le type se mit à rire faiblement puis ahana d'un coup comme s'il faisait un gros effort. La bouteille d'azote liquide roula et s'immobilisa en plein milieu du passage sous la croisée d'ogives. Pasdeloup s'approcha de l'angle du mur et tenta un regard. La balle ricocha à quelques millimètres de son front. Il avait eu le temps de distinguer l'homme assis dans l'ombre à plusieurs mètres de sa lampe électrique posée à même le sol. Sa voix se fit entendre, à peine audible :

– Dis-moi comment s'appelle ton fantôme. Après tout, c'est à cause de lui que…

Il se mit à tousser. Pasdeloup hésita avant de répondre :

– Jeanne, c'était son nom. Et le tien, c'est quoi ?

– C'est la fin, soldat. Personne ne sait où je suis. Et tu es trop malin pour avoir parlé de tes projets.

– Ne me prends pas pour une bille ! Impossible que tu sois arrivé ici, avec un matos pareil, sans aide ni complicités !

– Tu as peur de ce qui pourrait t'arriver si tu restais vivant ? Ne t'inquiète pas. Nous sommes seuls. Toi et moi. Pour Abou Al Majnoun, ce sera bientôt le soulagement. Et pour un certain Christophe Duval aussi. Allah a mis les combattants au-dessus des non-combattants en leur accordant une rétribution immense dans les jardins des délices. Inch' Allah, j'espère que j'aurai la joie de te tuer avant de rejoindre le Très-Haut.

Il tira deux fois dans la bouteille isotherme qui se brisa en répandant un liquide limpide d'où s'échappèrent des vapeurs blanches.

– Puisque t'étais démineur, tu dois savoir un peu de chimie, pas vrai ? On gaze les renards pour les faire sortir de leur terrier. Alors, j'attends que tu sortes, soldat.

Pasdeloup sentit son rythme cardiaque bondir. Le danger s'appelait l'anoxie. Un litre d'azote liquide peut facilement libérer sept cents litres d'azote gazeux en s'évaporant à température ambiante, presque un m^3. Cinq fois plus, dans un endroit aussi confiné, ça signifiait que les poumons ne seraient plus bientôt suffisamment alimentés en oxygène. Et le piège, c'est que la diminution de l'oxygène dans l'air ne cause aucune sensation d'étouffement. L'anoxie provoque une syncope, et la mort sans aucun signal d'alerte. Pasdeloup regarda les vapeurs blanches qui commençaient à envahir l'espace. Il se demanda combien de temps mettraient cinq litres d'azote à s'évaporer complètement. Il n'avait aucune réponse. Il décida au hasard que ce serait cinq minutes. Il déclencha le chronomètre de sa montre et commença à attendre. Pour conjurer l'ignorance, il s'efforça de visualiser une mèche qui se consumait lentement devant lui, comme la première fois de sa vie au pas de tir, mais il ne parvint pas à retrouver la folle exaltation qui l'avait saisi alors. Il ne connut jusqu'aux dernières secondes qu'une froide appréhension, lourde, éternelle. À 4 minutes et 30 secondes, il faillit se mettre à courir vers l'escalier. Il se retint. À 4 minutes 58, il retrouva enfin son indifférence à la mort. Il se mit à sourire avec un air de défi. Il attendit 5 minutes et 15 secondes avant de se ruer en avant et de plonger dans l'escalier. Il retomba lourdement en se cognant violemment les avant-bras contre les arêtes de pierre. Ses muscles répondaient moins bien, manquant d'oxygène. Il étouffa un cri de douleur, se releva d'un bond et grimpa les escaliers aussi vite qu'il le pouvait. Sa cheville droite le faisait terriblement souffrir. La montée lui parut interminable. Il parvint enfin à la porte, fit sauter la cale et se retrouva dehors en pleine nuit. Il s'adossa au mur d'enceinte en inspirant et en soufflant très fort pendant plusieurs minutes. Une petite pluie fine tombait qui calma rapidement sa fièvre. Il était vivant. En traversant la crypte, il avait eu le temps de voir Christophe Duval, menton sur la poitrine, qui semblait dormir. Il examina les bleus ensanglantés de ses avant-bras et le gonflement de sa cheville droite. Il comprit que c'était une entorse provoquée par la balle qui avait traversé le talon de sa chaussure. Il referma la porte à clé, remit en place le petit fil d'étain et rentra chez lui en enjambant le mur du cimetière. Il s'arrêta devant une tombe entrouverte, de celles qui, selon le père Michel, s'offraient aux âmes errantes du Vieux Pays. Pasdeloup jugea cette demeure trop exiguë. Le grand caveau voisin de Donatien Piffard lui sembla plus adéquat. Il vérifia que la pierre tombale était toujours en mauvais état, en partie descellée, puis, clopin-clopant, regagna sa maison. Il était épuisé mais le sentiment d'une grande découverte l'habitait qui l'empêcha de succomber immédiatement au sommeil. Pour la première fois, il venait de tuer un homme. Assassiner plutôt. Il avait prémédité et exécuté son acte. Il ne parvenait pas à savoir quel type de sentiment cela lui procurait. Il procéda par élimination. Était-il malheureux, non. Regrettait-il, non. Le referait-il ? En cherchant la réponse, il sombra dans un sommeil de plomb où, toute la nuit durant, d'immondes petits insectes à tête creuse lui perçaient la chair et dévoraient ses entrailles.

À peine passé la porte, un seul coup d'œil suffit à Maria pour juger que quelque chose ne tournait pas rond. Pasdeloup était accoudé au bar de la cuisine, la tête dans les épaules, les traits tirés, plongé dans la contemplation d'un grand bol de café fumant.

– Vous avez une tête de déterré !

La réaction de Pasdeloup la stupéfia. Il fut saisi d'un incroyable fou rire qui l'obligea à cracher dans l'évier une gorgée de café qui menaçait de l'étouffer. Il hoqueta nerveusement pendant une demi-minute, se calma enfin. Maria n'avait plus bougé, médusée. Depuis un an qu'elle était à son service, elle avait rarement vu son patron sourire, mais rire, et de cette manière en plus… Elle osa du bout des lèvres :

– Vous allez bien ?

Pasdeloup se passa de l'eau sur le visage, la mine toujours aussi réjouie.

– Magnifiquement, Maria ! Je n'étais pas dans mon assiette, ce matin, alors vous entrez et la vie est belle ! Vous savez que vous avez un don comique, incroyable !

– Vous vous fichez de moi ?

Les yeux vairons qui faisaient souvent peur à Maria et que les larmes de rire avaient adoucis quelques instants redevinrent tragiques. Mais le ton de sa voix fut bienveillant.

– Pas du tout, Maria. Votre don d'observation est sidérant et vos conclusions étonnantes. Je suis admiratif.

Il disparut dans l'escalier, perdu dans ses pensées. Il lui fallait sérieusement faire le point. S'occuper en priorité de la crypte. Elle était bourrée d'azote, irrespirable. Il lui fallait purifier l'air le plus rapidement possible avant qu'un imbécile ne vienne y mourir et ne déclenche une investigation bien ennuyeuse. Pasdeloup commanda sur un site médical une bouteille d'oxygène de quatre litres. Comprimé à deux cents bars, cela faisait huit cents litres de gaz qui combleraient largement le déficit des souterrains. Livraison dans quatre jours, pas avant. Entre-temps, il faudrait remonter le mort. Et ouvrir l'œil. Pasdeloup ne parvenait pas à croire que ce Christophe Duval eût agi en guerrier solitaire sans prévenir âme qui vive. Ce qui pourtant accréditait cette thèse, c'était que son projet criminel avait failli aboutir sans soulever le moindre soupçon des services. Était-il seulement fiché « S » ? Mais s'il avait menti, alors d'autres viendraient bientôt au Vieux Pays pour le chercher, le venger peut-être, et qui sait, recommencer. Pasdeloup se dit qu'il allait devoir veiller au grain, surveiller chaque nouveau venu, durant des jours, des semaines, des mois. Il poussa un soupir fataliste et redescendit pour gagner le hangar de la maison murée. Il mit en route un compresseur et remplit d'air une bouteille de plongée. Puis il enfourcha sa moto et partit acheter des pots de ciment rapide prêts à l'emploi. Il attendit le milieu de l'après-midi pour se rendre au cimetière et achever de desceller la pierre tombale sur la façade du caveau des Piffard. Il préférait agir en plein jour pour que les coups de marteau passent davantage inaperçus, noyés dans le bruit des avions. Durant deux heures, il déjointa au burin, lentement, avec prudence, pour ne pas briser la pierre tout en la calant au fur et à mesure avec des coins de bois. Quand il eut terminé, il se retourna et constata la présence attentive de Jeanine Maro. Il cacha sa gêne en lui souriant et improvisa à toute vitesse.

– Le père Michel était très affecté par l'état de plusieurs tombes. Je lui ai promis de faire quelques réparations. Mon cadeau de départ.

Jeanine ouvrit de grands yeux incrédules.

– Que nous vaut un tel miracle ? Il n'y a pas si longtemps, vous étiez moins charitable avec lui !

Pasdeloup prit un air contrit.

– Figurez-vous qu'il m'a pardonné ! Alors je lui dois bien ça.

Jeanine eut une moue dubitative avec un petit sourire en coin, genre celle à qui on ne la fait pas.

– Le caveau des Piffard n'est pas en si mauvais état, comparé à d'autres.

Pasdeloup acquiesça, sincère et honteux.

– Je sais bien. Mais ils sont un peu comme ma famille. Je leur dois de m'avoir vendu cette propriété où je suis très heureux. Avec des voisins si charmants !

Jeanine frétilla d'aise.

– … Que pourtant vous délaissez !

Pasdeloup s'approcha d'elle à la toucher.

– Demain après-midi ?

« Cuisse légère » dégusta l'instant en se mordillant les lèvres.

– Je vous attends sans faute.

Pasdeloup soupira de soulagement quand elle s'éloigna. Il passa vérifier son mouchard sur la porte des souterrains et attendit la nuit. À 2 heures du matin, après avoir préparé le terrain dans le cimetière, il plongea dans la crypte avec sa bouteille d'air comprimé sur le dos, l'embout du détendeur en bouche. Il s'agenouilla à côté du cadavre et l'examina. Environ vingt-cinq ans, plutôt maigre, de taille moyenne, un visage émacié avec une barbe chenue. La mort avait frappé sans prévenir, ses yeux étaient restés ouverts sur le viseur du pistolet qui reposait au sol, au bout de son bras retombé entre ses jambes repliées. Pasdeloup le fouilla. Rien d'autre qu'un petit sachet de cocaïne et une photo où il souriait à côté d'une femme voilée tenant dans ses bras un bébé. Pasdeloup secoua la tête avec un air contrarié. Il passa une sangle autour des aisselles du mort et, haletant sous l'effort, parvint à le remonter, marche après marche, jusqu'à la porte. Il se débarrassa de sa bouteille d'air, reprit son souffle et sortit dans la nuit pour inspecter le parc alentour. Il pleuvait. Pas âme qui vive. Il traîna son fardeau dans l'herbe jusqu'au mur du cimetière, s'arrêta pour se masser la cheville un moment. En raison de la pluie, le corps lui glissa plusieurs fois entre les mains jusqu'à ce qu'il parvienne enfin à le faire basculer dans le cimetière. L'idée le traversa que rejoindre sa dernière demeure était quand même plus facile du temps de la porte des Morts. Il se força à rire pour tromper la fatigue en faisant pivoter la pierre tombale de Donatien Piffard. Le cadavre était trempé et couvert de boue quand Pasdeloup le positionna contre le caveau. Il s'assit quelques minutes pour se reposer, le regard aussi vide que celui du mort. Puis il fit glisser le corps à plat ventre sur le cercueil jusqu'à ce que le buste soit totalement entré, bras et jambes semblant enserrer les restes de Donatien pour un lugubre baiser. Pasdeloup recouvrit les bords de la pierre tombale avec du ciment frais, la remonta, la cala, lissa le joint. Dans une demi-heure, ce serait sec. Il s'assit et s'adossa à la tombe, hors d'haleine, trempé de pluie et de sueur mêlées. Soudain, derrière lui, monta des profondeurs de la terre un bruit infernal. Pasdeloup se mit à rire nerveusement. Sous le poids du nouveau venu, l'étage de Donatien Piffard venait de s'écrouler sur l'étage inférieur, provoquant un effet domino. Le terroriste musulman reposait maintenant sur un lit d'ossements chrétiens. Un beau sacrilège qui promettait une sacrée bagarre pour l'éternité. Pasdeloup se redressa avec un sourire cynique et rejoignit les souterrains en boitant lourdement.

De nouveau équipé de sa bouteille d'air, il fit le ménage très consciencieusement. Il remonta la housse à skis et son contenu, les restes de la bouteille d'azote, le sac à dos, les pistolets, ses affaires de la nuit précédente. Il acheva son travail à 4 h 45 du matin, les nerfs à vif, assommé de douleur, à bout de forces. Il fallait maintenant transporter le tout chez lui et le dissimuler en attendant de le faire disparaître. Il prit le temps de souffler, de faire le vide. Il leva son visage vers la pluie du ciel pour que Jeanne, de là-haut, le lave de toute souillure. Il avait tué et nettoyé. Tout à l'heure, dans l'après-midi, il irait se faire sucer par Jeanine Maro pour l'empêcher de parler. Il se viderait les couilles en pensant aux vierges que Christophe Duval, alias Abou Al Majnoun, ne niquerait jamais. Par défi, il poussa un cri de guerre qui résonna dans la nuit. Enfin, il referma à double tour la porte des souterrains. Et qu'on n'en parle plus.

6

Le jour du lapin

Avec quarante-cinq minutes de retard, le Boeing 747 de 7 h 15 en provenance de San Francisco sort des nuages à quelques centaines de mètres du clocher de l'église Saint-Pierre-Saint-Paul. Le vent est terrible et la visibilité quasi nulle en ce début mars. Pasdeloup suit son approche sur son récepteur nav/com. Le pilote américain est en train de mouiller sa chemise sans rien perdre du flegme légendaire des cow-boys de cinéma. La tour de contrôle envoie un message d'encouragement : « Delta Air Lines 325, votre trajectoire est parfaite ! » et la réponse du commandant, d'une voix tranquille, traînante à souhait : « C'est l'histoire d'un gars qui s'était jeté d'un immeuble et qui disait chaque fois qu'il passait devant un étage en tombant : Jusque-là, ça va !... » Silence radio. L'une des plus fameuses répliques de Steve McQueen dans *Les Sept Mercenaires* vient de faire un flop auprès de l'aiguilleur du ciel, probablement un de ces trentenaires incultes, convaincu que l'invention du cinéma date des années 80.

La sonnette de la porte d'entrée retentit. Pasdeloup attend que les roues du 747 touchent le sol puis descend les escaliers quatre à quatre. Il est 8 heures passées de deux minutes et Antoine piaffe sur le pas de la porte, gonflé à bloc.

– Je ne vous réveille pas au moins ?

Pasdeloup se retient de sourire. Il apprécie le culot.

La mine hilare, Antoine lui tend un objet emballé dans du papier journal.

– Je vous ai apporté un lapin ! Il est tout frais. Je l'ai attrapé hier.

– Tu fais de l'élevage ?

– Non, j'ai été à la chasse.

Pasdeloup lève un sourcil amusé.

– Tu me raconteras tout ça en courant. Ça nous fera passer le temps.

Il dépose le gibier sur le bar de la cuisine avec un petit mot pour Maria : « Le jeune nègre est revenu avec du boulot pour vous ! »

Il enfile coupe-vent et petit sac à dos avec poche à eau avant de rejoindre Antoine devant la porte.

– Tu n'as rien pour boire ?

– Pas la peine, il va pleuvoir !

Pasdeloup le dévisage avec froideur. Une chouette s'apprêtant à fondre sur un mulot facile. Il exécute des mouvements d'étirement pendant de longues minutes, imité de façon désinvolte par le jeune homme, avant de commencer à trottiner. Ils passent par le cimetière, traversent le parc du château et rejoignent la D47 qu'ils longent jusqu'à la Francilienne.

Pasdeloup a le regard des mauvais jours. Il s'est préparé mentalement à souffrir pour faire mal. Avec un temps aussi pourri, il a prévu une punition exemplaire : le grand tour de Goussainville. Environ vingt kilomètres, aller par le côté est, vent trois quarts arrière pour faire croire qu'on va y arriver, retour par l'ouest, vent debout, Sisyphe et son rocher, l'enfer pour l'éternité. Après une heure de course sans un mot, ils atteignent le Fossé-Gallais, un petit ruisseau dans le nord de la ville. Peu à peu, ils font face aux bourrasques qui jusqu'à présent aidaient leur progression. Ils se mettent à pousser un mur invisible, de plus en plus lourd, arcboutés contre des rafales qui s'engouffrent par la bouche et par le nez, gonflant de force les poumons et bloquant l'expiration. Les cœurs s'emballent, les muscles se tétanisent. Antoine peine à tenir le rythme. Il halète bruyamment, étouffe, ses semelles martèlent le sol, lourdement, pied plat. C'est le moment que choisit Pasdeloup.

– Alors, cette chasse au lapin ?

Le jeune homme comprend immédiatement. Il jette un coup d'œil à son partenaire et constate une grosse veine sur sa tempe, prête à exploser. Rassuré, il cherche de l'oxygène dans son orgueil et crache les mots sur le souffle, par petits paquets, d'une voix de gorge éraillée, à peine audible.

Après sa blessure, il a cherché du travail pour pouvoir rester à Paris et garder le contact avec le monde du spectacle. Le coach l'a recommandé à un ancien cascadeur reconverti dans la fauconnerie. Outre la présentation publique de rapaces en vol libre, il pratiquait aussi très officiellement la chasse aux lapins sur le site de Roissy-Charles-de-Gaulle. Les galeries creusées par ces petites bêtes causent en effet beaucoup de dégâts aux infrastructures aéroportuaires. Après avoir été formé au métier de fauconnier, il a ainsi hérité d'un couple de furets destinés à « fureter » le lapin. Tous les mardis depuis un an, Antoine envoie ses petits prédateurs dans les terriers après avoir bloqué les sorties avec des filets appelés « bourses » dans lesquels se jettent les lapins affolés. Le but avoué est de les relâcher sur des territoires où l'espèce n'est pas considérée comme nuisible. En réalité, le jeune homme les tue d'un coup de gourdin derrière la nuque et les brade à des restaurants alentour pour arrondir ses fins de mois.

Pasdeloup tète bruyamment la pipette de sa poche à eau.

– Parle-moi de tes fureteurs tueurs.

Complètement déshydraté, Antoine essaie de rire pour se donner du courage. Il ne parvient qu'à cracher et à baver.

La femelle s'appelle Marinette. Antoine l'appelle souvent Mignonette, tant elle est câline et affectueuse. Elle a trois ans et fait neuf cent quatre-vingt-deux grammes à la dernière pesée. Le mâle, c'est Julot, quatre ans, un kilo trois cents, un sale petit con qui n'aime que jouer et mordre.

– De quelle couleur ils sont ? Tu leur donnes quoi à manger ? C'est vrai qu'ils aiment les œufs ? Est-ce que le chocolat les tue, comme beaucoup de bestioles... ?

Pasdeloup ne cesse de poser des questions, avide du moindre détail. Entre deux mots, la respiration d'Antoine fait le bruit d'un râle.

Marinette est albinos à l'œil rubis. Julot est un putoisé zibeline noir. Tous les deux mangent des croquettes pour chat. Mais ils adorent les œufs. Le chocolat les tuerait. Ils sont vermifugés deux fois par an et portent un implant hormonal qui empêche les chaleurs de Marinette ainsi que le rut odorant et agressif de Julot.

Antoine cesse de parler pour ne pas cesser de courir.

– Tu as perdu ta langue ? Un petit coup de mou, peut-être ?

Il ne relève pas, ne répond plus.

Une demi-heure plus tard, ils se retrouvent sur le chemin sans nom à quelques centaines de mètres du Trou du Diable. Un orage terrible s'abat brusquement sur eux tandis que dans le ciel un Airbus en approche tangue dangereusement avant de remettre les gaz dans un hurlement de réacteurs. Pasdeloup stoppe net et scrute le ciel. Antoine vient le tamponner, trébuche et s'effondre à plat ventre dans une flaque boueuse. L'Airbus réapparaît plus loin, au-dessus des arbres. Il remonte plein gaz pour échapper à la tourmente. Pasdeloup hoche la tête avec un sourire crispé. Il vient se placer devant Antoine qui hoquette en vain pour vomir, à genoux dans la gadoue sous la pluie battante.

– Bravo, je vois que t'es déjà en position. Marche quadrupédique !

Il s'accroupit et se met à progresser à quatre pattes, d'abord face au sol, ensuite face au ciel, en avant, en arrière. Antoine ne suit pas. Il n'est plus qu'un râle, sur les genoux, sur les coudes, à plat ventre.

– Debout, en petites foulées !

Pasdeloup se redresse d'un coup de reins en puisant au fond de lui-même pour cacher son éreintement. Il a conscience de son avantage sur le jeune homme. Il sait que le parcours touche à sa fin tandis que l'autre ne sait pas où il est et quand le calvaire va cesser. Antoine se remet à courir en titubant. Les deux hommes arrivent bientôt à l'aubépine, sous le viaduc du Croult.

Nuri est là, torse nu, concentré sur son kata. Au moment précis où il frappe d'un coup de pied vers le ciel, l'orage s'interrompt net, laissant toute la place au grondement d'un TGV passant cinquante mètres au-dessus. Perturbé, Nuri perd l'équilibre et repose sa jambe au sol avec un soupir exaspéré. Pasdeloup ricane dans son dos.

– C'est pas la grande forme aujourd'hui !

Nuri se retourne et examine les deux arrivants. La vieille carcasse cherche à donner le change mais son regard est halluciné, ses joues creusées, il est livide, défiguré par l'effort. Quant au jeune Noir, il est blanc comme un linge, à la limite de défaillir. Nuri les dévisage avec une expression de pitié.

– C'est l'hôpital qui se fout de la Charité ! Dans votre état, moi, j'appellerais une ambulance !

Antoine se penche en avant, mains sur les cuisses, défait.

– Je suis pour…

Nuri laisse échapper un petit rire.

– Vous l'avez trouvé où, ce comique ?

Pasdeloup se suspend à sa branche et commence une série de tractions avec une expression de haine sur le visage. Il achève son exercice, reprend son souffle puis s'adresse à Nuri en ignorant Antoine, ostensiblement.

– Je l'ai rencontré en train de se noyer dans l'Oise. Il paraît qu'il était cascadeur. Difficile à croire quand tu le vois. À part ça, il est chasseur de lapins. Mais il n'a pas de mérite, ce sont ses furets qui font tout le boulot.

Antoine lui lance un regard mauvais et vient se suspendre à son tour à la branche. Il se donne à fond et parvient à arracher une quinzaine de tractions. Nuri apprécie en connaisseur.

– Pas mal ! On dirait que les bras sont meilleurs que les jambes. La chasse au furet, c'est pas banal. Ils font ça à Roissy, à deux pas d'ici.

Antoine hoche la tête et lâche d'une voix à peine audible :

– C'est là aussi que je vais fureter.

Il désigne la bouteille d'eau minérale posée au pied du tronc.

– Je peux ?

Nuri acquiesce. Il scrute Antoine d'une façon aiguë pendant qu'il boit goulûment.

– Tu travailles pour ADP ?

Antoine fait non de la tête, occupé tout entier à ne pas s'étouffer.

Nuri a une petite grimace étrange, un mélange de mécontentement et de déception. Sa voix claque sèchement.

– Tu racontes des salades ! Depuis le 11 Septembre, il n'y a que le personnel d'ADP qui peut fureter sur les pistes !

Antoine redonne sa bouteille à Nuri en reprenant son souffle, un peu surpris par sa réaction.

– Exact. Mais moi, je ne vais pas sur les pistes. Seulement sur les terrains entourant les bâtiments administratifs, ouverts au public.

Nuri se reprend, affichant d'un coup une indifférence narquoise.

– Faudra que tu m'emmènes un jour, ce doit être marrant.

– Tous les mardis si tu veux.

Nuri croise les yeux aigus de Pasdeloup, fixés sur lui, se détourne nonchalamment et, sans plus s'occuper d'eux, enfile son sac à dos et s'éloigne en trottinant vers le lotissement des Roms. Pasdeloup le regarde un moment puis se met à courir dans la même direction en accélérant l'allure. Il perd Nuri de vue quand celui-ci bifurque à droite dans le no man's land qui sert de décharge, tourne à son tour, cherche le jeune homme des yeux. Il a disparu. Il s'arrête près d'une carcasse de voiture servant d'abri à une chatte efflanquée et ses petits. Il examine les alentours à 360° quand Antoine le rejoint enfin en pestant de fatigue.

– C'est chelou, ce coin !

Pasdeloup lui désigne un petit bosquet broussailleux derrière lequel on distingue un haut grillage occulté par une bâche verte.

– C'est là qu'il doit habiter.

Antoine semble à bout de nerfs.

– Et si on décidait de s'en foutre ! Et si nous aussi, on arrivait bientôt ?

Pasdeloup repart sans relever, comme si Antoine n'existait plus. Après quelques centaines de mètres à louvoyer dans la décharge, il débouche sur l'avenue de la Gare, emprunte une ruelle pavée qui monte à pic et parvient dans la rue Brûlée. Antoine qui a enfin repéré la ligne d'arrivée se met à sprinter comme un fou, le dépasse en hurlant et finit par s'arrêter hors d'haleine devant les étagères de Bouquinville.

Alarmé par le bruit, François met le nez dehors. Pasdeloup s'arrête à sa hauteur et désigne avec négligence le jeune homme qui reprend son souffle, plié en deux.

– Monsieur est sujet à un trouble obsessionnel compulsif. Quand il est stressé, il pousse le cri terrifiant du furet sautant à la gorge d'un lapin.

François lève un sourcil amusé de connaisseur.

– Vous arrive-t-il de fureter, mon jeune ami ?

Antoine acquiesce faiblement.

– Savez-vous d'où vient le nom de cet attachant et si serviable animal de compagnie ?

Antoine fait non de la tête, dépassé.

– Du latin *fur* qui signifie « voleur » ! Son nom complet est *mustela putorius furo* qui veut dire « belette voleuse puante » ! Outre la chasse aux lapins et aux lièvres, on les utilisait aussi pour tuer les rats sur les bateaux, ou pour les repousser pendant les épidémies de peste, ou même, plus récemment, pour faire passer des fils téléphoniques dans des conduits très étroits !

À bout, Antoine tourne les talons et se dirige vers son Combi en traînant des pieds, les bras ballants, les épaules voûtées. Pasdeloup a un petit sourire vicieux en s'adressant au libraire.

– Il n'est pas habitué à souffrir, il nous fait une petite crise d'hypoglycémie, c'est tout.

François le dévisage avec un air réprobateur.

– Tout le monde n'est pas maso comme toi. T'as vu ta tête ? Tu fais peur.

Pasdeloup se rengorge comme sous un compliment.

– C'est le prix à payer pour me désennuyer ! Tu veux déjeuner avec nous ? À mon avis, il y aura du lapin !

François secoue la tête tristement.

– Une autre fois. Je fais manger Catherine et après, je lui fais la lecture.

Alors, Pasdeloup, très sérieusement :

– Si tu veux, on échange. Tu t'occupes du lapin et moi d'elle. Au point où j'en suis.

Après un geste de dénégation, François prend la fuite, gêné. Pasdeloup reste un moment devant la porte close, immobile, impassible. Il regarde ses bras et ses jambes, trempés, couverts de boue, frissonne puis regagne le 1, rue Brûlé d'un pas étudié, ferme et régulier.

Antoine mange de bon appétit le civet de lapin tout en monologuant, encouragé par Maria qui le couve du regard, suspendue à ses lèvres.

– J'ai une technique bien plus rapide. Une fois le lapin estourbi, j'incise la peau au milieu du dos, perpendiculairement à la colonne vertébrale et je pratique une ouverture juste suffisante pour passer deux doigts. Il suffit de tirer pour déchirer la peau et la bestiole se trouve dépouillée en un éclair.

Maria ouvre de grands yeux émerveillés.

– Génial !

– Mais avant, il ne faut pas oublier de faire pisser le lapin ! Vous le saviez ?

Maria affiche une mine stupéfaite par sa propre ignorance.

– Mais non !

– On appuie sur son bas-ventre, la tête en haut et la direction opposée de soi, bien sûr, mais c'est rarement efficace à cent pour cent. Alors, avant de le vider, il faut enlever le pénis et retirer la vessie avec précaution pour ne pas gâcher la viande. Idem pour la bile, surtout ne pas percer la vésicule.

– C'est extraordinaire ! Vous me montrerez ?

Modeste et généreux, Antoine opine en engouffrant un dernier morceau de civet. Pasdeloup descend l'escalier et vient s'asseoir à table, le visage fermé, sans aucune expression. Maria lui sourit gentiment.

– Vous n'en voulez vraiment pas ?

– Non. Il y a des jours où la bouffe me dégoûte.

Le ton est peu amène, le regard aussi. Il se tourne vers Antoine.

– Le déjeuner est fini ?

Le jeune homme fronce les sourcils, cueilli à froid.

– Oui.

– Bon, alors il est temps que tu t'en ailles.

– Oui.

Antoine se lève, un peu hésitant. Il fait un petit sourire reconnaissant à Maria.

– Merci. C'était vraiment cool.

Il se dirige vers la porte. Stoppe net et se retourne brusquement.

– Et pour demain ?

Pasdeloup se lève sans répondre et se dirige vers l'escalier. Antoine l'interpelle d'une voix agressive.

– Je parie qu'à votre âge, demain matin, vous serez à ramasser à la petite cuillère ! Et vous avez peur que ce coup-ci, ce soit moi qui vous mette la tête sous l'eau, pas vrai ? C'est pour ça que vous me laissez tomber ?

Pasdeloup semble soudain intéressé.

– Pourquoi veux-tu revenir ? Donne-moi une bonne raison.

Après quelques secondes de réflexion, Antoine répond d'une voix décontractée, façon vieux baroudeur.

– J'ai connu un type à El Paso. Un jour, il s'est mis tout nu et il s'est jeté sur un cactus. Je lui ai posé la même question : « Pourquoi ? » Et il m'a répondu : « C'est l'envie qui m'a pris. »

Pasdeloup demeure un temps sans réaction et finit par sourire.

– À demain.

Antoine effectue un mouvement de piston avec le bras accompagné d'un « yes » sonore puis sort en poussant des youyous de satisfaction.

Pasdeloup sourit toujours. C'est la deuxième fois aujourd'hui que quelqu'un se souvient des blagues de Steve McQueen dans *Les Sept Mercenaires*. Maria le tire de sa rêverie, sur un ton railleur, s'apprêtant elle aussi à partir.

– On dirait qu'il sait parler aux hommes, ce gamin !

Pasdeloup lui renvoie la balle du tac au tac, de bonne humeur.

– Vous vous rendez compte du spectacle lamentable que vous offrez, Maria, à bader ce jeune homme en reluquant sa braguette ?

Maria ouvre grand la bouche, horrifiée, scandalisée.

– Je n'ai jamais… ! Oh, vous êtes insupportable !

– En tout cas, il est hors de question que je vous paye les heures supplémentaires passées à lui concocter de bons petits plats et à le regarder les becter !

Maria fait face, dressée sur ses ergots, furibarde.

– C'est ce que nous verrons ! Après tout, c'est vous qui l'avez empêché de se noyer ! C'est de votre faute s'il est là !

Le klaxon de France retentit. Elle fait une grande sortie indignée en claquant la porte. Pasdeloup attend que le moteur s'éloigne pour passer dans la pièce voisine en boitillant. Il avale deux comprimés d'anti-inflammatoires, monte les escaliers jusqu'à son domaine dans les combles, agrippé à la rampe avec un masque de douleur. Il s'assied à son bureau, ouvre un tiroir et fouille un moment avant d'en retirer une petite boîte en carton remplie de gélules rouges et jaunes. Un mélange explosif d'amphétamine et de morphine indispensable pour faire un bras d'honneur à la jeunesse.

Pasdeloup lutte pendant plus de deux jours contre lui-même, l'âge, la fatalité. La drogue lui donne un répit de soixante heures, mais pas plus. Brusquement, il ne court plus. Il se met à marcher en titubant, croyant qu'il court encore. Antoine avance à ses côtés, à petits pas, sans oser lui parler. Pasdeloup finit par sortir de son hébétude. Il s'arrête et d'une voix basse, honteuse, se parle à lui-même en regardant la boue du chemin sans nom.

– Ça m'est arrivé une fois. Pour mon premier marathon. Je n'étais pas préparé et au trentième kilomètre… C'était il y a longtemps.

Au matin du jour suivant, la mort dans l'âme, il se résigne à la défaite.

Durant quatre semaines, le lapin du mardi se succède à lui-même. Et trois heures durant, tous les matins, Pasdeloup, désormais à vélo, pousse Antoine dans ses derniers retranchements. Tous les matins, Antoine plie, tombe, pleure, vomit, mais résiste. Il se livre à fond, corps et âme, sans jamais esquiver ni demander grâce. La fin de séance est toujours la même. Pasdeloup attaque la montée de la rue Brûlée au sprint, debout sur ses pédales.

– Je fais le lièvre et toi le furet !

Chaque fois, il arrive le premier devant le numéro 1, goguenard.

– Tu n'aimes pas assez le goût du sang. Normal, pour une tortue !

Mais aujourd'hui, en ce début de printemps, Antoine a gagné d'une poitrine. Il a ralenti sans regarder Pasdeloup. Surtout ne pas lui faire l'aumône d'un regard. Il veut savourer sa victoire tout seul. Il marche lentement, hors d'haleine mais tête haute. Il s'arrête devant la maison et montre du doigt les deux lézardes qui encadrent l'une des fenêtres du premier étage.

– Il faut réparer avant que le linteau n'en pâtisse. Je peux vous le faire si vous voulez.

Pasdeloup lui lance comme un nouveau défi :

– Tu sais ce que c'est un gobetis ?

Antoine hausse les épaules, hautain.

– Une première couche d'enduit. Vous savez, ça fait deux ans que je gagne ma thune en faisant des travaux de rénovation. Maçonnerie, plâtre, peinture, je suis top !

Pasdeloup se fend d'un sourire avec une pensée reconnaissante pour le vieil Espagnol.

– OK, je t'engage. Mais avant ça, j'ai une petite surprise pour toi. Va te changer et rejoins-moi dans le hangar.

Un quart d'heure après, Pasdeloup quitte Goussainville au volant de son 4 × 4 avec Antoine à la place du passager. Le jeune homme n'a posé aucune question. Depuis quelques jours déjà, il sent quelque chose de différent en lui. Un mélange de force, de patience et de fatalisme qui lui permet de supporter les coups sans gaspiller trop d'énergie. En arrivant au bas de la rue Brûlée, tout à l'heure, il a senti que le temps est venu, mais il ignore encore de quel temps il s'agit. Pasdeloup s'engage sur l'autoroute du nord et, après avoir roulé sans un mot pendant une cinquantaine de kilomètres, il prend la sortie n° 9 en direction de Compiègne sud/Pont-Sainte-Maxence. Antoine change de position, se cale contre le dossier de son siège. Pasdeloup sait qu'il a compris. Il lui jette un coup d'œil. Le jeune homme est pâle et les muscles de ses mâchoires sont saillants. Pasdeloup tourne à droite sur la D155 en indiquant d'un geste négligent la plaque de rue qui se trouve à l'intersection.

– « Le champ des morts » ! Marrant, non ?

Il se gare un peu plus loin sur le chemin de halage qui borde le pont suspendu de Port-Salut et coupe le moteur. Les deux hommes restent silencieux une longue minute, à regarder droit devant. Enfin, Antoine descend et rejoint calmement le tablier du pont. Il s'arrête, regarde l'obstacle, ôte son sweat-shirt, le plie méticuleusement et le pose au sol. Pasdeloup est descendu de voiture et commente à voix haute ce premier geste.

– Bien, très bien. Tu viens de sauter. Maintenant il faut le faire pour de vrai, histoire de savoir si tu t'en sors ou pas.

Il observe le jeune homme qui progresse à quatre pattes sur l'arche d'acier et qui se redresse quand il atteint le sommet.

– Ne baisse pas la tête.

Antoine regarde la rivière, vingt mètres plus bas. Il relève les yeux, regarde bien droit devant lui et, sans aucune hésitation, saute. Il touche l'eau les pieds joints, bien gainé, et s'enfonce presque sans éclaboussures. Avec un sourire satisfait, Pasdeloup va ramasser le sweat-shirt. La circulation s'est arrêtée sur le pont. Quelques automobilistes sont descendus de leur voiture et, penchés sur la rambarde, regardent le jeune homme nager vers la berge. Certains ont une expression alarmée, l'un d'eux est en train de téléphoner, d'autres encouragent le téméraire en riant et l'applaudissent quand il se hisse enfin sur la terre ferme. Pasdeloup rejoint Antoine en petites foulées et lui jette son vêtement à la figure.

– Allez, magne-toi ! Les gendarmes vont rappliquer !

Démarrage en trombe. Deux minutes après, ils croisent une camionnette bleue, sirène hurlante. Au passage, Antoine leur fait le signe de la victoire. Le retour s'effectue sans qu'un mot soit prononcé. Pasdeloup gare enfin la voiture dans le hangar de la maison murée. Il coupe le moteur et se tourne vers Antoine qui claque des dents, encore trempé. Le ton de sa voix est nonchalant, comme son attitude.

– Il reste un mois avant ton audition. Alors voilà ce que je te propose. Tu gares ton tacot ici, tu t'installes dans une des chambres du premier, tu répares les fissures de ma façade et moi je m'occupe de fignoler ta préparation. Qu'est-ce que tu en dis ?

Antoine met quelques secondes à réaliser puis choisit de sourire avec un regard aigu, méfiant.

– La maçonnerie, c'est payé combien ?

– Le SMIC horaire.

– Je pourrai amener mes furets ?

– Je m'en fous.

Après un silence, Antoine demande gravement :

– Pourquoi vous feriez ça ?

Pasdeloup ouvre la portière en lâchant par-dessus son épaule.

– C'est l'envie qui m'a pris.

Maria accueille la nouvelle avec un plaisir non dissimulé. Et une petite pique au passage.

– Qu'est-ce qu'on avait dit pour les heures supplémentaires ?

Sans attendre la réponse, elle s'esquive en riant sous cape et monte préparer la chambre d'Antoine. Pas celle qui a vue sur le parc et le cimetière a précisé Pasdeloup. Sans donner la vraie raison : il tient à ce que ses allées et venues de ce côté-là demeurent les plus discrètes possible. Maria a donc choisi la plus belle des deux autres chambres, très lumineuse, avec vue sur la place Hyacinthe-Drujon. Le décor est spartiate mais fonctionnel. Il y a une grande salle de bains attenante. Demain, elle rapportera quelques fleurs pour égayer l'ensemble. Debout pieds nus sur le lit, elle enfile la housse de couette en chantonnant.

Antoine à peine arrivé, le lendemain matin, Pasdeloup le cueille dans le nuage puant de son pot d'échappement.

– Voilà le programme : de 8 heures à midi, tu bosses pour moi, travaux de bâtiment en tous genres. Cette vieille baraque a besoin d'un petit coup de neuf. À 15 heures, direction le dojo des Grandes-Bornes. Cours particuliers d'arts martiaux avec Nuri jusqu'à 17 heures. Ensuite cours collectifs de 18 à 21 heures.

Son sac à dos dans une main, sa cage à furets dans l'autre, Antoine tente de maîtriser un fou rire.

– Dire que ma mère n'est jamais arrivée à me faire ranger ma chambre ! Un détail qui a son importance : combien il coûte, Nuri ?

– Tu le paieras avec le salaire que je te donnerai.

– Ça ne suffira pas.

– Ça suffira.

Les Grandes-Bornes de Goussainville sont constituées principalement de tours et de barres d'immeubles construites dans les années 60. Le quartier est classé en ZRU, « zone de redynamisation urbaine », la catégorie principale des ZUS, « zones urbaines sensibles ». Appeler un chat un chat n'est pas dans l'air du temps, l'euphémisme est de rigueur aujourd'hui. Sept mille habitants et leurs spécialités : chômage, délinquance, pauvreté, non diplômés, étrangers, familles monoparentales, rodéos, affrontement avec la police.

Le dojo de Nuri Hamza se situe dans le gymnase Lucien-et-Clément-Matheron, un grand bâtiment moderne qui accueille plusieurs associations sportives. Ici, boxe et arts martiaux ont la cote. Ils attirent une clientèle jeune, principalement intéressée par l'acquisition de techniques directement utilisables dans les rues du quartier, tant pour attaquer que pour se défendre.

Pasdeloup et Antoine pénètrent dans la petite salle où se trouve le ring. Nuri est déjà là, en train de lire assis par terre, en position d'écart facial. À leur entrée, il range immédiatement son livre dans son sac, se lève et va à leur rencontre. Il est dans la tenue réglementaire du MMA, en short, torse nu, pieds nus. La même que lors de ses séances en pleine nature, face à l'arbre de Pasdeloup. Mais ici dedans, à l'échelle du ring, sa musculature paraît plus impressionnante encore, massive, compacte. Il dégage une stupéfiante impression de solidité. Il serre la main des deux hommes puis s'adresse à Pasdeloup avec, dans l'œil, une curieuse lueur de respect.

– Ça fait presque un an qu'on se croise et je ne savais rien de vous. Et pourtant il suffit de demander. C'est fou le nombre de gens qui vous détestent dans le coin !

Pasdeloup fait le modeste.

– Je suis flatté mais il n'y a vraiment pas de quoi.

Nuri apprécie d'un petit rire.

– D'après un type que je connais, vous étiez démineur. L'as des as.

– Qui c'est, ce type ?

– Un ancien légionnaire qui habite Argenteuil. Il organise des paris sur des combats interdits.

Pasdeloup a un rictus de mépris.

– Simeoni a toujours été une petite frappe sans envergure.

Nuri a un petit sourire rusé.

– Si vous voulez rester, pas de problème. Asseyez-vous dans un coin de la salle. Tout à l'heure, il y aura des tas de jeunes qui viendront. Peut-être que certains vous connaissent.

La voix de Pasdeloup, tranquille et lente, sonne comme un avertissement.

– Tu leur diras que je suis ton invité et tout ira bien.

Durant deux heures, Pasdeloup assiste à l'entraînement d'Antoine. D'abord les techniques de percussion pieds poings, ensuite le travail de lutte. Ils finissent par un assaut sans brutalité où Nuri, bien que plus petit et plus léger, démontre qu'il est inaccessible. Antoine ne parvient pas à rester debout. Chaque fois, il est projeté à terre et immobilisé par une clé ou bien il subit une avalanche de coups de poing, de coude, de genou, tous parfaitement maîtrisés pour ne pas faire trop mal. Après la leçon, une heure de repos pendant laquelle le jeune homme récupère dans son coin en grignotant et en s'étirant. Nuri part se doucher. À son retour, il déroule un petit tapis à l'autre bout de la salle et debout, les mains positionnées au-dessus du nombril, commence à prier à voix basse. Pasdeloup s'esquive sur la pointe des pieds avec une moue de dédain. Nuri baisse dans son estime.

La nuit tombe en même temps qu'une pluie fine. Des gens pressés de rentrer, tête basse, le quartier se vide. Chemin du Début, rues Michel-Simon, Marcel-Carné, Daniel-Sorano, de jolies plaques pour ce que la banlieue parisienne offre de laid et de médiocre. Les espaces verts sont pareils à des terrains vagues. Pour vivre et résister dans ce genre de zones, il n'y a le choix qu'entre l'« opium du peuple » de Nuri et l'héroïne bon marché des halls et des caves d'immeubles. Un peu plus loin, le chantier de la future Grande Mosquée, bordé à l'est de coquets pavillons neufs. Pasdeloup a entendu parler de ces riverains dépités qui voient déjà s'effondrer le prix de leurs mètres carrés et qui bombardent la mairie de pétitions pour faire arrêter les travaux. Leur progéniture se manifeste plus violemment. Un groupe de jeunes déguisés en skinheads est en train de taguer le grand panneau orné d'un croquis d'architecte. Ils ont transformé le minaret en phallus reposant sur deux couilles. Avec une légende : « Les Bouniouls veulent nous enculer ». Ils croisent Pasdeloup sans se presser, démarche chaloupée, en le jaugeant du regard. Il ne résiste pas et apostrophe le plus tatoué.

– Quand ton père militait à l'OAS, il n'écrivait pas « bougnoule » comme ça, pauvre ignare !

Ils passent leur chemin en l'insultant. Retour au centre sportif par le chemin des Écoliers qui porte mal son nom, du béton partout, des parkings à voitures cernés de grilles. À peine arrivé, Pasdeloup entend le brouhaha et les cris en provenance du grand gymnase. Le soir, Nuri laisse la petite salle du ring au professeur de boxe et occupe le terrain de basket. Pasdeloup débarque en pleine crise. Deux bandes d'une quinzaine de jeunes gens se font face en se provoquant et en s'injuriant. D'un côté les Arabes, de l'autre les Noirs. Entre eux se trouve Nuri qui ne semble nullement impressionné et dont le corps marque une barrière symbolique que nul ne tente de franchir. À ses côtés, Antoine est pâle de rage, les poings serrés. Un peu à l'écart, dans la zone située sous un des paniers, quelques jeunes Blancs sans doute baptisés, à l'allure de voyous, assistent à la scène avec l'air de s'en foutre. Pasdeloup traverse le petit groupe. L'un d'eux l'interpelle.

– T'approche pas, papi, tu vas te faire « péta ». Laisse-les se décimer entre eux, ça fera toujours ça de moins.

Pasdeloup continue d'avancer vers la cohue. Les jeunes se calment une seconde quand ils s'aperçoivent de sa présence. Le meneur de la bande arabe le désigne d'un doigt vengeur avec un sourire carnassier. C'est Abdel, le dealer.

– Pasdeloup ! Je le crois pas ! Qu'est-ce que tu fous sur ce territoire ?

Nuri le désigne à son tour d'un geste apaisant avec un petit air amusé.

– Ce Monsieur est mon invité. On respecte.

Abdel crache au sol en direction de Pasdeloup.

– Si c'était pas Nuri, tu douillerais comme un porc !

Pasdeloup met une main dans la poche de son blouson et s'approche du dealer. Ses yeux vairons sont fixes, provoquants.

– T'es qu'un trou-du-cul plein de merde, Abdel. Alors, fais-moi plaisir, lâche-toi.

Abdel blêmit et recule imperceptiblement en lorgnant la poche qui fait une bosse.

– C'est toi qui as amené le grand Blackos ? Tu l'as briefé comme une pédale ! Il a pas les couilles de se battre avec moi.

La voix blanche de Nuri s'élève, autoritaire, cassante.

– Ça suffit. Avant les assauts, échauffement. Monsieur Meunier, laissez-nous la place.

Pasdeloup va s'asseoir par terre, à l'écart. Il sort la main de sa poche et fait des exercices pour décrisper ses doigts, il tremble un peu.

Durant quarante-cinq minutes, en silence, Nuri mène un entraînement physique très dur, destiné à préparer les organismes au combat et aussi à faire retomber la pression. Quand vient le moment des assauts, les garçons s'agenouillent au sol en formant un octogone d'une dizaine de mètres de diamètre. Tandis que Nuri rappelle les règles, Pasdeloup se rapproche.

– Sont interdits : les coups dans les parties génitales, les coups de tête, les coups de genou ou de pied à la tête d'un adversaire au sol, les coups derrière la tête ou dans la colonne vertébrale, les morsures, les doigts dans les yeux, dans la bouche…

Tous en chœur :

– … Dans le cul !

– … Pas de coups à la gorge ou d'étranglement, pas de manipulation des doigts ou des orteils.

Il s'adresse à la ronde.

– Comme d'habitude, vous faites le grillage en empêchant les combattants de sortir de l'octogone. Mettez les gants. Qui commence ?

Abdel se relève d'un bond, les yeux fixés sur Antoine. Nuri s'interpose calmement.

– C'est un débutant. Il n'a pas le niveau.

Antoine se lève, la rage au ventre.

– Laisse-moi y aller !

Nuri pâlit. Sa voix sans timbre grimpe dans les aigus.

– Toi, à genoux, tout de suite ! Ou dégage !

Antoine s'exécute de mauvaise grâce.

Abdel a un rictus de dégoût.

– Même ma meuf, elle en a plus dans le pantalon qu'un « renoi » !

Un des insultés parmi les plus costauds se lève et vient se placer face à Abdel en faisant l'œil du tigre. Nuri lance le combat. Les deux bandes soutiennent leur champion en poussant des hurlements d'encouragement. Le Noir tente une première fois de saisir Abdel et de le projeter au sol mais l'autre parvient à se dégager. À la deuxième tentative, Abdel contre-attaque avec une vitesse stupéfiante. Il place ses mains derrière la nuque de son adversaire, le force à baisser la tête et le frappe d'un formidable coup de genou en plein visage. Le Noir s'effondre. Abdel lui saute dessus et, le chevauchant, lui martèle le visage d'une série de coups de poing et de coups de coude. Le sang gicle. Nuri plonge pour renverser Abdel et interrompre le combat. Le vaincu se relève, visage ensanglanté. Nuri vient examiner ses blessures, lui saisit le nez entre deux doigts, le secoue doucement.

– Ça grince un peu. C'est cassé. Sans déplacement. Nettoie le sol et va te laver.

Abdel fait partie des derniers qui quittent la salle. Avant de sortir, il se retourne vers Antoine et Pasdeloup et passe lentement son pouce sous sa gorge. Nuri fait mine de ne pas voir. Pasdeloup apprécie, songeur.

– Il se bat bien. Il va vite.

Pour tout commentaire, Nuri se touche le nez en reniflant avec une moue de mépris, indiquant le cocaïnomane. Ensuite il vient se camper fermement devant Pasdeloup et désigne du menton la poche du blouson.

– Vous avez quelque chose dedans ?

Pasdeloup écarte les bras, angélique.

– Vérifie toi-même.

Nuri tâte le cuir et ne trouve rien.

– Finalement, si vous pouviez ne pas revenir, monsieur Meunier, ça m'arrangerait. Pour le bon déroulement de mes cours.

Antoine tranche d'un ton sans appel.
– Moi aussi, je préfère.

Pasdeloup et Antoine marchent dans la nuit déserte pour rejoindre le 4 × 4 garé un peu plus loin. Antoine traîne la patte, crevé mais admiratif.

– Il est trop ! Vous avez vu la science ? Le calme ! Tout le temps sûr de lui ! On le voit dans ses yeux, il ne doute jamais. Et les bras, on a l'impression de toucher du fer ! Putain, ce Nuri Hamza, c'est un vrai *warrior* !

Il lance à Pasdeloup un regard en coin.

– Vous aussi vous êtes gonflé ! Faire croire à Abdel que vous aviez un gun, c'est cool !

La fatigue, la décompression, Antoine se lâche.

– Nuri a dit l'« as des as ». Les gendarmes aussi, l'autre jour quand vous m'avez sauvé. Et pourtant, ils vous ont pas trop à la bonne ! Rapport à toutes les conneries que vous auriez faites ! Trop classe à votre âge ! Cela dit, c'est normal, démineur, c'est un boulot de ouf ! À chaque erreur, on morfle ! C'est comme dans les cascades !

Pasdeloup le coupe, cassant.

– Je n'ai jamais fait d'erreur.

Antoine ironise.

– Et vos doigts ?

La voix de Pasdeloup claque comme un coup de fouet.

– Ça, c'est la guerre. Maintenant, boucle-la !

Ils arrivent à la voiture. Le jeune homme grimpe et se laisse tomber sur le siège passager avec un grand soupir.

Pasdeloup fait lentement le tour de la voiture puis monte.

Il demeure immobile, le visage fermé. Antoine se tourne vers lui, sans comprendre. Pasdeloup sort son téléphone portable et compose un numéro.

– Allô, France, vous pouvez passer me prendre rue du Marché à Goussainville ? Oui, tout de suite.

Antoine le regarde stupéfait.

– Qu'est-ce qui se passe ?

Pasdeloup à son tour se cale dans le siège et regarde loin devant, impassible. Il articule calmement et distinctement :

– Il n'y a plus d'air dans aucun des quatre pneus, connard.

Les semaines passent, scandées par le jour du lapin. La façade du 1, rue Brûlée est recrépie à neuf sans plus de lézardes. La cage d'escalier a été repeinte, la fuite d'eau dans la salle de bains du deuxième réparée, quelques tomettes changées au rez-de-chaussée, un plancher vitrifié, le Combi vidangé. Antoine rentre tous les soirs un peu plus fort, un peu plus dur. Une arcade ouverte, une côte fêlée, une dent cassée, des hématomes sur tout le corps, il se délecte de chaque blessure et en goûte les tourments avec une bonne humeur et une volupté qui réjouissent Pasdeloup.

Maria ne compte plus ses heures depuis qu'il l'a surprise un jour où il est rentré plus tôt que prévu. La maison était déserte. Il a d'abord appelé Maria, ensuite Antoine, en vain. Il a remarqué enfin la porte de la maison murée, restée entrouverte, et s'est glissé jusqu'au hangar. Il a entendu des gémissements venant du Combi Volkswagen, s'est approché sans bruit et a regardé par la vitre arrière. Antoine était allongé sur le dos à côté de la cage des furets et Maria le chevauchait. Pasdeloup s'est attardé sans vergogne sur le corps de la jeune femme qu'il n'avait jamais vue nue. Comme il le subodorait, elle a des seins fermes au galbe parfait. De petites aréoles roses sont la cerise sur le gâteau. Antoine excitait ses mamelons entre le pouce et l'index avant de se redresser pour se mettre à les sucer et à les mordiller. Maria a commencé à crier. Elle a serré brusquement ses bras autour du garçon et appuyé sa tête sur son épaule tandis qu'il lui donnait de furieux coups de reins. À un moment, elle a levé les yeux, pupilles dilatées, et a trouvé devant elle le visage de Pasdeloup collé à la vitre sale. Sans autre signe qu'une acceptation muette, elle est demeurée fixée sur l'œil de charbon et sur l'œil de métal, éperdument, jusqu'à la jouissance.

La sonnette de la porte d'entrée. 6 heures du matin, 22 avril. Pasdeloup jette un coup d'œil par la fenêtre. Il fait encore nuit mais il reconnaît la silhouette. Ce n'est pas bon signe. Il enfile son caleçon et descend ouvrir. François est sur le pas de la porte, une cascade de larmes jaillissant de sa moustache en guidon de vélo. Son gros ventre tressaute au rythme de ses hoquets, ses yeux bleus terrifiés s'accrochent à Pasdeloup en appelant au secours.

– Catherine...

Il se laisse tomber par terre et se recroqueville, la tête entre les bras, en geignant comme un bébé. Pasdeloup reste de marbre, sans compassion. Il ne pense qu'à Catherine vivante.

*

La première fois que Pasdeloup l'avait rencontrée, c'était peu de temps après l'arrivée du couple au Vieux Pays. Elle était en train de désherber un petit carré de terrain dans le parc du château. Pieds nus, à quatre pattes dans l'herbe, armée d'une sarclette. Juché sur le mur du cimetière, Pasdeloup l'avait observée un moment. Un petit gabarit, peu de hanches, des jambes fines, de beaux seins, le visage mince et rigolo d'une gosse des rues, des cheveux courts en pétard, pas du tout le genre retraitée de l'Éducation nationale.

– Ce n'est pas bien de mater !

Il était descendu de son perchoir. Elle s'était remise debout et lui avait tendu la main en souriant.

– Catherine Gourmont, libraire.

– Qu'est-ce que vous faites là ?

Glacial, Pasdeloup avait ignoré la main de Catherine. Sans s'en offusquer, elle l'avait dévisagé avec un culot monstre :

– Waouh, les yeux ! On m'avait prévenue, mais c'est bluffant !

Elle avait ajouté, directe, provocante :

– Ça fait rêver !

Elle lui avait tourné le dos et s'était remise à quatre pattes pour sarcler.

– Tout le monde m'a dit que vous étiez un chieur et que vous me feriez des problèmes. Mais comme ce parc est communal, que vous le vouliez ou non, ce sera quand même ici que je ferai mon jardin de curé. Ce carré pour le potager, tomates, pommes de terre… Celui-là pour les simples, houblon, camomille, lavande, thym, sauge… Là, les aromatiques, menthe, basilic, sarriette…

Pasdeloup s'était mis à genoux derrière elle et lui avait saisi les deux seins. Elle avait tressailli mais avait continué de parler.

– Et là, les fleurs, lys de la Madone, monnaie-du-pape, cœurs-de-Marie, œil-de-Dieu… Vous avez une préférence ?

– Oui, tout de suite.

Elle avait regardé la vilaine main estropiée et ses trois doigts qui lui tripotaient le sein gauche puis elle avait replié brusquement l'une de ses jambes sous sa poitrine, le talon menaçant.

– Vous connaissez le coup de pied de la mule ?

Pasdeloup avait immédiatement repris ses distances en affichant une indifférence totale. Catherine s'était assise dans l'herbe face à lui, avec une expression moqueuse, un peu apitoyée.

– Donc, si je comprends bien, absolument toutes les femmes écartent les cuisses dès qu'elles vous voient !

Pasdeloup lui avait souri avec un regard grave.

– Seulement celles qui aiment le sexe en coup de foudre et sans avenir. Mais je vous rassure, je me fais souvent rembarrer !

Il avait ajouté avec ironie quelques mots qu'elle n'avait pas entendus, recouverts par le bruit d'un avion.

D'un bras, Pasdeloup maintient le cadavre de Catherine en position assise, de l'autre il lui ôte sa chemise de nuit. Avec un coin du tissu, il nettoie un peu de vomi au coin des lèvres. Nue sur son lit de mort, elle paraît encore plus menue, plus décharnée, une marionnette cassée, pitoyable. François réapparaît avec quelques vêtements sur les bras. Il ne regarde pas le corps de sa femme. La nudité sur tant de laideur le gêne. Pasdeloup examine les vêtements.

– Qu'est-ce que c'est que ces merdes ? Vivante, elle s'habillait de bric et de broc et tu veux qu'elle passe l'éternité dans ce tailleur cul serré tasse de thé ?

François baisse la tête, honteux.

– Je ne sais pas.

Pasdeloup récupère dans le dressing un jean, un T-shirt rigolo et des baskets rouges. Il entreprend d'habiller Catherine. François le regarde faire, déboussolé, les bras ballants.

– Tu ne lui mets pas un slip ?

– Tu me casses les couilles, François. Rends-toi utile, fais-nous un café et appelle son médecin.

Quand François revient, Catherine a repris des couleurs. Pasdeloup a dissimulé sa calvitie sous une casquette de Poulbot et passé un peu de rouge sur ses joues et sur ses lèvres.

– On la dirait prête pour aller danser, pas vrai ?

François se remet à pleurer, manquant renverser les tasses. Sans un mot, ils s'installent près du lit et sirotent le liquide brûlant en regardant Catherine.

– C'est fou ce qu'un mort est attirant. Pire qu'un écran de télé.

La réflexion de Pasdeloup provoque une fausse-route chez François. Il pleure, tousse et crache tout à la fois. Du noir lui sort par le nez nappant sa grosse moustache d'un dégoûtant coulis de café. Sans lâcher Catherine des yeux, Pasdeloup dit ce qui lui passe par la tête pour faire le bruit de la vie.

– Elle a prévu quelque chose pour ses obsèques ?

– Sa volonté était d'être incinérée.

– Il y a un crématorium à côté du cimetière de Saint-Ouen-l'Aumône.

– Elle voulait que ses cendres soient dispersées dans notre jardin. Au pied des pavots bleus de l'Himalaya.

– Késako ?

– Une sorte de coquelicot bleu. Quand il veut bien se montrer, parce que obtenir une fleur de cette plante relève du miracle. Un coup la terre est trop acide, un coup pas assez riche, une fois trop à l'ombre, et pas assez de tourbe, jamais au goût de la chochotte ! Même pour un pro, c'est mission impossible. Mais Catherine s'était mis dans la tête d'y arriver. Enfin, l'été dernier, le pavot a fleuri ! Des pétales diaphanes d'un bleu irréel, d'une pureté inoubliable ! Avec des étamines dorées ! Catherine a poussé un cri de joie et elle est tombée à genoux devant la fleur. C'était le 9 juillet. Je m'en souviens bien. On rentrait de l'hôpital où elle venait d'apprendre son cancer. Ça faisait beaucoup d'émotions. Quand la fleur a fané, elle a oublié de la couper et la montée en graine a épuisé la plante jusqu'à la tuer.

Le mot ramène François à la réalité du cadavre. Il serre les dents courageusement.

– Elle en a replanté une autre, aussi sec ! Qui fleurira cet été ! J'en suis sûr !

Il se tourne vers Pasdeloup, suppliant.

– Tu ne crois pas ?

Pasdeloup demeure figé. Aucun cillement, rien. Sa voix est mécanique, monocorde, son regard vitrifié.

– Le pavot bleu de l'Himalaya n'aura pas de meilleur engrais que les cendres de Catherine.

La crémation est décidée pour le jour du lapin de cette dernière semaine d'avril. Pasdeloup est surpris par le monde présent au crématorium du Val-d'Oise. Des amis, d'anciens collègues, de la famille, Catherine était aimée. Sous la niche dans laquelle repose le cercueil, un frère lit un discours, une cousine chante l'*Ave Maria*. François, à son tour, monte sur la petite estrade. Il a du mal à enfiler ses lunettes tant sa main tremble. Il commence à lire, la voix chevrotante. Il dit son amour et quel être magnifique était son épouse. Son texte est ampoulé, d'une banalité consternante. Il a voulu trop bien faire. Il ne reste rien de Catherine. Pasdeloup baisse la tête pour ne pas exhiber son air dégoûté. François s'arrête enfin. Il descend de l'estrade puis remonte comme s'il avait oublié quelque chose. Il improvise, bafouille.

– Je voudrais citer de mémoire l'un des textes majeurs de John Donne, un grand poète et prédicateur anglais du XVIIe siècle. Catherine l'adorait.

Il se racle la gorge puis se jette à l'eau.

– « Nul homme n'est une île complète en soi-même. Chaque homme est un morceau de continent, une partie du tout. La mort d'un homme me diminue parce que j'appartiens à l'espèce humaine. Alors n'envoie jamais demander pour qui sonne le glas. Il sonne pour toi. »

Pasdeloup fronce les sourcils, soudain intéressé. Le public fait la gueule. On ne vient pas à un enterrement pour s'entendre prédire sa propre mort. Pasdeloup a un sourire carnassier. In extremis, Catherine est ressuscitée. En titubant, François rejoint les siens au premier rang tandis que les flammes jaillissent dans le four et viennent lécher le cercueil. La porte se ferme pour épargner les âmes sensibles. Le feu fera son œuvre en coulisses. Pasdeloup dit tout haut à sa voisine ce que tout le monde pense tout bas.

– C'est l'enfer.

Il fend la foule et fait un petit geste de loin à François : il s'en va, ils se verront plus tard. François agite les bras comme un sémaphore, l'air paniqué, et lui fait signe de le rejoindre.

– Il y a un problème avec le pavot !

À ses côtés, le maître de cérémonie, une espèce de majordome bedonnant aux manières affectées, à la tournure empesée, recommence patiemment son explication pour Pasdeloup.

– La législation encadre très précisément les possibilités de destination des cendres. Celles-ci ne peuvent hélas être dispersées dans un lieu privé, tel un jardin par exemple. Il est autorisé en revanche de les disperser en pleine nature mais en évitant les voies publiques. Dans ce cas, il faut en faire la déclaration à la mairie du lieu de naissance du défunt. La meilleure des solutions est sans nul doute un espace dédié. Nous avons ici un magnifique parc mémoriel avec un choix d'arbres et de rosiers au pied desquels…

François intervient faiblement.

– C'est peut-être une idée. Catherine aimait aussi les roses.

Pasdeloup le coupe et se tourne vers le croque-mort.

– C'est réglé, mon cher. Nous disperserons les cendres dans la nature !

François balbutie.

– Tu es sûr ?

Les yeux vairons flamboient, pas rassurants.

– On va disperser Catherine au pied du pavot, comme elle voulait. Ensuite tu diras à la mairie qu'on l'a balancée d'un avion en visant bien pour qu'elle ne tombe pas sur une route ou sur une voie de chemin de fer ! Des fois qu'un conducteur de TGV se prenne dans l'œil une escarbille de feu ton épouse !

Pasdeloup donne une petite tape sur la bedaine du pisse-vinaigre avec un air agressif.

– Ni vu ni connu, je t'embrouille !

Et l'air béat de François qui le regarde s'éloigner d'un pas léger.

François a rejoint Pasdeloup pour dîner. Antoine et son lapin sont au rendez-vous. Maria aussi, qui a préparé le civet et est restée pour l'occasion. La nourriture est bonne, le vin donne chaud et tourne la tête, François parvient à plaisanter et à rire. Au café, la peur revient. S'ensuit une accalmie avec les pousse-café qui se succèdent pour éterniser un semblant de fraternité, de bien-être. Antoine lance un regard appuyé à Maria.

– Je vais nourrir Julot et Marinette. Tu viens avec moi ?

Le couple s'éclipse. François se ressert un verre de prune, l'air égrillard, complètement saoul.

– Ça sent le furet qu'on va lâcher dans le trou !

Pasdeloup l'observe sans aucune empathie.

– Ça fait deux semaines qu'il la nique tous les jours dans son Combi. Et toi, toujours dans la camionnette de ta vieille pute ?

François cesse de rire. Il pâlit, ses traits s'affaissent, deviennent flous.

– Non, ces dernières semaines...

– Bon, d'accord, mais maintenant, t'es libre comme l'air, faut retourner te vider les couilles ! Même si on n'en a jamais vu une exploser de se retenir, c'est bon pour le moral !

François fait non de toute sa gélatine. Il regarde Pasdeloup d'un air indigné et le menace de ses bons gros yeux remplis de larmes.

– Tu ne respectes rien ! Tu mériterais...

Pasdeloup se penche vers lui et le provoque.

– Chiche !

François lui envoie mollement son poing au visage. Pasdeloup fait un petit mouvement de retrait pour amortir le coup. La lèvre en sang, il dévisage François d'un air satisfait.

– C'est ce que je disais, il faut te soulager, mon vieux !

François ne sait plus où se mettre, se confond en excuses, demande et redemande pardon. Il titube, bafouille d'alcool et de fatigue. Pasdeloup finit par le raccompagner, tard dans la nuit, en le soutenant comme un petit vieux. Devant la porte de Bouquinville, François le prend dans ses bras et l'étreint fortement.

– Il y a longtemps que je ne t'ai plus apporté de livres.

– Huit semaines.

– Je vais me rattraper.

– Fais vite. Il paraît qu'aujourd'hui, le glas a aussi sonné pour nous.

François se détache et rejoint sa porte, tête basse, épaules voûtées comme sous un poids intolérable. Il referme en appuyant son dos contre le battant. Pasdeloup l'entend glisser contre le bois jusqu'au sol et recommencer à gémir.

Pasdeloup ne dort pas. Machinalement, il va consulter ses courriels. Le dernier est en hébreu. « Shalom, j'arrive le 13 juin. Je ne sais pas à quelle heure. Je resterai sans doute un peu. Baisers. Ziva. » Pasdeloup fait claquer sa langue de contentement. Dans un mois et demi, la fille unique de son parrain Zéèv débarquera avec sa monstrueuse énergie, son audace et cet incroyable sans-gêne qui l'ont toujours ravi. Aux funérailles de Zéèv, elle lui avait tapé sur l'épaule, tendrement.

– Ne pleure pas. Pour toi, il vivra aussi longtemps que tu porteras son nom !

Pasdeloup s'appuie à la fenêtre qui donne sur l'église, le parc et le cimetière. L'idée le traverse qu'il n'y aura personne à son enterrement. Il pose son front contre la vitre glacée et reste là, à observer les feux des avions qui, seuls, connaissent le chemin dans le ciel sans lune ni étoiles.

7

Le temps des Juifs

Quinze ans plus tôt, le mercredi 5 septembre 2001, à 20 h 04, Pasdeloup raccrocha le téléphone et ne bougea plus, le visage livide, sa main à trois doigts encore agrippée au combiné. Ziva, comme à son habitude, n'y était pas allée par quatre chemins. D'une voix qui tremblait un peu, elle avait annoncé la nouvelle sans le moindre préambule.

– Papa est mort.

Pasdeloup contre-attaqua immédiatement dans un mélange d'hébreu et d'anglais.

– Mais, putain de bordel, pourquoi ne m'as-tu pas prévenu qu'il était malade ?

– Il n'était pas malade !

– Alors comment c'est arrivé ?

– Comme d'habitude. Il était vivant et tout de suite après il était mort.

– *Scheisse Verfluchte !*

La voix de Pasdeloup s'était enrouée dans la langue maternelle de Wolfgang Müller. Il s'était ressaisi en regardant sa montre.

– J'arrive. Attends-moi.

– J'attendrai aussi longtemps que possible. On l'enterre demain matin à 9 heures.

Les Juifs ne lanternant pas pour ensevelir leurs morts, il fallait faire vite. Pasdeloup appela France puis jeta quelques affaires dans un sac à dos. Un quart d'heure après, il sauta dans le taxi sans un mot, mâchoires serrées. France lui jeta un coup d'œil et comprit qu'il valait mieux ne rien demander. À proximité de l'aéroport Charles-de-Gaulle, Pasdeloup donna un violent coup de poing sur le tableau de bord.

– Merde, merde, merde !

France se tourna vers lui, excédée.

– Si tu veux absolument déclencher l'airbag, je peux aussi provoquer un accident !

– Désolé, France ! Changement de cap, Paris 17ᵉ, avenue Mac-Mahon !

Il venait enfin de penser à son père. Impossible de partir sans le prévenir, face à face.

À soixante-dix-neuf ans, Albert vivait encore chez lui et passait le plus clair de son temps à lutter contre la maladie de Parkinson apparue quelques années auparavant. Une dame de compagnie habitait en permanence dans le grand appartement et lui préparait les repas en respectant scrupuleusement les menus établis chaque semaine par un nutritionniste. Une infirmière passait tous les jours pour vérifier la prise des médicaments ainsi qu'un kiné qui alternait massages et exercices physiques. Le vieil homme était terrifié par l'idée de sa propre déchéance et s'astreignait de toutes ses forces à en faire reculer l'échéance.

Il était assis dans son bureau à feuilleter un volume de la Pléiade quand Pasdeloup entra et vint l'embrasser sur le front. Albert fronça les sourcils en regardant le visage fermé de son fils. Pasdeloup ravala la grosse boule dans sa gorge et articula d'une voix blanche :

– Zéèv est mort.

Les mains d'Albert se mirent à trembler un peu plus mais son visage demeura de marbre. Il resta un long moment silencieux à penser à celui auquel il devait la vie. Enfin, une petite larme vint perler au bout de son cil droit mais disparut aussitôt, comme ravalée par l'œil grand ouvert, empreint d'un désespoir absolu. Enfin, il murmura de façon à peine audible :

– *Ich hatt' einen Kameraden, einen bessern findst du nit*[1]...

Il prit la main de Pasdeloup et la serra très fort.

– En ce moment, ils lisent des psaumes et font beaucoup de bruit autour de Wolfgang. C'est la coutume pour ne pas entendre les cris de l'âme qui se refuse à quitter le corps. Va, mon petit, et dis-leur que je serai avec vous demain par la pensée.

Pasdeloup ne l'entendit sangloter qu'une fois la porte refermée.

À 21 h 50, France le déposa devant le terminal d'El Al. Il descendit en voltige, courut vers les guichets et acheta un billet sur le premier vol pour Tel-Aviv. Départ à 23 h 30, arrivée à 5 heures avec le décalage horaire. Il fallait compter une bonne heure et demie entre la sortie de l'avion et les formalités policières, quinze à trente minutes pour tirer de l'argent et sauter dans un taxi, plus une autre heure et demie en direction du sud sur la route n° 4, et donc une arrivée probable au kibboutz de Nir'am entre 8 heures et 9 heures. Juste à temps pour dire adieu à Zéèv.

Pasdeloup s'assit devant la porte d'embarquement, recroquevillé, les coudes sur les genoux, la tête entre les mains, assailli par les souvenirs de sa jeunesse.

*

Le 17 juillet 1968, Albert donna congé à son chauffeur pour quelques jours et prit lui-même le volant de sa Daimler Sovereign

---

1. « J'avais un compagnon, de meilleur tu n'en trouves pas... » *Der gute Kamerad* (*Le Bon Compagnon*) est une complainte traditionnelle des forces armées allemandes, composée en 1809 à Tübingen par Ludwig Uhland et mise en musique par Friedrich Silcher.

« saloon », son Pasdeloup de fils, âgé de dix-neuf ans, à ses côtés. Pour la première fois depuis les événements de mai, le père et le fils avaient trouvé un terrain d'entente. Albert s'en remettait à l'ami Wolfgang pour accueillir en Israël son guérillero de rejeton et Pasdeloup, quant à lui, se réjouissait de revoir ce parrain légendaire. Quelques mois après avoir servi son pays d'adoption pendant la guerre des Six-Jours, tout aussi naturellement, le héros israélien avait répondu présent à la demande des Meunier. Trois semaines lui avaient suffi pour tout organiser. Pasdeloup embarquerait à Venise sur un paquebot de la compagnie Zim, le MS *Moledet* à destination de Haïfa. Quant au reste du programme, Zéèv s'en chargeait, voilà tout.

Après de longues heures de route, Albert s'arrêta à Nice. Le voyage s'était déroulé dans un silence pesant. Contrairement à ses habitudes, le riche notaire avait réservé dans un petit hôtel sans le moindre confort superflu. Simple et propre. Il s'était résolu à passer une nuit de pauvre bougre, soucieux de ne pas heurter les opinions politiques de son fils. C'était le prix à ne pas payer pour éviter une dispute avant leur longue séparation. À peine deux minutes après être entré dans sa chambre, Albert entendit frapper à sa porte. C'était Pasdeloup, la mine furibarde.

– Mais qu'est-ce que c'est que ces piaules ? Pas d'air conditionné, pas de champagne au frais ! Merde, dans quel boui-boui tu nous as fait descendre ?

Albert ouvrit la bouche, suffoqué. Pasdeloup se mit à rire avec un clin d'œil.

– C'est une blague !

Albert se le tint pour dit. Ils dînèrent dans un très bon restaurant où ils échangèrent de joyeuses banalités. Au dessert, Pasdeloup regarda son père intensément.

– Tu te souviens de la dernière fois que nous avons vu Zéèv ?

– Oui, c'était il y a dix ans. Pour l'enterrement d'Élisabeth.

– Dix ans et deux mois.

– C'est exact.

– Maman nous manque, pas vrai ?

Albert baissa la tête et déglutit plusieurs fois pour contrôler son émotion. Ce mot « maman » pour la première fois en dix ans. Il toucha délicatement les doigts de son fils posés sur la table.

– Oui, beaucoup.

Ils en restèrent à cette étreinte pour ce soir-là et ne parlèrent plus que de Zéèv. Pasdeloup interrogea son père pour s'imprégner des moindres détails. Après la guerre, Wolfgang Müller s'était lancé dans des études de médecine qu'il avait abandonnées au bout de la quatrième année pour passer un diplôme d'infirmier. Albert se souvenait de son désarroi à cette époque-là :

– Il ne supportait plus ni son pays ni les Allemands. Parler sa propre langue lui était devenu un supplice. Un beau matin, il s'est décidé à partir pour toujours. Direction Israël. Il voulait payer le mal que les siens avaient fait. Il s'est retrouvé à servir comme infirmier pour l'opération « Tapis volant » : le mouvement sioniste avait décidé d'exfiltrer les Juifs du Yémen qui subissaient ces dernières années des pogroms et des pillages. Avec des avions loués, anglais et américains, ils ont organisé des centaines de rotations depuis Aden et sont parvenus à sortir secrètement quarante-cinq mille Juifs yéménites. La plupart d'entre eux n'avaient jamais vu d'avions, mais ils croyaient en l'accomplissement de la prophétie biblique relatée dans le Livre d'Isaïe selon laquelle Dieu avait promis de ramener les exilés d'Israël vers Sion « sur des ailes d'aigles ». Après ça, Wolfgang participa, toujours comme infirmier, à l'opération « Ezra et Néhémie » qui permit d'emmener la quasi-totalité des Juifs d'Irak vers l'État d'Israël. Ensuite… mystère…

– Pourquoi mystère ? Il ne s'est pas installé à Nir'am ?

– Si, en 1958, au moment de la naissance de Ziva. Mais entre 1952 et 1958, il y a un trou. Il ne m'en a jamais rien dit mais, à mon avis, il travaillait pour le Mossad.

Pasdeloup poussa une exclamation admirative, les yeux brillants d'excitation.

– Waouh ! Et quel genre de travail ?

Albert réfléchit de longues secondes, puis décida de couper court, le visage sombre.

– Mystère.

Le lendemain, ils dormirent à Venise, dans un palazzo qui donnait sur le Grand Canal. Et au matin du jour suivant, ils se rendirent à l'embarcadère où était amarré le MS *Moledet*, un joli paquebot de cent trente mètres de long aux lignes élancées. Après le contrôle du billet et du passeport, Pasdeloup et Albert se séparèrent au pied de la passerelle d'embarquement. Albert embrassa son fils sur les deux joues, un peu maladroitement, avant de lui serrer longuement la main.

– Prends garde à toi, mon petit.

Les traits de Pasdeloup s'adoucirent un instant.

– Merci, papa. Toi aussi.

Pasdeloup jeta son énorme sac à dos sur l'épaule et, plié sous la charge, embarqua sans se retourner. Il suivit le plan du navire qu'on lui avait remis, monta jusqu'au pont-promenade et gagna la cabine n° 7. Albert n'avait pas lésiné. C'était pour sûr ce qui se faisait de mieux sur le MS *Moledet*. Pasdeloup s'en moquait. Il investit ces lieux de cuivre et d'acajou sans en éprouver la moindre reconnaissance. Au contraire. Il s'empressa de répandre le contenu de son sac à dos aux quatre coins de la pièce pour organiser au plus vite une pagaille monstre. Une enveloppe cachetée tomba au sol avec les sous-vêtements. Pasdeloup hésita un moment avant de la ramasser et de l'ouvrir. Il y trouva de l'argent et une petite photo noir et blanc représentant une jolie femme tenant dans ses bras un bébé. LA photo. Celle qu'Albert conservait précieusement dans son portefeuille, la photo qui ne le quittait jamais, représentant la seule femme jamais aimée et le fils qu'elle lui avait donné. Pasdeloup laissa échapper une plainte rauque, déchirante, et ses yeux se brouillèrent de larmes. Il resta longtemps immobile, dévasté. La sirène du paquebot qui appareillait le tira de sa torpeur. Il sortit de la cabine et alla s'appuyer à la rambarde du pont-promenade. Il vit qu'Albert était encore là sur le quai, la tête levée, à scruter le navire. Pasdeloup lui sourit, se sachant hors de portée. Après mûre réflexion, il se ravisa. Il fit de grands gestes de bras en sifflant de toutes ses forces jusqu'à ce que son père le remarque et lui réponde avec des mouvements joyeux. Ensuite Albert disparut, et le port de Venise, et la terre ferme, et tout le passé, remplacés par le grand large des temps aventureux.

En fin d'après-midi, la mer grossit et Pasdeloup sentit monter une nausée qu'il ne connaissait pas mais dont il avait entendu parler. Il se souvint des recommandations d'Albert qu'il avait écoutées d'une oreille distraite en affichant un air supérieur. Fébrilement, il fouilla son capharnaüm pour retrouver le paquet de bonbons à sucer. En tanguant, il sortit sur le pont-promenade, s'agrippa à la rambarde et, debout, face au vent, travailla consciencieusement à saliver, le regard tourné vers l'horizon. Une heure et demie après, le mal de mer était vaincu. Gai comme un pinson, il descendit jusqu'au pont-restaurant et savoura au hasard les mets d'une nourriture casher dont il ignorait tout. Ses compagnons de table étaient d'origines diverses et la conversation roulait la plupart du temps en anglais bien que son voisin, un jeune homme sympathique, s'exprimât en hébreu avec le couple qui lui faisait face. À un moment, il s'adressa à Pasdeloup dans un français impeccable :

– Tu t'appelles comment ?

– Pasdeloup.

– Et ton prénom ?

– Pasdeloup.

– Tu rentres au pays, ou juste des vacances ?

– Ni l'un ni l'autre. Je vais passer quelque temps avec de la famille. Et toi ?

– Pour l'instant, je m'appelle Joseph. Après mon *alya*, ce sera Yoshi. Je monte en Israël pour toujours.

Yoshi était mécanicien spécialisé dans les motos anglaises, Pasdeloup était fou de la BSA Gold Star 500 cc de 1961 qu'il avait retapée entièrement, ils devinrent vite copains. Yoshi invita Pasdeloup à boire un verre dans la cabine du pont inférieur qu'il partageait avec cinq autres Français. Fous rires, bière, whisky, marijuana. Ils furent rejoints par d'autres jeunes gens, filles et garçons, qui s'entassèrent gaiement dans l'espace exigu en faisant circuler des joints. Pasdeloup savourait chaque seconde de cette promiscuité. L'alcool et la fumée aidant, il se laissa submerger par un sentiment de fraternité qu'il n'avait jamais éprouvé. À minuit, Yoshi donna le signal du départ. Direction la discothèque sur le pont du Théâtre. Pasdeloup ne savait pas danser. Il fut pris en main par plusieurs jeunes filles, séduites par son étrange regard. Elles se relayèrent pour l'initier au rock'n'roll et se partagèrent équitablement les slows langoureux qui tombaient tous les quarts d'heure. Chaque fois, trois minutes de baisers torrides et de ventres soudés sur le tube de l'été *Rain and Tears* d'Aphrodite's Child. À 3 heures du matin, Pasdeloup s'écroula dans un canapé, imbibé de rhum Coca-Cola, à bout de souffle et de désir. Il laissa aller sa tête contre le dossier et croisa son regard. Elle était assise à un mètre de lui devant un verre de jus de fruits et le regardait avec une mimique amusée. C'était une jeune fille brune, très mince, avec d'immenses yeux verts qui lui fit penser une seconde à Marie Laforêt, la seconde suivante à Audrey Hepburn et tout de suite après à personne d'autre qu'elle-même, belle à pleurer, émouvante, mystérieuse. Pasdeloup la regarda, bouche bée, tétanisé, stupéfait par la violence du coup de foudre qui venait d'arrêter son cœur. Elle pencha la tête, intriguée par l'attitude du garçon dont le regard demeurait fixé sur elle, pétrifié. Elle s'adressa à lui en anglais, d'une voix grave, un peu voilée.

– En une heure, tu en as embrassé quatre différentes, avec la langue ! Toute cette salive mêlée, je trouve ça un peu dégoûtant.

Elle se pencha vers lui et examina ses yeux vairons.

– Très surprenants. Vraiment. En fait, ce sont eux qu'elles voulaient essayer, pas tes baisers.

Le cœur de Pasdeloup recommença à battre, d'abord lentement, puis s'emballa à tout rompre. Il se redressa sur son siège en tentant de retrouver une contenance et bafouilla :

– Tu veux danser ?

Elle se leva avec un sourire en pointant un doigt vers le visage de Pasdeloup.

– C'est le gris que je préfère. Il faudra d'abord que tu me le donnes sans rien attendre en retour. Après on verra.

– Comment tu t'appelles ?

– Batia.

Elle tourna les talons. Pasdeloup chercha à se lever mais, trop soûl et trop sonné par les joints, il retomba lourdement. Il tendit le bras comme pour la retenir, demeura ainsi jusqu'à ce qu'elle disparaisse avant de s'affaisser tout entier dans le canapé en grimaçant de désespoir.

– Merde !

Pasdeloup n'émergea de sa gueule de bois que le lendemain en fin de matinée. Après un coup d'œil dans le miroir de la salle de bains, il jugea qu'il n'était pas visible, et surtout pas de Batia, avec une tête pareille. Il se rendit à la salle de sport avec le but avoué de transpirer tout ce qu'il avait bu et d'éliminer la moindre trace de shit.

Durant une heure, sans discontinuer, il alterna sac de frappe et corde à sauter jusqu'à ce que les forces lui manquent et qu'il s'étende par terre, les bras en croix, ruisselant, à bout de souffle. Il regagna sa cabine en catimini, prit une douche et rejoignit le restaurant. Il repéra Yoshi et alla s'attabler à ses côtés.

– Shalom, bien remis ?

Le futur citoyen israélien touillait sans entrain un plat de légumes grillés, la mine défaite.

– Putain, c'était trop ! J'ai dégueulé toute la nuit !

Pasdeloup fit semblant une seconde de s'apitoyer puis passa à l'essentiel.

– J'ai rencontré une fille sublime hier soir. Je veux la retrouver. Elle s'appelle Batia. Ça te dit quelque chose ?

Yoshi reposa sa fourchette en rotant.

– « Batia », ça veut dire « fille de Dieu » en hébreu.

– Oui, c'est bien elle ! Tu la connais ?

Yoshi se leva d'un bond, la main sur la bouche, et courut en direction des toilettes. Pasdeloup n'attendit pas son retour. Il arpenta le navire tout l'après-midi, passant et repassant du pont-restaurant, à celui du Lido qui surplombait la piscine, au pont du Théâtre où se trouvaient la synagogue et le cinéma. À 21 heures, dépité, il décida de regagner sa chambre. Le pont-promenade baignait dans la douceur jaune orangé d'un magnifique soleil couchant. Elle était là, accoudée à la rambarde, le regard fixé sur un paysage d'une pureté inhabituelle. Pas un seul nuage jusqu'à la ligne d'horizon qui se détachait clairement du ciel, d'un trait précis, et derrière laquelle le disque solaire disparaissait lentement. Pasdeloup nota qu'elle avait des jambes de gazelle, longues et fines, des épaules osseuses et bien marquées, un bronzage cuivré. Il vint se placer à ses côtés, pas trop près, en réalisant qu'il n'avait même pas regardé ses fesses.

– Bonsoir, Batia.

La jeune fille ne bougea pas.

– Chut ! Toutes les conditions sont réunies, je ne veux pas le rater !

Pasdeloup se tint coi. Il fit face au soleil mais continua de regarder la jeune fille du coin de l'œil, fasciné. À l'instant précis où l'astre disparut derrière l'horizon, elle se redressa, le visage concentré, à l'affût. Elle frappa la rambarde avec une moue de déception.

– Zut !

Elle se tourna vers lui en écartant les bras, fataliste.

– Demain sera un autre jour !

– Tu attendais quoi ?

– Le rayon vert. Quand le dernier rayon du soleil traverse la couche superficielle de l'eau, il devient vert. Il faut une atmosphère parfaitement limpide pour admirer ce phénomène. Ce qui arrive rarement. On dit que voir le rayon vert porte bonheur. Moi, ça m'est déjà arrivé trois fois ! Et toi ?

Pasdeloup s'abîma longuement dans les yeux émeraude de Batia et répondit d'une voix profonde :

– C'est la première fois.

La jeune fille eut un petit mouvement de surprise pour finir par accepter, d'un rire léger, la gravité de la déclaration.

– Il faut que tu saches, j'ai un amoureux qui m'attend à Jérusalem. Mais si ça te dit, on se réunit à quelques amis, ce soir. Cabine 133, pont A, 22 heures.

Elle s'en alla d'une démarche souple, fluide. Pasdeloup nota l'élégance de ses fesses. Il songea alors qu'il n'avait pas regardé ses seins, ou plus exactement, qu'il s'était trouvé dans l'impossibilité de le faire, aveuglé par l'extraordinaire rayonnement de ses yeux verts. Pasdeloup soupira. On ne couche pas avec une fille de Dieu. On se prosterne et on la vénère, c'est tout. Il se résolut avec bonne humeur et un frémissement de curiosité à explorer ses propres limites en matière d'amour platonique.

Durant les cinq jours suivants, ils ne se quittèrent plus, sauf la nuit pour dormir. Batia faisait des études d'archéologie à l'université hébraïque de Jérusalem. Elle avait profité de ses vacances pour découvrir les sites antiques de Pompéi et d'Herculanum, les magnifiques temples grecs de Paestum dans la région de Naples et d'Agrigente en Sicile. Pasdeloup se présenta comme « presque juif » par son parrain Zéèv, et exagéra son côté rebelle, héros des barricades parisiennes de mai, spécialiste en lancer de pavés sur la police, évadé de France pour échapper à la prison. Ils parlèrent beaucoup, nagèrent, mangèrent et burent, rirent et pleurèrent, partagèrent leurs souvenirs et leurs émotions avec une délicatesse infinie. Ils ne se touchèrent pas. Se dirent bonjour et bonne nuit avec un signe de la main, chacun noyé dans le regard de l'autre.

La dernière nuit, au moment de leur séparation sur le pont-promenade, une grosse larme roula sur la joue de Batia. Elle s'approcha de Pasdeloup, lui caressa la joue et l'embrassa délicatement sur la bouche. Il la saisit à la taille, força ses lèvres avec la langue et appuya son ventre contre le sien. Elle se dégagea violemment et le gifla. Il se recula et adopta l'attitude décontractée qu'il avait vue dans les films américains, le dos rond, les mains sur les hanches, la tête tournée sur le côté, les yeux vers nulle part. Batia s'approcha de lui une nouvelle fois, attrapa son visage à deux mains et le ramena face à elle.

– Dès que tu ne me regardes plus, le gris devient dur comme de la pierre et le noir ouvre sur un précipice sans fond.

De nouveau, elle approcha ses lèvres des siennes et les effleura. Cette fois, Pasdeloup accepta la caresse. Ils mêlèrent leur souffle une seconde. Le doigt de Batia glissa légèrement sur son cou et elle disparut.

Le lendemain matin, à 9 heures, le MS *Moledet* accosta dans le port de Haïfa. Il faisait déjà une chaleur accablante. Par centaines, les passagers s'étaient agglutinés sur les différents ponts extérieurs pour saluer la foule des proches qui les attendaient sur le quai. Soudain, du bateau, un chant magnifique s'éleva, repris en chœur par tous les passagers :

– « *Hevenou shalom aleikhem* »…

Le visage rayonnant de bonheur, Yoshi traduisit pour Pasdeloup.

– Ça veut dire : « Nous vous avons apporté la paix ! »

À leur tour, ceux du quai se mirent à entonner ce chant d'espérance. En quelques secondes, les voix d'un millier de personnes s'élevèrent au-dessus des passerelles et des grues, submergeant le port de Haïfa de notes émouvantes à la louange de la vie. Pasdeloup fut saisi de chair de poule, à la limite du tremblement jusqu'aux applaudissements et aux cris de joie tonitruants qui marquèrent le début du débarquement. Après une longue queue au contrôle, il posa enfin un pied autorisé en terre d'Israël. Il se demandait comment retrouver Zéèv dans cette cohue bon enfant quand un grand escogriffe lui barra le passage, le prit dans ses bras et le souleva de terre en riant. Lorsqu'il relâcha son étreinte, Pasdeloup découvrit que Zéèv était encore mieux que dans son souvenir. Maigre, musclé, dégingandé, cheveux blonds, yeux bleus, un visage taillé à la serpe, des dents éclatantes de blancheur. À quelques détails près, il ressemblait à Clint Eastwood dans *Pour une poignée de dollars*. Batia passa non loin d'eux, bras dessus bras dessous avec un jeune homme en short, assez joli, nanti de cuisses et de biceps impressionnants. Elle fit un petit signe amical à Pasdeloup qui lui sourit en retour.

– Elle s'appelle Batia. « Fille de Dieu » en hébreu.

Zéèv apprécia avec un petit sifflement admiratif. Il laissa à Pasdeloup le temps de suivre Batia du regard avant de désigner la proue du navire.

– Et le nom *Moledet*, tu sais ce que ça veut dire ?

Pasdeloup fit une mimique d'ignorance.

– Ça signifie « Patrie » ! Alors, bienvenue au pays, Pasdeloup Meunier !

Sans effort, Zéèv souleva le gros sac à dos de son filleul, le jeta sur son épaule et ouvrit le chemin.

*

Trente-trois ans plus tard, le 5 septembre 2001, aéroport de Roissy-Charles-de-Gaulle, une employée d'El Al vint toucher l'épaule de Pasdeloup et le sortit de sa prostration.

– Vous êtes M. Meunier ?

Pasdeloup acquiesça, hébété.

– Vous n'avez pas entendu les annonces ? Il faut embarquer, monsieur.

La mort de Zéèv lui revint et ne le lâcha pas. Décollage crispé, nuit horriblement blanche, atterrissage épuisé, tout se passa dans le marasme prévu jusqu'à ce que le chauffeur de taxi, pressé par son passager, commette un dépassement aventureux aux environs de Ashdod, à mi-chemin. La voiture qui arrivait en face fit des appels de phare rageurs sans ralentir, obligeant le taxi à se rabattre de justesse sous le nez d'un mini-van Mazda Demio chargé de fruits et légumes. Pour éviter la collision, le Bédouin qui conduisait la camionnette donna un coup de volant brusque qui l'envoya dans un champ de tomates cerises où il finit par s'arrêter en catastrophe. Après trente-cinq minutes de tractations, Pasdeloup trouva un accord et le dédommagea de la perte de son pot d'échappement en shekels sonnants et trébuchants. Ensuite, il saisit doucement le chauffeur de taxi par le col de la chemise, menaçant, la voix rauque, les lèvres retroussées.

– Maintenant on ne s'arrête plus. Tu tamponnes, on continue. Tu écrases un chien, un enfant ou un policier, on continue. Sinon, je te tue.

Ils arrivèrent à Nir'am à 9 h 22. Pasdeloup courut jusqu'au cimetière qu'on appelle en hébreu « la maison des vivants ». Ziva eut un petit sourire de soulagement quand elle le vit débouler, hors d'haleine. Elle avait fait durer les éloges funèbres autant qu'elle pouvait. Cinq minutes auparavant, elle avait pris la parole une deuxième fois pour donner une dernière chance à Pasdeloup. Elle ne savait plus quoi dire, alors dans son désarroi, elle n'avait trouvé que la vérité.

– Dieu ne t'a accordé qu'une fille, papa. Toi et maman m'avez donné tout l'amour du monde mais je sais que tu avais rêvé d'un fils. L'enfant de ton meilleur ami, ton filleul, a tenu cette place au plus profond de ton cœur. Il porte ton nom, il t'aime comme tu l'as aimé, il est le frère que je n'ai jamais eu, il est en route, il vient.

Rachel, la mère de Ziva, s'était mise à pleurer. Après sa première grossesse, on lui avait découvert une tumeur utérine. Le choix de guérir ne fut pas aisé, car cela signifiait aussi choisir la stérilité. Zéèv l'avait encouragée et soutenue, en époux aimant, sans jamais plus évoquer son propre désir d'enfant. Les mots de Ziva, simples et vrais, avaient fait remonter à la surface non pas le sentiment de culpabilité que Rachel avait ressenti à l'époque et qu'elle avait surmonté en vrai Sabra, en combattante, mais bien toute la vie passée aux côtés de Zéèv, illuminée dans ses moindres instants par leur amour mutuel. Émue par les larmes de sa mère, Ziva n'avait pu retenir les siennes. Elle les mêla à la sueur de Pasdeloup en le serrant dans ses bras. Elle était aussi grande que lui, un corps de sportive, des cheveux courts à la garçonne, les magnifiques yeux bleus de son père. Elle désigna la civière où gisait le corps de Zéèv enveloppé dans un linceul et recouvert de son châle de prière dont on avait coupé les franges.

– Tu veux lui dire quelque chose ?

Pasdeloup regarda machinalement autour de lui, cherchant son parrain dans l'assemblée. Il sentit monter une nausée face à l'inéluctable. Il la refoula en pensant de toutes ses forces à son père, s'approcha du linceul et se lança en hébreu.

– Albert n'a pas pu venir parce qu'il est vieux et malade. Il pense à toi. En ce moment, il doit pleurer. Pleurer parce que tu n'es plus et qu'il se sent seul sans toi. Pleurer sur sa jeunesse, pleurer en pensant à sa mort prochaine. Tu vois ce que je veux dire, pleurer de façon un peu égoïste, comme nous tous. Mais je sais qu'il pleure aussi du bonheur de t'avoir connu, qu'il pleure de reconnaissance, qu'il pleure en louant l'amitié qui vous a unis jusqu'à ton dernier souffle. Il pense à toi, Zéèv, il est ici avec nous.

Comme aux funérailles de Douze, Pasdeloup se redressa de toute sa taille, le visage dur, en soldat. Ziva l'avait désigné comme l'un des quatre hommes pour porter son père en terre. À l'aide d'un drap, ils posèrent délicatement le corps dans la fosse et jetèrent sur lui une poignée de sable. Quand ce fut le tour de Pasdeloup, il tomba d'un seul coup à genoux, comme foudroyé. Pour conserver son équilibre, il posa les mains sur le sol devant lui et demeura un long moment à quatre pattes, un ruisseau de larmes dévalant ses joues et inondant la terre qui recouvrait Zéèv. Ziva fit un petit signe à son mari, Arié, pour qu'il l'aide à se relever. Puis elle lui posa la main sur l'épaule avec un sourire tendre.

– Ne pleure pas. Pour toi, il vivra aussi longtemps que tu porteras son nom !

Fille unique, Ziva décida de réciter seule le kaddish des endeuillés, une prière à la gloire de Dieu, ne faisant aucune allusion à la mort. Elle le dit d'une voix lente, profonde, inspirée qui déclencha dans l'assemblée des « Amen » projetés à pleins poumons. La cérémonie était terminée. Pasdeloup vint saluer Rachel. Belle, droite comme un I, il n'y avait que sa chevelure argentée pour trahir ses soixante-dix-neuf ans. Elle n'avait pas changé depuis leur dernière rencontre. Elle ne changerait plus. Elle était de ces êtres que l'esprit préserve du temps. Une citadelle imprenable. Comme si toute sa vie, elle avait gardé en elle le souvenir de Massada, cette antique forteresse, dernier bastion juif à avoir résisté jusqu'à la mort aux légions romaines durant la guerre des Juifs en l'an 73.

Au lendemain de la création de l'État d'Israël le 15 mai 1948, Rachel, âgée alors de dix-huit ans, était montée jusqu'aux fameuses ruines dominant la mer Morte, et avait prononcé le serment qui guiderait sa vie : « Massada ne tombera pas une deuxième fois. » Rachel conserverait à jamais la splendeur sauvage de sa jeunesse, la même flamme dans ses yeux noirs, la même grande bouche prête à mordre ou à rire.

Sa présence si forte, si digne, réconforta Pasdeloup.

– Il n'y a pas de mots pour dire ton malheur, Rouhélé. Je ne sais pas non plus dire le mien.

Rachel eut un petit sourire ému en entendant son diminutif tendre, celui qu'utilisait Zéèv et que Pasdeloup avait préféré à Rachel lors de son premier séjour en Israël.

*

À son arrivée, en 1968, Pasdeloup passa d'abord quelques jours dans le petit kibboutz de Nir'am situé en bordure de la bande de Gaza, à proximité d'Ashkelon. Zéèv s'y était installé avec son épouse, dix ans auparavant, juste avant la naissance de Ziva. Rachel avait tenu à accoucher auprès de sa famille, des pionniers qui, avec une centaine d'autres venus de Moldavie, d'Argentine, de France et d'Afrique du Sud, avaient fondé le kibboutz de Nir'am en 1943.

Avec fierté, Rachel fit découvrir à Pasdeloup ce qu'un désert de pierres et de sable était devenu à force de travail, de patience et d'ingéniosité : sa maison entourée de rosiers, d'œillets et de plantes grasses, son jardin recouvert de fleurs de frangipaniers, délimité par des bougainvillées et des hibiscus, les champs alentour de blé, de maïs, de melons, les vergers d'orangers, de mandariniers, d'avocatiers, et la petite usine de fabrication de couverts de table. Pasdeloup était sous le charme. L'incroyable paysage verdoyant aux portes du Néguev – pour lui ni plus ni moins que n'importe quel morceau de campagne française – y était pour peu, Rachel pour beaucoup. Cette femme de quarante-huit ans, belle comme le jour et tendre comme du pain frais, incarnait la mère rêvée, retrouvée. Le deuxième soir, après dîner, Zéèv et Rachel s'étaient assis côte à côte sur le canapé pour lire. La petite Ziva, qui débutait juste son apprentissage de l'anglais, avait insisté à coups de gestes, de grognements et de mimiques agacés pour que Pasdeloup s'asseye par terre et consente à l'examen de ses yeux si bizarres. Munie d'une lampe électrique, elle examina longuement le phénomène qui l'intriguait tant. Puis elle éteignit sa lampe et alla poser sa tête sur les genoux de sa mère tout en restant fixée sur Pasdeloup. Après un long moment, elle lui fit signe de s'approcher. Quand il fut tout près, elle le saisit par les cheveux et attira sa tête à côté de la sienne. Zéèv sentit immédiatement l'émotion palpable dans l'air. Il laissa tomber son livre et croisa le regard ému de son épouse qui, d'une main, caressait les cheveux de sa fille et, de l'autre, ceux du fils dont elle venait d'accoucher après dix-neuf ans de grossesse.

Zéèv laissa au jeune homme une semaine de répit. Un beau matin, il sonna le branle-bas. Direction le kibboutz de Ma'agan Michael situé au pied du mont Carmel, à une vingtaine de kilomètres de Haïfa. Le choix fait par Zéèv pour son filleul était loin d'être une punition. Ma'agan Michael était le plus grand et le plus moderne kibboutz d'Israël : élevage de poulets, de vaches laitières ainsi que de poissons de mer, culture du coton, production d'avocats, de papayes et de bananes, usine de plastique mondialement connue, c'est là que Pasdeloup allait vivre son statut de « volontaire » au moins les trois prochains mois avec un programme journalier chargé : quatre heures de travail pour la communauté et quatre heures de cours d'hébreu à l'oulpan. Pasdeloup fut immédiatement saisi par la diversité et la beauté du site, implanté en bord de mer sur d'anciens marécages dont une partie subsistait, conservée comme réserve naturelle. Zéèv lui fit admirer le paysage des immenses bassins d'aquaculture, construits en bord de Méditerranée, qui offrait en permanence un concert d'oiseaux chanteurs sur lequel improvisait gaiement un ballet de hérons, de cormorans et de cigognes. Ils longèrent l'usine de plastique, celle de composants électroniques, ensuite les étables avant de se retrouver dans l'atelier de mécanique où toute une équipe s'affairait à démonter le train avant d'un gros tracteur. Zéèv chercha du regard avant de se diriger vers un homme penché un peu plus loin sur le moteur d'un camion Ford des années 50 à la carrosserie rouillée. Zéèv l'interpella en hébreu. L'autre se redressa avec un sourire pour aussitôt serrer Zéèv dans ses bras en lui assénant de grandes bourrades sur les omoplates. Après une courte conversation en hébreu, Zéèv se tourna vers Pasdeloup et continua en anglais.

– Pasdeloup, je te présente le général Moshe Berzoah, l'un des fondateurs de Ma'agan Michael, un grand soldat.

Moshe avait à peu près le même âge que Zéèv, plus petit, plus râblé, le visage bien dessiné, le menton carré, des lèvres minces et un front haut d'intellectuel, des yeux noirs inspirés. Il tendit la main à Pasdeloup avec ce même petit sourire qui semblait ne jamais le quitter et utilisa également l'anglais.

– Les amis de Zéèv sont les bienvenus. Tu m'appelleras Bero, comme tout le monde.

Pasdeloup la joua décontracté.

– OK, Bero. Heureux de te connaître.

Avec le même sourire, Bero l'attira vers lui en emprisonnant sa main dans une poigne de fer.

– Tu as des yeux de chien méchant, Pasdeloup. Dis-moi, es-tu un homme méchant ?

Pasdeloup éprouva le sentiment étrange d'un danger imminent. Sa main droite prise au piège et la certitude que le visage bienveillant de Bero, tout près du sien, n'était qu'un masque, déclenchèrent en lui une peur bleue, irrépressible. Instinctivement, il fit face mais sa voix tremblait.

– Ce n'est pas sûr, Bero. Mais j'espère.

Le général éclata de rire en relâchant sa prise. Il se tourna vers Zéèv pour lui dire quelque chose en hébreu. Pasdeloup remarqua que l'attitude de son parrain avait brusquement changé. Il dégageait une dangerosité compacte, impressionnante. Il s'adressa à Bero en hébreu, les dents serrées, puis sortit de l'atelier avec un air contrarié, Pasdeloup sur les talons. Il conduisit son filleul jusqu'au bureau du trésorier qui lui donna son emploi du temps, un plan du kibboutz ainsi que le numéro de la chambre qu'il partagerait avec deux volontaires américains. Zéèv s'arrêta à la porte du dortoir des garçons. Il pressa Pasdeloup contre son cœur en dissimulant mal son émotion. Pasdeloup le rassura d'un air réjoui. Heureux qu'il soit redevenu le Zéèv qu'il connaissait, l'homme bon, pur et clair comme de l'eau de roche. C'est celui-là qui s'en alla sans se retourner. Trépignant d'impatience, Pasdeloup attendit qu'il ait disparu pour inspirer une grande bouffée d'air et, enfin, franchir avidement le seuil de sa nouvelle vie.

Le premier mois à Ma'agan Michael fut pour lui un enchantement. L'étude de l'hébreu, les départs en camion avant l'aube, l'épuisante cueillette des bananes, le triage des œufs, la mise en caisse des poulets, le ramassage du fumier, les corvées de vaisselle même, tout lui parut simple, beau, évident. La population cosmopolite qu'il côtoyait le séduisait à chaque instant par son ouverture d'esprit. Les natifs d'Israël, les Sabras, l'attiraient tout particulièrement avec leur côté brut de décoffrage, rugueux et mal élevé. Quant aux filles, Pasdeloup n'en revenait toujours pas de ce qui les intéressait en lui : ses yeux arrivaient en deuxième position, loin derrière son prépuce qui soulevait toutes les curiosités. Le 13 août, jour de son anniversaire, son carnet de bal était rempli. Il s'apprêtait donc à faire l'amour toute la nuit quand elle réapparut comme par enchantement.

Invitée par une de ses amies, elle fut le présent inattendu de cet anniversaire. Pasdeloup n'eut d'yeux et de tendres attentions que pour elle. Vers 2 heures du matin, Batia s'allongea sur le sable et s'offrit avec simplicité. Pasdeloup demeura longtemps en elle, presque immobile, plongé dans ses yeux verts jusqu'à ce que ceux-ci se troublent au fur et à mesure de l'emballement de leurs ventres, et s'agrandissent soudain pour jouir en direction des étoiles. Leurs bouches se séparèrent sans dire un mot, à 5 heures du matin, jour de bananes pour Pasdeloup.

Quand il rentra du travail, elle était repartie chez elle, au kibboutz de Degania Alef, situé dans la vallée du Jourdain, sur les bords du lac de Tibériade. Pasdeloup en avait entendu parler car en raison de sa situation géographique, au pied des monts de Galilée, Degania Alef subissait, depuis le début de l'année, les tirs des armées jordaniennes et syriennes ainsi que ceux de l'OLP. Pasdeloup serra les dents. Il saisit une guêpe qui venait de se poser sur son avant-bras transpirant et la malaxa doucement. Quand il sentit la piqûre, il l'écrasa, les yeux fixés en direction du nord. Sa décision était prise. Il irait rejoindre Batia et l'enlèverait à l'amoureux aux gros bras et aux grosses cuisses. Il eut un sourire cynique en se demandant à brûle-pourpoint quelle était la place de cette fille dans le but qu'il poursuivait et quel danger le faisait plus rêver, de l'amoureux ou des balles de l'OLP.

Pour conquérir Degania Alef, Pasdeloup décida que l'arme absolue serait l'hébreu. Il y consacra donc tout son temps disponible. Cela fut rentable à tout point de vue. Sous le couvert de l'étude, sacrée chez les Juifs, son naturel solitaire trouvait son compte tandis qu'il pouvait, à son gré, rompre son isolement et rejoindre le groupe pour faire la fête.

Un jour, à la sortie de l'oulpan, il tomba nez à nez avec Bero qui s'enquit de ses progrès. Pasdeloup lui répondit fièrement dans un hébreu académique qui attira les compliments du général. Celui-ci l'accompagna jusqu'au dortoir, apparemment curieux de savoir comment se déroulait sa vie au kibboutz. Le ton était aussi léger que précises les questions. Pasdeloup comprit qu'il était venu en mission. Sans nouvelles depuis plus d'un mois, Zéèv s'inquiétait. Il en profita pour faire passer le message.

– Je veux aller à Degania Alef.

Bero haussa les sourcils.

– Pourquoi ?

– Pour rejoindre une fille qui habite là-bas !

Le général apprécia d'un sourire complice et malicieux.

– J'espère qu'elle le veut aussi. Parce que c'est dangereux, enfin… plus qu'ici.

Pasdeloup leva le menton, sûr de lui.

– Raison de plus.

Le général hocha la tête, compréhensif, et tourna les talons sans un mot, l'air satisfait. Quand, le soir même, Pasdeloup rejoignit un groupe d'amis, il se rendit compte que son tête-à-tête avec Bero n'était pas passé inaperçu. Il en profita pour se renseigner sur ce personnage qui l'avait tellement troublé lors de leur première rencontre. Le qualificatif de « grand soldat », donné par Zéèv, fleurissait sur toutes les bouches comme dans toutes les biographies officielles. Malgré son jeune âge, Pasdeloup avait déjà remarqué en France que la plupart des héros et des grands hommes avaient chacun une auréole de sainteté, entérinée à l'unisson par les enseignants et les deux chaînes de l'ORTF. À croire que ces expressions toutes faites n'avaient d'autre fonction que de couvrir pudiquement la vérité trop nue. C'est un jeune étudiant d'origine russe qui leva une partie du voile. Le major général Moshe Berzoah avait combattu en Italie, dans la Brigade juive, pendant la Deuxième Guerre mondiale. Les Britanniques l'avaient décoré de la médaille militaire pour acte de bravoure. Ses états de service au sein de l'armée israélienne étaient impressionnants tant pendant la guerre d'Indépendance que lors de la toute récente guerre des Six-Jours où il s'était illustré à la tête de ses régiments de chars en traversant le désert du Sinaï pour capturer la ville de Charm el-Cheikh. Mais son côté sombre, ce qui faisait de lui un guerrier à part, terrifiant, c'était sa participation aux opérations secrètes de la Haganah qui avait constitué, dès 1946, des petits groupes de vengeurs dont la mission, tout illégale, consistait à sillonner l'Europe pour trouver et exécuter les criminels nazis.

Le lendemain, après l'oulpan, Pasdeloup fonça à l'atelier de mécanique. Parvenu à l'entrée, il se ravisa. Il piétina un moment, indécis, plein d'appréhension. Les questions qu'il avait en tête, il les jugeait soudain ridicules, impudiques, grossières même. Il s'apprêtait à rebrousser chemin quand Bero sortit, une bière à la main, et l'aperçut.

– Tiens, te voilà ! Tu bois un coup ?

Pasdeloup fit non de la tête. Bero s'approcha.

– Qu'est-ce qui t'amène ?

Pasdeloup hésita, tête basse, puis se jeta à l'eau.

– C'est vrai ce qu'on raconte sur ces commandos de vengeurs après la Deuxième Guerre ?

Le visage de Bero se ferma, semblable à de la pierre.

– Qu'est-ce qu'on raconte ?

– Que vous cherchiez partout des nazis pour les abattre.

Bero se tourna vers la mer. La lumière du soir réchauffa un peu ses traits.

– C'est exact. Mais nous n'éliminions que ceux qui avaient directement été impliqués dans l'extermination des Juifs.

– Comment… faisiez-vous ?

Bero continuait de regarder vers l'horizon, impassible.

– Au début, on leur mettait une balle dans la tête. Après, on a choisi de les étrangler. À mains nues.

– Et vous leur disiez quoi ?

Les yeux de Bero traversèrent Pasdeloup sans le voir. Encore une fois, l'expression de son visage lui fit peur.

– Rien. Ni pourquoi on le faisait, ni qui on était. On les tuait comme on tue un cafard.

Le général fit mine d'écraser quelque chose entre ses doigts avant de se détourner. Il se dirigea vers l'atelier d'une démarche fière, un peu raide. Celle d'un justicier impitoyable. Pasdeloup courut après lui.

– Et Zéèv, il était avec vous ?

Sans s'arrêter, Bero lança par-dessus son épaule :

– Il n'était pas encore arrivé en Israël !

Pasdeloup demeura immobile, les bras ballants.

– Ah oui, c'est vrai…

Il repartit vers les dortoirs en traînant des pieds. Secoué. Pas convaincu, sans savoir pourquoi.

Deux mois après, Zéèv arrangea le départ de Pasdeloup pour Degania Alef, non sans exprimer son inquiétude et celle de Rachel. Les fedayin du Fatah menaient, depuis la Jordanie, de nombreuses incursions de l'autre côté du Jourdain et faisaient régulièrement des victimes dans la population civile de Galilée. Jérusalem n'était pas épargnée, malgré l'annexion récente de la Cisjordanie. Un attentat à la voiture piégée de l'OLP venait de faire douze morts et de nombreux blessés en plein centre-ville, sur le marché Mahane Yehouda. Cet événement tragique plomba la dernière soirée de Pasdeloup à Ma'agan Michael. La petite fête, organisée pour son départ, s'acheva en triste soûlographie. Le lendemain matin, Pasdeloup grimpa dans la voiture de Zéèv, pâle et nauséeux. Il lui fallut une demi-heure pour se rendre compte qu'ils prenaient la direction du sud. Il sortit brusquement de sa torpeur.

– Où va-t-on ?

Zéèv répondit entre les dents, grinçant :

– On va aller faire quelques courses à Jérusalem, il paraît qu'il y a un marché sympa là-bas.

Pasdeloup n'ouvrit plus la bouche, inquiet. Il retrouvait Bero dans ce parrain-là. Durant les deux jours qui suivirent, Zéèv se montra tout à la fois un guide passionnant et un instructeur sévère. Il exigea de Pasdeloup une vigilance constante. En toutes circonstances, il devait regarder les visages dans la foule pour deviner leurs intentions, vérifier sous son siège dans l'autobus ou dans les restaurants, se méfier, toujours, partout, de tout le monde, des femmes, des enfants, des vieillards, jusqu'à ce que le dédoublement devienne naturel, moitié homme, moitié radar. Tout manquement à la règle entraînait une remontrance désagréable du maître.

– Tu viens de te faire bousculer ! Tu n'as pas anticipé !

– Mais c'était un aveugle !

– Si tu penses comme ça, tu es un homme mort !

Ils parcoururent ainsi la Vieille Ville conquise un an auparavant lors de la guerre des Six-Jours et sillonnèrent les quartiers chrétiens, musulmans, arméniens ainsi que le quartier juif en reconstruction. Pasdeloup suivit Zéèv sans un mot, tous les sens aux aguets, requis par une observation globale, tout en buvant ses paroles qui racontaient le mont du Temple, le Mur occidental, le cimetière et les sanctuaires du mont des Oliviers, le Saint-Sépulcre, la mosquée al-Aqsa.

Zéèv était un patriote et un sioniste convaincu.

– Aujourd'hui, les musulmans bénéficient d'une liberté de culte qui a été refusée aux juifs durant les dix-neuf ans d'occupation jordanienne. C'est pour ça que Jérusalem doit rester une capitale unifiée sous la souveraineté exclusive d'Israël. C'est le seul moyen de protéger les intérêts du peuple juif mais aussi ceux des autres confessions.

Zéèv était formel, le lien juif avec Jérusalem remontait à plus de trois mille ans. Malgré les deux destructions du Temple et les dispersions du peuple juif, le judaïsme avait toujours évoqué un retour à Jérusalem, ancienne capitale du Royaume d'Israël de David.

Zéèv s'enflamma.

– Les mots « l'an prochain à Jérusalem » clôturent les cérémonies de Pessa'h, la Pâque juive. Et même si les dynasties musulmanes ont dominé la ville durant presque mille trois cents ans, elles n'en ont jamais fait la capitale d'un État arabe. Jérusalem n'est jamais mentionnée dans le Coran. Jamais.

Il acheva sa théorie, définitif.

– Les juifs prient tournés vers Jérusalem et le mont du Temple, les musulmans prient en direction de La Mecque sans se soucier de tourner le dos à Jérusalem !

Ils terminèrent leur visite par le marché de Mahane Yehouda, « Ha Shouk ». L'attentat n'avait laissé aucune trace apparente mais

Pasdeloup croisa de nombreux regards soupçonneux, attentifs, scrutateurs, parmi la foule qui se pressait dans les allées bordées de stands multicolores aux mille senteurs d'épices. Cerné de toutes parts, bousculé, Pasdeloup jeta un regard angoissé à son parrain.

– Et là, comment on fait pour éviter le piège ?

Zéèv le rattrapa en riant et se pressa contre lui.

– On se serre encore plus et on prie pour que le voisin te serve de bouclier !

Bringuebalés avec fatalisme, ils hésitèrent entre des spécialités culinaires marocaines, irakiennes et polonaises. Ils conquirent enfin la dernière table d'un petit restaurant bondé où ils se régalèrent de falafels aux fèves accompagnés de crudités et de pâte de sésame. Une dernière traversée de foule dans la chaleur gluante quand soudain s'élevèrent les hurlements d'une touriste anglaise victime du vol à la tire de son sac à main. Pasdeloup, terrifié jusqu'à la nausée, accéléra le pas derrière Zéèv et ne retrouva son calme qu'une fois loin de Jérusalem. Quand ils arrivèrent à proximité de la route n° 6 en direction du nord, Zéèv testa une dernière fois sa détermination.

– Toujours partant ?

Le jeune homme hocha la tête en grognant, l'air buté. Zéèv engagea donc la conversation sur le kibboutz de Degania Alef, fondé en 1909 et considéré comme « la mère des kibboutzim ».

– Il y a depuis peu une usine qui produit du matériel pour la taille du diamant avec un atelier de taille de pierres précieuses.

– Je sais, c'est là que Batia travaille.

Pasdeloup s'interrompit, réalisant qu'il n'avait jamais parlé de la jeune fille à son parrain. Zéèv enchaîna avec un petit sourire.

– À propos, Rachel m'a chargé de te tirer quelques informations sur cette… « fille de Dieu ». Alors ?

Pasdeloup prit une grande inspiration avant de répondre en riant.

– Dis-lui que c'est un ange !

Après Nazareth, ils parvinrent en fin de journée à la jolie ville balnéaire de Tibériade et longèrent le lac sous un ciel plombé. La température se mit brusquement à fraîchir et un vent violent se leva. Zéèv ralentit et montra du doigt les grosses vagues qui se formaient sur les eaux du lac.

– Regarde ! La tempête des Évangiles chrétiens sur la mer de Galilée ! Même la météo s'y met pour te faire un accueil à la Jésus !

Pasdeloup n'en revenait pas, impressionné.

– Qu'est-ce qui se passe ?

– Le fleuve Jourdain prend sa source pas très loin d'ici, au Liban, sur le mont Hermon qui culmine à deux mille huit cents mètres avec ses neiges éternelles. Ici, on est à moins deux cents mètres au-dessous du niveau de la mer et le climat y est quasi tropical. Cette différence de température est à l'origine de ces vents parfois très violents qui déferlent dans la vallée du Jourdain et tout particulièrement, ici, sur le lac de Tibériade !

Le vent forcit d'un cran donnant des coups de boutoir au gros Jeep Wagoneer de Zéèv qui conduisait au pas, les yeux rivés sur trois embarcations de pêcheurs luttant contre des creux de deux mètres pour échapper au naufrage. Quand ils eurent enfin accosté sains et saufs, Zéèv accéléra l'allure et, dix minutes après, atteignit Degania Alef. Il s'arrêta à une cinquantaine de mètres du panneau indiquant le kibboutz et descendit de voiture.

– Tu fais le reste du chemin tout seul. C'est ton choix.

Sans un mot, Pasdeloup enfila son sac sur les épaules, serra son parrain dans ses bras et fonça vers le kibboutz tête baissée, vent debout. Sur la route, en sens inverse, un homme avançait en trébuchant par à-coups, poussé par les bourrasques. Le croisement était inévitable. Pasdeloup fit un détour pour passer au large avec des déplacements grotesques et des postures clownesques de méfiance. Il se retourna vers son parrain en levant le pouce avec un visage moqueur. « Tu vois, j'ai bien retenu la leçon ! »

Zéèv ne put s'empêcher d'éclater de rire en le menaçant du doigt. Il remonta dans la voiture et attendit qu'il disparaisse avant de démarrer. Sans se douter qu'il reviendrait ici, à peine un mois et demi après, pour attendre au même endroit la réapparition de son filleul.

Zéèv fut informé de l'attentat par un ami du kibboutz. L'un des kibboutznikim de Degania avait sauté sur une mine en se promenant à cheval. Il avait perdu une jambe et l'animal était mort éventré.

– Ton filleul s'était battu contre ce garçon quelques jours avant, à cause d'une fille qui les faisait marcher tous les deux. L'autre était un champion de krav-maga, mais il n'a pas abusé, il ne l'a même pas frappé, simplement immobilisé jusqu'à épuisement.

Quarante-huit heures après, Pasdeloup appela à son tour.

– Zéèv, viens me chercher.

Le lendemain, il rejoignit le Jeep Wagoneer sous un soleil de plomb, la tête haute et la démarche assurée. Il grimpa dans la voiture et annonça simplement :

– C'est lui qu'elle a choisi.

Il ajouta un peu plus tard, désespéré :

– Avec une seule jambe, il est imbattable !

Ils firent les trois heures de route jusqu'à Nir'am dans un silence de mort. Ziva les attendait dans le jardin. Elle s'approcha timidement de Pasdeloup en lui disant des mots de bienvenue. Quand il lui répondit en hébreu, elle poussa des hurlements de joie qui firent sortir Rachel de la maison. Elle serra Pasdeloup contre sa poitrine. Et le soir même Ziva imposa sur les genoux de sa mère la présence de Pasdeloup. Du bout des doigts, Rachel massa la grosse veine qui barrait la tempe du jeune homme.

– Tout doux, mon fils.

*

De la même façon, trente-trois ans après dans le cimetière de Nir'am, Rachel caressa d'un doigt tremblant la tempe de Pasdeloup.

– Je suis contente que tu sois arrivé à temps. Tu nous aurais manqué.

Il ferma les yeux et lui embrassa la paume. Le ton de Rachel changea, plus léger.

– Je trouve que tu as maigri depuis que je ne t'ai vu ! Est-ce que tu as trouvé une femme pour s'occuper de toi ?

Pasdeloup se mit à rire.

– Pas une ne me veut, Rouhélé !

– Moi, je te prends ! Un petit mois à attendre et me voilà sortie du deuil ! La loi est douce pour les veuves, pas vrai, monsieur le Rabbin ?

Le sourire de Rachel se tordit et ses yeux se remplirent de larmes. Sans relever, le rabbin dégaina un cutter et déchira son chemisier sur le côté gauche. Il fit de même avec le T-shirt de Ziva, symbolisant ainsi la brisure du cœur. Tout le monde rejoignit la maison pour réciter les prières. Les proches prirent congé peu à peu, par petits groupes, avec la même formule :

– Puisse le lieu vous conforter parmi les endeuillés de Sion et de Jérusalem.

La période de « Shiva », les sept jours de deuil, allait pouvoir commencer pour Rachel et Ziva. Pasdeloup fut le dernier à dire au revoir, traînant les pieds, tête basse. Les deux femmes se regardèrent. Rachel saisit Pasdeloup par sa chemise et l'attira à elle.

– Tu veux faire « Shiva » avec nous, mon fils ?

Il ouvrit grand la bouche pour crier sa joie.

– Oui !

– Tu sais ce que ça veut dire ?

Pasdeloup connaissait la règle. Sept jours enfermés dans une maison où les miroirs sont recouverts d'un drap pour ne pas voir l'image de sa propre douleur, où l'on dort sur un matelas à même le sol, où l'on ne porte aucune chaussure de cuir, où on ne se lave pas, ne se rase pas, ne cuisine pas…

– Je reste, Rouhélé !

Rachel tenta de déchirer sa chemise mais les forces lui manquèrent. Ziva vint à son secours avec une paire de ciseaux et, d'un coup de doigt ferme, Pasdeloup devint officiellement un endeuillé au cœur brisé. Les trois reclus vécurent retranchés, de jour, dans la chambre de Rachel et de Zéèv, tandis que, la nuit, Pasdeloup laissait là les deux femmes pour gagner le salon voisin où les coussins du canapé, disposés au sol, lui servaient de matelas. Les jours passèrent, rythmés par les visites des amis qui se succédaient sans trêve tandis que le mari et les enfants de Ziva, assistés par la belle-mère, apportaient la nourriture. Chacun y allait de son souvenir particulier du défunt. Pasdeloup buvait les paroles qui découvraient les facettes inconnues de son parrain, Ziva riait, pleurait ou se fâchait tout rouge :

– Ce n'est pas vrai ! Tu te trompes ! Papa n'était pas comme ça !

Des disputes parfois et des règlements de comptes qui jamais ne semblaient atteindre Rachel. Elle ne s'étonnait de rien, semblait tout savoir, connaître le moindre recoin de ses amours mortes.

Le cinquième jour, en milieu d'après-midi, Pasdeloup eut la surprise de voir entrer le général Berzoah. Il ne l'avait pas revu après le kibboutz mais il le reconnut instantanément. À soixante-seize ans, malgré les rides et quelques kilos de plus, Bero avait conservé son autorité et son étrange magnétisme. Il était accompagné par un homme de son âge, très grand et très maigre, avec des mains énormes, une petite tête d'œuf et des yeux profondément enfoncés dans leur orbite, presque invisibles. Bero serra Rachel dans ses bras et parla longtemps à voix basse avec elle. Ziva se rapprocha de Pasdeloup, l'œil interrogateur. Il lui chuchota dans l'oreille avec une pensée pour son parrain défunt :

– C'est un « grand soldat ». Le général Moshe Berzoah.

Ziva ouvrit de grands yeux surpris.

– C'est lui ? Je ne savais pas que maman le connaissait.

Rachel prit familièrement Bero par le bras et le présenta à sa fille. Il salua Ziva militairement et lui serra la main avec chaleur.

– C'est un honneur de te rencontrer, colonel Miller. Zéèv était fier que sa petite fille soit devenue la première femme pilote d'hélicoptère de Tsahal.

Ziva se redressa de toute sa taille avec un sourire insolent. Pieds nus, les cheveux en bataille, le T-shirt déchiré, elle était devant Bero comme elle avait toujours été dès sa petite enfance, la digne fille de Rachel, sauvage, révoltée, passionnée. Dans les années 80, elle s'était battue comme une lionne pour surmonter les préjugés. Avec l'aide de groupes féministes et de leurs avocats, elle était parvenue à incorporer l'École de l'armée de l'air. Par la suite, ses compétences et des capacités physiques et mentales hors normes lui avaient permis d'intégrer l'Unité de recherche et de sauvetage 669, un corps d'élite ayant pour fonction de localiser et secourir les soldats et les citoyens israéliens où qu'ils se trouvent et quelles que soient les conditions. Parmi ses nombreuses missions, Ziva avait participé à l'opération « Salomon » en mai 1991 au cours de laquelle quatorze mille quatre cents Juifs d'Éthiopie avaient été évacués et ramenés en Israël. C'est dans son hélicoptère qu'une femme enceinte avait perdu les eaux en plein vol et qu'une salle d'accouchement avait été improvisée, permettant au bébé de venir au monde sans problème.

Rachel enchaîna en présentant Pasdeloup.

– Le filleul de Zéèv. Notre fils adoptif.

Bero plissa les yeux en faisant un effort de mémoire tout en lorgnant la main à trois doigts. Pasdeloup prit les devants avec de fréquents regards en direction du géant à tête d'œuf.

– C'était à Ma'agan Michael, il y a très longtemps. Nous avions parlé de tes activités en 1946, tu t'en souviens ?

Un masque d'impassibilité recouvrit instantanément le visage de Bero. Il répondit par un signe de dénégation puis désigna son compagnon.

– Le commandant Jacob Grossman. Il a bien connu Zéèv et l'a beaucoup apprécié. Il a tenu à m'accompagner.

Grossman salua les endeuillés d'une voix aiguë, éraillée, tout en s'inclinant.

– Béni soit le Juge de Vérité.

Pasdeloup l'interpella, les yeux fixés sur ses énormes mains.

– Vous avez travaillé ensemble, n'est-ce pas, mon commandant ? En Égypte, je crois, ou bien en Syrie ?

Rachel ne put retenir un mouvement de surprise. Elle lança à Pasdeloup un regard suppliant. Grossman répliqua le plus naturellement du monde.

– En effet, nous y avons effectué plusieurs missions humanitaires au profit de différentes ONG.

Pasdeloup se détendit d'un coup et sourit largement.

– Mais oui, bien sûr !

Son regard croisa celui de Ziva, posé sur lui, inquisiteur.

À peine Bero et Grossman eurent-ils quitté la maison des endeuillés, qu'elle se précipita vers Pasdeloup.

– Qu'est-ce que c'est que cette histoire de Syrie et d'Égypte ?

Pasdeloup ouvrit de grands yeux innocents.

– Mais rien ! Tu as entendu comme nous, Zéèv et Grossman ont bossé ensemble, c'est tout !

Ziva éclata.

– Arrête de me prendre pour une conne ! Avec la tête qu'il a, humanitaire, mon cul !

Rachel vint s'interposer. Ziva l'agressa à son tour.

– Et toi, comment tu connais Moshe Berzoah ?

Rachel fit face avec un air offusqué.

– Il est né à Chişinău, en Bessarabie, comme mes parents. Nos familles se connaissaient. Mais celle de Moshe n'est arrivée en Israël qu'en 1925 alors que tes grands-parents ont émigré en 1903, après le premier pogrom.

Ziva n'ouvrit plus la bouche de toute la soirée, perdue dans ses pensées. Elle partit se coucher en boudant ostensiblement.

Cette nuit-là, Pasdeloup ne trouva pas le sommeil, ressassant de longues heures sa dernière rencontre avec Zéèv, quatre ans plus tôt.

*

En mars 1997, quelques jours après avoir tué Christophe Duval, Pasdeloup avait pris l'avion pour Tel-Aviv en ayant prévenu son parrain de son arrivée. Il n'éprouvait ni regrets ni remords. Mais ce qui ne le laissait pas en paix, c'était le souvenir de la jouissance sadique qui l'avait saisi et comblé tout au long de cette nuit cauchemardesque jusqu'au sordide ensevelissement. Cette cruauté, cette perversité de sentiments, Pasdeloup les avait découvertes en conscience, non pas tapies au fond de son âme mais installées en lui avec pignon sur rue. « Es-tu un homme méchant ? » avait demandé Bero à un jeune homme de dix-neuf ans en raison de l'étrange lueur qui brillait dans ses yeux vairons. Pasdeloup avait attendu l'âge de quarante-huit ans pour lui répondre en tuant un homme avec plaisir.

À peine arrivé, à Nir'am, il avait tout raconté à Zéèv et lui avait posé la question qui brûlait ses lèvres :

– Suis-je un homme méchant ?

Zéèv avait écouté toute l'histoire sans broncher mais ses yeux s'étaient emplis d'une tristesse infinie.

– La douleur et la morale ne font pas bon ménage. Il n'y a même pas une semaine, le Hamas a commis un attentat-suicide dans un café de Tel-Aviv. Trois jeunes femmes ont été tuées, dont une enceinte, sans parler des dizaines de blessés. Maintenant, tu as le malheur de savoir ce que tu ferais à la place du mari ou de l'amoureux de ces jeunes femmes.

Zéèv baissa la tête et ajouta dans un souffle :

– Mais sache-le. Il est vrai que châtier une ordure, le torturer, le martyriser, le regarder agoniser lentement, l'entendre supplier qu'on l'achève… peut procurer une délectation… inoubliable.

Pasdeloup fut pris d'une soudaine chair de poule.

– Qu'en sais-tu, Zéèv ?

– Je l'ai éprouvée une fois en exécutant un ex-SS, converti à l'islam et instructeur militaire en Syrie.

En quelques mots murmurés à voix basse, Zéèv confia à son filleul les six années passées au service du Mossad à approcher et à neutraliser des nazis réfugiés en Syrie et en Égypte, experts en propagande antijuive et conseillers de tous poils auprès de Nasser. Bero l'avait convaincu de mettre sa haine de l'Allemagne au service du jeune État d'Israël. Pour l'encadrer dans ces terribles missions, il lui fut adjoint un autre Allemand, un combattant de l'ombre, sûr, méthodique, expérimenté, aux indéniables qualités d'étrangleur : les énormes mains de Jacob Grossman avaient débarrassé l'humanité d'un bon nombre de salopards dans l'Europe d'après-guerre, elles transmirent à Zéèv leur science de la mort au cours des différentes missions d'élimination qu'ils effectuèrent pendant six ans au Moyen-Orient.

– Tous les autres, je les ai éliminés *professionnellement*, si on peut dire. Mais lui, il a eu le temps de nous cracher au visage, de dire des choses abjectes. Alors…

Pasdeloup saisit l'avant-bras de Zéèv sans oser le regarder. Au dernier coup d'œil lancé à la dérobée, il avait constaté les épaules voûtées et le visage ravagé d'un très vieil homme.

– Tu t'es arrêté quand Ziva est née, n'est-ce pas ?

Zéèv se redressa de toute sa taille. Il sourit fièrement et son visage retrouva la sérénité.

– Le goût du sang est amer, il devient un jour imbuvable. On m'a donné la nationalité israélienne, je me suis converti et je ne me suis plus soucié que de mon épouse et de ma petite fille.

Il ajouta en riant franchement :

– Et de toi aussi, de temps en temps !

*

Pasdeloup se réveilla tard, en ce sixième jour de deuil, le moral à zéro. Ziva ne lui adressa pas la parole de la matinée tandis que Rachel faisait son possible pour alléger l'atmosphère. Arié leur apporta le déjeuner puis, considérant les mines sinistres et se sentant un peu intrus, s'esquiva sur la pointe des pieds. En fin d'après-midi, il réapparut, le visage défait, ses deux enfants, Jonathan et Adi, serrés contre lui. Il annonça la nouvelle d'une voix tremblante. Les tours jumelles de New York venaient de disparaître en fumée après avoir été percutées par deux avions de ligne détournés par des terroristes. Un troisième avion s'était crashé contre une façade du Pentagone. Il y avait des milliers de morts.

Arié ajouta, livide :

– La Troisième Guerre mondiale vient de commencer.

Il se tourna vers Ziva.

– L'unité a téléphoné, ils ont déclenché l'état d'alerte. Tous les personnels sont rappelés à la base.

Le visage de Ziva se ferma, les yeux durs, déterminés. La mère et la fille restèrent longtemps enlacées. Rachel caressa les joues de son enfant.

– Que Dieu te protège !

À son tour, Pasdeloup serra Ziva dans ses bras.

– Prends soin de toi, colonel !

La petite famille disparut laissant les deux endeuillés désemparés, vite débordés par une foule de visiteurs qui rivalisaient de détails sur les terribles événements. À 21 heures, Rachel referma sa porte sur le dernier porteur de mauvaises nouvelles et se retrouva face à Pasdeloup, les bras ballants, éreintée. Elle se mit brusquement à rire nerveusement. Pasdeloup fronça les sourcils, inquiet.

– Ça va, Rouhélé ?

Elle lui répondit en hoquetant.

– Et toi, tu n'as pas une petite faim, par hasard ?

Il comprit soudain qu'Arié, dans la panique, avait oublié de leur apporter leur dîner. Il fit une grimace fataliste.

– Je prendrais bien un petit verre d'eau ! Je t'en sers un ?

Ils parlèrent jusque tard dans la nuit. Avec un regard brûlant, Rachel raconta à Pasdeloup la folle audace de sa jeunesse, son engagement à dix-neuf ans, dans une structure occulte de l'Agence juive, échappant aux Britanniques, pour organiser l'immigration clandestine des Juifs vers la Terre sainte.

– À partir de 1947, j'ai continué de travailler pour eux, mais cette fois-ci dans le cadre de la politique d'armement de Ben Gourion. Figure-toi qu'on m'a envoyée en Tchécoslovaquie négocier des avions Messerschmitt ME-109 pour le compte de la Haganah ! Tu vois l'ironie du sort : des avions fabriqués par les nazis qui ont constitué les premières forces aériennes juives ! Ensuite, après la guerre d'Indépendance, l'Agence juive est devenue un organisme officiel du gouvernement israélien et je me suis retrouvée en charge de l'immigration au sein de la Diaspora, et de l'accueil des nouveaux arrivés. C'est comme ça que j'ai rencontré Zéèv, fraîchement débarqué d'Allemagne. Maigre, beau comme un dieu. Ce qui m'a frappé chez lui, c'est son désespoir. Il m'a fait immédiatement penser aux nôtres réchappés des camps. Je suis tombée follement amoureuse. Nous avons vécu ensemble sept ans avant qu'il ne se convertisse et que nous nous mariions.

Pasdeloup jeta dans un souffle :

– Le temps des missions à l'étranger…

Rachel se redressa à cette évocation, grande dame.

– D'abord humanitaires… et puis les autres. C'est moi qui lui ai présenté Moshe Berzoah. Je suis fière de mon époux et de ce qu'il a fait pour Israël.

Pasdeloup avança sa main à trois doigts vers la vieille femme. Elle la saisit et la pressa contre son cœur en levant les yeux au ciel.

– La lutte continue, mon fils. Prions pour tous ces pauvres gens morts dans les tours de New York et pour tous ceux qui agonisent encore sous les décombres.

Le lendemain matin, septième jour, Pasdeloup se leva d'un bond, arracha ses vêtements et se précipita dans la salle de bains. Il resta sous la douche un bon quart d'heure, se rasa et s'habilla de frais. Il retrouva Rachel dans la cuisine qui leur avait préparé du café et des œufs au plat. Tandis qu'il dévorait goulûment, elle lui montra une vieille photo datée au dos de 1945 : Zéèv et Albert souriants, en compagnie de deux jolies Bavaroises en costume traditionnel. Rachel caressa tendrement du pouce les visages des deux hommes.

– Embrasse Albert de ma part. Dis-lui merci pour tout. Pour l'amitié, pour la fidélité. Et aussi que je lui souhaite de recouvrer la santé et de vivre jusqu'à cent vingt ans !

Elle ouvrit un placard et en retira un bâton de marche avec un pommeau d'argent ouvragé.

– Quand Zéèv, qui s'appelait alors Wolfgang, a quitté l'Allemagne pour toujours, Albert l'a accompagné à Marseille où il devait prendre le bateau à destination d'Israël. Avant de se séparer, il lui a donné mille dollars, ce qui était à l'époque une très grosse somme, et un cadeau : ce bâton avec une tête de loup, gueule ouverte.

Rachel tendit le bâton à Pasdeloup d'un geste ferme.

– Tu portes son nom, il est à toi, maintenant.

Pasdeloup se leva et reçut le présent à deux mains avec l'émotion d'un chevalier qu'on adoube. Décidément, Zéèv lui aurait donné les choses parmi les plus importantes de sa vie. Il y a trente ans, la première édition du roman de Primo Levi *Si c'est un homme*, aujourd'hui le loup qui veillerait sur sa marche jusqu'à la fin du chemin. Pasdeloup se blottit dans les bras de Rachel. Le deuil du père juif était consommé.

8

La revenante

François bondit hors de Bouquinville pour intercepter Pasdeloup qui remonte la rue Brûlée à petites foulées monotones. Il lui agite trois livres sous le nez. En trottinant sur place, Pasdeloup jette un œil sur les couvertures disposées en éventail devant lui : *Les Aventures de Loufock-Holmès*, *Les Exploits galants du baron de Crac* et *Je ferai cocu le percepteur, « roman fiscal et passionnel »*, toutes signé Pierre Henri Cami. François abat les livres dans la main de Pasdeloup comme des atouts maîtres.

– Un burlesque illustre et inconnu qui va te plaire, j'en suis sûr ! Chaplin a dit de lui qu'il était le plus grand humoriste du monde !

Après avoir opiné en silence, Pasdeloup se remet à courir.

François lui emboîte le pas en faisant mouliner ses petites jambes.

– Tu sais quel jour on est, aujourd'hui ?

Pasdeloup s'arrête de nouveau, la tête levée vers le soleil qui fait grise mine en ce matin de juin.

– Mardi.

– Ben oui, mais quand Antoine était là, on disait « le jour du lapin », je trouvais ça plus sympa.

Pasdeloup coupe court, d'un ton amer.

– C'était génial ! Chaque semaine, on fêtait l'anniversaire de la mort de ta femme !

Il tourne les talons en ignorant la voix têtue de François.
– Je l'aimais bien, ce gamin.

Antoine est parti cinq semaines auparavant pour passer son audition au parc. Pasdeloup l'a attendu sur le parking, derrière la barrière du PC de contrôle, jusqu'à ce que, deux heures après, le jeune homme sorte des bâtiments en compagnie d'un homme âgé qui claudiquait légèrement. Antoine semblait survolté, il avançait d'une démarche chaloupée en riant et en parlant sans cesse avec de grands gestes désordonnés. Pasdeloup a souri. Pour lui, le résultat ne faisait aucun doute. Quand Antoine s'est aperçu de sa présence, il a démarré comme une fusée, a sauté d'un bond la barrière d'entrée, et il est venu taper dans la main de Pasdeloup en se dandinant sans savoir comment exprimer sa reconnaissance.
– Yes !
Un grand costaud du service de sécurité les a rejoints pour interpeller sévèrement le jeune homme en désignant le badge suspendu à son cou.
– Vous allez repasser vite fait de l'autre côté de la barrière et ressortir comme tout le monde, en utilisant votre passe !
Antoine s'est exécuté en faisant le clown, mimant un obstacle infranchissable avant de sauter par-dessus à pieds joints avec une incroyable facilité. Après avoir suivi ses pitreries d'un regard acéré, le boiteux est allé directement à Pasdeloup. Il lui a tendu la main avec une amabilité de façade, occupé tout entier à jauger son interlocuteur.
– Pasdeloup Meunier, je suppose, je m'appelle Sureau. Je suis le coach de ce petit con. Il est encore meilleur qu'avant son accident. Il paraît que c'est grâce à vous.
Pasdeloup a acquiescé en considérant négligemment la jambe gauche de Sureau. Le coach a souri de façon sinistre.
– J'ai fait croire à des trucs héroïques pendant des années. Mais non, je suis né comme ça, tout simplement.

Pasdeloup a apprécié d'un claquement de langue admiratif.

– Antoine avait une veine pourrie dans le cerveau, vous, une jambe plus courte, vous êtes venus au monde pour vous entendre !

Sureau a désigné la main à trois doigts d'un coup de menton.

– On dirait bien que ce gamin attire les handicapés.

Antoine a déboulé avec quelques camarades, toujours aussi exubérant.

Un des jeunes a interpellé le coach.

– C'est vrai qu'on va avoir aussi des cours de théâtre ? C'est un truc de tarlouze, ça !

Le coach s'est renfrogné.

– Il n'y a que les mauvais cascadeurs qui meurent pour de vrai, trou-du-cul ! Les autres font semblant. Et ça, on l'apprend. Ça s'appelle « jouer la comédie », « être acteur » !... Adieu, monsieur Meunier, et encore bravo.

Il a tourné les talons et s'est éloigné tranquillement de son pas irrégulier.

Pasdeloup l'a rappelé, traversé par une idée soudaine.

– Dites-moi, Sureau, *Le Pédant joué* de Cyrano de Bergerac, ça vous dit quelque chose, par hasard ?

Le coach s'est arrêté net. Sans se retourner, il a levé la main en signe d'approbation, avant de continuer son chemin.

– Pasdeloup, tu viens boire un coup avec nous pour fêter l'audition ?

Celui-ci a considéré Antoine et sa bande d'un air offusqué.

– Vous rigolez ou quoi, me mélanger avec une bande de trous-du-cul d'incultes petits cons !

*

Pasdeloup retrouve Maria en train de briquer la cuisine. Elle a mauvaise mine. Des cernes, les cheveux en pétard, pas maquillée.

Quarante et un jours qu'Antoine a quitté la maison, il n'a plus donné signe de vie, elle est malheureuse comme les pierres.

Au moment de la séparation, elle est restée longtemps sur le pas de la porte, les yeux rivés vers la dernière image du Combi et de son conducteur faisant de grands gestes d'au revoir par la vitre ouverte, avant d'être avalé par la rue du Pont-Prolongé.

Pasdeloup ne l'a pas ménagée.

– Ne vous faites surtout pas d'illusions, Maria, il ne reviendra pas.

Elle l'a regardé avec de grands yeux blessés.

– Pour ce que vous en savez de l'amour, vous !

Il n'a pas insisté. Elle ne lui a plus adressé la parole que pour le strict nécessaire. Jusqu'à aujourd'hui, où elle s'est accroupie derrière le bar pour faire semblant de nettoyer le four. D'une voix blanche, elle passe sur son orgueil et fait simplement l'aveu de son déchirement.

– Vous avez des nouvelles ?

Après une seconde d'hésitation, Pasdeloup choisit de mentir.

– Non, pour l'instant rien.

Pasdeloup croit deviner un sanglot, vite ravalé.

– Ça me ferait juste plaisir de savoir qu'il va bien.

Maria se redresse. Elle a un sourire suppliant.

– Vous n'auriez pas son nouveau numéro ?

Pasdeloup détourne la tête, masquant mal son dégoût pour la pleureuse.

– Vous avez son adresse, non ?

Elle baisse la tête, honteuse.

– J'y suis passée en cachette. Il n'était pas seul.

Pasdeloup esquisse un sourire méchant. Elle serre les dents.

– Vous me méprisez, n'est-ce pas ?

Pasdeloup riposte du tac au tac, sur un ton mordant, dénué de toute compassion.

– Oui, Maria. C'est pourtant simple à comprendre. Le civet de lapin de maman, c'est fini ! Il s'est remis à bouffer des Big

Mac et les petits culs de son âge ! Si vous l'aimiez un peu, vous vous réjouiriez, au lieu de pleurnicher comme une connasse de bonniche sur un roman-photo !

Maria pousse un feulement de haine et, d'un bond, fait face à Pasdeloup, le dos voûté, la tête rentrée dans les épaules, la bouche tordue, menaçante, carnassière.

– Si tu recommences à me parler comme ça…

Pasdeloup serre les poings, méfiant.

– Je retire « connasse » et « bonniche », vous n'êtes ni l'une ni l'autre, Maria. Juste banale. La souffrance vous rend comme tout le monde : bête, méchante et laide. Si Antoine débarquait à l'improviste, il vous trouverait imbaisable !

Maria semble soudain prendre conscience de sa posture, boule hérissée, toutes griffes dehors. Elle se déplie, reprend apparence humaine. Soudain, elle plisse les yeux en raidissant la nuque, comme si quelque chose lui tombait sur la tête.

– Vous avez dit « banale » ?

Pasdeloup se met à rire.

– Si ce mot vous fait mal entre tous, réjouissez-vous, Maria, vous êtes bientôt guérie !

*

Deux jours avant, Antoine est passé, sur le coup de 19 heures, sans prévenir. En entrant, il a jeté un rapide coup d'œil circulaire, salué par un ricanement de Pasdeloup.

– Personne d'autre que moi. Rassuré, non ?

Après un petit rire gêné, Antoine s'était lancé.

– Je pends ma crémaillère mardi prochain et j'aimerais que vous veniez… Enfin, c'est comme vous voulez… Voilà… Je ne veux pas vous déranger plus…

D'un doigt dressé, Pasdeloup a stoppé sa reculade vers la porte.

– Donne-moi une bonne raison pour venir.

La voix d'Antoine s'est fêlée d'émotion.

– J'ai rencontré une meuf et je veux que vous la connaissiez. C'est la première fois que je ressens ça pour quelqu'un. Ça me fout la trouille, tellement c'est sérieux, et en même temps, j'adore ! Ma mère ne pourra pas être là, elle est aux Antilles pour le décès d'une cousine. Vous êtes ma seule famille ici...

Une étrange lueur s'est allumée dans les yeux de Pasdeloup avant qu'ils ne deviennent deux fentes inaccessibles.

– Tu la connais d'où, cette merveille ?

– À cause de Julot. Il ne mangeait plus et chiait un truc vert et gluant. J'ai eu peur de le perdre. J'ai foncé à l'École vétérinaire de Maisons-Alfort où je suis tombé sur une étudiante qui a examiné le furet et diagnostiqué le fameux virus vert. Elle lui a donné un traitement qui l'a sauvé. On a sympathisé... et quand j'ai appris qu'elle habitait Goussainville...

Pasdeloup conclut avec ironie.

– Le signe du destin !

Antoine n'a pas relevé, magnanime.

– Vous comprendrez mieux quand vous la verrez !

Pasdeloup a pris le temps de constater ce qui avait changé chez le jeune homme. Il était serein, sûr de lui. Profondément heureux, sans trace aucune de l'exaltation habituelle chez les amoureux.

– J'espère que ton lapin ne sera pas trop dégueulasse !

Le mardi suivant, un coup de klaxon interrompt la lecture de Pasdeloup alors que le baron de Crac, pris au piège dans la gueule d'un crocodile, l'empêche de refermer ses mâchoires à la seule force de son sexe dressé.

À peine Pasdeloup est-il installé dans la voiture que France note son air enjoué d'une voix rieuse, pleine de sous-entendus.

– Rasé de frais et gai comme un pinson !

Il se tourne vers elle avec un sourire angélique.

– Jamais je ne louerais ton taxi, France, pour m'envoyer en l'air avec une autre que toi. Question de principe ! L'allée des Jeux-d'Enfants, ça te dit quelque chose ?

France opine en faisant la grimace.

– C'est un coin où on joue souvent à de drôles de jeux…

Pasdeloup prend un air gourmand.

– L'adresse du boxon, c'est au numéro 3 ! Fouette cocher !

Quinze minutes après, le taxi s'arrête dans une ruelle obscure, devant un petit rideau de lierre coincé entre deux immeubles d'où dépassent des branches d'arbustes emmêlées dissimulant une maison dont on ne distingue que la pointe du toit. Une lampe de chantier suspendue à la grille d'entrée éclaire un morceau de papier scotché indiquant : « Antoine's home ! ». Pasdeloup s'apprête à descendre quand France pose la main sur son bras.

– Si c'est possible, j'aimerais passer te voir, demain.

Il la dévisage avec une surprise amusée.

– Les endroits mal famés te donnent des idées, France ?

Elle rougit et baisse la tête, gênée.

– Non, ce n'est pas ça… enfin, pourquoi pas… En tout cas, il faut que je te parle.

– Rien de grave ?

– Oh non ! C'est de ma vie qu'il s'agit.

– Alors, c'est très sérieux. Viens quand tu veux.

– À tout à l'heure, Pasdeloup. Si les filles te laissent repartir, bien sûr !

Pasdeloup pousse la grille rouillée qui ouvre sur une étroite parcelle de terre encombrée d'un fouillis végétal à l'abandon. Quelques marches fissurées, garnies de mauvaises herbes, conduisent à la porte d'entrée, au vernis écaillé, derrière laquelle on entend de la musique et un brouhaha festif. Un autre papier scotché : « La sonnette est en réparation, come in ! » Pasdeloup se retrouve directement dans une pièce bondée de jeunes gens, debout ou assis par terre, qui grignotent et boivent de la bière d'une main tandis que l'autre sert de support à leurs smartphones dont ils dévorent les images des yeux, agglutinés en petits groupes, joue contre joue, commentant les plus beaux moments par des cris et des interjections dans la langue des banlieues. Peu de cigarettes, quelques filles et beaucoup de muscles visibles sous les T-shirts moulants. Antoine sort de la cuisine avec un grand plat qu'il tient à bout de bras au-dessus de sa tête pour se faufiler jusqu'à la table qui sert de buffet. Il pousse un coup de sifflet strident.

– La bouffe est là !

Collé au mur, Pasdeloup laisse passer la ruée des jeunes affamés jusqu'à ce qu'Antoine l'aperçoive et se fraye un chemin pour venir lui serrer la main avec une expression à la fois ravie et stupéfaite.

– Waouh ! C'est trop cool de vous voir ! Je n'étais vraiment pas sûr que vous viendriez ! Même là, j'y crois pas ! Waouh, c'est génial ! Lucia a eu une urgence à l'École, elle ne va pas tarder.

Il repousse un coup de sifflet pour attirer l'attention de ses troupes.

– Je vous présente Pasdeloup Meunier ! Je vous ai parlé de lui ! Si je suis vivant, c'est grâce à lui, si je suis de nouveau au parc, c'est grâce à lui !

La joyeuse bande pousse des youyous en frappant de la fourchette contre les verres. Une jolie brune, costaude à l'air délurée, apporte une assiette de lapin à Pasdeloup.

– C'est drôle, je ne vous voyais pas du tout comme ça ! Vous êtes beaucoup plus vieux que dans mon idée !

Pasdeloup lève un sourcil malicieux.

– C'est aussi ce que je me dis chaque fois que je passe devant un miroir !

La fille s'esclaffe puis reluque Pasdeloup avec un air provocant tout en sirotant son verre de vin. Elle cesse brusquement son numéro, bouche bée.

– Putain, les yeux ! Antoine nous l'avait dit mais…

Elle rameute les copines présentes. Pasdeloup se laisse faire bon enfant tandis qu'elles se collent à lui pour prendre des selfies en rafale. Les garçons s'en mêlent, sarcastiques, un peu jaloux.

Antoine boit du petit-lait, fier du succès de son mentor.

– Je vous l'avais dit, les mecs, personne ne lui résiste !

Le copain d'Antoine, la Fouine, lance une remarque aigre.

– Et alors, vous choisissez laquelle pour la nuit ?

Pasdeloup s'ébroue gentiment pour se débarrasser des jeunes filles et vient passer son bras autour des épaules de la Fouine qui fait le dos rond, sentant venir le coup.

– C'était une blague !

Pasdeloup fait mine de lui parler à l'oreille mais à haute voix, avec un sourire à l'adresse d'Antoine.

– Tu me fais penser à un type qui habitait sur les berges du Río Grande. Chaque fois qu'il voulait traverser en barque, il tombait à la baille et manquait de se noyer en perdant toutes ses affaires. Il disait toujours la même chose à ceux qui venaient le repêcher : « Je nage peu, mais mal ! »

Un éclat de rire général vient saluer la chute, preuve s'il en fallait que l'aventure du pont de Port-Salut avait fait le tour des popotes. Pasdeloup enchaîne en enserrant affectueusement le cou de la Fouine.

– Pour répondre à ta question : les jeunes ne m'ont jamais inspiré. Je les préfère vieilles, riches et vicieuses !

Des lazzis montent de l'assemblée, crucifiant la Fouine. La brunette vient claquer deux bises sonores sur les joues de Pasdeloup.

– Tu permets que je te tutoie, t'es trop top !

Antoine se précipite soudain vers l'entrée et ouvre grand le battant pour laisser passer une jeune fille qu'il soulève de terre en la serrant dans ses bras. La brunette donne un coup de coude dans les côtes de Pasdeloup avec une moue dépitée.

– La princesse est arrivée. Avant elle, c'était moi la copine d'Antoine. Mais je peux pas lui en vouloir, cette meuf déchire grave sa race ! D'ailleurs, tu vas voir, tous les types sont raides d'elle !

Les garçons se pressent en effet autour de la nouvelle venue pour lui faire la bise et s'enquérir du pansement qu'elle porte à la main droite. Lucia est de taille moyenne, mince et bien charpentée, des jambes musclées, un beau visage au sourire lumineux surmonté de cheveux bruns aux reflets roux, lisses et fins, coupés court. Pasdeloup vacille et s'appuie à la brunette, le visage livide.

– Tu sais où est la salle de bains ?

Elle le regarde avec un froncement de sourcils alarmé.

– Ça ne va pas ? Viens, c'est par là.

Pasdeloup referme la porte à clé et va s'appuyer au lavabo, son cœur battant la chamade. Durant de longues minutes, il fait des exercices de respiration tout en faisant couler de l'eau froide sur ses poignets pour faire redescendre son rythme cardiaque. Il s'asperge le visage et la nuque, regarde son reflet dans la glace, celui d'un vieil homme au visage cadavérique dans lequel l'œil gris se dilue et l'œil noir n'est qu'un trou. Antoine frappe à la porte, de l'inquiétude dans la voix.

– Tout va bien ?

Pasdeloup souffle un grand coup et se racle la gorge.

– Je finis de me torcher et j'arrive !

Derrière la porte un petit rire soulagé. Pasdeloup se redresse. Il fait tourner la clé dans la serrure. Tout à l'heure, il n'a pas vu les yeux de Lucia. Ils sont peut-être bleus ou marron, et dans ce dernier cas, ce sera facile. Sinon, il faudra suivre le conseil de Douze : « s'adapter et improviser ». Il se jette dans la cohue des jeunes gens. Antoine lui fait signe d'approcher en le scrutant bizarrement. Pasdeloup se concentre sur lui et fonce droit devant, le masque impassible.

– Pasdeloup, je te présente Lucia. Lucia, voilà le fameux Pasdeloup.

Pasdeloup se tourne vers Lucia comme un automate et reçoit en pleine figure ses grands yeux verts pétillant d'intelligence. Il blêmit, coule à pic. Elle s'avance vers lui, pose les mains sur ses épaules et l'embrasse tendrement sur les deux joues.

– Je suis tellement heureuse de vous connaître. Antoine vous aime et ça me suffit.

Elle lui fait face de nouveau. Le break a suffi pour que Pasdeloup reprenne le contrôle. Sa voix grince, cynique.

– Ah oui, l'amour.

Lucia lui jette un coup d'œil intrigué avant de s'adresser gentiment à Antoine.

– Tu irais me chercher une assiette ? Je meurs de faim !

Elle attend qu'il s'éloigne pour se retourner vers Pasdeloup avec un visage grave, empreint d'une fermeté et d'une maturité étonnantes.

– Tout à l'heure, j'ai fait peur sans le vouloir à un chien sans problème et il m'a un peu mordue. Je vous fais peur, Pasdeloup Meunier ?

Il ouvre la bouche, cueilli à froid, puis se détend d'un coup et sourit.

– Vous me rappelez quelqu'un, d'une manière folle, ça me secoue.

Une émotion passe sur le visage de Lucia.

– Vous voulez m'en dire plus ?

La réponse est ferme mais sans aucune agressivité.

– Non.

Antoine réapparaît avec deux assiettes et deux verres de vin qu'il tient en équilibre comme un serveur professionnel. Lucia l'embrasse.

– On va faire connaissance, Pasdeloup et moi. On squatte la chambre !

Antoine acquiesce avec un clin d'œil.

Tous les deux s'asseyent sur le lit, du même côté, leur assiette posée sur les genoux. Pasdeloup regarde Lucia du coin de l'œil tandis qu'elle parle droit devant elle, d'une voix calme et douce.

– Vous préférez vous taire, vous avez vos raisons, mais moi, je vais me présenter pour que vous me connaissiez mieux. J'aimerais que nous devenions amis car je sais que vous êtes quelqu'un... d'incroyablement différent.

Elle prend une grande inspiration.

– Je suis née à Béjaïa, dans le nord de l'Algérie, il y a vingt-quatre ans, d'une mère bretonne et d'un père algérien. Béjaïa, ça veut dire « bougie » en kabyle. C'est pour ça que ma mère a voulu m'appeler Lucia. Mon père était venu à Brest dans les années 80 faire un doctorat de sciences de la mer à l'université de Bretagne-Occidentale. Ma mère faisait une licence de breton, ils se sont plu et voilà ! Quand mon père a eu son doctorat, ils ont choisi de s'installer dans sa ville natale, à Béjaïa, où il a trouvé une place de professeur dans la toute nouvelle université. Je suis née quatre ans après, au début de la guerre civile. Mon père s'inquiétait beaucoup, il parlait de repartir en France mais maman ne voulait rien savoir. Elle aimait son nouveau pays. L'inquiétude de papa est montée d'un cran quand son ami, Tahar Djaout, a été assassiné en 1993. À cette époque-là, le GIA menaçait les employés de l'État, les professeurs et les fonctionnaires. Les intellectuels et les journalistes étaient particulièrement visés. Comme Tahar. « Les journalistes qui combattent l'islamisme par la plume périront par la lame. » Ensuite, les étrangers ont été sommés de quitter le pays sous peine d'être responsables de leur mort. Après quelques massacres, presque tous sont partis, sauf maman qui était têtue comme une Bretonne et qui croyait dur comme fer qu'ils n'oseraient jamais s'attaquer à l'épouse d'un Algérien. Sauf qu'ils ont commencé à s'en prendre à la population civile, d'année en année, de plus en plus, jusqu'à atteindre l'apothéose de l'horreur. Maman a été enlevée en 1997 devant le consulat de France à Alger. On l'a retrouvée dans un terrain vague, décapitée, le ventre ouvert avec sa tête dedans.

Lucia s'interrompt un moment. Sa voix n'a pas tremblé mais elle a besoin de reprendre des forces.

Pasdeloup se souvient parfaitement de cette année 1997 en Algérie. Des milliers de gens massacrés à coups de hache, de couteau et d'explosifs, des nourrissons brûlés, cuits dans des fours, écartelés et coupés en deux, ou encore éclatés sur les murs, des femmes enceintes éventrées, leurs fœtus extraits et mutilés, des têtes cousues sur des corps qui n'étaient pas les leurs. Et aussi des cadavres piégés à l'intention des services de sécurité. Cette année 1997, deux ans après avoir pris sa retraite, le major Pasdeloup « Husky » Meunier, Maître Nedex, avait rempilé quelques semaines à l'Échelon central Nedex de Villacoublay à la demande expresse de l'état-major. Au fil des années, les grosses huiles avaient fini par admettre ses débordements comme l'expression d'une sorte d'originalité, fréquente, paraît-il, chez les génies. Pour ne pas employer le terme de maladie mentale. Husky allait, cette fois, pouvoir laisser libre cours à sa folie pour former un groupe de démineurs algériens : il s'agissait d'étudier les mille et une façons de piéger un cadavre pour en déduire les procédures de neutralisation. Ils s'étaient exercés d'abord sur des mannequins démontables en caoutchouc arrosés copieusement de sang de bœuf et enfin sur de vrais cadavres dont l'origine était top secret. Husky avait bluffé les stagiaires en parvenant à faire passer un fil à l'intérieur d'un tronc humain, reliant une charge d'explosif, dissimulée dans l'anus, à la partie haute de l'humérus. Le fil ressortait légèrement sous l'aisselle et une petite incision dans le bras suffisait pour assurer la fixation sur l'os. Le piège était parfaitement invisible. L'explosion intervenait dès que le bras s'éloignait du corps, c'est-à-dire à la moindre manipulation. La plupart des stagiaires algériens vécurent très mal cette formation. Leur sommeil fut hanté de zombies sanguinaires. Et Pasdeloup, lui-même, rêva une nuit qu'il piégeait son propre corps avant de se suicider pour tuer, mort, encore mieux que vivant.

– J'avais cinq ans mais je me souviens encore du hurlement de mon père quand il a répondu au téléphone.

Lucia avale une grosse boule coincée dans sa gorge.

– Un cri de douleur qui m'a rendue folle de peur. Il est tombé par terre et n'a plus bougé. Je me suis fait pipi dessus en tremblant jusqu'à ce qu'il se relève et qu'il oublie de me prendre dans ses bras. Nous avons quitté l'Algérie immédiatement et nous nous sommes installés chez mes grands-parents maternels à Quimper. Mon père est resté prostré des mois. Il a peu à peu remonté la pente en aidant papi dans son travail. C'est comme ça qu'il est devenu jardinier et qu'il l'est resté jusqu'à aujourd'hui. Mes grands-parents m'ont élevée comme leur fille parce que papa n'était plus capable. Ils m'ont donné tout l'amour qu'il faut à un enfant. À seize ans, j'ai décidé de devenir vétérinaire. Je trouvais que le monde avait besoin d'être soigné.

Pasdeloup émet un petit grognement.

– Pourquoi pas médecin ?

Lucia fait une moue désolée.

– Les animaux me font moins peur.

Pasdeloup se concentre sur le civet de lapin pour ne rien laisser transparaître de son émotion.

Elle se tourne vers lui avec un grand sourire victorieux.

– Je suis une étudiante brillante.

– Comment avez-vous atterri à Goussainville ?

– Quand je suis arrivée à Paris, je n'avais pas de logement et pas d'argent. Une de mes tantes paternelles a proposé de m'héberger. Elle habite près d'ici, cité Ampère. Au début, ç'a été un choc ! Mais petit à petit, je me suis habituée au quartier. Maintenant on me connaît, on est gentil, on me respecte.

Pasdeloup l'arrête d'un claquement de langue.

– Vous me racontez des salades ! Une petite Algérienne mignonne, libre et intelligente, pour être tranquille ici, aujourd'hui, il faut qu'elle soit maquée à un chef de gang !

Lucia lui fait face, l'air offusqué.

– Vous ne me croyez pas ?

– Non.

Elle éclate de rire.

– Un soir, j'ai assisté à une agression. Un groupe de cinq ou six s'en est pris à un seul type. Il s'est défendu comme il a pu, puis a couru jusqu'à sa voiture pour libérer un gros pitbull qui a mis la bande en fuite. Mais l'animal avait pris un coup de couteau. C'est là que je me suis approchée. Le garçon m'a regardée sans comprendre. Il saignait du nez et d'une arcade, très sonné. Il m'a laissée examiner l'animal. La lame avait glissé sur les côtes mais avait fait une entaille longue et profonde. Je lui ai dit que j'avais chez moi tout ce qu'il fallait pour le soigner. Nous sommes montés dans sa voiture. Une heure après, je recousais le chien sur la table de sa cuisine. J'en ai profité pour faire trois points à l'arcade de son maître. Quand ç'a été fini, il m'a dit : « Je m'appelle Rachid, ma parole, si mon chien s'en sort, tu pourras me demander ce que tu veux ! » J'étais tombée sur un gros bonnet du trafic dans la cité ! Une semaine après, le chien était sorti d'affaire et moi aussi !

Pasdeloup la regarde, ébloui. Elle est belle, intelligente et sensible, elle a du culot. Lucia baisse les yeux, modestement. Consciente de l'effet qu'elle produit.

Elle remarque soudain son assiette encore pleine.

– Il faut que je mange, je dois partir vite. J'ai une consultation hyper compliquée demain matin très tôt. Un cheval de concours et un proprio imbuvable ! J'étais passée juste pour vous rencontrer.

– Vous ne dormez pas ici ?

– Ils vont faire du boucan jusqu'à pas d'heure ! Je dois être en forme demain !

– Moi aussi, j'étais venu pour vous voir. Je pars avec vous.

Sur le pas de la porte, Antoine embrasse Lucia et serre la main à Pasdeloup, la mine réjouie, sans faire aucun commentaire. Après avoir marché une vingtaine de mètres, Pasdeloup se retourne. Le jeune homme est sorti dans la rue et les regarde appuyé à la grille. Pasdeloup pousse un petit gloussement amusé et lève le bras, pouce en l'air. Antoine fait une joyeuse caricature d'un salut militaire avant de disparaître. Les deux reprennent leur marche dans la nuit.

– Comment une intellectuelle à moitié kabyle tombe-t-elle amoureuse d'un cascadeur à moitié noir ?

Lucia a un petit rire espiègle.

– Quand je l'ai vu à l'École avec son furet, j'ai eu un drôle de pincement au cœur. Ce grand type baraqué paraissait tellement inquiet, tellement désemparé avec sa petite bête serrée contre sa poitrine. Il était émouvant. Quand je lui ai annoncé qu'on devait garder Julot pour le traiter et le prix qu'il fallait payer, il a pâli. Surtout qu'il nous fallait aussi examiner la furette car il y avait de grandes chances pour qu'elle soit également contaminée. La déshydratation et l'anorexie sont les conséquences directes de l'entérite catarrhale épizootique. Il faut réhydrater à coups de perfusions et…

Pasdeloup lève les deux mains, suppliant.

– Pitié ! Épargnez-moi le cours !

Lucia s'arrête net, confuse.

– Oui, pardon ! Bon, Antoine a décidé de nous laisser Julot et promis de nous amener Marinette. Il a caressé son furet et a dit : « T'inquiète, pépère, je vais me débrouiller pour trouver les sous et on va bien te soigner. » Il est revenu le lendemain et tous les jours pendant une semaine. Après, il m'a invitée à dîner ici.

C'était il y a un mois et demi. Je n'avais jamais rencontré un garçon aussi tendre, aussi attentionné… aussi protecteur. Voilà.

Ils traversent en silence un espace vert sinistre avant de tomber sur un gamin de douze ou treize ans, dissimulé dans l'ombre, à l'angle d'une barre d'immeubles. Il interpelle Lucia d'une voix aigrelette d'avant la mue.

– Passe de l'autre côté, petite sœur ! Y a eu une descente de keufs, les camés n'ont pas eu leur dope, ils sont trop véners !

Lucia remercie de la main et change aussitôt de direction pour longer l'autre façade qui donne sur le parking. Elle regarde Pasdeloup du coin de l'œil.

– Ça craint un peu, non ?

Pasdeloup a un petit rire tranquille.

– J'ai un garde du corps !

Ils marchent en papotant une centaine de mètres quand une portière claque dans l'obscurité. Quelqu'un leur emboîte le pas.

– Ma parole, mais c'est l'amour de ma vie ! Ne me dis pas que t'as largué ton keubla pour faire la bitch avec les vioques !

Pasdeloup esquisse un geste pour se retourner. Lucia lui prend le bras et l'oblige à accélérer le pas. Le garçon les double d'un bond et vient se planter devant eux, sous un lampadaire. C'est Abdel, le dealer. Il renifle, les yeux injectés de sang. Lucia lâche Pasdeloup pour l'affronter, dressée sur ses ergots. Elle lui dit trois mots en arabe d'une voix ferme. Abdel recule avec un rire vulgaire.

– T'es trop bouillave, ma kiffette ! On est du même bled, on est faits pour s'entendre ! Tu verras, un jour je te mettrai dans mon panier et tu en redemanderas.

Il jette un regard méprisant en direction de Pasdeloup, s'immobilise une seconde, n'en croyant pas ses yeux, puis se redresse lentement de toute sa taille avec un sourire mauvais.

– Putain de ta race ! Ça va être ta fête, ce soir, enculman !

Pasdeloup met ostensiblement la main dans la poche de son blouson.

– Qu'est-ce qu'on parie, Abdel ?

Abdel se met à rire méchamment.

– Nuri m'a mis la honte devant tout le monde ! L'autre jour, t'avais pas de gun, bâtard ! Et ce soir, non plus !

L'œil blanc étincelle dans l'obscurité, la voix de Pasdeloup recommence, rauque, menaçante.

– Je chie dans le lait de ta mère, pauvre junkie !

Lucia se met entre les deux hommes, affolée.

– Arrêtez ! Vous êtes fous tous les deux ! Stop !

D'un geste vif, Abdel lui passe son avant-bras autour du cou et la serre contre lui comme un bouclier humain. Il sort de dessous sa parka un pistolet à impulsion électrique et tire immédiatement. Pasdeloup reçoit les deux dards dans le bas-ventre et encaisse pendant cinq secondes une onde de deux milliampères pour cinquante mille volts. Il s'effondre, système nerveux bloqué, paralysé.

Abdel envoie valdinguer Lucia qui se met à tousser à moitié étranglée. Ensuite, il prend son élan et donne un violent coup de pied dans la poitrine de Pasdeloup. Il se baisse pour le frapper à coups de poing quand Lucia se jette sur l'homme au sol avec un rugissement, faisant barrage de son corps. Elle hurle quelque chose en arabe, qu'elle répète plusieurs fois. Le poing levé, Abdel hésite, se redresse et leur crache dessus. Il pointe son doigt vers Pasdeloup, en respirant lourdement.

– T'as vu, enculé de ta race, j'ai retenu la leçon !

Il s'éloigne en reculant avec de grands gestes désordonnés, son pistolet à bout de bras, les fils électriques emmêlés à ses pieds.

– La prochaine fois, Pasdeloup de mon zob, y aura pas de meuf, ce sera entre nous ! Et là…

Il braque le pistolet sur sa tempe et hurle.

– Gueban ! Gueban ! Gueu ! Gueu ! Gueu !

Enfin, il disparaît dans la nuit.

Lucia se met à pleurer en caressant le visage de Pasdeloup.

– Ça va ? Dites-moi que ça va !

Il ouvre son œil noir et articule d'une voix pâteuse :

– T'as des Kleenex ?

Lucia s'assied par terre, défaite, et fouille machinalement dans son sac.

– Oui, oui…

Pasdeloup bascule sur le côté, se met à genoux et se relève difficilement en se tenant les côtes. Il saisit la pochette de Kleenex avec un sourire gêné.

– Excuse-moi un instant.

Il se dirige en titubant vers des voitures en stationnement et s'accroupit derrière l'une d'entre elles en s'agrippant au pare-chocs. Lucia s'éloigne un peu en tournant le dos. Après un moment, il la rejoint d'un pas plus ferme et ironise pour alléger la situation.

– Désolé, mais une décharge électrique dans l'abdomen, ça fait le même effet qu'une cuite à l'huile de ricin.

Ils reprennent leur marche. Lucia avance, tête baissée, coupable. Pasdeloup rompt le silence d'une voix froide, atone.

– Tu n'y es pour rien, petite. Abdel et moi, c'est une vieille histoire d'amour. Chacun son tour, on a l'habitude de se faire justice sans que la loi s'en mêle.

Lucia secoue la tête, furieuse.

– C'est pas vrai, Antoine m'avait prévenu mais tout de même ! Vous devriez avoir honte à votre âge !

Pasdeloup lève un doigt de bon élève avec un air candide.

– Vous oubliez un peu vite que, là, c'est moi la victime !

En refoulant un sanglot, Lucia s'arrête devant un hall d'entrée, les bras ballants.

– Vous avez mal ?

– Pas trop.

– Je ne vous ai même pas demandé où vous avez garé votre voiture.

– Un taxi va venir me prendre. Rentrez, je vais l'attendre ici.

Elle fronce les sourcils, butée.

– Pas question ! J'attends avec vous !

Pasdeloup fait une grimace amusée puis appelle France. Il lui donne l'adresse que lui souffle la jeune fille et ajoute, sérieux comme un pape :

– Magnez-vous, France, je suis crevé, vous aviez raison, toutes les filles me sont passées sur le corps !

Lucia se met à hoqueter, secouée par un fou rire nerveux mêlé de larmes. Pasdeloup l'observe un long moment, fasciné, jusqu'à ce qu'elle se calme et plonge sans crainte dans les yeux vairons.

– Comment s'appelait-elle ?

Pasdeloup s'appuie d'une épaule et de la tête au mur de béton. Sa voix n'est qu'un souffle.

– Jeanne.

Lucia vient s'adosser, tout près de lui.

– Elle est…

– … Morte, il y a plus de quarante ans.

– Je lui ressemble tant que ça ?

Pasdeloup opine avec gravité avant de lancer à brûle-pourpoint :

– Qu'est-ce que tu as dit à Abdel, tout à l'heure, en arabe, pour qu'il arrête sa baston ?

Elle hésite, baisse la tête, honteuse.

– N'importe quoi, je ne me souviens pas.

– Fais un effort. Tu l'as dit au moins trois fois.

Elle murmure :

– Si tu le frappes, tu es mort !

Pasdeloup secoue la tête, l'air satisfait.

– Tu es une jeune fille très marrante ! Si tu veux qu'on soit amis, tope-là !

Quand le taxi de France s'arrête, dix minutes après, Lucia serre fougueusement Pasdeloup dans ses bras. Il pousse un grognement.

– Doucement, petite, le corps médical me déconseille les étreintes pendant un bout de temps !

Il se laisse tomber sur le siège avant en grimaçant tandis que Lucia referme la portière avec un sourire tendre. France démarre, abasourdie.

– Toi alors ! Tout à l'heure, j'ai cru que c'était une blague !

Pasdeloup se cale dans le siège avec un grand soupir.

– Tu n'as pas idée, France, de ce qu'elles m'ont fait ! Elles se sont jetées sur moi comme des furies ! Tellement qu'elles m'ont pété une côte ! J'ai tenté de résister, mais peine perdue ! Et l'une après l'autre, elles ont abusé de moi ! Tu te rends compte, France, de ce que le monde est devenu !

Après une seconde de doute, France éclate de rire.

– Tu m'as bien eue !

Pasdeloup ferme les yeux. Sa voix se brise, empreinte d'une tristesse absolue.

– Je suis fatigué, France. Il me tarde de rejoindre le Vieux Pays et d'entendre le bruit des avions. Toutes les nuits, les vibrations causées par leurs réacteurs me font l'effet d'une caresse. Elles m'aident à m'endormir.

France jette un coup d'œil vers Pasdeloup, stupéfaite. La première fois en vingt ans qu'il se laisse aller à une confidence. Il est pâle, impassible, les yeux de nouveau ouverts, scrutant le ciel. France se mord les lèvres avec une grosse boule dans la gorge et serre fort le volant en se concentrant sur sa conduite.

9

Le cercle rouge

Assise sagement, mains posées bien à plat sur ses genoux serrés, France parle d'une voix posée pendant quelques minutes. Face à elle, derrière le bureau encombré de livres, Pasdeloup l'écoute attentivement.

C'est très simple. Elle s'en va. Tout à l'heure, 13 juin. Son fils, Pascal, a été engagé dans une fabrique de verres de lunettes qui va assurer sa formation. Ils vont donc s'installer à Biarritz où elle a déjà trouvé un appartement et un boulot de réceptionniste à mi-temps dans un hôtel. Elle aura plus de temps pour s'occuper de lui. C'est joli, Biarritz, le climat y est doux, Pascal y sera très heureux.

Pasdeloup l'interrompt d'une voix douce mais sans chaleur.

– Et pour toi, France, quel bonheur ?

Elle a un bon sourire.

– Quand Pascal est heureux.

Elle enchaîne aussitôt en sortant une carte de visite de sa poche.

– Je t'ai trouvé un taxi pour me remplacer. C'est un garçon sérieux. Et je l'ai briefé sur tes manières.

Elle se lève, le visage grave, déterminé, contourne tranquillement le bureau, et s'assied à cheval sur les genoux de Pasdeloup. Il pousse un soupir excédé.

– Désolé, France, mais j'ai deux côtes cassées et, à mon âge, ça suffit largement pour débander !

– Je ne te demande pas de faire des sauts périlleux. Ne bouge pas et laisse-toi faire, ça ira !

Quand la sonnette retentit, elle se remet debout et rabat sa robe avec un petit rire gêné. Pasdeloup descend d'un étage en se refagotant et ouvre une fenêtre de la façade sur rue pour jeter un coup d'œil. Devant la porte d'entrée, une femme lève la tête et lui fait un grand signe joyeux. Pasdeloup reste bouche bée une seconde avant de bondir dans l'escalier. Il dévale les marches, ouvre en grand et prend Ziva dans ses bras. Ils restent enlacés pendant de longues secondes, se détachent, se regardent au fond des yeux en riant de plaisir. Il y a longtemps qu'ils ne se sont vus. Ziva est plus belle que jamais. Pasdeloup lui caresse tendrement la joue quand, soudain, France apparaît dans l'escalier. Elle s'arrête au milieu de la pièce, les bras ballants, embarrassée. Les deux femmes se sourient. Pasdeloup les présente. Ziva tente le contact en anglais, France fait non de la tête avec une moue désolée. Un petit adieu de la main vers Pasdeloup, elle passe la porte et s'en va pour toujours. Immobile, il attend sur le seuil que la voiture démarre pour rentrer la valise de Ziva. Elle l'interpelle en hébreu d'une voix narquoise.

– Tu es sûr que je ne te dérange…

Elle s'interrompt brusquement, ouvre grand la bouche comme s'il lui venait à l'esprit une énormité et fonce sur Pasdeloup les poings levés.

– Salaud ! Tu m'avais oubliée ! Tu avais oublié que j'arrivais aujourd'hui !

Pasdeloup recule. Dos au mur, il se rend avec une grimace confuse.

Elle lui saisit le visage d'une main, mi-blagueuse, mi-sérieuse.

– Tu vas me le payer !

Une heure après, ils sont dans le 4 × 4 en direction de Paris. Ziva a fixé le prix de l'outrage : l'apéritif dans le quartier juif du Marais et une invitation à dîner dans un très bon restaurant parisien. Pris de cours, Pasdeloup a choisi son quartier de prédilection, Montparnasse, et réservé au restaurant de la mythique Closerie des Lilas. Ziva s'est habillée pour la circonstance : robe noire moulante et talons hauts qui mettent en valeur son corps de sportive et ses longues jambes nerveuses. Ils flânent d'abord dans le Marais avant d'atteindre le cœur du quartier juif, le Peltzl, la « petite place » en yiddish. À la fois excitée et émue, Ziva fait le guide.

– La première et dernière fois que je suis venue ici, c'était avec papa, c'était mon cadeau après le bac ! Mais je m'en souviens comme si c'était hier !

Ils empruntent la rue Pavée et s'arrêtent au n° 10 devant la synagogue Agudath Hakehilot construite en 1914 par Hector Guimard, le célèbre architecte des entrées du métro parisien. Ziva commente avec légèreté.

– C'était la moindre des choses, il avait épousé quelque temps avant une Juive américaine richissime !

Pasdeloup pousse un grognement.

– Cette synagogue a été dynamitée par des collabos en 1941 pendant la veillée de Yom Kipour.

Ils tournent dans la rue des Rosiers et parviennent au n° 7 devant l'ex-restaurant Jo Goldenberg devenu un magasin de vêtements. Ziva fait une moue de contrariété.

– Le quartier a beaucoup changé, il n'y a plus que des fringues !

Elle s'approche de la plaque commémorative.

– Nous avions déjeuné ici, ça aurait pu être nous, ce jour-là…

Pasdeloup se souvient parfaitement de ce 9 août 1982. Il était en opération au Zaïre quand la nouvelle lui était parvenue. Trois hommes avaient fait irruption dans un restaurant juif en plein Paris. Ils avaient lancé deux grenades et mitraillé les consommateurs avant de se sauver en tirant dans la rue sur les passants. Bilan :

six morts et vingt-deux blessés. C'est à la suite de cet attentat que Pasdeloup avait décidé de se former au contre-terrorisme. Il avait rejoint le fameux Échelon central Nedex, sur la base aérienne 107 de Villacoublay, qui allait faire de lui le meilleur spécialiste de sa génération en engins explosifs improvisés.

Une veine apparaît sur la tempe de Pasdeloup, signe de colère froide.

– Il aura fallu trente-trois ans pour qu'enfin le juge Trévidic mette un nom sur les tueurs. Il y en a un qui coule des jours heureux en Norvège, un autre à Ramallah et un dernier qui a été arrêté en Jordanie puis libéré sous caution. On se demande ce que fout le Mossad !

Ziva frissonne.

– Je prie plutôt pour qu'ils soient un jour extradés et qu'il y ait un procès où ils seront dans le box des accusés.

Pasdeloup crache par terre de rage.

– Dieu ne veut jamais rien, Ziva, et ça ne date pas d'hier ! Ce 9 août 1982, quelques secondes après l'attentat, Marc Goldenberg, le fils de Jo, est sorti dans la rue avec un fusil. Il a vu un type armé et il l'a tué ! C'était un flic qui courait après les terroristes ! Qu'est-ce qu'il foutait, ce jour-là, le dieu des Juifs ?

Ils poursuivent leur déambulation, tête basse, croisent la rue Ferdinand-Duval.

Pasdeloup, toujours aussi remonté, la désigne d'un doigt accusateur.

– Avant, elle s'appelait « rue des Juifs » ! On l'a débaptisée après l'affaire Dreyfus !

Ziva le pince gentiment au ventre.

– Tu vois bien qu'il y a une justice !

Ils croisent la rue des Écouffes et quelques Hassidim de Loubavitch coiffés de leur borsalino de feutre noir quand Ziva s'arrête, stupéfaite, devant une devanture de traiteur casher.

– Regarde ! Du caviar casher ! Qu'est-ce que c'est que cette blague ?

Elle entre, fermement décidée à en avoir le cœur net, et interpelle le marchand, un petit bonhomme rondouillard aux jambes minces, à l'œil vif. Il lève les bras au ciel, dépassé par la volubilité de Ziva.

– *No english, sorry !*

Elle ne désarme pas.

– *Ivrit ?*

Il sourit largement et lance quelques mots de bienvenue dans un hébreu approximatif avant de se présenter humblement en reluquant la poitrine de Ziva.

– Je m'appelle Abraham, que puis-je faire pour toi ?

Avec force gestes et les mots les plus simples, elle explique son problème. La kashrout est claire pour les animaux marins. On ne peut manger que ceux qui possèdent des nageoires et des écailles qui s'enlèvent facilement. Les autres sont impurs, et par extension, leurs œufs aussi !

Ziva termine son réquisitoire avec un sourire victorieux.

– L'esturgeon n'a ni nageoires ni écailles ! Par quel miracle, mon cher Abraham, ses œufs se retrouvent-ils casher ?

Les jambes du petit homme s'activent aussitôt. Il bondit, saisit une boîte de caviar sur une étagère et la brandit sous le nez de Ziva.

– Qu'est-ce qu'il y a écrit, là ? Là !

Ziva fait mine d'avoir du mal à déchiffrer. Abraham s'emporte.

– C'est marqué : « Caviar Galilée », et là : « provient du kibboutz Dan ». C'est le professeur Levavi-Sivan de l'université hébraïque de Jérusalem qui élève sur place les esturgeons et produit le meilleur béluga du monde !

Ziva secoue la tête, pas convaincue.

– Ça ne veut pas dire pas qu'il soit casher !

Le petit homme trépigne d'indignation sur place.

– Le professeur a PROUVÉ que l'esturgeon avait des nageoires minuscules qui ne se voient pas à l'œil nu mais qui apparaissent au microscope !

Il lève un doigt sévère pour asséner la preuve ultime.

– Et Maïmonide lui-même, le grand rabbin, médecin et philosophe, a autorisé, au XIIe siècle, la consommation de l'esturgeon !

Ziva en reste médusée. Elle se tourne vers Pasdeloup pour chercher de l'aide. Il l'ignore ostensiblement et vient taper sur l'épaule d'Abraham.

– Je t'en achète deux boîtes !

Abraham sourit modestement et se rapproche de Ziva en courbant l'échine. Il la dévore des yeux, la lippe gourmande.

– Un petit arak peut-être ? C'est l'heure de l'apéritif !

Ziva joue le jeu, charmeuse.

– C'est justement pour ça que nous étions venus !

Abraham démarre ventre à terre et plus rapide que l'éclair exhibe sur un plateau plusieurs bouteilles aux étiquettes multicolores.

– Les tout nouveaux parfums ! Goût expresso, chewing-gum, citronnade figues ou dattes fraîches ! De quoi as-tu le plus envie, belle fille d'Israël ?

Ziva ne peut s'empêcher d'éclater de rire. Pasdeloup prend affectueusement Abraham par le bras.

– Et juste l'arak de base, tu sais, cette eau-de-vie de raisins avec des graines d'anis ?

Vingt minutes après, le couple ressort gaiement de la boutique et prend la rue des Hospitalières-Saint-Gervais pour rejoindre la voiture. En passant devant le n° 10, Ziva caresse du doigt l'ancienne bouche de fontaine en forme de tête de taureau qui orne la façade de l'école élémentaire.

– La première école primaire gratuite ouverte à Paris en 1844 avec l'aide du consistoire juif.

Pasdeloup se moque en imitant l'accent d'Abraham.

– Tu es sûre, ravissante Israélienne ? Ce ne serait pas plutôt Maïmonide, au XIIe siècle, qui…

Ziva pousse un petit cri comique, saisit l'une de ses chaussures à talon et fait mine de la jeter sur Pasdeloup.

– Tu as de la chance que je ne veuille pas rater le dîner !

Ils font une entrée remarquée à la Closerie des Lilas. Un sénateur habitué du petit écran, deux stars féminines du journalisme et un présentateur de télé renommé, entre autres, suivent Ziva du regard quand elle traverse la salle, précédée d'un maître d'hôtel aux petits soins. Pasdeloup note leur intérêt avec un sourire blasé. La petite fille de dix ans que, tout jeune homme, il avait rencontrée à Nir'am, possédait déjà ce mélange de grâce et de sauvagerie qui fascinait tous ceux qui l'approchaient. Aujourd'hui cinquantenaire, le charme opère encore et peut-être davantage. Elle évolue en robe sexy et talons hauts avec la même décontraction et la même fierté qu'en tenue de pilote d'hélicoptère déambulant sur le tarmac au retour d'une mission périlleuse. Ziva a la grande bouche de Rachel et la blondeur de Zéèv. Il ressort de toute sa personne, de ses gestes, de sa démarche, de son regard, une énergie hors du commun, une franchise implacable et une brillante intelligence. Ziva est d'une beauté rare, captivante. Elle remarque une émotion inhabituelle sur le visage de Pasdeloup.

– Que se passe-t-il ?

Il avoue en toute simplicité.

– Je t'admire.

Ziva saisit la main à trois doigts et s'abandonne en toute confiance à l'œil pâle et à l'œil noir qu'elle a sondés, il y a bien longtemps, petite fille curieuse, à la lueur d'une lampe électrique.

Ils boivent un excellent vin et sacrifient au mythe en commandant le filet de bœuf Hemingway au poivre noir, flambé au bourbon.

Ils évoquent leur dernière rencontre, six ans auparavant, quand on a enterré Arié, le mari de Ziva, victime d'un accident de la route.

– Deux mois après, j'ai pris ma retraite. Je voulais m'occuper à fond des enfants.

La voix de Pasdeloup se fait polie.

– Et ils vont bien ?

Elle se renfrogne, pas dupe.

– Je sais que tu t'en fous, mais Adi est informaticienne et mariée, Jonathan finit ses études de médecine, il veut faire comme son père.

Un nuage passe sur son visage, son regard se trouble. Pasdeloup se concentre sur son verre de vin pour la laisser seule un instant.

– Arié te manque ?

Elle lève son verre avec un sourire désespéré.

– Oh oui, infiniment ! Buvons à l'avenir, Lé Haïm !

– Lé Haïm !

Elle s'ébroue soudain comme un animal et retrouve son mordant en attaquant son steak à belles dents.

– As-tu remarqué que depuis une quinzaine d'années on ne s'est rencontrés que pour les enterrements ? C'est la première fois que nous nous voyons sans que la mort s'en mêle !

Pasdeloup la dévisage avec surprise.

– Tu trouves ? Tu m'as bien dit que tu venais spécialement pour faire un pèlerinage à Auschwitz, non ?

Les yeux bleus s'ouvrent grand, stupéfaits, s'emplissent de larmes. Pasdeloup lève son verre de nouveau.

– Lé Haïm !

Tout le reste du dîner, ils ne parlent plus que de vie et de vivants. De Rachel et d'Israël qui les ont faits frère et sœur, du gros monsieur qui n'a cessé de regarder Ziva et qui quitte le restaurant à regret, des crêpes Suzette qu'elle a choisies au dessert et qu'elle ne veut pas partager, de l'addition particulièrement salée qui la réjouit au plus haut point. Ils rejoignent la voiture main dans la main, comblés, et tout à leur quiétude, demeurent silencieux jusqu'au Vieux Pays.

Le lendemain matin, vers 8 heures, Ziva descend l'escalier comme une tornade et vient s'accouder au bar de la cuisine, devant Pasdeloup qui sirote tranquillement un café. Elle désigne du doigt le plafond tandis qu'un avion passe au-dessus d'eux dans un vacarme de réacteurs poussés à plein régime.

– C'est comme ça tout le temps ?

Pasdeloup lève un œil indifférent.

– Non, en ce moment, ils décollent. Dans trois mois, ils atterriront, ce sera moins bruyant.

Déconcertée, Ziva va se servir une tasse de café. Soudain, elle se met à rire.

– Tu peux m'expliquer où on est ici ?

Pasdeloup lui tend un croissant et un pot de confiture. Une lueur démente brille dans son regard.

– Bienvenue au Vieux Pays, Ziva. Mange et va t'habiller, ensuite nous ferons le tour du royaume !

Une demi-heure après, ils quittent la maison sous une pluie fine. Ziva s'est équipée de bonnes chaussures et d'un poncho militaire, Pasdeloup mène la marche avec un sourire figé, tête nue, couvert d'un simple coupe-vent. Sans un mot, le cimetière et ses vieilles tombes entrouvertes, le parc triste et désert, le château en ruine, jusqu'au grillage qui interdit la voie du TGV, et retour en passant par la crypte et l'église. Ziva suit en silence, vaguement inquiète, ses yeux glissant sans cesse des façades murées aux avions qui rugissent au-dessus de sa tête. Descente de la rue Brûlée jusqu'au chemin sans nom, en passant par le no man's land qui sert de décharge.

Soudain, un gros pick-up déboule d'un sentier improbable et freine pour ne pas les renverser. Ziva fait un bond de côté, glisse et se retrouve assise dans la boue. Elle jure, furieuse. Le conducteur, Nuri, saute du véhicule et se précipite, devancé par Pasdeloup qui s'agenouille à côté de Ziva pour s'enquérir de son état.

– Tout va bien ?

Elle le rassure brièvement en hébreu avec une grimace de dépit. Nuri blêmit et articule faiblement.

– Vous êtes blessée ?

Ziva regarde les deux hommes d'un air désespéré. Elle finit par éclater de rire en frappant le sol boueux du plat de la main pour les éclabousser.

Livide, Nuri la saisit sous les aisselles et la relève comme une plume.

– Je suis désolé, vraiment désolé !

Il se tourne vers la voiture et lance quelques mots en arabe à la femme voilée assise à la place du passager. Elle descend aussitôt avec un rouleau d'essuie-tout et le tend à Ziva qui la remercie en arabe. La femme lui jette un regard surpris.

– Tu sais notre langue ?

Ziva répond sans la regarder, concentrée sur son pantalon souillé.

– Je ne me débrouille pas mal.

Nuri fait un signe de tête à la femme qui se détourne immédiatement et regagne la voiture. Puis il sourit à Ziva, les yeux fiévreux, et poursuit en arabe.

– J'ai entendu M. Meunier te parler en hébreu. Tu es israélienne ?

Ziva ironise.

– C'est pour ça que tu as voulu me tuer ?

Nuri pâlit et bafouille.

– Mais non, bien sûr ! Je conduisais un peu vite, d'accord, mais il n'y a jamais personne dans ce coin !

Ziva s'approche de lui et le dévisage froidement.

– Qui est la femme avec toi ?

– C'est Fatiha, ma mère.

– Elle parle un dialecte marocain et toi l'arabe littéraire. Où as-tu appris ?

Il se détend d'un coup et sourit.

– À la mosquée. Je ne vais pas te laisser rentrer à pied dans cet état, et sous la pluie. Tu habites chez M. Meunier ?

Pasdeloup s'est détourné du couple pour s'intéresser au visage de Fatiha, au travers du pare-brise, qui scrute son fils, ou Ziva, avec une expression de haine. Nuri s'interpose dans son champ de vision, aimable et contrit.

– Je vais vous raccompagner, histoire de m'excuser.

Trois minutes après, il dépose le couple devant le 1, rue Brûlé. Il descend de voiture et serre chaleureusement la main de Ziva. Il lui glisse en arabe, à voix basse, avec des yeux brûlants :

– Il faudrait être fou pour faire du mal à une femme aussi belle que toi.

Il remonte dans sa voiture et démarre en lui adressant un dernier sourire.

Pasdeloup reste immobile à regarder le véhicule tourner dans la rue du Bassin et disparaître.

– Tu as remarqué la position de sa mère pendant le trajet ? Elle ne s'est pas appuyée contre le dossier. Tu étais derrière elle. Et chaque fois que je t'ai parlé en hébreu, elle s'est penchée un peu plus vers l'avant. Notre présence lui était insupportable.

Ziva pousse la porte en fronçant les sourcils, vexée de n'avoir rien remarqué.

– Lui en revanche, il a l'âge d'être mon fils mais je lui ai tapé dans l'œil !

Pasdeloup se retourne et la suit sans se presser, en se parlant à lui-même.

– Oui… ça ne colle pas.

Maria fait la cuisine, la mine tristounette. Ziva se présente en souriant, ses chaussures à la main, et va respirer la ratatouille qu'elle est en train de préparer. Elle lui donne son avis en levant le pouce et en se léchant les babines puis monte se changer. Maria détaille sa silhouette d'un coup d'œil expert et remarque son pantalon maculé. Elle se tourne aussitôt vers Pasdeloup et le stoppe net d'un jet de serpillière. Il se déchausse à son tour sans broncher, la mine réjouie.

– Elle habite dans le désert, vous comprenez, alors quand elle a vu de l'herbe mouillée, elle n'a pas pu résister, elle s'est roulée !

Maria hausse les épaules.

– Aujourd'hui, c'est le nouveau taxi qui est venu me chercher. Il est plutôt bel homme et divorcé. Mais France me manque. Pas à vous ?

Pasdeloup hésite une seconde.

– Tout ce qu'on demande à un taxi, c'est qu'il conduise bien, non ?

Maria revient à sa préparation et, dos tourné, articule lentement :

– Un jour, je m'en irai, moi aussi. Alors, tout ce qu'on demande à quelqu'un comme moi, c'est quoi, selon vous ?

Face à Pasdeloup qui grignote à son habitude, Ziva déjeune de bon appétit.

– C'est une perle, cette Maria ! Et une sainte aussi !

Pasdeloup lève un sourcil interrogateur. Elle ajoute sérieusement :

– C'est au moins ce qu'il faut pour te supporter, non ?

Il plonge dans son assiette mais elle ne le lâche pas.

– À l'enterrement de ton père, j'ai réalisé que tu étais le seul héritier.

Pasdeloup acquiesce, jouant l'indifférence.

– Je me souviens de ce magnifique appartement à deux pas de l'Arc de triomphe. Qu'est-ce qu'un homme riche fait ici ?

– J'habitais ici avant sa mort.

– Tu pouvais déménager.

Il sourit cyniquement.

– Je me suis débarrassé de la fortune qu'il m'a laissée en ne gardant que le nécessaire à ma liberté. C'est allé très vite, les donations à des tiers étrangers sont taxées à soixante pour cent !

– Je sais que tu as fait un don très important au kibboutz de Nir'am. Alors pourquoi tu ne t'es pas installé là-bas ? Ou ailleurs ? Pourquoi es-tu resté ici ?

Ziva constate le masque de cire tombé d'un seul coup sur le visage de Pasdeloup. Elle se concentre, attentive au moindre mouvement, au moindre battement de cils.

– Pourquoi es-tu venu ici ?

Les yeux de Pasdeloup deviennent deux gouffres béants et arrachent un frémissement à Ziva. Sa voix grince, lancinante, comme le gréement d'un vieux navire.

– Il y a très longtemps, au moment où ils ont décidé d'abandonner ce village, un avion est tombé à deux pas d'ici et m'a arraché le cœur…

Pasdeloup parle durant deux minutes environ qui semblent une éternité à Ziva. Il use de mots simples, précis, tel un entomologiste décrivant minutieusement un spécimen d'insecte. Il parle de Jeanne qui a fait de lui un Juif errant et de son choix du Vieux Pays parce que…

– J'ai trouvé ici un cercueil inhabité, le couvercle grand ouvert, et je m'y suis installé. Il y avait peu d'êtres vivants dans le voisinage, le lieu était selon mon cœur, inimaginable pour le commun des mortels. J'y ai créé un vieux pays qui n'appartient qu'à moi, avec mon passé, ma loi et mes frontières, avec mon cimetière et mes souterrains.

Ziva demeure un long moment sans voix, pétrifiée, avant de constater que Pasdeloup lui sourit comme si de rien n'était. Elle frappe soudain du poing sur la table, le visage blême, le souffle court.

– Tu n'as pas répondu à ma question, Pasdeloup ! Jeanne n'est qu'un prétexte ! Si elle t'aimait, elle n'aurait jamais désiré que tu t'enterres ici ! Je suis sûre que de son nuage, là-haut, elle te rabâche de vivre mais tu n'entends rien ni personne à cause du boucan infernal qui règne dans ton trou !

Les trois doigts accrochent la main de Ziva et la clouent sur la table. Sur le visage de Pasdeloup, une expression amusée, étrange.

– Je vais te la présenter, d'accord ? Comme ça, tu lui demanderas son avis.

Le lendemain, en fin d'après-midi, un taxi s'arrête devant le 3 allée des Jeux-d'Enfants, l'adresse d'Antoine. Ziva et Pasdeloup descendent de voiture. Un magnifique bouquet de fleurs à la main, Ziva pose un regard méfiant sur les lieux.

– Finalement, ce n'est pas si mal, chez toi !

Pasdeloup l'entraîne à l'intérieur avec un petit sourire indulgent. Le temps de faire les présentations, il ressort, saute dans la voiture et fait signe au chauffeur de redémarrer. Direction, le gymnase de Nuri où Antoine l'attend à 19 heures. Pendant ce temps, les filles feront connaissance et ils les retrouveront ensuite dans la petite maison pour dîner autour d'un plat antillais.

– Vous parliez quelle langue avec la dame ?

Daniel, le remplaçant de France, a une voix caverneuse de fumeur, la gouaille d'un titi parisien et une bonne bouille sympathique.

– De l'hébreu.

– Ah… Vous êtes juifs ?

– En quelque sorte.

Daniel hoche la tête avec un air de commisération.

– Moi, vous voyez, j'ai rien contre les Juifs. Ça non, rien de rien ! Mais je préfère quand même être breton !

Il se met à rigoler d'une façon un peu niaise.

– C'est moins dangereux !

Pasdeloup opine très sérieusement.

– Il y en a moins qui sont partis en fumée.

Daniel exulte.

– Exactement ! Et ça fait une grande différence !

Pasdeloup conclut sur un ton docte.

– D'autant plus qu'il n'y a rien de nouveau sous le soleil, et que ce qui a été, c'est ce qui sera. Je suis de votre avis, Breton, c'est un plan plus sûr !

Daniel rigole faiblement avant de s'arrêter devant le dojo des Grandes-Bornes.

– C'est pas rassurant, votre truc !

Pasdeloup s'apprête à ouvrir la portière quand il reconnaît Abdel sur le trottoir qui fonce droit devant avec un sac de sport en bandoulière. Il interrompt son geste, suit des yeux le jeune homme qui dépasse la voiture à grands pas pour finalement entrer dans le centre sportif en bousculant un jeune en train de fumer. Pasdeloup regarde sa montre : 18 h 45. Il se souvient de l'insistance d'Antoine pour qu'il arrive à 19 heures précises. Il se laisse aller en arrière contre le dossier et ferme les yeux avec un soupir.

– Si je m'endors, réveillez-moi dans quinze minutes.

Daniel coupe le contact et enclenche les warnings avec un haussement de sourcils fataliste. France l'avait prévenu.

Un quart d'heure après, Pasdeloup capte les yeux du chauffeur dans le rétroviseur.

– Je vous appellerai cette nuit pour venir nous récupérer à la première adresse.

– Pas de problème, à plus tard !

Pasdeloup précise d'un ton léger :

– Si Dieu le veut.

Le regard de Daniel tangue puis décroche.

– Il le voudra… Il le voudra !

Avec de l'inquiétude dans la voix.

Pasdeloup pousse doucement la porte du gymnase et entre sans bruit. Tous les élèves sont agenouillés au sol pour délimiter l'aire de combat. Au centre, Nuri vérifie les gants d'Abdel et d'Antoine en leur donnant les consignes à voix basse. Il s'écarte pour les laisser face à face et enfin abaisse son bras.

– Fight !

Immédiatement, Abdel fait un bond prodigieux pour frapper un coup de genou sauté. Antoine esquive en coup de pied tournant et fauche la jambe d'appui de son adversaire au moment où il retombe au sol. Abdel s'effondre à plat dos. Aussitôt, Antoine fond sur lui et distribue une série de coups de poing et de coude au visage. Abdel parvient à passer une jambe entre eux et à le repousser. Les deux combattants se retrouvent debout. On sent Abdel déstabilisé par ce premier échange. Antoine avance doucement sur lui à petits pas, le visage calme. Abdel bondit de nouveau et se fait cueillir par un direct du bras arrière qui le déséquilibre et lui fait tourner le dos. Antoine le saisit et le décolle du sol pour une projection. Abdel envoie sa tête en arrière et atteint Antoine au milieu du front.

– Stop !

Nuri interrompt le combat pour examiner la blessure. Une grosse bosse mais ce n'est pas ouvert. Il rappelle que les coups de tête sont interdits. Abdel reçoit son premier avertissement en rigolant.

– Fight !

Antoine prend son temps. Il ne répond pas aux provocations, avance, esquive, tourne, virevolte et soudain, sur une préparation de l'adversaire, frappe de la jambe arrière. Touché à la tempe par un coup de tibia, Abdel vacille. Antoine se rue sur lui. Nuri s'interpose, le chronomètre à la main.

– Stop ! Fin de la première reprise. Une minute de repos !

Les deux combattants restent debout dans leur coin avec leurs soigneurs respectifs. Du côté d'Abdel, on s'active à grands coups d'éponges et de packs de glace.

– Fight !

Tout au long de la deuxième reprise, Antoine entreprend une guerre d'usure. Il frappe beaucoup dans les jambes de son adversaire qui commence peu à peu à boiter. Il parvient plusieurs fois à le saisir et à le projeter au sol mais Abdel finit toujours par s'extirper des tentatives de soumission en se tordant et en gigotant comme un animal que le piège rend fou. À la fin de la reprise, Abdel regagne son coin en roulant des yeux enragés, le visage couvert de sang.

Pasdeloup se déplace un peu pour se retrouver dans la ligne de vision d'Antoine. Le jeune homme l'aperçoit et fait un petit « oui » de la tête, sûr de lui. Avant de se retourner pour lancer un sourire provocant à Abdel. Celui-ci bondit, menaçant, mais il est maintenu par ses hommes de coin. Il rugit de haine.

– Je vais te tuer, putain de négro ! Enculé de ta race ! Je vais t'arracher tes couilles de pédé et te les faire bouffer !

Nuri s'avance vers lui, imperturbable.

– Deuxième avertissement, Abdel ! Au troisième, tu as perdu !

Abdel se libère de ses soigneurs et vient affronter Nuri, les yeux dans les yeux, postillonnant à deux centimètres de son visage.

– Tu te fais appeler Hamza mais ton nom est aussi bidon que ton règlement de tapette ! C'est pas une moitié d'Arabe qui va faire sa loi… Nuri Duval de mon cul !

Sans prévenir, il saisit à deux mains la nuque de Nuri pour le faire plier et lui envoyer un coup de genou au visage. Nuri bloque la cuisse, l'agrippe et projette Abdel par-dessus ses épaules comme un fétu de paille. Abdel se relève immédiatement en ahanant. À une vitesse phénoménale, Nuri enchaîne un coup de pied à la mâchoire et un coup de poing retourné à la tempe. La tête d'Abdel fait un violent aller et retour et il s'effondre comme un pantin, K-O net. Nuri ne lui jette pas un regard et s'adresse tranquillement à ses élèves médusés.

– Fin du combat. Antoine est déclaré vainqueur !

Pasdeloup ne voit plus rien, n'entend plus rien. Il a tressailli, cessé de respirer. Il demeure fixé sur Nuri, abasourdi, scrutant l'inimaginable. Des bribes du 20 mars 1997 remontent par vagues du fond de sa mémoire, submergeant toute raison. Il pense à cette photo, retrouvée sur le cadavre de Christophe Duval, représentant une femme voilée et son bébé. Nuri doit avoir entre vingt et vingt-cinq ans, l'âge pourrait coller.

Pasdeloup se force à respirer calmement. Il se fait des idées. C'est un hasard très certainement. Duval est un nom aussi courant que Dupont ou Durand. Il ne cesse d'observer Nuri sans rien remarquer d'autre qu'un jeune homme sympathique, sûr de lui, qui va d'abord féliciter Antoine et ensuite vient se pencher sur Abdel qui reprend connaissance. Il lui examine les pupilles, lui parle à voix basse, l'aide à s'asseoir sur une chaise. Il lui masse les tempes et la nuque avec une grande douceur. Abdel se remet enfin debout avec une expression à la fois cruelle et apeurée, et s'éclipse tête basse, en traînant des pieds. Antoine vient rejoindre Pasdeloup, déçu.

– J'aurais préféré terminer le combat. Il était à ma main.

Avec une moue de regret, il regarde sortir Abdel, accompagné de quelques fidèles et ajoute, la lèvre gourmande :

– La prochaine fois.

– Pas chez moi !

Nuri a parlé d'un ton ferme, de sa voix blanche si particulière. Il salue Pasdeloup d'un petit sourire carnassier.

– Je ne veux plus de ce garçon dans mon cours. Cela évitera bien des désagréments, vous êtes de mon avis, monsieur Meunier ?

Pasdeloup le fixe un instant sans répondre, puis se tourne brusquement vers Antoine comme s'il venait de penser à quelque chose.

– À propos, tu as, bien sûr, pensé à inviter Nuri ce soir ?

Antoine tombe des nues, bafouille. Pasdeloup claque dans ses mains de mécontentement.

– J'en étais sûr !

Il se retourne vers Nuri, la mine déconfite.

– Je suis vraiment désolé, ce grand imbécile a oublié ! L'émotion de son combat sans doute ! Mais tu nous ferais vraiment plaisir si tu acceptais de dîner avec nous tout à l'heure !

Antoine ouvre de grands yeux stupéfaits, Nuri se dandine d'un pied sur l'autre, indécis. Pasdeloup balaye toute objection d'un revers de main.

– Mon amie israélienne serait très déçue si tu ne venais pas !

Une petite lueur s'allume dans les yeux de Nuri. Pasdeloup enfonce le clou.

– Alors, c'est d'accord ! On se retrouve chez Antoine dans une heure !

Sur le chemin de l'allée des Jeux-d'Enfants, Antoine se risque à une question.

– Quelle mouche vous a piqué ?

– T'occupe !

À peine arrivé, Pasdeloup prend Ziva à part en hébreu.

– Le costaud qui a failli t'écraser l'autre jour va venir dîner. Ne me demande pas pourquoi mais essaye de le faire parler de son père et de savoir comment il est arrivé ici. Tu fais ça sans avoir l'air d'y toucher, avec charme et légèreté, OK ?

Ziva acquiesce sans mot dire, à la fois surprise et inquiète. Elle plaisante à voix basse pour dissiper le malaise.

– Je peux aller jusqu'à coucher ?

Lucia vient les interrompre en anglais, avec aplomb et un zeste de contrariété.

– Il paraît que nous attendons un invité surprise. Serait-ce la raison de ces messes basses ?

Elle s'adresse à Pasdeloup d'un ton ferme.

– J'ai passé un moment délicieux avec Ziva et je souhaite que ça continue ! Jurez-moi que vous n'envisagez ce soir aucune bagarre ou règlement de comptes !

Ziva s'interpose charitablement.

– J'adore ce garçon, il est fou amoureux de moi ! Pasdeloup a voulu me faire plaisir !

Pasdeloup adopte une mine angélique. Lucia toise sévèrement les deux comploteurs avant de rejoindre Antoine en cuisine en lançant à la cantonade :

– Cette bosse sur le front te donne un air débile et pas sexy, je déteste la boxe !

Peu après, Nuri arrive sur la pointe des pieds, comme intimidé. Lucia esquisse un mouvement pour lui faire la bise, il fait barrière aussitôt avec une bouteille de citronnade et des pâtisseries confectionnées par sa mère. L'apéritif est servi. Nuri ne boit pas d'alcool. La conversation roule bientôt sur les interdits alimentaires des uns et des autres. Pasdeloup traduit pour Ziva. Nuri s'est détendu, il résume avec légèreté :

– En gros, à part le vin et le porc, on mange de tout chez nous !

Pasdeloup lance à brûle-pourpoint :

– Même du lion ?

Nuri semble apprécier la question.

– Non, en effet, les prédateurs à canines sont illicites.

Il ajoute, mi-figue mi-raisin :

– Vous n'avez donc rien à craindre de nous, monsieur Meunier… Avec vos yeux de loup, aucun musulman respectueux du Coran ne cherchera à vous dévorer !

Lucia se tortille, mal à l'aise.

– Oui, mais il existe des gens qui ne respectent rien.

Pasdeloup enchaîne sur un ton provocant :

– Genre le fumier de Drancy, par exemple. Et avec lui, tous les salopards qui l'ont aidé à foutre en l'air des centaines de vies.

Nuri hoche la tête avec une expression de tristesse infinie.

– Saad Bendaoui est un monstre et sa cervelle est en train de bouillir en enfer.

La voix de Pasdeloup claque sèchement.

– Tu connais aussi le nom des cinquante-six morts ?

Nuri pâlit.

– Je suis désolé.

Il se tourne vers Lucia et s'adresse à elle avec une politesse extrême.

– Vous êtes musulmane, mademoiselle ?

Elle prend un air désinvolte.

– Mon père l'était ! Et le sandwich jambon-beurre est un de mes plats préférés !

Nuri sourit, crispé. Antoine lève son verre en riant.

– Pour mettre tout le monde d'accord, j'ai préparé un blaff de poisson antillais, vous m'en direz des nouvelles !

Il fait un clin d'œil à Ziva.

– Et du poisson avec nageoires et écailles, s'il vous plaît !

D'autorité, Pasdeloup organise le plan de table. D'un côté Ziva et Nuri, face à face, ensuite Antoine et Lucia et enfin lui-même en bout de table, position idéale pour voir sans être vu. Après de joyeuses banalités sur les saveurs de la cuisine antillaise, Pasdeloup monopolise l'attention de Lucia et d'Antoine en les interrogeant sur leurs projets et leur avenir. Il surveille d'un œil l'autre bout de la table où la conversation file bon train en arabe. Nuri picore son poisson du bout des lèvres mais ne cesse de parler à Ziva, le rouge aux joues, exalté. Antoine se retourne fréquemment vers lui, un peu surpris de le voir si loquace. Lucia cesse peu à peu de parler pour dévisager Pasdeloup tandis qu'il monologue pour tenter de faire croire à une conversation. Il s'arrête bientôt, fusillé du regard par la jeune femme. Elle se penche vers lui et lui glisse à voix basse, dents serrées, menaçante :

– Vous aurez intérêt à me fournir une explication plausible de cette comédie !

Ziva a repéré le manège. Elle reprend en anglais avec un grand sourire et un regard appuyé à Pasdeloup :

– Pardonnez-nous d'avoir fait bande à part mais Nuri ne parle pas très bien l'anglais et il avait tant de choses intéressantes à me raconter !

Les pâtisseries de Fatiha Hamza réunissent la tablée. Lucia et Ziva se retrouvent pour échanger joyeusement, Antoine se rapproche de Nuri pour discuter d'arts martiaux, mais très vite le maître coupe court et prend congé un peu précipitamment. Pasdeloup le raccompagne jusqu'à la rue, fait mine de refermer la grille puis, après quelques secondes, repasse la tête pour épier le jeune homme qui s'éloigne. Il le voit s'arrêter et disparaître derrière le mur d'un bâtiment en retrait. Ressortir bientôt et s'éloigner dans la nuit, les bras croisés, la tête rentrée dans les épaules, comme frigorifié. Pasdeloup s'avance à son tour jusqu'à une petite porte dont l'accès est encombré par une poubelle bondée de détritus, le couvercle ouvert. Pasdeloup s'avance en reniflant comme un chien. Au-dessus des ordures, des traces encore dégoulinantes de vomissures rappelant un certain blaff de poissons antillais.

Aussitôt rentré au 1, rue Brûlée, Pasdeloup passe derrière le bar de la cuisine, remplit deux verres de glaçons et saisit une bouteille de gin qu'il montre à Ziva. Elle fait non de la tête. Il se sert une bonne rasade.

– Alors ?

Ziva s'assied sur un tabouret et croise ses bras sur le zinc en le scrutant avec un air de reproche.

– Il porte un amour immodeste à sa mère. À mon avis, il est vierge et c'est la femme de sa vie. J'ignore pourquoi mais je le trouble. J'ai l'impression parfois qu'il va me faire une déclaration et la seconde suivante, c'est de la méfiance que je vois dans ses yeux, peut-être même de la haine. Bizarre. Il a vingt-quatre ans. Il est né à Roubaix. Son père s'est converti à l'islam après un séjour en Somalie en 1991 où il était chauffeur pour Médecins sans frontières. Une fois rentré, il a trouvé un emploi de soudeur dans une entreprise du bâtiment. Il est mort électrocuté en 1997. Un accident de chantier. Sa mère ne s'en est jamais remise. Au championnat du monde de MMA l'an dernier, il a rencontré un professeur de boxe de Goussainville qui lui a proposé de s'associer avec lui. Il a semblé intéressé par mon voyage à Auschwitz, il m'a demandé des précisions sur le camp, il m'a même proposé de me prêter une voiture. C'est tout.

Pasdeloup achève son verre cul sec.

– Merci beaucoup, petite sœur, à charge de revanche. Bonne nuit.

Ziva se met debout si brutalement que le tabouret se renverse. En trois pas, elle se retrouve face à Pasdeloup, lui bloquant l'accès à l'escalier, en proie à une colère froide.

– Maintenant, c'est à toi ! Qui c'est, ce type ? Pourquoi tu t'intéresses à lui, et à son père ? Ce jeune Nuri n'est pas clair d'accord, mais de là à le soupçonner, il y a un monde dont tu détiens la clé ! Il fait partie d'un réseau islamiste, c'est ça ? Comment tu le sais ? Qu'est-ce que tu ne me dis pas ?

Pasdeloup fait le dos rond. Il parle d'une voix douce pour faire redescendre la tension.

– Je ne suis sûr de rien. J'ai des doutes, c'est tout. Et le pourquoi des choses, il vaut mieux que tu l'ignores. Je n'aurais pas dû t'impliquer, je suis désolé.

Après un instant de sidération, elle le repousse violemment du plat de la main et fonce dans l'escalier, furieuse.

– Va te faire voir, sale con !

Pasdeloup demeure immobile une minute. À son tour, il monte en prenant son temps, d'un pas réfléchi, tel un alpiniste gravissant un glacier. Il se remémore sa conversation dans la crypte avec Christophe Duval. Roubaix, Somalie, Médecins sans frontières, mort en 1997, trop de coïncidences qui laissent peu de place au hasard. Mais alors, pourquoi avoir attendu tant de temps ? À l'époque, il avait guetté toute arrivée suspecte au Vieux Pays pendant des semaines et des mois. Sans résultat. Pas une année n'a suivi sans que son cerveau, de temps à autre, n'émette un signal d'alerte chaque fois démenti par les faits. Jusqu'à aujourd'hui. Tout compte fait, le temps que met un nourrisson à devenir adulte.

Une demi-heure après, Pasdeloup redescend sur la pointe des pieds à la lueur d'une lampe frontale, rejoint la maison murée et le hangar. Il positionne l'échelle contre l'un des murs de pierre, grimpe jusqu'au plafond et pousse la petite trappe pour se glisser dans les combles. Il sort d'une des malles la vieille photo trouvée sur le cadavre de Christophe Duval. Il l'examine longuement en utilisant un compte-fils de photographe. Le bébé, bien évidemment, ne rappelle en rien Nuri, quant à la femme voilée, impossible d'identifier son visage comme celui de Fatiha. Pasdeloup souffle de dépit. Il jette la photo dans la malle et redescend. À peine a-t-il posé le pied sur le sol du hangar qu'un bruit de pas derrière lui le fait sursauter. Il se retourne d'un coup, le cœur battant à tout rompre. Ziva s'avance vers lui en culotte et en T-shirt, comme si de rien n'était. Elle lui fait face en plissant les yeux, éblouie par la lampe frontale.

– J'ai oublié le plus important. J'ai demandé à Lucia son avis sur ton cas. Elle m'a dit : « Moi, je le trouve très bien comme il est... ET OÙ IL EST. »

Son regard s'arrête sur le plafond au-dessus de l'échelle.

– Elle a dit aussi : « C'est un vieux très marrant. On est amis ! »

Ses yeux redescendent jusqu'à Pasdeloup, inquiets, contredisant sa voix moqueuse.

– « Très marrant », ça, je n'y aurais pas pensé !

Elle prend une inspiration et lâche dans un souffle :

– Tu sais que tu peux compter sur moi, frère chéri. Où que tu sois et n'importe quand.

Pasdeloup sent sa gorge se nouer. Il fait oui de la tête puis la prend dans ses bras sans un mot.

De retour dans sa chambre, Pasdeloup allume son récepteur nav/com et s'allonge tout habillé sur son lit, songeur. L'un des quelque cent soixante vols de nuit qui atterrissent et décollent de Roissy-Charles-de-Gaulle va partir. Il n'y a pas de vent, le temps est clément, la tour de contrôle lui souhaite un bon voyage. Pasdeloup demeure longtemps immobile, les yeux fixés sur la lune pleine au beau milieu de la fenêtre de toit. Nuri l'obsède. Il se redresse brusquement sur son séant, repensant à un film de Jean-Pierre Melville qu'il avait vu avec Jeanne au début des années 70. Il se relève, la tête remplie d'images fugaces où se mêlent les visages d'Alain Delon, d'Yves Montand, de Bourvil et de Gian Maria Volonté et tape quelques mots sur le clavier de son ordinateur.

Sur l'écran s'affiche la citation de Rama Krishna inscrite sur le carton d'ouverture du film :

Quand des hommes, même s'ils l'ignorent, doivent se retrouver un jour, tout peut arriver à chacun d'entre eux et ils peuvent suivre des chemins divergents. Au jour dit, inéluctablement, ils seront réunis dans le cercle rouge.

Pasdeloup fait quelques pas autour de son bureau, l'air soucieux, indécis. Au rugissement du vol 3766 d'Air France qui passe au-dessus de la maison, il marmonne, les dents serrées :

– Putain, c'est pire qu'un porte-avions ici !

Un éclair le foudroie. Il se fige, tourné vers la lune.

Et si Ziva avait raison. Et si Jeanne aussi, de là-haut, lui faisait signe de partir avant que ne se referme le cercle rouge.

Alors il devient fou. La bouche tordue par la haine, il s'agite en frappant l'air des coudes et des épaules, comme pour se débarrasser d'insectes suiveurs. Il parvient enfin à chasser la pensée intolérable que tout est écrit. L'œil noir et l'œil gris étincellent, défiant le destin.

10

Le vieux pays des larmes

Pour la deuxième fois en ce solstice d'été, Pasdeloup zigzague sous le viaduc du Croult. Il trottine entre les énormes piles de béton portant chacune un prénom féminin, P8 Christine, P9 Arlette, P10 Michèle, comme autant de rues grimpant à la verticale jusqu'à la voie du TGV.

Pasdeloup pense à Ziva qui manque à l'appel. Il y a trois jours, elle est partie pour Auschwitz-Birkenau avec le 4 × 4 qu'il lui a prêté. Elle fera escale à Munich et à Vienne chez des parents. Elle l'appellera pour lui préciser le jour de son retour, dans deux semaines environ. Pasdeloup lui a proposé de rester ensuite au Vieux Pays autant de temps qu'elle le voudrait pour récupérer du choc émotionnel. Lui-même a fait le voyage à Auschwitz longtemps auparavant et il n'oubliera jamais combien il avait été bouleversé.

Pour la deuxième fois, Pasdeloup agrippe la branche de son arbre et exécute quelques tractions. Il consulte sa montre. 8 h 45. Aujourd'hui encore, Nuri n'est pas là, à mimer un combat avec l'aubépine et à donner des coups de pied vers le ciel. À la même heure, hier, Pasdeloup l'a rencontré sur le chemin sans nom, déboulant à pleines jambes du sentier qui mène à la voie du TGV avec, sur les épaules, un gros sac à dos bien rempli. Le jeune homme lui a fait, en passant, un geste amical de la main avant de rapidement le distancer et de disparaître en direction du no man's land.

Pasdeloup s'avance vers la propriété de Nuri en se dissimulant du mieux qu'il peut au milieu des arbustes qui l'entourent. Parvenu contre le grillage bâché, il perce un petit trou à l'aide d'un cutter et examine les lieux. D'un côté, une grande caravane et le pick-up de Nuri, à l'opposé, un joli potager bien tenu, et au centre, un imposant abri métallique sans fenêtre. Pasdeloup remarque sur le toit des caméras de surveillance balayant les quatre points cardinaux. Soudain, il aperçoit Fatiha Hamza sortir précipitamment de la caravane et grimper dans la voiture.

Pasdeloup fonce au travers des broussailles pour se dissimuler derrière l'angle de la clôture. Il note la sortie maladroite du véhicule, le moteur hurlant, l'embrayage mal maîtrisé. Il attend sans bouger une minute, l'air pensif, et se remet à courir en petites foulées au milieu des détritus pour rejoindre la rue Brûlée.

François se tient au milieu de la chaussée, les mains dans les poches, en équilibre précaire sur une jambe, occupé à faire rouler d'avant en arrière un gravillon avec la pointe du soulier opposé. Il ne lève même pas la tête quand Pasdeloup s'arrête à sa hauteur.

– Je t'ai vu aller et venir, ces jours-ci, en compagnie d'une très belle femme. Je voulais te parler d'une décision que j'ai prise mais je n'ai pas voulu te déranger. Voilà, j'ai une sœur qui vit dans le sud de la France, veuve, elle aussi. Elle m'a proposé de venir habiter avec elle, j'ai accepté.

Il lève des yeux embués sur Pasdeloup.

– Si tu peux me rendre le service de jeter un œil et de me prévenir en cas de problème. Pas question de vendre la maison et encore moins d'être squatté. Je veux que Catherine soit tranquille, chez elle.

La voix de Pasdeloup se fait douce et grave.

– J'y veillerai, François.

Les lèvres du petit homme se mettent à trembler.

– Et les deux cent soixante et un livres que je t'ai prêtés, je te les donne. Passe les prendre quand tu veux.

– OK, François.

Une larme vient se perdre dans la grosse moustache en guidon de vélo.

– Et surtout, dis-moi si les pavots bleus de l'Himalaya fleurissent cet été.

– C'est promis, François.

Pasdeloup n'a pas vu Maria dans la cuisine et un étrange pressentiment l'a saisi tout entier. Il monte l'escalier quatre à quatre et tombe nez à nez avec elle dans la chambre, en train de faire le lit. Il laisse échapper un drôle de soupir.

– Ah ! Maria !

Elle lui jette un regard surpris puis reprend son travail. Pasdeloup se dandine d'un pied sur l'autre avant de lâcher ex abrupto :

– Maria, je vous augmente !

Elle fronce les sourcils, perplexe.

– Vous me payez déjà le triple du prix.

Pasdeloup balaye l'objection d'un revers de main. Maria vient se planter devant lui avec un air suspicieux.

– Et vous voulez quoi en échange ?

Après une hésitation, Pasdeloup opte pour la franchise totale.

– Rien. C'est juste pour vous remercier d'être là.

D'un seul coup, les yeux de Maria deviennent comme ceux de François. De bons gros yeux, tendres, émus, reconnaissants. Pasdeloup recule, gêné. La sonnerie de son portable vient le sauver.

– Monsieur Meunier ? Bonjour, c'est le centre hospitalier général de Gonesse. Nous venons d'admettre aux urgences une jeune femme qui a demandé qu'on vous prévienne. Mlle Khaïr-Eddine…

Pasdeloup tombe des nues.

– Désolé, je ne la connais pas.

La voix se fait un peu désagréable, au bout du fil.

– Bon, ce n'est pas grave. Excusez le dérangement.

Pris d'un doute, Pasdeloup la rattrape avant qu'elle ne raccroche.

– Attendez ! Et son prénom, c'est quoi ?

– Lucia. Lucia Khaïr-Eddine.

Il bondit.

– Merde ! Oui, je la connais ! Qu'est-ce qu'elle a ?

– Un traumatisme crânien consécutif à une chute.

– C'est grave ?

– On est en train de lui faire un scanner.

– J'arrive ! Merci !

Pasdeloup saute sur sa moto et parvient à l'hôpital de Gonesse, distant de huit kilomètres, en seulement quelques minutes. Après un premier refus à l'accueil, il parvient à joindre l'urgentiste par téléphone qui l'autorise, en l'absence de toute famille et en qualité de « parrain », à lui rendre visite dans l'unité d'orientation. Pasdeloup rejoint immédiatement la zone contiguë aux Urgences où se trouvent quelques chambres réservées à des patients en attente de diagnostic. Il frappe doucement à la dernière porte du couloir. Pas de réponse. Il ouvre et entre sans bruit. Lucia est allongée, les yeux fermés, la tête bandée, le visage d'une pâleur extrême. Pasdeloup s'avance sur la pointe des pieds. Elle ouvre les yeux, le regarde s'approcher avec une expression de douleur infinie, un appel à l'aide, elle hoquette, de grosses larmes se mettent à couler sur ses joues, et toujours ses yeux verts, énormes, terrifiés, hurlant d'une souffrance indicible. Pasdeloup lui prend la main, troublé, inquiet. Quelqu'un frappe et entre sans attendre. Un interne tenant dans sa main les résultats du scanner. Il s'adresse à Lucia d'un ton rassurant.

– Ne vous faites aucun souci, mademoiselle, pas de lésion cérébrale ni hématome sous-dural. On va vous surveiller ici pendant quelques heures encore et vous pourrez rentrer chez vous dès ce soir à la condition de ne pas rester seule pendant un ou deux jours.

Lucia pousse une sorte de couinement déchirant. L'interne se tourne vers Pasdeloup.

– Vous êtes de la famille ? Il ne devrait pas y avoir de complications mais au moindre signe de nausée ou de céphalée, vous nous la ramenez.

Pasdeloup acquiesce, les yeux rivés sur Lucia. Quelque chose ne tourne pas rond. Il attrape le bras de l'interne au moment où celui-ci est en train de s'éclipser.

– Vous êtes sûr que tout va bien ? Elle semble très… choquée.

L'interne a un sourire un peu condescendant.

– Le scanner ne ment pas. Croyez-moi, plus de peur que de mal.

Il sort. Pasdeloup vient s'asseoir à côté du lit et pose délicatement sa main sur le front de Lucia.

– Qu'est-ce qui ne va pas, petite ?

Lucia lui saisit la main qu'elle serre très fort dans les siennes. Elle se redresse et s'assied sur le lit tout en restant agrippée à Pasdeloup. Concentrée, mâchoires serrées, elle respire très fort plusieurs fois, exhale enfin d'une voix rauque avec un regard halluciné :

– Antoine est mort.

Pasdeloup demeure quelques secondes silencieux, immobile, abasourdi. Lucia se tourne vers lui, hagarde.

– Je l'ai trouvé chez lui ce matin, allongé sur son lit, tout habillé, avec une seringue à côté de lui. Les pompiers ont parlé d'overdose. Je suis sûre qu'il ne se droguait pas.

Ses yeux deviennent suppliants.

– Vous le connaissiez mieux que moi…

Pasdeloup est tétanisé par un froid glacial qui le transperce. Il s'efforce de maîtriser le tremblement qui l'agite tout entier. Il va tomber. Sa main à trois doigts harponne l'avant-bras de Lucia. Elle pousse un cri.

– Aïe !

Il la lâche, touche le fond, la tête sur les genoux. D'un coup de talon désespéré, rageur, il remonte et se redresse avec une expression de fureur.

– C'est sûr, il ne se shootait pas ! La police est venue ?

– Oui. Je leur ai dit que… Je ne sais plus… Rien…

– Comment es-tu tombée ?

– Je pleurais tellement. En partant de chez Antoine, j'ai raté une marche.

Pasdeloup lui saisit doucement le visage à deux mains.

– Écoute, jeune fille, tu vas m'attendre ici, je reviendrai te chercher en fin de journée. Tiens bon.

Lucia se rallonge en lui tournant le dos. Pasdeloup sort à reculons et referme la porte sans bruit.

Deux minutes après, il dépasse une voiture d'un violent coup d'accélérateur qui cabre la moto. Sur la roue arrière, il évite un camion de justesse et poursuit sa cavalcade insensée jusqu'au commissariat de Gonesse.

– Le commissaire Rafaron, c'est urgent !

L'attente est brève. Pasdeloup entre dans le bureau de Ronron qui lui tend la main chaleureusement avec cet air de gros matou endormi qui lui a valu son surnom. Mais ce sont surtout les coups de griffes de Ronron qui ont fait sa réputation au sein du GIPN jusqu'à ce qu'il soit débarqué discrètement de cette unité, il y a une dizaine d'années, à la suite d'une intervention contre des braqueurs de banque. L'un de ses hommes avait été tué, Ronron avait riposté et blessé l'agresseur puis, selon la rumeur, l'aurait achevé froidement au sol d'une balle dans la tête. Son équipe avait témoigné comme un seul homme, la légitime défense avait été retenue par l'IGPN.

Ronron fait signe à Pasdeloup de s'asseoir. Il a immédiatement noté la pâleur du visage, les mâchoires serrées et la fixité terrible de son regard. Il croise les doigts avec une onction quasi ecclésiastique en peaufinant son air de gros matou inoffensif.

– Quel bon vent t'amène, Pasdeloup ?

– Antoine Marron, ça te dit quelque chose ?

Ronron plisse les yeux en jouant d'abord l'ignorance et enfin en se rappelant soudain un détail sans importance.

– C'est ce garçon qu'on a retrouvé mort chez lui, ce matin ?

Pasdeloup acquiesce d'un battement de cils en déglutissant.

– Tu peux m'en dire plus ?

Ronron esquisse un sourire malin.

– D'abord toi…

– Je l'ai aidé à retrouver son job de cascadeur au parc. On est devenus copains.

Ronron scrute Pasdeloup quelques secondes, de manière intense, comme pour déceler toute trace de mensonge ou d'arrière-pensée.

Pasdeloup se prête à l'examen sans ciller.

– C'était mon ami.

Ronron fait une moue désolée.

– Condoléances.

– Comment est-il mort ?

– À première vue, une overdose, on a retrouvé chez lui des seringues, de l'héroïne et de la cocaïne.

Il laisse échapper un gloussement cynique.

– Le cocktail des deux te fait monter au ciel, paraît-il. On en saura plus après l'autopsie, demain matin, aujourd'hui le légiste est débordé.

Pasdeloup articule lentement, d'une voix ferme :

– C'est un meurtre, Ronron, pas un accident.

Le commissaire lève un sourcil intéressé.

– Qu'est-ce qui te fait dire ça ?

– Je sais qu'il ne se droguait pas.

Ronron fait une moue dubitative et poursuit avec une lippe de délectation.

– Un type a été agressé à Goussainville, la nuit dernière en rentrant chez lui. On lui a tapé dessus à coups de gourdin avec la volonté de tuer. Un bras cassé, une jambe cassée et quinze points de suture sur le crâne, il doit la vie à un passant qui a fait peur à l'agresseur.

Ronron prend le temps pour faire son effet.

– On a retrouvé chez ton jeune ami une batte de base-ball tachée de sang. On est train d'analyser les échantillons.

– Putain de merde ! Et il s'appelle comment, le type qui a été tabassé ?

– Un dénommé Nuri Duval, plus connu sous le nom de Hamza.

Pasdeloup marque le coup, souffle coupé. Ronron se penche en avant, fasciné.

– Ne me dis pas que c'est aussi un de tes amis !

– Pas exactement…

– Dis donc, Pasdeloup, il ne fait pas bon être ton pote en ce moment, ils tombent comme des mouches !

– Et Nuri, qu'est-ce qu'il dit ?

– Nisco, il est encore dans le cirage.

Son visage se ferme, le ton est menaçant.

– Pour l'instant, tu vas me conter par le menu tout ce que tu sais de ces deux-là.

Pasdeloup s'exécute en s'en tenant à sa rencontre avec Antoine et Nuri, n'omettant rien sur le sujet, jusqu'au plus infime détail. Il sait que la vérité a un parfum inimitable et que Ronron a du nez en la matière.

Le commissaire résume, un peu narquois.

– Somme toute, un jeune cascadeur sans problème, sain de corps et d'esprit, et son professeur de boxe qu'il respectait et admirait. Impossible qu'il soit l'auteur de cette agression. Et impossible aussi qu'il se soit shooté.

Ronron reprend son air de Raminagrobis, les yeux cachés derrière ses grosses paupières mi-closes.

– Si ce n'est pas lui, à ton avis, qui ?

Pasdeloup secoue la tête en signe d'ignorance.

Ronron insiste.

– Rien ces derniers temps qui pourrait nous mettre sur une piste ?

Pasdeloup réfléchit à toute vitesse. Il sent le piège. Il évoque le combat entre Abdel et Antoine ainsi que son dénouement. Son expression est d'une totale sincérité.

– Un sportif ne se venge pas d'un K-O sur un ring en assassinant son adversaire et l'arbitre !

Ronron semble brusquement soulagé.

– « Sportif », si tu veux, mais chez nous, c'est « dealer » qu'on dit. Je l'ai interrogé tout à l'heure, il a un alibi béton. On a aussi recueilli quelques témoignages de boxeurs du club présents ce jour-là. Ils semblent de ton avis.

Pasdeloup se détend intérieurement. Il vient de franchir avec succès le premier obstacle « Ronron ». Son visage devient grave.

– J'aimerais voir le petit. Une dernière fois, avant qu'il ne soit charcuté. Toi seul peux m'avoir l'autorisation.

Le divisionnaire se lève sans hésiter.

– Je t'accompagne.

Le préposé de l'unité médico-judiciaire ouvre le tiroir et fait glisser la fermeture Éclair de la housse. C'est bien Antoine, Pasdeloup ne peut retenir une rapide grimace. Personne ne s'est trompé. Antoine est mort. L'émotion qui noue sa gorge et son plexus solaire le surprend. Il sent à peine le regard en coin de Ronron qui le surveille. Il examine le corps du jeune homme, s'attardant sur les cicatrices encore visibles de l'entraînement qu'il lui a fait subir. Soudain il se fige. Il fait glisser un peu plus la fermeture Éclair et désigne les hématomes visibles autour des deux poignets.

– Je te parie qu'il a les mêmes aux chevilles.

Ronron hoche la tête tranquillement sans bouger.

– Je confirme. Il reste juste à savoir qui l'a tué.

Pasdeloup laisse échapper un ricanement.

– Tu es un malin.

Il approche son visage du cadavre et poursuit son examen, lentement, minutieusement. Ronron ne le quitte pas des yeux.

– Qu'est-ce que tu cherches ?

Pasdeloup fait une moue d'ignorance.

– Quelque chose qui pourrait nous mettre sur une piste.

Il ne s'arrête pas sur les deux petites rougeurs espacées de quelques centimètres qu'il découvre à la base du cou, à peine visibles sur la peau métisse, pas plus que sur les deux autres situées au-dessus de téton gauche. Il se redresse enfin avec une grimace dégoûtée.

– On verra bien ce que dira le légiste.

– Qu'est-ce que tu as vu ?

Pasdeloup fait celui qui ne comprend pas.

Ronron le bloque en lui posant son poing sur la poitrine, sa voix sonne comme un avertissement.

– Tu craches ce que tu sais ou je te fous en garde à vue.

Pasdeloup pense à Lucia qui l'attend. Il montre d'un doigt négligent les petites marques laissées par les dards.

– Il a sans doute pris une première décharge de Taser avant d'être ligoté et une deuxième avant d'être piqué.

– Tu connais quelqu'un qui utilise ce genre de foudroyeur ?

Pasdeloup prend un air innocent.

– Non, je vois pas. N'importe qui peut se procurer ça.

Ronron serre les dents, furibard.

– Pour trouver ces marques, faut les chercher !

Il se contrôle pour rester calme.

– Je vais te dire ce que je crois, Pasdeloup. Quand un démineur dingue rencontre un problème, son premier réflexe c'est de le résoudre en faisant le ménage par le vide. Alors, sache-le, s'il te prenait envie de te faire justice toi-même, je te le ferai regretter jusqu'à ton dernier souffle.

Pasdeloup reste de marbre.

– Ah, bon ? Compte tenu de l'expérience qu'on te prête en la matière, j'aurais cru à plus d'indulgence de ta part !

Ronron blêmit.

– Fais très attention, Pasdeloup.

Le vieux soldat sourit avec une infinie tristesse et donne une accolade bourrue au flic.

– À mon âge, Ronron, on lave le sang avec des larmes, pas avec du sang.

Ils ressortent de la morgue tête basse, chacun perdu dans ses pensées. Pasdeloup se souvient de Julot et Marinette au moment de monter dans la voiture de police. Il marche sur des œufs en faisant profil bas.

– J'ai un autre truc à te demander. Le petit avait des furets chez lui. Il les adorait. J'aimerais bien les récupérer avant qu'ils crèvent de faim. Tu ne crois pas qu'on pourrait faire un détour ?

Ronron le fusille du regard.

– T'as raison, on a regardé partout sauf là ! Je vais passer au peigne fin ces bestioles et leur putain de cage ! Après ça, je déciderai de te les donner ou pas !

Ils regagnent le commissariat au gyrophare, sans un mot de plus. Sur le trottoir, les deux hommes se serrent la main en évitant de se regarder. Pasdeloup laisse tomber du bout des lèvres :

– Tu as appelé sa mère ?

– Yes.

– Tu pourrais me donner son numéro ?

Ronron pousse un rugissement.

– Tu me casses les couilles, Pasdeloup !

Lucia l'attend, assise sur le lit. Deux émeraudes posées sur des cernes violets, seules couleurs d'un visage défait où même les lèvres sont d'une pâleur extrême. Elle s'accroche à Pasdeloup comme à une bouée de sauvetage.

– Alors ?

Il la regarde intensément. Elle semble se disloquer. Il choisit de ne parler ni de Nuri ni des traces de liens sur le cadavre. Et surtout pas des marques.

– Rien de nouveau. Partons.

Il la soutient jusqu'au taxi de Daniel qui attend dehors.

– Pour cette nuit, je te garde chez moi. Tu peux rester autant que tu voudras.

Elle est maintenant debout, appuyée au bar de la cuisine, hébétée, chancelante. Pasdeloup lui fait réchauffer son repas du soir, préparé par Maria. Il pousse l'assiette devant elle.

– Mange, petite. C'est obligé pour continuer à vivre.

Lucia touche la nourriture du bout des lèvres avec une moue de dégoût. Soudain elle fronce les sourcils.

– Et les furets ?

Pasdeloup ment sans hésitation.

– On nous les rendra demain.

– Pourquoi demain ?

– Quand la police scientifique aura fini.

La jeune femme sursaute brusquement en ouvrant la bouche, horrifiée.

– Et sa mère ?

– Le commissaire l'a appelée.

Elle fouille dans son sac avec des gestes saccadés, à bout de nerfs, renverse son contenu sur le sol. Elle se jette à quatre pattes et finit par mettre la main sur son téléphone mobile.

– Je dois lui parler.

Pasdeloup quitte la pièce pour la remise voisine. Il choisit des calmants dans l'armoire à pharmacie, et gagne le garage dans la maison murée. Il arpente le lieu pendant un long moment, le visage fermé, tout entier tourné vers lui-même. Il s'arrête, lève les yeux au plafond en direction de la trappe invisible. Un rictus étrange le saisit, il retrousse les babines. Puis il revient lentement sur ses pas. Lucia est assise par terre, poupée cassée. Elle pleure silencieusement. Pasdeloup s'accroupit et lui prend la main. Elle articule difficilement.

– Elle arrivera demain par le train. J'irai la chercher.

Il opine sans un mot, s'assied près de Lucia, dévastée, et la prend dans ses bras. Le solstice d'été touche à sa fin. Il fait nuit en ce jour le plus long.

À l'aube, Pasdeloup ouvre la porte de la chambre où repose la jeune femme. Les tranquillisants ont eu raison de sa douleur. Elle ronfle, bouche ouverte. Il va pour se recoucher quand il pense soudain à Maria qui arrivera tout à l'heure sans rien savoir de rien. Il jure en silence, descend à la cuisine et se met à l'attendre en buvant du café.

Elle ne pleure pas, elle ne crie pas. Elle tremble de tout son corps et enserre l'avant-bras de Pasdeloup dans une poigne de fer. Sa voix déraille du rauque à l'aigu pour nier l'évidence, ne pas y croire autant qu'elle peut. Pasdeloup décide d'enfoncer le clou.

– La femme qu'il aimait est ici. Elle dort là-haut.

Maria se décompose. Elle lâche Pasdeloup pour aller s'asseoir, demeure un long moment foudroyée, le regard fixe, les mains posées à plat sur ses genoux joints. Elle se lève enfin, le visage blême, les dents serrées, et commence à cuisiner avec des gestes d'automate.

Lucia descend l'escalier en titubant, accrochée à la rampe. Maria laisse tomber ses casseroles et s'avance jusqu'au pied des marches. Lucia est enveloppée dans un peignoir de bain, les cheveux mouillés, le visage rouge et bouffi avec de grosses poches sous les yeux. Elle s'arrête à mi-palier, troublée par la présence de cette inconnue qui la scrute. Pasdeloup a bondi pour se retrouver entre les deux femmes. Il fait les présentations en surveillant ostensiblement Maria.

– Lucia... Maria.

Le visage de Lucia s'éclaire soudain. Elle contourne Pasdeloup et finit de descendre, très émue.

– Antoine m'a parlé de vous. Il vous aimait beaucoup.

Les yeux de Maria semblent sortir de leurs orbites, poussés par un torrent de larmes qui dévalent brusquement sur ses joues. Les deux femmes tombent dans les bras l'une de l'autre. De la bouche de Maria sort un jappement, ridicule, déchirant.

– Il m'a appris à préparer le lapin !

Enfin seul, Pasdeloup souffle, exaspéré. Jusque-là, il a dû serrer les dents et rassembler intérieurement tout le mépris dont il est capable pour supporter leurs jérémiades sans exploser. Maria, avide de comparaisons avec sa propre histoire, était à la manœuvre pour soutirer de Lucia l'agenda de sa relation amoureuse. Trop heureuse de ces oreilles attentives, l'autre pleurait le disparu dans les moindres détails. Le taxi de Daniel est enfin venu chercher Lucia : direction la gare de Paris-Montparnasse pour récupérer Maman Dédette. Un silence pesant s'est installé. Maria a fini par s'en aller, à regret.

Pasdeloup consulte sa montre. Il a trois heures devant lui avant de retrouver Lucia et Dédette à la morgue où elles ont rendez-vous avec Ronron. Il commence à composer un numéro sur son portable mais brusquement se ravise. Il se souvient que Ronron est un flic avant d'être un être humain. Il grimpe à l'étage et s'accroupit au ras d'une fenêtre pour examiner les alentours. Ne décelant rien d'anormal, il passe dans la maison murée et enfourche sa moto. Il stationne quelques secondes dans la rue Brûlée en faisant ronfler sa machine puis contourne la place Hyacinthe-Drujon et attaque la descente de la rue du Bassin. Une voiture apparaît soudain dans son rétroviseur qui le suit en gardant ses distances. Pasdeloup sourit, soulagé. Elle était dissimulée derrière la petite salle des fêtes située au milieu de la place, impossible à repérer de chez lui. Il rejoint tranquillement la D47, passe le rond-point et remonte l'avenue de la Gare pour, très vite, ralentir et sortir à la station-service. Il fait le plein sans paraître remarquer la voiture garée à quelques mètres. Le passager fait semblant de contrôler la pression des pneus tandis que la tête du conducteur est à peine visible, cachée par le tableau de bord. Pasdeloup se remet en selle, la moto vrombit, il démarre en trombe dos à la route et disparaît soudain, avalé par la pente vertigineuse qui conduit au no man's land vingt-cinq mètres plus bas. Pasdeloup serpente joyeusement dans la décharge, déboule sur le chemin sans nom, passe à toute allure sous le viaduc du Croult et fonce droit devant. Deux minutes après, il atteint le Trou du Diable et freine brutalement devant la caravane du Russe en soulevant un geyser de terre et de gravillons. Buck, le rottweiler, se précipite ventre à terre et bondit pour manifester son affection. Le pilote et sa moto basculent sous la charge. Pasdeloup tente d'échapper aux coups de langue baveux en repoussant le molosse à coups de pied.

– Arrête tes conneries, Buck ! Bordel, qu'est-ce que tu fous, le Russe, débarrasse-moi de cet abruti !

Le Russe sort enfin de la caravane et siffle. Buck cesse immédiatement les câlins pour aller s'asseoir au pied de son maître. Pasdeloup se remet debout et redresse la moto qu'il cale sur sa béquille. Il prend le temps de dévisager le Russe. Il a l'air triste, des poches sous les yeux, le regard vague.

– Tu déjeunes à la vodka maintenant ?

La grande carcasse du Russe se dandine d'un pied sur l'autre, à son habitude.

– Non, c'est encore celle de la nuit.

Pasdeloup s'arrête un instant sur le visage ravagé puis se détourne de son malheur.

– J'ai besoin de toi.

Le Russe opine sans hésiter. Pasdeloup désigne une camionnette garée près des enclos à chèvres.

– Tu la loues combien ?

– Tu le sais bien, pour toi, c'est gratos.

Pasdeloup remercie d'un battement de cils.

– Je passerai te l'emprunter un de ces soirs. Et deuxièmement, tu connais Abdel, le dealer ? Il me faut l'adresse de son lieu de travail et celle de son domicile.

En grimaçant un peu, le Russe entre dans sa caravane pour ressortir aussitôt avec une bouteille de vodka et deux petits verres. Il les remplit à ras bord et en tend un à Pasdeloup. Il porte un toast avec un rictus désespéré.

– À la vie, à la mort, Pasdeloup Meunier !

Il boit cul sec et se ressert.

– Repasse ce soir, j'aurai tes infos.

Il s'assied sur les marches de sa caravane, la tête entre les épaules.

– Tu as appris pour Nuri ? Il a eu de la chance que Nono le Gitan fasse pisser son pitbull à ce moment-là. Il l'a envoyé à l'attaque mais c'est un jeune pas encore habitué au combat. Le type lui a foutu un coup de batte qui lui a crevé un œil et un autre qui lui a pété quatre dents. Mais bon, Nuri en a réchappé. Il paraît que c'est un de ses élèves qui a fait le coup, un Black qui a fini sa nuit de fiesta par une overdose !

Pasdeloup fronce les sourcils.

– D'où tu sais ça ?

– Il y avait plein d'yeux dans la rue quand on l'a sorti de chez lui à l'horizontale. Avec, posée sur son ventre, une batte de base-ball, couverte de sang, dans un sac plastique transparent. Un plus un égale deux.

Pasdeloup fait démarrer sa moto, impassible.

– À ce soir.

Buck pousse un gémissement en le regardant s'éloigner et disparaître dans le chemin sans nom.

Nono est sorti sur le pas de sa porte, suivi par un chien portant un gros bandage qui lui couvre la moitié de la tête. Le vieux Gitan le désigne d'un coup de menton méprisant.

– Je ne sais pas si j'en ferai quelque chose de celui-là.

Pasdeloup regarde l'animal avec indulgence.

– Si j'étais toi, je ne le ferais pas piquer tout de suite, il a encore un œil à perdre pour sauver quelqu'un !

Nono glousse en caressant le ventre de son chien du bout de sa pantoufle.

– Qu'est-ce que tu viens faire dans le coin, Pasdeloup ?

– C'est un de mes amis qui est accusé d'avoir tapé Nuri et éborgné ta bête.

Nono fait une moue dégoûtée.

– T'étais copain avec le nègre ? Il paraît que le Diable l'a emporté la même nuit. Bon débarras !

Le visage de Pasdeloup s'assombrit.

– À quoi ressemblait le type que tu as vu ?

– À rien du tout ! J'ai dit la même chose aux keufs. Il était cagoulé et portait des gants, basta !

– Il n'a rien dit ?

Nono fait un bruit de dénégation avec ses lèvres serrées. Pasdeloup insiste.

– Rien fait de particulier ?

Nono fronce les sourcils en faisant marcher sa mémoire.

– Il y a juste un truc. Quand le chien lui a sauté dessus, il l'a stoppé net par un coup de genou qui l'a retourné comme une crêpe. J'ai trouvé ça bizarre comme réaction. Et après, il l'a explosé à la batte.

Le visage de Pasdeloup devient brusquement inexpressif.

– Merci, Nono. À charge de revanche.

Pasdeloup se gare devant l'unité médico-judiciaire de Gonesse, un bâtiment annexe près de la sortie de l'hôpital. Il a repéré de loin le taxi de Daniel qui stationne devant l'entrée avec ses warnings allumés et Lucia, à demi assise sur le capot, prostrée. Pasdeloup va directement à l'arrière du véhicule et se penche pour regarder à l'intérieur. La portière s'ouvre. La mère d'Antoine s'extirpe difficilement de l'habitacle. C'est une femme corpulente avec un problème de hanche, une poitrine généreuse et un beau visage tranquille. Son regard est rempli de douceur et de bonté. Elle s'adresse à Pasdeloup avec une simplicité désarmante.

– Vous êtes M. Meunier, je vous reconnais. Je suis Dédette Ducœurjoly, la mère d'Antoine. Merci pour tout ce que vous avez fait pour mon enfant. Vous l'avez protégé et aidé. Il vous aimait.

Les lèvres de Pasdeloup laissent passer une voix neutre, mécanique.

– Désolé, mais cette fois-ci, je n'ai rien pu faire pour l'empêcher de mourir.

Dédette pose ses doigts sur son épaule avec des larmes plein les yeux.

– Nous avons tous nos faiblesses, monsieur Meunier.

Une voiture de police s'arrête devant le taxi. Ronron vient saluer Lucia et Dédette en ignorant Pasdeloup. Il leur dit quelques mots avant de les conduire à l'intérieur du bâtiment. Il réapparaît quelques minutes après et sort du coffre de sa voiture une grande cage qu'il vient déposer aux pieds de Pasdeloup. Marinette et Julot, poil hérissé, tournent en rond nerveusement. Ils émettent des cris aigus et grincent des dents.

Ronron souffle, excédé.

– En plus, ils puent !

Pasdeloup sourit en coin.

– Merci.

Le flic se penche sur les furets, dissimulant son regard.

– J'ai demandé au légiste de l'ouvrir par-derrière pour que sa mère ne voie pas les coutures.

Pasdeloup le dévisage, narquois.

– Et moi qui te croyais sans cœur !

Ronron hausse les épaules, gêné.

– Une maman, c'est une maman.

La gorge de Pasdeloup se serre d'un coup. Il y a dans son portefeuille la petite photo jaunie représentant une jolie femme tenant dans ses bras un enfant, Élisabeth et lui, la mère et le fils. La même image qui l'avait accompagné durant son premier voyage en Israël et qu'il avait rendue à son père dès son retour. Albert était mort en la serrant entre ses doigts. Un an après Zéèv, quarante-cinq ans après son épouse chérie. Juste avant de passer, il avait murmuré :

– Enfin.

Lucia pousse un cri de joie.

– Les furets !

Elle s'accroupit près de la cage en pleurant à chaudes larmes. Elle pose sa main sur le grillage, ce qui provoque immédiatement une attaque de Julot qui cherche à la mordre. Lucia pleure de plus belle.

– Tout doux, mes petits, je m'occuperai bien de vous.

Pasdeloup lève les yeux sur Maman Dédette. Le choc a été trop dur. La peau de son visage a viré au gris. Elle titube, les yeux égarés. Pasdeloup la saisit par le bras et la soutient jusqu'à la voiture. Daniel vient aider pour la faire asseoir sur la banquette arrière.

Derrière lui, une voix se met à hurler en arabe. En sortant de l'hôpital, la mère de Nuri a vu le policier et la femme noire. Elle crie sa haine. Maman Dédette se raidit en fermant les yeux. Lucia tombe assise par terre et s'accroche à la cage, tétanisée, terrifiée.

Ronron s'interpose. Fatiha Hamza s'éloigne en continuant ses imprécations auxquelles répondent, seuls, les feulements de Julot et de Marinette. Pasdeloup fait un signe à Daniel. Les deux hommes prennent Lucia sous les aisselles et la redressent. Elle claque des dents et tremble de tous ses membres mais refuse de s'éloigner de la cage restée au sol. Ronron fait le porteur jusqu'à la voiture. Après avoir embarqué son petit monde, Pasdeloup le prend à part.

– Nuri a témoigné ?

– Trop choqué pour parler. D'après les médecins, pas avant demain.

Pasdeloup retrousse un coin de lèvre.

– Tu sais ce qu'on dit dans le coin, Ronron ? Que la police a fait une conférence de presse pour désigner le coupable !

Le flic est pris d'un tic nerveux sur l'une de ses pommettes. Il se contient pour garder son calme.

– Le sang sur la batte est bien celui de Nuri.

Pasdeloup tourne les talons en lançant par-dessus son épaule :

– Alors, classe l'affaire !

Lucia enserre de ses bras la cage posée sur ses genoux. Elle semble hypnotisée par les deux furets. Soudain, elle articule quelques mots sans lever les yeux.

– Ils sont assoiffés. Il faut trouver de l'eau.

Elle crache, hystérique :

– Tout de suite !

En maintenant la portière ouverte, Pasdeloup se penche vers elle avec un geste apaisant.

– On t'arrêtera au premier bistrot pour que tu ailles en chercher. Après, tu veux aller où ?

Lucia se recroqueville.

– Chez moi.

Pasdeloup se demande comment Jeanne aurait réagi, à l'époque, si c'était lui qui était mort. Serait-elle devenue folle, semblable au petit être déboussolé et pitoyable qu'il a sous les yeux. Une malade de douleur, pas fréquentable. Antipathique même. Il se souvient que lui-même avait perdu le nord. Et ne l'avait plus jamais retrouvé.

Pasdeloup referme la portière et fait le tour de la voiture. Le chauffeur attend patiemment derrière son volant, conscient du drame qui se joue, avec la servilité bien élevée des croque-morts.

– Daniel, vous la raccompagnerez chez elle et ensuite vous me rejoindrez à la maison avec la dame.

Maman Dédette regarde droit devant elle, indifférente à tout. Le taxi démarre. Pasdeloup croise les yeux de Ronron qui ne le lâchent pas, jusqu'à ce qu'il enfourche sa moto et se perde, à son tour, dans les embouteillages habituels d'une fin de journée à Gonesse.

La voiture banalisée les suit en conservant une bonne distance. Pasdeloup les a remarqués dès leur départ du Vieux Pays. Sur l'autoroute du Nord, il s'est retourné discrètement pour constater la présence des policiers. Arrivé porte de la Chapelle, il a demandé à Daniel de traverser Paris plutôt que de faire la boucle par le périphérique. Les suiveurs ont été obligés de se rapprocher pour éviter de perdre le contact dans la circulation. En se penchant un peu entre les sièges avant, Pasdeloup peut les observer de temps à autre dans le rétroviseur extérieur. Il n'a, pour l'heure, rien à cacher et préfère les savoir à proximité pour témoigner d'un comportement irréprochable. À côté de lui, sur la banquette arrière, Maman Dédette est en état de sidération. Elle n'a pas dit un mot de tout le trajet et Pasdeloup a respecté son mutisme. Daniel les dépose enfin devant la gare Montparnasse. Pasdeloup prend la vieille dame par le bras et la conduit jusqu'au quai. Le train pour Nantes est déjà là. Ils s'arrêtent devant la voiture n° 7 indiquée sur la réservation. Maman Dédette lève sur lui des yeux fiévreux.

– Merci.

Pasdeloup se racle la gorge et se jette à l'eau.

– Madame Ducœurjoly, la police ne vous a rien dit parce qu'il y a une enquête en cours, mais pour ma part, je ne suis pas contraint au silence. Antoine ne se droguait pas. Ce qui est arrivé n'est pas un accident de junkie. C'est un meurtre. Quelqu'un l'a tué.

Maman Dédette ouvre la bouche en émettant une sorte de râle.

– Mon Dieu !

Elle se met à respirer plus vite et s'accroche à Pasdeloup pour ne pas défaillir. Il l'empoigne à bras-le-corps et chuchote, son visage tout près du sien.

– Madame Ducœurjoly. Imaginez que je retrouve celui qui a agressé votre enfant, qui l'a ligoté pour lui injecter une dose mortelle. Imaginez que je vous livre l'assassin et qu'en toute impunité il soit à votre merci. Que choisiriez-vous ?

Maman Dédette ouvre de grands yeux paniqués. Elle se tortille dans les bras de Pasdeloup.

– Vous voulez dire…

Il acquiesce d'un battement de cils. Elle le repousse avec une expression d'horreur.

– Rien ! Je ne ferais rien ! Je crois en la justice divine, monsieur Meunier. En attendant, je me contenterai de celle des hommes.

Les yeux vairons flambent, fixés sur elle, puis s'éteignent d'un coup.

– Si ce n'est pas vous, madame Ducœurjoly, alors qui ?

Maman Dédette se retourne et monte dans le train comme si elle avait le diable à ses trousses. Pasdeloup rebrousse chemin en sifflotant, la tête dans les nuages pour ne pas voir le policier qui se cache derrière son journal ouvert.

La voiture banalisée a suivi le taxi jusqu'au Vieux Pays et a rejoint son stationnement derrière la salle des fêtes. Elle ne s'est pas complètement dissimulée pour permettre aux deux hommes assis à l'avant d'assurer leur surveillance de manière plus confortable. Pasdeloup a allumé la lumière dans une des chambres du premier étage et les observe d'une autre fenêtre à l'aide de binoculaires de vision nocturne. L'un des hommes s'est assoupi, l'autre veille, la vitre à moitié descendue pour mieux entendre. Pasdeloup rejoint la maison murée et le hangar, vérifie la pression des pneus de son VTT, s'équipe d'une lampe frontale et sort dans la nuit. Un quart d'heure après, il s'arrête à une distance raisonnable de la caravane du Russe et laisse tomber son vélo dans l'herbe.

– Buck ! C'est moi, Buck ! Tout doux !

Le molosse se met à aboyer et déboule à toute allure. Il reconnaît Pasdeloup in extremis mais le renverse néanmoins dans sa charge. Un coup de sifflet interrompt les effusions. Pasdeloup rejoint la caravane en marchant lourdement, les épaules voûtées. Le Russe l'invite à entrer.

– T'as l'air crevé.

Pasdeloup se laisse tomber sur la banquette et s'accoude à une table recouverte d'une toile cirée poisseuse. Il jette un coup d'œil sur l'espace exigu où règne un mélange de saleté et de désordre.

– Ça schlingue chez toi !

Il saisit un verre au sommet d'une pile d'assiettes sales déposées dans l'évier, le nettoie avec le bas de son T-shirt et se sert une bonne dose de vodka. Le Russe vide la bouteille dans un quart en aluminium qu'il lève pour porter un toast avec des yeux injectés de sang.

– Il s'appelle Abdel Zayed. Il loue un pavillon avenue Leclerc à Goussainville. C'est à côté du château d'eau.

Pasdeloup lève la tête, soudain intéressé.

– Les maisons en bordure de la fosse aux Chiens ?

Le Russe a un sourire cynique.

– Ouais, c'est isolé, tranquille. Son turbin, c'est à la Dame Blanche Nord, à Garges-lès-Gonesse.

Pasdeloup fait une moue dépitée. Ce quartier mal famé, surnommé « Zone 4 » ou « cité des peintres » en raison des noms de ses rues, est coincé entre la gare RER de Sarcelles et le fort de Stains. D'immenses barres d'immeubles, des tours, du béton à perte de vue, c'est un labyrinthe, avec de nombreuses impasses, qui permet les trafics en tous genres. Sa réhabilitation, prévue depuis longtemps, tarde toujours. Le Russe vide son quart d'un seul trait.

– Quand tu viens de la gare, tu tombes sur la grande barre Toulouse-Lautrec. Ils ont commencé à la démolir. Pendant la nuit, les engins de chantier se garent dans un espace gardienné, entouré de barrières. Il arrose les maîtres-chiens et il y fait bureau tous les soirs à partir de 21 heures. Ça te va ?

Pasdeloup s'attarde sur le visage ravagé qui lui fait face.

– Ouais. Qu'est-ce qui déconne, l'ami ?

Le Russe récupère dans un placard une autre bouteille de vodka, ressert Pasdeloup et remplit son quart.

– Il y a une semaine, j'ai appris que la mère était morte au pays. Un cambrioleur lui a foutu un coup de marteau sur la tête. C'est moche.

Pasdeloup serre les dents.

– On a chopé le type ?

Le Russe s'étrangle de rire.

– Une vieille qui meurt, c'est rien partout !

Pasdeloup reste silencieux un long moment. Il se lève et sort de sa poche une grosse liasse de billets qu'il dépose sur la table.

– Merci pour les infos.

Le Russe fait le geste de repousser l'argent, la main à trois doigts l'agrippe au poignet.

– Un conseil, va pleurer sur sa tombe, tu pisseras moins de vodka. Et laisse les clés de la camionnette dans le vide-poches du vieux tracteur.

Pasdeloup pédale sur le chemin sans nom jusqu'à ce que sa fatigue le rattrape au bas de la rue Brûlée. Il continue à pied en poussant son vélo. Un rai de lumière l'arrête, au travers des persiennes de Bouquinville, et lui donne envie de parler à un être humain.

Il pense à Catherine et à Marc Aurèle.

Non, il faut être sage, poursuivre son chemin et relire un peu du cynique impérial pour saluer cette nuit d'été et ces putains d'étoiles qui se foutent du malheur des hommes.

11

Le maître de soi

Ronron débarque rue Brûlée de bon matin en même temps que Maria. Elle hésite, hypnotisée par la voiture de police, avant d'entrer à regret dans la maison. Pasdeloup la croise sans un regard et va jusqu'à Ronron qui l'accueille avec son visage des mauvais jours, les yeux mi-clos, la pommette secouée par un tic nerveux.

– Nuri Duval est sorti de sa sieste. Je l'ai interviewé ce matin au petit déjeuner, tu vas être content, il est formel, son agresseur n'était pas Antoine Marron-Ducœurjoly ! L'autre était plus petit, plus mince, et, cerise sur le gâteau, il a remarqué de la peau blanche entre son gant et la veste de son blouson !

Pasdeloup s'enquiert précipitamment :

– Il l'a reconnu ?

Le policier montre les crocs en riant jaune.

– Oh que non ! C'est un petit cachottier, comme toi ! Je suis sûr qu'il a fait durer ses vapeurs pour réfléchir à ce qu'il allait nous cracher !

Ronron s'approche de Pasdeloup avec une lippe dégoûtée.

– Le tueur qui se balade dans la nature, inutile que je me casse le cul à le chercher. On me le laissera bientôt sur un trottoir complètement refroidi, pas vrai ?

Pasdeloup fait mine de s'apitoyer.

– Je voudrais bien te rendre ce service, Ronron, mais mon petit doigt me dit que tu serais du genre ingrat. Avec une idée fixe, coincer le tueur du tueur !

Il se fend d'un sourire.

– Et puis comment veux-tu que je m'y risque avec les sbires que tu m'as collés au train ?

Ronron se détend d'un coup et s'esclaffe.

– Dorénavant, tu seras libre comme l'air, soldat, tu as ma parole !

Il tourne les talons gaiement, s'arrête et revient sur ses pas, provocant.

– Tu cours toujours aussi vite et aussi longtemps ?

La voix de Pasdeloup sonne comme un défi.

– Assez pour que tu ne me rattrapes pas.

Le flic dodeline benoîtement et tourne les talons en se frottant les mains d'un air satisfait.

Pasdeloup le regarde marcher jusqu'à sa voiture. Ronron s'est un peu empâté mais la largeur de ses épaules signale qu'il fréquente toujours les salles de musculation. Son homosexualité n'est jamais évoquée par ses proches ou ses collègues, jamais brocardée. Personne n'oserait. Certains même n'y croient tout simplement pas, tant Ronron incarne le flic impitoyable, dur et viril, craint par tous les hors-la-loi.

Nuri est un peu pâlichon. La jambe gauche et le bras droit sont plâtrés, un gros pansement lui couvre le crâne mais son regard est étonnamment vif. Pasdeloup apprécie en connaisseur. Ce garçon est un vrai combattant, déjà tout entier occupé à reprendre des forces. Il regarde Pasdeloup avec un visage sombre, les dents serrées.

– J'ai appris pour Antoine. Ça me fait beaucoup de peine.

Pasdeloup baisse les yeux pour ne manifester aucune pression, le laisser libre de réagir à sa façon.

– Tu l'as mis hors de cause. La police n'a plus aucune piste. Et toi ?

La voix blanche de Nuri monte dans les aigus, à peine audible.

– Allah est grand !

Il repousse le drap de son bras valide et bascule le bas de son corps hors du lit. Il saisit une béquille et se redresse en équilibre sur une jambe.

Pasdeloup fait un geste pour lui venir en aide, Nuri fait non de la tête, fièrement.

– J'urine tout seul !

Il gagne aisément la salle de bains et ferme à clé. Aussitôt, Pasdeloup inspecte les tiroirs de la table de nuit, ouvre la petite penderie et tâte les vêtements. Il trouve un gros trousseau de clés qu'il empoche sans autre examen. Il est assis et souriant quand Nuri réapparaît.

– Mine de rien, je suis sûr que tu peux encore te battre !

Nuri se recouche avec un sourire cruel.

– Je saisis d'une main et j'égorge avec les dents !

Pasdeloup le fixe intensément.

– Ne le dis pas trop fort. Celui qui t'a fait mal te croit terrassé. Il est tranquille. Il ne se méfie pas.

Nuri fronce les sourcils et ouvre la bouche pour parler quand sa mère entre sans frapper. Elle s'immobilise une seconde à la vue de Pasdeloup, le salue d'un bref mouvement de tête puis s'approche de son fils pour lui parler à voix basse en arabe. Pasdeloup laisse la place et se dirige vers la porte avec un signe d'encouragement en direction du blessé.

– Je vois qu'on s'occupe bien de toi.

Nuri ferme les yeux en signe d'assentiment.

– C'est une bonne mère.

Pasdeloup sort avec un grand sourire et fonce à l'accueil pour s'enquérir aimablement :

– Les visiteurs sont autorisés jusqu'à quelle heure ?

À toute vitesse, il rentre chez lui en passant par la place Hyacinthe-Drujon. La voiture de police n'est plus là. Il semble que Ronron ait tenu parole. Par acquit de conscience, il vérifie les alentours et gare enfin sa moto dans le hangar de la maison murée. Il grimpe jusqu'à sa cache et récupère son Ruger silencieux ainsi qu'un gros Desert Eagle en calibre 50, un pistolet surpuissant fabriqué en Israël, cadeau de Zéèv. Il examine les deux télécommandes accrochées au trousseau de Nuri, éteint son téléphone portable et enfile une combinaison de travail. Sac au dos, il saute sur son VTT et rejoint le no man's land par la station-service pour être sûr de ne pas être suivi.

Arrivé devant le portail de Nuri, il dissimule son vélo dans les broussailles, regarde sa montre. Si Fatiha Hamza reste avec son fils jusqu'à la fermeture, il a deux heures devant lui. Mais il vaut mieux faire vite. Il enfile une cagoule et, pistolet à la main, appuie sur la télécommande.

Avec un cliquetis de crémaillère, le battant coulisse sur son rail. Dès que l'espace le permet, Pasdeloup s'engouffre à l'intérieur de la propriété et court vers le hangar métallique tout en actionnant la fermeture. Dos à la paroi, il attend une longue minute, le cœur battant, en épiant le moindre bruit. Enfin, il s'approche lentement de la caravane, l'arme tenue à deux mains, pointée devant lui. Il en fait prudemment le tour en jetant de brefs coups d'œil à l'intérieur par les fenêtres. Rassuré, il essaie les clés jusqu'à trouver la bonne. Il ne constate qu'une demeure impeccablement rangée, d'une propreté extrême.

En ressortant, il lève les yeux vers les caméras de surveillance surmontant la grosse bâtisse métallique et remarque le câble qui traverse toute la propriété, à quelque six mètres du sol, accroché aux branches de deux arbres situés de part et d'autre. À l'examen, un deuxième fil semble relié à une poulie qui supporte une espèce de grosse ampoule dissimulée dans le feuillage. Pasdeloup s'accroupit, flairant le piège. Il réfléchit durant de longues secondes. Ce dispositif ne lui rappelle rien. Il se redresse et va directement à la porte du hangar. Il actionne la deuxième télécommande et écoute. Aucun signal audible. Il engage la seule clé de sûreté du trousseau, tourne et, lentement, ouvre la porte. Immédiatement une voix synthétique se fait entendre.

– *Five… Four… Three…*

Pasdeloup appuie précipitamment sur la télécommande. La voix de nouveau :

– *Alarm off.*

Il pousse un soupir et referme le battant. Dans le noir absolu, il utilise sa lampe frontale pour examiner le mécanisme. Un simple détecteur d'ouverture relié au téléphone et vraisemblablement à Internet. Avec une temporisation de cinq secondes, c'est largement suffisant pour un seul accès. Il actionne l'interrupteur et se retourne. Écrasés par une violente lumière au néon, de nombreux cartons soigneusement empilés, un écran de surveillance extérieure surplombant des photos et des plans jetés sur une table, un appareillage électronique complexe relié à de nombreux fils qui conduisent à un moniteur et à une longue boîte métallique, posée au sol, entrouverte. Pasdeloup s'agenouille et rabat le couvercle. Son cœur s'accélère à la vue d'une reproduction en plastique d'un lance-missiles sol-air, grandeur nature, connecté au système informatique, ainsi qu'une brochure intitulée : « Training Simulator (ATS-II) For ANZA MK-II Weapon System ». Pasdeloup a entendu parler de cette arme fabriquée au Pakistan et utilisée par les milices islamistes libyennes. Sa particularité essentielle est son simulateur de tir utilisant une cible mouvante dégageant un rayonnement infrarouge. Comme la grosse ampoule, dehors, accrochée au fil surplombant la cour. Un peu plus loin, il met à jour le vrai lance-missiles, recouvert par une bâche, avec ses accessoires et ses munitions.

Pasdeloup demeure longtemps les bras ballants, abasourdi par l'incroyable similitude des événements à près de vingt ans d'intervalle. Après le père, il se retrouve aujourd'hui confronté à un fils qui poursuit le même objectif terroriste : abattre un avion de ligne depuis le Vieux Pays. Il prend conscience de ses poings serrés, de la crispation de tout son corps, fait quelques pas jusqu'à la grande table et examine les documents éparpillés. Il blêmit. Sous ses yeux, une photo de la grille d'accès au TGV n° 9, celle qui précède le viaduc du Croult, et une autre de la buse d'écoulement des eaux pluviales passant sous la voie ferrée. D'une main tremblante, il saisit une feuille couverte de calculs et la parcourt rapidement. Il balaye l'espace d'un regard halluciné, fonce vers les cartons empilés et en ouvre un au hasard. Il est rempli à ras bord de pains d'explosifs, avec des dénominations variées, PEP-500, SEMTEX, C-4… Il y en a au bas mot deux cents kilos. Pour un costaud comme Nuri, quatre voyages avec un gros sac à dos. Pasdeloup l'imagine aisément. Courir, ramper dans la buse, disposer le tout, fixer un seul détonateur dans une seule charge, le relier à n'importe quel système de mise à feu et juste avant le passage du TGV, boum, la voie se soulève d'un coup, les rails se détachent, la motrice sort de ses guides et plonge dans le vide, suivie par les autres voitures qui s'écrasent cinquante mètres plus bas dans un fracas démentiel, chacune enterrant un peu plus l'arbre de Pasdeloup. Il s'assied, fixant l'apocalypse. D'abord le TGV et ensuite l'avion, ou le contraire, en tout cas un épouvantable carnage. Un petit rire hystérique le secoue brièvement. Si on laissait Nuri se reproduire, quel serait le projet de son fils, devenu adulte, pour surpasser le père et le grand-père ?

Un bruit de moteur se fait soudain entendre. Pasdeloup note l'entrée du pick-up sur l'écran de surveillance. Avec une heure d'avance sur ses prévisions. Il enclenche l'alarme et, pistolet au poing, va se dissimuler sous la bâche du lance-missiles. Le cœur battant la chamade, il attend cinq longues minutes avant d'entendre un bruit de clé et la voix synthétique.

– *Five… Four… Alarm off.*

Des bruits de pas passent tout près de lui, de nouveau un cliquetis de clé, une porte qui s'ouvre et se referme…

Pasdeloup sort de sa cachette, ruisselant de sueur. Il n'avait pas remarqué sur le mur du fond cette ouverture, recouverte de la même tôle. Il s'approche sur la pointe des pieds et ouvre millimètre par millimètre en retenant son souffle. La porte, très épaisse, laisse enfin passer un rai de lumière. Pasdeloup entend la voix de Fatiha en arabe. Son œil découvre enfin toute la scène. Il tressaille, se mord les lèvres et referme doucement. Il remet son pistolet dans son étui et se force à respirer rapidement pour ralentir son rythme cardiaque. Ziva est là, à quelques mètres, recroquevillée sur une chaise, ligotée, à la merci de la femme qui la menace d'un couteau. Pasdeloup lève la tête vers le plafond en une supplication muette. Il appelle Douze de toute sa pensée. Son calme rassurant, sa force herculéenne, sa confiance sans faille. Il repense à la dernière carte postale reçue de lui, signée : « CS 12 ». Comme le veut la coutume chez les démineurs, Douze avait fait précéder le numéro de sa pièce Nedex de l'acronyme CS qui signifie *Compos Sui*, « Maître de Soi », la devise à ne jamais oublier.

Pasdeloup « Husky » Meunier inspire un grand coup. Le petit calibre de son pistolet silencieux exige de toucher le cœur ou la tête pour une neutralisation immédiate. Et sa main tremble encore. Il dégaine l'imposant Desert Eagle dont la balle de vingt et un grammes est assez puissante pour mettre hors de combat au moindre impact. Il agrippe l'arme à deux mains, arme le chien, et pousse doucement la porte. D'un coup de pied, il l'ouvre en grand d'un seul coup et se projette dans la pièce. Fatiha Hamza se retourne vers lui, stupéfaite, puis immédiatement haineuse. Elle pointe la lame de son couteau vers la gorge de Ziva. La détonation fait un bruit épouvantable. La vieille Marocaine semble happée par une main invisible et s'effondre deux mètres plus loin sans connaissance. Pasdeloup s'avance, l'arme pointée vers le corps étendu au sol. Fatiha Hamza geint faiblement dans une mare de sang, une épaule déchiquetée. Il s'agenouille devant Ziva.

– C'est fini. Tu es en sécurité maintenant.

Elle porte un gros hématome à la pommette et le fixe, incrédule, hébétée.

– Pasdeloup ?

Il se rend compte alors qu'il a gardé sa cagoule. Il l'arrache et sourit à Ziva. Il ramasse le couteau tombé à terre et tranche précautionneusement les colliers de serrage en plastique qui immobilisent ses poignets et ses chevilles. Ziva bascule en avant, Pasdeloup la retient in extremis et la cale sur la chaise en la saisissant aux épaules. Elle s'ébroue avec une expression de dégoût.

– Ne me touche pas !

Il recule, troublé par sa réaction.

Elle se masse lentement les poignets en lui jetant un regard désespéré.

– Ça fait deux jours que je me fais dessus. Je suis sale, je pue !

Il réalise l'odeur et se détourne pudiquement tandis qu'elle se masse les chevilles maculées d'excréments. Il note que la pièce est totalement insonorisée et remarque dans un coin la présence d'une caméra vidéo. Ziva parvient enfin à se remettre debout. Elle titube un instant avant de se diriger d'une démarche mal assurée vers une petite table garnie de bouteilles d'eau minérale. Elle en ouvre une, boit abondamment avant de la poser à l'horizontale pour que le liquide s'écoule vers le sol. Jusqu'à la dernière goutte, elle se lave soigneusement les mains en regardant fixement la vieille femme qui a repris conscience et qui remue ses jambes en exhalant une plainte faible et continue.

– Il faut appeler une ambulance et la police.

Pour toute réponse, Pasdeloup marche dans le sang de Fatiha Hamza et, du pied, la fait rouler sur le dos. Il pointe le pistolet silencieux, s'ensuit un bruit dérisoire et un trou dans le front de la vieille femme.

Il reste figé devant le cadavre avec une grimace de dégoût, blanc comme un linge. Ziva le dévisage avec effroi.

– Que Dieu nous pardonne.

Elle se voûte, suppliante.

– Je veux me laver.

Pasdeloup fouille les poches de la morte sans rien trouver avant de conduire Ziva à l'air libre, jusqu'à la caravane.

– Prends ton temps, on va attendre la nuit pour sortir d'ici.

Elle referme la porte sans le regarder. Pasdeloup retourne dans le hangar et cherche dans les papiers rangés sur la table. Il trouve des horaires de train et d'avion ainsi que le plan d'action de Nuri soigneusement détaillé. Sa position, sur la voie ferrée cent mètres après le viaduc, idéale pour repérer l'arrivée du train, l'égorgement de Ziva, l'explosion déclenchée à distance, le tir contre un avion, le lance-missiles abandonné sur le cadavre avec une cassette vidéo, la fuite de l'autre côté de la voie, une course de deux cents mètres pour rejoindre sa voiture, garée dans une des petites rues donnant sur le boulevard Charles-de-Gaulle. Durée prévue : entre trois et dix minutes.

Mais le plan ne s'arrête pas là.

Fatiha attend son fils dans la voiture. Ils foncent jusqu'à la gare RER de Goussainville, toute proche. Dans le coffre, deux ceintures d'explosifs et deux AK-47. Ils se ruent dans le hall de la gare et commencent à tirer dans le tas. Ils continuent sur le quai où ils finissent par se faire sauter en criant « Allahu akbar ». Sur le déroulé de l'action, une note manuscrite est soulignée rageusement plusieurs fois : « 1er juillet ou 1er août ». Les départs en vacances. Des avions et des trains bondés avec l'embarras du choix. Bilan cinq cents morts au moins. Un massacre terroriste de masse sans précédent en Europe.

Le visage de Pasdeloup devient féroce et ses dents grincent en mastiquant une proie imaginaire. Il fouille le hangar en renversant tout sur son passage et met enfin la main sur l'arsenal pyrotechnique : exploseur électronique, batteries, relais. Il est en territoire connu. Il ricane en pensant à Ronron qui ne retrouvera que des morceaux de la taille d'une allumette. Il connecte un détonateur dans la pièce insonorisée, le jette négligemment sur le cadavre de Fatiha Hamza et le fait exploser à distance, s'assurant ainsi du bon fonctionnement de la liaison radio. Il termine en amorçant les explosifs qui se trouvent dans le hangar et attend patiemment que Ziva réapparaisse pour disposer une charge à l'intérieur de la caravane. Il inspecte le sac de Fatiha Hamza, récupère son trousseau de clés et ses télécommandes, puis continue de fouiller à l'intérieur du logis. Ziva s'est assise dans l'herbe, revêtue d'un survêtement de Nuri, et le regarde faire en dévorant un grand bol de taboulé, hagarde. Il la rejoint, ruisselant de sueur, et s'agenouille près d'elle.

– Ni téléphone mobile ni ordinateur. Ils ont effacé toutes les traces.

Il prend la main de Ziva qui aussitôt s'accroche à lui. Après un long silence, les mots parviennent enfin à sortir de sa bouche. Hésitants d'abord, hachés, murmurés, ils se libèrent peu à peu en une litanie terrifiante qui dure jusqu'à la tombée de la nuit.

Il y a quelques jours, juste après son départ du Vieux Pays, une voiture l'a tamponnée violemment à l'arrière alors qu'elle était arrêtée à un feu rouge. La blonde qui conduisait le véhicule a reculé et s'est rangée sur le bas-côté. Elle est sortie en faisant des gestes d'excuse et a ouvert son hayon arrière pour y chercher quelque chose. Ziva l'a rejointe pour établir le constat. À la même seconde, elle a reconnu Fatiha Hamza sous la perruque platine tandis qu'une main la saisissait à la gorge et l'entraînait dans le coffre. Le visage de Nuri est la dernière chose qu'elle a vue avant de perdre connaissance.

Elle s'est réveillée pieds et poings liés dans une voiture, avant d'être enfermée dans la pièce insonorisée du hangar. Pendant les trois premiers jours, Nuri a été correct. Il ne l'a pas maltraitée. Il voulait la filmer en train de dire un texte en anglais où elle se présentait comme un officier de Tsahal repenti qui demandait pardon au peuple palestinien et à tous les musulmans. Il venait lui parler à n'importe quelle heure, ne lui laissant aucun répit, d'une voix douce, pour la convaincre de coopérer. Il continuait en la conduisant aux toilettes, en lui libérant une main pour qu'elle mange. Il lui décrivait en souriant les tortures inouïes qu'elle subirait si elle continuait à s'entêter. Il était sûr de lui. Il disait que personne ne peut résister à une douleur scientifiquement dispensée. Qu'il valait tellement mieux réciter sa leçon devant la caméra et jouir d'une mort rapide.

La voix de Ziva s'éclaircit, étrangement amusée.

– Je devais finir par : « Mort aux Juifs, mort à Israël et mort à tous les mécréants. »

Ses yeux bleus se durcissent, purs comme des diamants.

– Alors, je me suis préparée à souffrir et à mourir.

Elle poursuit d'un ton monocorde.

– Un beau jour, il n'est plus venu. Sa mère l'a remplacé. Très vite, sa haine a pris le dessus. Elle me battait, me privait de nourriture, d'eau, me menaçait sans cesse. Jusqu'à ce qu'elle m'empêche de me lever et qu'elle s'amuse de ma souillure. Cette salope voulait m'affaiblir. Je n'ai pas cédé.

Pasdeloup regarde son visage tuméfié avec une admiration sans borne.

– La nuit tombe. Rentrons. Il est temps.

Il la soutient d'un bras passé autour de sa taille, poussant le vélo de l'autre. Semblables à un couple d'amoureux enlacés, ils remontent très lentement la rue Brûlée en chuchotant sous la lune.

– J'ai été enfermée combien de temps ?

– Six jours.

– Et Nuri ?

– À l'hôpital. Il s'est fait tabasser par… celui qui a tué Antoine.

Il retient Ziva qui trébuche.

– Antoine est mort ? Mon Dieu ! Mais que se passe-t-il ? ICI ? Autour de toi ?

Elle refoule un sanglot et soudain se raidit.

– Et Lucia ?

Pasdeloup tressaille, surpris et gêné. Il a oublié Lucia.

– Elle se terre chez elle, je suppose. Avec les furets.

Ziva se dégage du bras de Pasdeloup et se redresse, martiale.

– Demain, j'irai la voir !

La voix a claqué, administrée comme un soufflet. Pasdeloup encaisse en accusant le coup. Le colonel de réserve Ziva Miller, cinquante-huit ans, pilote d'hélicoptère dans l'Unité de recherche et de sauvetage 669, l'élite de l'élite, s'éloigne d'une démarche raide, concentrée, pour éviter la chute. Semblable à Alec Guinness sortant du cachot dans *Le Pont de la rivière Kwaï*. La digne fille de Rachel et de Zéèv, invincible.

Derrière elle, la voix de Pasdeloup, avec toute la mauvaise foi du monde :

– Se faire niquer de cette manière par un jeune beur et une troisième âge déguisée en Scarlett Johansson, pour un officier de Tsahal, c'est quand même pas glorieux !

Ziva lui fait un doigt d'honneur sans se retourner.

Le lendemain après-midi, Pasdeloup entre sans se presser dans le hall de l'hôpital de Gonesse. Le temps des visites est largement entamé, Nuri doit être fou d'inquiétude. Pasdeloup s'arrête à la machine à café et sirote avec délectation un expresso très mauvais. Il a laissé Ziva se reposer, sous la garde de Maria qui a accepté de rester jusqu'à ce qu'il revienne. Tout à l'heure, elle s'est réveillée après quatorze heures de sommeil, a mangé un peu et s'est rendormie avec une expression apaisée. Pasdeloup s'arrête devant la porte de Nuri, va pour frapper, se ravise. Comme Fatiha, il ouvre sans prévenir. Face à lui, le visage de Nuri, empli d'espoir suivi immédiatement d'une déception infinie. Pasdeloup lui fait un signe d'excuse.

– Je ne voulais pas faire de bruit, des fois que tu dormirais !

Il sent dans sa poche le gros trousseau qu'il lui faut remettre dans la penderie. Il attend en parlant d'arts martiaux, savourant le désarroi de plus en plus visible du jeune homme. Un brancardier vient le chercher pour une radio. Pasdeloup remet les clés à leur place et se rassied en sifflotant. Vingt minutes après, Nuri est de retour. Avec dans le regard, la même attente et la même désillusion. Pasdeloup jouit de la situation sans vergogne.

– Ta mère ne vient pas aujourd'hui ?

L'inquiétude est trop grande, le jeune homme se laisse aller.

– Elle devrait être là. J'avoue que je me fais un peu de souci.

– Téléphone-lui.

– Mon téléphone est resté chez moi.

Pasdeloup dégaine son portable.

– Prends le mien !

La réponse est sèche avec un geste de main incisif.

– Elle ne décroche jamais.

Pasdeloup insiste.

– Si tu veux, je peux passer chez toi pour voir si tout va bien, aucun problème !

Nuri fronce les sourcils, soudain méfiant.

– Non, elle ne va pas tarder !

Pasdeloup se lève avec un petit salut de la main.

– Si tu as besoin, je suis là.

Il sort sur un « merci » prononcé du bout des lèvres. Referme doucement la porte et s'appuie sans bruit contre le battant, ses yeux vairons tournés vers le plafond, féroces, avides. Il gronde, dents serrées :

– C'est l'enfer qui t'attend, fils de pute !

À son retour, Ziva est en train de tremper une tartine de confiture dans un grand bol de café, couvée du regard par Maria. À l'arrivée de Daniel et de son taxi, les deux femmes se disent au revoir à grand renfort de gestes et de mimiques, s'embrassent chaleureusement. Ziva semble détendue, reposée, malgré le gros bleu qui déforme sa pommette. Elle sourit à Pasdeloup.

– Tu sais quoi ? Je n'ai pas entendu les avions et j'ai encore sommeil !

Il sort du frigo une poche de glace qu'il lui tend avec un petit air moqueur.

– Le coup de pompe après un bon goûter, rien de plus normal chez une retraitée !

Elle reste assise, les coudes sur la table, tenant d'une main la compresse de froid qui cache la moitié de son visage.

– Où étais-tu ?

Lui, sur un ton sarcastique :

– Je suis allé demander à Nuri où il avait garé ma voiture. Puisque toi, tu ne t'en souviens pas !

Ziva lui saisit le poignet.

– Je sais ce que tu projettes, Husky…

Pasdeloup se pétrifie. L'usage qu'elle fait de son nom de guerre, à ce moment-là, prouve qu'elle a tout compris. Elle poursuit, le ton pressant :

– Ce gamin n'était qu'un jouet entre les mains de sa mère. Elle lui a lavé le cerveau dès la naissance afin qu'il continue l'œuvre de mort de son père disparu. Elle s'en est vantée devant moi. Elle l'a programmé, manipulé, modelé pour en faire une parfaite machine à tuer au nom d'Allah. Elle lui a appris la *takiya*[1] en attendant qu'il devienne adulte et suffisamment fort pour planifier la plus grande attaque terroriste qu'ait connue le vieux continent. Allahu akbar ! Crois-moi, la mort serait trop douce, il mérite d'être jugé et de pourrir longtemps en prison. Laisse faire la justice de ton pays !

Pasdeloup demeure immobile, sans réaction, indifférent. Après un long silence, Ziva hausse tristement les épaules.

---

1. « L'art de la dissimulation ».

– Que Dieu te vienne en aide !

Elle se redresse de toute sa taille.

– Demain je repars pour Auschwitz, comme prévu.

Pasdeloup marque le coup.

– Après ce que tu viens de subir, tu ferais peut-être mieux…

Elle le coupe sèchement.

– Là-bas, ils ont subi bien pire. J'ai pensé tout le temps à eux pour garder ma dignité. En attendant d'être égorgée.

Elle déglutit, prend le temps de refouler toute trace d'émotion.

– Alors, on va la voir, Lucia ?

Cité Ampère, un hall couvert de graffitis, un ascenseur en panne et au troisième étage, une vieille Algérienne leur ouvre avec un air méfiant.

– Je m'appelle Pasdeloup Meunier, et voilà Ziva. Nous sommes des amis de votre nièce.

La femme opine avec un pauvre sourire et les conduit jusqu'à une porte close.

– Elle n'a pas quitté sa chambre depuis presque une semaine.

Pasdeloup va pour frapper. Ziva s'interpose en hébreu.

– Tu restes là. J'y vais seule.

Elle prévient d'un coup de doigt et entre sans attendre. Pasdeloup n'a que le temps d'entrevoir une pièce en désordre et de sentir une odeur aigre d'urine animale. La tante conduit Pasdeloup jusqu'au salon et lui offre du thé. Il boit en silence. La vieille femme lève tristement les bras et les yeux au ciel.

– Je serais prête à remercier le Dieu des Juifs s'il redonnait le goût de vivre à ma petite fille !

Une heure après, Ziva ressort en tenant par l'épaule une Lucia, pâle, amaigrie, mais avec une petite lueur dans ses énormes yeux verts qui lui mangent le visage. Elle s'approche de Pasdeloup et se jette contre lui en nichant son visage au creux de son cou. Il lui tapote les épaules, un peu gêné.

La vieille tante se précipite sur Ziva et lui claque deux baisers sonores sur les joues en la remerciant en arabe. Ziva réplique dans la même langue entraînant aussitôt une repartie follement exubérante. Au comble de la joie, la vieille femme se tourne vers sa nièce.

– Je peux aller faire le ménage, maintenant ?

Lucia hoche la tête, contrite.

– Et tes bestioles ?

– Je les ai remises dans leur cage.

En souriant, la jeune fille prend la main de Ziva et la porte à sa bouche pour l'embrasser.

Dans le taxi du retour, Pasdeloup se rapproche de sa voisine et lui donne un petit coup de coude.

– Comment tu as fait ?

Elle le toise, hautaine.

– C'est une technique de sauvetage qu'on utilise dans la 669. Secret militaire.

– Tu te fous de ma gueule !

– Oui.

Pasdeloup fait une moue agacée. Elle se penche vers lui avec un air mystérieux et lui chuchote à l'oreille :

– Tu veux que j'essaie ma technique sur toi ?

– Vas-y toujours, il n'y a rien à sauver.

Ziva appuie son épaule contre lui avec un petit rire moqueur.

– C'est fini, cette petite Lucia ne ressemble plus à Jeanne, pas vrai ?

– Pourquoi dis-tu ça ?

– Parce que tu l'as oubliée et que Jeanne, tu ne l'oublieras jamais. Elle est vivante pour toujours. Ton Vieux Pays ne te sert plus à rien.

Pasdeloup fronce les sourcils, troublé, tombe sur le regard de Daniel dans le rétroviseur et l'interpelle en français.

– Dites-moi, Daniel, vous y croyez, vous, à la supériorité de la femme sur l'homme ?

Le chauffeur tombe des nues.

– Pas trop, non… Quoique…

– Je suis de votre avis, il vaut mieux ne pas être catégorique ! Prudence !

Il dépose un baiser sur la joue de son amie et s'enfonce dans la banquette en fermant les yeux, soudain le cœur léger.

Ziva a dévoré le dîner et s'est retirée dans sa chambre, de nouveau exténuée. Pasdeloup est monté à son étage et a ressorti d'un tiroir la boîte remplie d'amphétamines. Il regarde sa montre et avale deux gélules, en glisse quelques-unes dans sa poche avant de redescendre sur la pointe des pieds. Il prend au passage une seringue à aiguille hypodermique dans l'armoire à pharmacie et rejoint le hangar de la maison murée. Il récupère dans sa cachette son pistolet silencieux et son Taser. Il saute sur son VTT et rejoint le Trou du Diable par la station-service et le chemin sans nom. Pas âme qui vive. Le Russe est parti pleurer sa mère, et son gros abruti de rottweiler est en pension quelque part. Pasdeloup récupère les clés dans le vide-poches du tracteur, enroulées dans une vieille casquette, et rejoint la camionnette garée près de l'étang. Il se laisse aller contre le dossier et respire à fond la douceur de cette nuit d'été.

Dernièrement, un film lui est revenu en mémoire, issu tout droit des années 70, l'époque où il allait encore au cinéma : *Un bourgeois tout petit petit* de Mario Monicelli avec les magnifiques Alberto Sordi et Shelley Winters. Un minable fonctionnaire et son épouse dévote et superstitieuse n'ont qu'un rêve, celui de voir leur fiston adoré suivre les médiocres traces de son père et lui succéder au ministère. Mais le jour du concours d'entrée, le rejeton reçoit une balle perdue d'un braquage et meurt en pleine rue sous les yeux de son père. La vie du couple bascule avec le film dans une noirceur suffocante, atroce, sans aucune lueur d'espoir. La mère devient paraplégique après un AVC, tandis que le pauvre père éploré retrouve par hasard la trace du tueur et se venge de façon terrifiante. Il séquestre le voyou, le ligote sur une chaise et, tous les jours, accompagné de son épouse en chaise roulante, vient assister à son agonie jusqu'à regretter son dernier souffle et la fin de sa souffrance.

Pasdeloup a une moue chagrinée. Enlever Abdel, le transporter jusque dans la crypte et le regarder mourir à petit feu, de faim, de soif, de misère morale, resterait à jamais une idée romantique de scénariste. Non, Abdel est un personnage secondaire qui ne mérite qu'une élimination sans effort, comme on écrase un insecte entre deux doigts, à la façon de Bero. L'œil noir de Pasdeloup est invisible dans la nuit tandis que le blanc se concentre sur la clé de la camionnette, serrée entre le pouce et l'index. Il lui vient à l'esprit les paroles de l'antique rabbin Hillel : « Si je ne suis pas pour moi, qui le sera ? Si je ne suis que pour moi, que suis-je ? Si ce n'est pas maintenant, alors quand ? »

L'heure a sonné. Contact.

Épilogue

Le jour suivant, vers midi, Pasdeloup reprend des amphétamines. De nouveau, il enfourche son vélo et vient se poster dans la propriété de Nuri. C'est l'heure où commencent les visites à l'hôpital. Sans nouvelles de sa mère, le petit garçon ne devrait pas tenir très longtemps. Avec un bras et une jambe valides, il trouvera le moyen de sortir. Cet après-midi ou la nuit prochaine. Il suffit d'être patient. Pour passer le temps, Pasdeloup fait le tour du propriétaire. Une grande couchette à l'avant, celle de la mère, avec, accroché au mur, un portrait de feu son mari, Christophe Duval, signé en arabe. Au milieu, une grande cuisine salon, deux tapis de prière, un réfrigérateur rempli de produits halal, des packs de bouteilles d'eau, rien que le strict nécessaire à des vies vouées au martyre. À l'arrière, l'espace du fils où Pasdeloup met la main sur un carton de photos et de souvenirs scolaires. Nuri et sa mère, partout, inséparables, indissociables, les bulletins d'un élève brillant, le bac C obtenu avec mention Bien. Pasdeloup sourit en découvrant la salle de bains, laissée impeccable par Ziva.

Ce matin, il l'a conduite à une agence de location de voitures. Une fois les formalités accomplies, ils se sont étreints longuement. Ziva a été secouée d'un seul sanglot en forme de hoquet, puis elle a saisi la tête de Pasdeloup entre ses mains et l'a détaillé de ses yeux immenses, fiévreux, comme pour se souvenir de chacun de ses traits.

– Ton Vieux Pays, c'est Israël, Pasdeloup ! Et ta maison est celle de Rachel et de Zéèv à Nir'am. C'est là que je t'attendrai.

Elle s'est détournée brusquement pour ouvrir la portière et s'asseoir au volant. Son visage avait retrouvé la sérénité et le fatalisme d'un vrai soldat.

– Cette nuit, j'ai prié pour que tu rentres. Que Dieu continue de te garder, frère chéri.

La voiture a démarré sans qu'il articule un mot. Il a juste remué les doigts en guise d'adieu, concentré sur les numéros de la plaque minéralogique pour refouler ses larmes.

La nuit dernière, vingt-six jours après l'assassinat d'Antoine, il a garé la camionnette du Russe en face d'un pavillon de l'avenue Leclerc, au nord de Goussainville. Un coin tranquille bordé par des hectares de champs. Il a attendu que retombe le bruit de son arrivée, enfilé des gants et escaladé discrètement la grille avant de se cacher dans le jardinet sur rue. Abdel est rentré chez lui à 1 h 22. À peine avait-il tourné la clé dans la serrure que Pasdeloup l'a neutralisé avec son Taser avant de le traîner à l'intérieur de la maison jusqu'à son lit. Après une nouvelle décharge pour l'assommer, il l'a ligoté au sommier, bras et jambes en croix et soigneusement bâillonné avec de la bande adhésive. Il a attendu qu'Abdel reprenne ses esprits et commence à se débattre follement pour s'asseoir à côté de lui et sortir de son sac une seringue sur laquelle il a fixé tranquillement une grosse aiguille hypodermique. Du coin de l'œil, il pouvait deviner la panique du jeune homme, son cou aux veines gonflées, prêtes à exploser, ses yeux exorbités tandis qu'il se tordait de toutes ses forces en émettant un hurlement étouffé. Pasdeloup a expurgé tout l'air de la seringue, ensuite, ostensiblement, il a actionné le piston pour la remplir de nouveau. Abdel a eu un soubresaut de terreur folle. Pasdeloup a enfoncé l'aiguille à la base du pouce, là où on prend le pouls, et a trouvé rapidement l'artère radiale. Pour la première fois, ses yeux se sont plantés dans ceux d'Abdel, indifférents, inaccessibles. Il a appuyé sur le piston à fond et une seconde après a arraché le bâillon. Abdel a eu juste le temps de dire « Pitié ! » avant qu'une crispation le saisisse au niveau du thorax et qu'il cesse de respirer, foudroyé par une embolie gazeuse. Pasdeloup a nettoyé la scène de toute trace d'agression et s'en est allé sans un regard pour le cadavre.

Pasdeloup s'assied sur le marchepied de la caravane et fait monter une cartouche dans le canon de son Ruger MK II Amphibian. À vingt ans d'intervalle, il a tué le mari et la femme avec cette même arme. Aujourd'hui, il réserve à leur saloperie de progéniture une fin beaucoup moins silencieuse mais il faut parer à toute éventualité. Ce garçon, même handicapé, garde une force et une vitesse prodigieuses. Pasdeloup se souvient comment, en un éclair, Abdel était tombé sous ses coups.

À 19 h 15, un bruit de voiture se rapproche dans le no man's land. Pasdeloup se cache derrière la caravane, l'arme à la main. Le moteur tourne au ralenti, tout près, derrière la bâche, vrombit de nouveau et s'éloigne. Le portail coulisse, Nuri passe en s'appuyant sur une canne anglaise, referme aussitôt. Il se tourne vers la caravane, l'air anxieux.

– Mama !

Il se remet à avancer aussi vite qu'il le peut, se fige brusquement. Pasdeloup lui fait face, impassible, le pistolet tenu négligemment au bout de son bras ballant. Il constate l'effort de Nuri pour reprendre son calme et analyser objectivement la situation. Maître de lui, le jeune homme se force à sourire. Sa voix est aussi blanche que son visage.

– Monsieur Meunier, je vous ai sous-estimé.

Il fait mine de se remettre à avancer. Pasdeloup le bloque d'un index dressé avec un « tss ! » menaçant.

Nuri fait un geste d'apaisement de son bras plâtré et s'immobilise, l'air inquiet.

– Où est ma mère ?

Pasdeloup prend le temps de laisser passer un avion avant de répondre en affectant une indifférence totale.

– À la place de l'Israélienne.

Un tic nerveux secoue l'une des paupières de Nuri. Il est aux abois.

– Elle va bien ?

Pasdeloup se fige une seconde et articule clairement :

– Non.

Les traits de Nuri se déforment sous le coup d'un cauchemar éveillé.

– Elle n'est pas… ?

Pasdeloup recule d'un pas en serrant fermement son arme. Quatre mètres le séparent maintenant de Nuri.

– La première fois, je l'ai ratée, je lui ai juste arraché une épaule. La deuxième fois, j'ai tiré à bout portant, entre les deux yeux.

Nuri ouvre grand la bouche, horrifié, son visage se transforme en un masque de torture exprimant une douleur innommable. Il se met à baver, ses épaules s'arrondissent, s'affaissent, il baisse la tête en respirant lourdement, émettant une sorte de râle. Durant une trentaine de secondes, il demeure ainsi, prostré. Enfin, il relève lentement la tête. Pasdeloup réalise trop tard son changement d'expression. Un prédateur prêt à bondir. À une vitesse hallucinante, il lance sa canne de toute sa force et plonge en avant en prenant un appel incroyable sur sa jambe valide. La tige de métal atteint Pasdeloup sur le haut du crâne et presque instantanément il sent sa cheville enserrée dans une poigne de fer. Il s'effondre en arrière à plat dos, voit s'approcher le visage déformé de Nuri, gueule ouverte. Pasdeloup tire trois fois dans le poignet puis s'extirpe de la prise à coups de pied et recule à toute vitesse sur son derrière. Il se remet debout, le cœur au bord des lèvres, le visage ruisselant de sang. Nuri reste sur le ventre, pantelant, le corps agité de soubresauts. Pasdeloup tâte sa blessure du bout des doigts. Une belle entaille mais sans gravité. Il récupère un rouleau de papier essuie-tout dans la caravane et se fait une compresse avec une grimace comique. Il se sent réchappé, miraculé. Il s'adresse à Nuri avec de la gaieté dans la voix.

– C'est fini, petit.

Le jeune homme bascule sur le dos, il semble ailleurs, contemple le vide.

– Qu'est-ce que vous avez prévu ?

Pasdeloup s'accroupit à distance respectueuse.

– J'ai tout piégé avec ta camelote. Ça va partir en fumée et toi avec.

Nuri acquiesce comme si c'était la chose du monde la plus naturelle. Aucune surprise sur son visage, aucune résignation, rien qu'une immense lassitude.

Pasdeloup reprend gravement.

– Tu veux la voir, avant ?

Pour toute réponse, un battement de cils reconnaissant.

– C'est malin, maintenant que tu n'as plus de bras, il va falloir que tu sautes sur un pied !

Nuri parvient à se redresser pour trouver un équilibre précaire sur une jambe. Il contient l'hémorragie de son poignet en le serrant contre son ventre. Pasdeloup désigne la grande bâtisse métallique.

– C'est ouvert. Quand tu seras entré, je compterai deux minutes. Ne cherche pas à débrancher le système, ça sauterait aussi.

Nuri esquisse un sourire comme s'il s'agissait d'une idée saugrenue. Il sautille jusqu'à la porte d'entrée, se retourne une dernière fois.

– Comment vous avez su pour moi ?

– Je te répondrai si tu me dis comment tu t'es procuré le matériel et avec quel argent ?

– C'est le butin laissé par mon père. Il avait braqué pour la cause et acheté de l'or. Les armes et les explosifs via son réseau d'ex-moudjahidine de Bosnie, je ne serai pas plus précis. À vous, maintenant. Vite, je perds beaucoup de sang.

Pasdeloup s'approche pour le regarder bien en face.

– Ton père t'a aussi laissé son nom. Et ce nom, il me l'a dit quand il est venu au Vieux Pays pour faire tomber un avion bourré de passagers. Il me l'a dit dans la crypte de l'église, la nuit du 20 au 21 mars 1997, à la fin de notre combat, avant de mourir.

Une sorte d'extase apparaît sur le visage de Nuri.

– Il avait parlé d'un avion à ma mère mais pas de l'endroit où il avait choisi de frapper.

Pasdeloup repense au cercle rouge et une chair de poule le saisit tout entier.

– C'est donc par hasard que tu es venu ici ?

– Non, par la volonté du Tout-Puissant. Où est-il maintenant ?

Pasdeloup lance négligemment, avec l'intention de faire mal.

– Dans la terre du cimetière où je l'ai jeté en compagnie d'un bon chrétien.

Une grosse larme dévale sur la joue du jeune homme tandis qu'un Boeing rugit au-dessus de sa tête.

– D'autres après nous viendront !

Pasdeloup a un rictus amer.

– D'autres comme moi aussi !

Nuri crache au sol, méprisant.

– Le jour béni est proche où il n'y aura plus dans le monde un seul kéfir ! Allahu akbar !

En tentant de sautiller fièrement, il se détourne et entre dans sa tombe.

Pasdeloup court jusqu'à la caravane. Avec une moue de regret, il dépose son pistolet sur la caisse d'explosifs puis déclenche son chronomètre.

À l'arrêt sur son vélo, Pasdeloup surveille le chemin sans nom. Pas âme qui vive aux alentours. Un dernier regard à sa montre, il se couche à plat ventre derrière un talus et actionne la télécommande. Instantanément, une formidable explosion retentit suivie d'une boule de feu qui monte dans le ciel du no man's land. Un souffle brûlant vient le lécher sous un bombardement de débris. Aussitôt la déflagration retombée, il saute sur son vélo et rejoint à toute vitesse le Trou du Diable. Là, il fracasse la télécommande avec un gros caillou et jette les morceaux dans la mare. Il s'agenouille au bord de l'eau boueuse pour laver son visage et ôter toute trace de sang avant de foncer jusqu'au vieux tracteur. Il extirpe la casquette du vide-poches, la coiffe pour cacher sa blessure et repart sans perdre une seconde. Un bouchon s'est formé sur la D47. De toutes parts retentissent des sirènes de police et d'ambulance. Les voitures sont à l'arrêt, les automobilistes, debout sur la chaussée, échangent avec de grands gestes et des expressions apeurées. Un camion de pompiers tente de se frayer un chemin au milieu de l'embouteillage monstre. Pasdeloup se faufile sur le bas-côté, nez sur le guidon, cherchant à passer inaperçu. Il met pied à terre au bas de la rue Brûlée et la remonte à pas lourds. L'effet des amphétamines est en train de retomber. Il s'arrête plusieurs fois en contemplant les façades lézardées, murées, taguées, les publicités des années 60 à moitié effacées, les toitures effondrées, les cours et les recoins encombrés de gravats et de détritus. Une émotion étrange le saisit. Ce Vieux Pays est le sien. Il est à son image. Il s'estompe lentement mais pourtant s'acharne à durer, têtu comme le passé. Le quittera-t-il pour Israël ? Pour Nir'am, ce minuscule coin d'amour perdu aux confins du désert où il pourrait retrouver Ziva et veiller sur Rachel jusqu'à son dernier souffle ?

D'un vieux pays, l'autre…

Inutile de se presser pour prendre une décision. Il aura prochainement le temps d'y réfléchir, enfermé entre quatre murs. Il ne se fait aucune illusion. Ronron ne va pas tarder à débarquer pour lui signaler sa garde à vue. Une explosion de cette ampleur à deux pas de chez lui, chez un copain, en plus… Et ça ne va pas s'arranger quand les scientifiques vont commencer à analyser les débris, les services antiterroristes vont prendre la relève.

Sans parler d'Abdel qui va refaire surface un jour ou l'autre, au moins à cause de l'odeur.

Pasdeloup sait qu'il va passer un sale quart d'heure mais il est confiant. La tête sur le billot, l'ancien Maître Nedex Husky niera toute implication et jurera son innocence sur son honneur de soldat. Il a vécu suffisamment d'épreuves pour envisager sereinement le traitement qu'une démocratie réserve à un suspect.

Il s'arrête devant Bouquinville désormais déserte. François lui a laissé la clé dans la boîte aux lettres avec un petit mot.

« Je compte sur toi pour me dire si, en août, fleurissent les pavots bleus de Catherine. »

Les yeux vairons s'adoucissent. Si Dieu le veut, il sera libre avant. Voir la fleur d'un pavot bleu de l'Himalaya et mourir.

Remerciements

Je voudrais remercier du fond du cœur mes amies Sophie Chauveau et Jeanne Assouly pour leurs conseils et leur aide, Suzanne Jamet pour ses encouragements, Jackie Venon pour m'avoir raconté son départ au kibboutz, Alain et Myriam Rumeau pour leur soutien inconditionnel, Daniel Guyader et Marie-France Baillet pour leur bienveillance et leur humanité.

Composition Nord Compo
Impression CPI Bussière en février 2018
Éditions Albin Michel
22, rue Huyghens, 75014 Paris
www.albin-michel.fr
ISBN 978-2-226-39902-1
N° d'édition : 22715/01 – N° d'impression : 2032955
Dépôt légal : mars 2018
Imprimé en France